Vanessa Schöche

UNBROKEN Soldier

Bis du an meiner Seite stehst

HINWEIS

Wie der Titel erahnen lässt, werden hier Kriegsthemen sensibel behandelt.

VANESSA SCHÖCHE

UNBROKEN Soldier

BIS DU AN MEINER
SEITE STEHST

ROMAN

VAJONA

Dieser Artikel ist auch als E-Book erschienen.

UNBROKEN Soldier – Bis du an meiner Seite stehst

info@vajona.de

Druck und Verarbeitung: MAZOWIECKIE
CENTRUM POLIGRAF II
ul. Ciurlionisa 4
05-270 Marki
Printed in Poland
Lektorat und Korrektorat: Désirée Kläschen
Umschlaggestaltung: Julia Gröchel,
unter Verwendung von Motiven von Pexels und Rawpixel
Satz: VAJONA Verlag, Oelsnitz

ISBN: 978-3-948985-66-0

VAJONA Verlag

Für Jona und Josh!

Weil ihr die wirklich wahren Werte
eines Wesens erkennen werdet.

Ava zeigt es euch! Ich zeige es euch!

Bei meinem Leben – ich liebe euch!

BEVOR DU IN DIE GESCHICHTE VON AVA
UND WYATT EINTAUCHST, MÖCHTE ICH DIR
GERN EINE FRAGE STELLEN:

DEN WAHREN WERT EINES
MENSCHEN UND DAS, WAS IHN
TATSÄCHLICH AUSMACHT, KANNST
DU ES *WIRKLICH* ERKENNEN?
ODER GLAUBST DU NUR, ES SEHEN
ZU KÖNNEN?

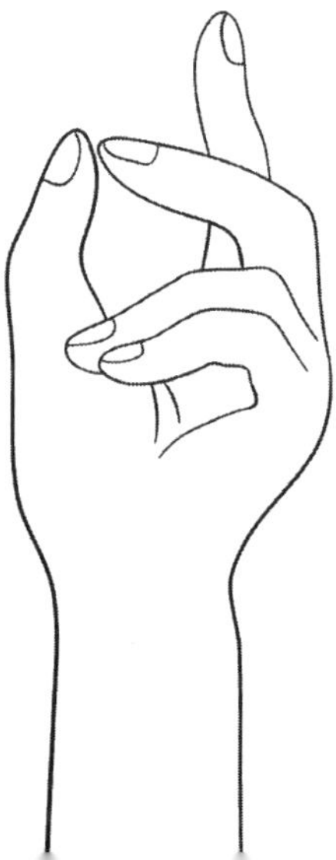

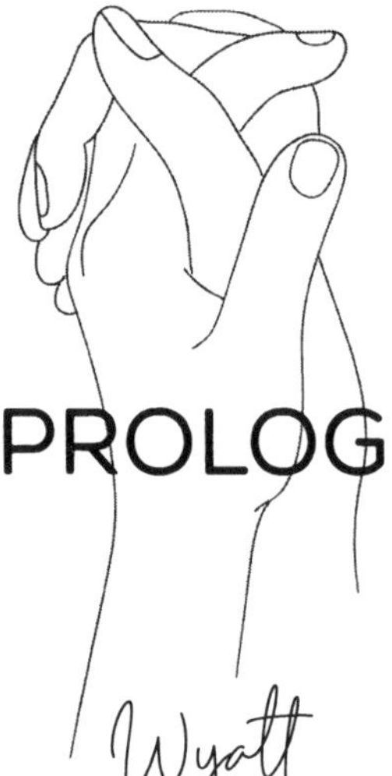

PROLOG

Wyatt

Hochkonzentriert beobachte ich die Umgebung durch mein Fernglas und liege in einem Versteck, das mich eigentlich schützen sollte. Hinter mir Matthew und meine restlichen Kameraden – die meisten jünger als ich. Manche von ihnen sind das erste Mal unter meiner Führung, einige auch das erste Mal in einem Kriegsgebiet.

Mein aufkeimendes Grinsen ist *ihm* geschuldet. Es war schon immer Matthews Talent, die Witze in den ungelegensten Momenten über seine Lippen fallen zu lassen und damit die Stille um uns zu vertreiben. Eine Stille, die ab und zu allein durch den wiederaufkommenden Wind durchbrochen wird. Eine Stille, die uns das Gefühl gibt, dass wir sicher sind.

»Noch einen?«

Wir kennen fast nichts anderes, als auf dem trockenen Sand zu liegen, der nach all dieser Zeit noch immer eine abstoßende Wirkung auf mich hat. Wie könnte es auch anders sein? Matthew hingegen scheinen in dieser Lage die besten Pointen in den Kopf zu schießen.

Mein bester Freund sieht durchdringend zu mir rüber, was mir verrät: »Dich hält doch sowieso nichts auf. Hau es raus.«

Ohne dass er ein Wort sagt, sehe ich dieses unterdrückte Schmunzeln in seinem Gesicht, weil er selbst über seine Sprüche lachen muss, obwohl sie sich noch in seinem Hirn zusammenbrauen. »Was ist lang, hart und voller Samen?«

Ich schmunzle ebenso, zucke aber mit den Schultern. »Sag's mir.«

»Komm, Wy. Du willst nicht mal raten?« Matthew schiebt das Visier ein wenig von seinem Gesicht, legt seinen Kopf schief und zieht seine Augenbrauen in die Höhe. »Versuch's wenigstens.«

»Ich habe wirklich keine Ahnung. Diese Flachwitze sind dein Milieu, nicht meins.«

»Dann pass mal auf. Wenn sie uns die Köpfe wegschießen, hast du wenigstens noch einmal herzhaft gelacht.«

Normaler Soldatenhumor …

»Du kannst es nicht lassen«, erwidere ich. »Aber dann spuck's endlich aus, Matt.« Ich weiß, dass es mich gleich überkommen wird und ich lauthals loslachen werde.

»Ein U-Boot.«

Und Matthew soll recht behalten. Aus meinem Grinsen wird ein Lachen aus tiefster Seele, das ebenfalls einige unserer Kameraden ansteckt, die eine ähnliche Position wie wir eingenommen haben.

Trotz der wiederkehrenden Ausgangssituation – beide im Staub liegend und in gewisser Weise in Lebensgefahr schwebend – entscheiden Matthew und ich uns wieder und wieder für diesen Weg. Wir spielen nicht einmal mit dem Gedanken, der Army den Rücken zu kehren. Denn irgendwie ist ja genau das unser Leben und unser ehrlicher Wille:

dem Land zu dienen und das zu tun, was immer nötig sein wird.

Bisher war ich immer sicher, dass wir lebendig aus den Einsätzen rausgehen werden.

Denn wir haben nicht nur uns selbst ein Versprechen gegeben, heil nach Hause zu kommen. Das Versprechen gilt ebenso unseren Familien. Aber auch Minou. Und die letzten Jahre konnten wir unser Wort ganz gut halten.

Während Matt uns noch herzhaft die Mundwinkel in die Höhe treibt, überkommt mich mit einem Schlag ein ungutes und recht bekanntes Gefühl.

Dann, als hätte ich es kommen sehen, höre ich einen Schuss. Das Projektil schlägt nur knapp neben meiner Schläfe in der Mauer ein, hinter der ich in Deckung liege.

Andere wären vor Todesangst gelähmt, aber seit Jahren ist das hier mein Leben. Mein schockierendes, schon fast krankes und dennoch gewohntes Leben als Truppführer.

»Fuck, Wy. Alles okay?« Matt sieht sich hektisch um. Dabei geht es ihm wie mir. Ich sehe keine brennenden Pulvergase – kein Mündungsfeuer. Erkenne deshalb nicht, wo der Schütze sitzt. Dennoch weiß ich, dass er mich im Visier hat.

»Alles okay.«

Selbst durch die Uniform kann ich deutlich die fremden Blicke auf meiner Haut spüren, die sich auf mich heften.

Direkt danach folgt der zweite Schuss, der noch viel näher an meinem Kopf in Ohrhöhe eintrifft. Als wäre es die größte Routine meines Lebens, zucke ich nicht ein einziges Mal zusammen, während es jemand auf mein Leben abgesehen hat. Ich bleibe aufmerksam.

Nur ein Gedanke schießt mir in den Kopf wie das Projektil in die Mauer. Aus meiner Ausbildung weiß ich: Ein

Scharfschütze verfehlt sein Ziel kein drittes Mal.

Also halte ich an der Klarheit in meinem Verstand fest. Ich versuche mich zurückzuziehen und erwarte dasselbe von meinen Kameraden. Doch der Weg in Richtung Sicherheit scheint von jetzt auf gleich versperrt, als mit einem Schlag das Feuer auf uns eröffnet wird.

Als könnten meine Waffenbrüder meine Gedanken und Anweisungen bereits lesen, gehen wir in die breite Formation. Aus Erfahrung wissen wir, dass diese Art der Aufstellung für unsere Feinde schwer zu kontrollieren ist. Sie verhindert, dass der Gegner seine Waffen auf einen schmalen Bereich konzentrieren kann. Sollten wir in Bedrängnis stecken, kann uns diese Formation etwas Zeit verschaffen. Zumindest klammere ich mich mit jeder Sekunde, die verstreicht, fester an den Gedanken.

Jeder achtet in diesem Moment auf sein Leben und gleichzeitig auf das seiner Kameraden. Anders bleibt uns keine Chance. Dennoch eskaliert die Situation, unsere Feinde bauen das Feuer auf uns weiter aus. Erschreckenderweise ist es nur noch eine Frage der Zeit, bis jemand von uns getroffen wird.

Und ich soll verdammt noch mal recht behalten.

Mit einem Schlag zucke ich zusammen, verliere meine sonst so kontrollierte Art. Diese Situation ist so vorhersehbar, dennoch kommt sie unerwartet schnell.

Dabei ist es nicht der Knall, der mich atemlos herumschrecken und all meine Muskeln erbeben lässt. Ein Knall, der von einer Sprenggranate herrührt. Es ist das, was ich in meinen Augenwinkeln klar wahrnehme, was mir den Boden unter den Füßen wegreißt. Als Soldat ist es fatal, den Angriff der Feinde für diese Millisekunden auszublenden. Aber ich bin gerade nicht Herr meiner Gefühle, die ich auf dem Schlachtfeld eigentlich immer auszuschalten versuche.

Ich erkenne deutlich, wie *er* von einem Schuss getroffen wird, zusammensackt und schutzlos auf dem Boden liegt. Dabei handelt es sich nicht um irgendeinen meiner Kameraden. Es handelt sich um Matthew.

Mehr als ein Kamerad.

Mehr als ein Freund.

Er ist Bruder, Seelenverwandter und lebenslanger Halt zugleich.

Matthew macht die Zeit bei der Army nicht besser. Aber leichter. Durch ihn finde ich wenigstens einmal am Tag zu einem Lächeln zurück.

Obwohl wir uns eigentlich nicht ablenken lassen dürfen, lernten wir in unserer Ausbildung, niemals einen Kameraden zurückzulassen, wenn sich die Möglichkeit der Rettung ergibt.

Die Möglichkeit der Rettung …

Ich bin blauäugig, wenn ich glaube, Matthew aus dem Feuergefecht rausholen zu können. Lebendig.

Und doch versuche ich mich der eigenen Blindheit in den Weg zu stellen.

Ich robbe durch den aufgewirbelten Staub zu ihm, ohne auf meine Umgebung zu achten, und ergreife seine Hand. Dann ziehe ich ihn mit aller Kraft ein Stück näher an mich heran, sodass er mit seinem Kopf und einem Teil seines Körpers – dem wohl wichtigsten – direkt unter mir liegt.

Aber ich erkenne, dass meine Abschirmung zu spät kommt. Ihm wurde präzise in den ungeschützten Bereich am Hals geschossen.

Aus Reflex halte ich die klaffende Wunde mit der Hand zu, als mich sein schmerzerfüllter, grasgrüner Blick trifft.

»Scheiße, Mann. Halt durch.« Ein unterdrückter Schrei.

Seine Lippen verziehen sich zu einem hoffnungslosen Lächeln, als ein Projektil mitten in mein rechtes Bein eindringt. Kurz darauf ein zweites in das linke. Ich schreie vor unaufhaltsamen Schmerzen. Schmerzen, die sich durch beide Beine zerren wie ein Foltergift. Qualvoll presse ich die Zähne aufeinander, als mir klar wird, dass es nun auch für mich kein Entkommen mehr gibt.

Der Schmerz wandelt sich in ein pochendes Gefühl bis hin zur reinen Betäubung. Binnen weniger Sekunden spüre ich meine Beine nicht mehr, die Matthew unbedingt hier rausbringen wollen. Raus aus der schießenden Menge, raus aus der Flut des Todes.

Matthew und ich sehen uns an und erkennen in unseren Iriden die Realität des Krieges. Ein letztes hoffnungsloses Schmunzeln liegt auf seinen Lippen, ehe das Leben aus seinen Augen weicht und sich in den wohl bittersten Tod stürzt. Einen Tod, den jemand wie er niemals verdient hätte. Aber der Krieg fragt nicht. Der Krieg nimmt einfach.

Als ich mich umschaue, beginne ich zu begreifen, dass ich keine Orientierung mehr habe. Der aufgewirbelte Staub nimmt mir die Sicht. Ich weiß nicht, wie es um den Rest meiner Kameraden steht, wer Freund und wer Feind ist. Alles, was ich höre, sind Schüsse und tobende Geräusche, die ich nicht zuordnen kann.

Wenn jemand Herr der Lage bleiben sollte, dann du!

Und dann steigen sie unerwartet in mein Hirn: Die Mengen an verschiedenen Weisheiten, die im Leben auf einen einschießen wie die Munition deines Feindes. Auch ich blieb in meiner Vergangenheit nicht vollends von ihnen verschont. Dabei sollte es mehr als belanglos sein, dass ich gerade in diesem Moment an viele von diesen *Weisheiten* denken muss. Sie bilden sich vor meinen Augen ab wie der letzte Hilferuf meiner zerrissenen Seele.

Viele von ihnen lehrte mich mein Großvater, manche mein Vater selbst. Doch keine von ihnen hilft mir in diesem Augenblick. So oft ich sie auch durchspiele.

Alle Träume können wahr werden, wenn wir den Mut haben, ihnen zu folgen.

Was, wenn ich längst keine Träume mehr habe, außer zu überleben? Wie soll ich dem Leben folgen, wenn ich mitten im sicheren Tod liege?

Es ist nicht von Bedeutung, wie langsam du gehst, solange du nicht stehen bleibst.

Aber was, wenn ich nicht mehr gehen kann? Wenn mich der Schmerz in meinen Beinen daran hindert, nicht nur mein, sondern auch das Leben meines besten Freundes zu retten?

Unsere größte Schwäche liegt im Aufgeben.

Gebe ich soeben auf?

Alles, was du dir vorstellen kannst, ist real.

Ist das nicht eine schlimme Tatsache?

Die Hartnäckigen gewinnen die Schlachten.

Sind wir nicht hartnäckig genug, unser Leben zu retten?

Mut ist der Preis, den das Leben verlangt, wenn es Frieden mit dir schließen soll.

Den Glauben an Frieden habe ich längst verloren.

Ich starre Matthew ein letztes Mal an und ahne, dass er längst in den Tod gegangen ist. Und das in der bittersten Umgebung, die ihn und seine Taten nicht annähernd würdigt. Eine Umgebung, die grausamer nicht sein kann.

Auf einem Schlachtfeld in Afghanistan, mitten unter der prallen Sonne und in dem dreckigsten und dunkelsten Staub, den man sich vorstellen kann.

Dann entweicht auch mir jegliche Kraft. Ich schließe die

Augen und ahne, dass ich meinen besten Freund nie wiedersehen werde. Und wenn doch, dann nicht mehr in dieser Welt.

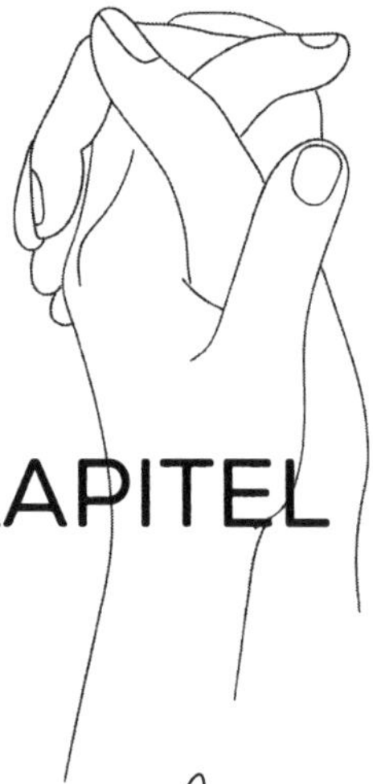

KAPITEL 1

Ava

8 MONATE SPÄTER

Wir haben alle eine begrenzte Lebensdauer.

Jedem ist diese Tatsache bewusst und dennoch verweilen die meisten Menschen von uns auf dieser Welt, ohne jeden ihrer Tage in vollen Zügen zu genießen. Sie vergessen sich in all dem Trubel des Daseins und leben ein Leben, das nicht annähernd ihrer Wunschvorstellung entspricht.

Manche verlieren wertvolle Zeit, indem sie sich selbst fragen, wer sie überhaupt sind. Diese Menschen suchen ein Leben lang nach sich selbst, ohne zu merken, dass sie selbst *alles* sind, was ein glückliches Leben ausmacht. Sie verschwenden kostbare Zeit damit, sich in anderen zu finden. Oder mithilfe anderer. Dabei ist das unmöglich, weil man nur allein sein wahres Ich ergründen kann.

Erstaunlicherweise übersprang ich diesen Punkt: Zeit mit der *Wer bin ich?*-Frage zu vergeuden. Ich weiß, was ich vom Leben erwarten kann, und vor allem, was ich dem Leben zurückgeben will. Wir alle verändern uns jeden Tag. Die Welt um uns herum verändert sich jeden Tag. Dreht sich mal schneller und mal langsamer. Dennoch weiß ich, wohin ich gehöre, was mich ausmacht und das Wichtigste: wer ich eben bin.

Zudem zwingt mich das Wissen, dass wir nicht ewig hier sein werden, jeden Tag genau dem nachzugehen, was ich liebe, und nicht eine Sekunde meines Daseins zu verschwenden. Also sitze ich wie fast jeden Nachmittag im Park, auf der abgenutzten Holzbank, beobachte und fotografiere sie: Die Menschen, die sich um mich herum bewegen. Menschen, die lachen, sich rege unterhalten und teilweise verliebt wirken.

Ich genieße das Vogelgezwitscher über mir, das meinen ruhigen Geist umhüllt. Ebenso entspanne ich im Schatten der Baumkronen, die mir Schutz vor der warmen Frühlingssonne schenken.

Meine Sicht wandert allmählich zu den Hunden, die über den saftig grünen Rasen rennen, um einem Ball oder einem Frisbee nachzujagen. Dann drücke ich instinktiv auf den Auslöser, um diese tierischen Momente einzufangen.

Ich richte mir die Brille und bewundere die neue Spiegelreflexkamera in meinen Händen. Das wunderschöne Teil habe ich vor wenigen Wochen zu meinem siebenundzwanzigsten Geburtstag bekommen.

Von meinem Bruder Liam und seiner Verlobten Hope.

Dass beide unerwartet mit ihrem fast zweijährigen Sohn Sam und ihrem Hund Barcley einen Tag vor meinem Geburtstag an meiner Tür klingelten, brachte mich vor lauter Freude bald ins Grab. Hope steht zwar noch einige Wochen vor der Geburt ihrer Tochter Milly – der Name ist ein Andenken an ihr erstes Kind Mila, das niemals das Licht der Welt erblicken durfte. Dennoch habe ich nicht annähernd mit einem Spontanbesuch der fünf gerechnet, schließlich leben sie im über fünfzehn Stunden entfernten Newport.

Während ich mich an diese wenigen Tage mit meinem Bruder und seiner Familie erinnere und mir sicher bin, irgendwann mal ein ähnliches Leben zu wollen – mit Haus, Kind und einem Mann, dem ich die Welt bedeute –, zieht es meine Blicke fast magnetisch zu *ihm*.

Ehrlicherweise nicht das erste Mal.

Seit einigen Wochen ist *er* regelmäßig hier. Vermutlich ist auch er einer der Gründe, weshalb ich selbst so oft hier bin – der Mann, der wortwörtlich versucht, wieder auf die Beine zu kommen.

Dabei sind es nicht die Tattoos auf seinen Armen, die unter seinem hochgekrempelten Pullover hervorblitzen, die meine Aufmerksamkeit auf sich ziehen. Auch die auffällige Narbe, die seine Schläfe ziert und mich stets an einen Schmetterling erinnert, ist nicht der Grund, dass ich ihn beobachte. Obwohl sich das Mal bis zu seiner rechten Wange legt, sind es seine Augen, die mich an das Gesicht des Fremden fesseln. Sie sind braun. Braun wie die dunkelste Schokolade, in die man als Süchtiger taucht, obwohl man unbedingt davon loskommen sollte, weil man an einer Zuckerkrankheit leidet. Aus der Ferne ist es für das menschliche Auge unmöglich, seine Augenfarbe zu erkennen, aber nicht für den Zoom meiner Kamera.

Auch wenn alles an seinem Körper stark, motiviert und unerschütterlich erscheint, wirkt sein dunkler Blick durch mein Kameraobjektiv leer, ermüdet und schwach. Und die Augen sagen bekanntlich mehr aus, als es Worte oder die Haltung eines Menschen jemals könnten.

Sie verraten dich. Sie verraten, wie du denkst, was du fühlst und wer du bist.

Und dieser Mann ist eindeutig erschöpft.

Erschöpft vom Leben.

Es ist offensichtlich, dass er viel durchgemacht hat. Es ist offensichtlich, dass seine Situation noch neu für ihn ist – fremd und sicher auch irgendwie angsteinflößend.

Mir entgeht nicht, wie er jedes Mal, ohne auf einen der neugierigen Blicke zu reagieren, mit seinem Rollstuhl in die einsamste Ecke des Parks fährt. Manchmal ist er nur mit seinem Hund hier. Ein auffällig schöner Aussie – Australian Shepherd. Beide werden aber meistens von einem weiteren Mann begleitet, vermutlich einem Physiotherapeuten, der den Unbekannten auf seinem Weg ins Leben unterstützen soll.

Auch heute sind sie in dessen Begleitung.

Zusammen begeben sie sich über den Schotterweg an den Rand des Sees, der sich im hinteren Teil des Parks befindet. Nur ein paar fremde Hunde kreuzen ihren Weg und tauchen genüsslich in das trübe, kalte Wasser ein.

Trotz der Ablenkungsmöglichkeiten zieht der Aussie nicht annähernd in Betracht, von seinem Herrchen zu weichen. Konzentriert läuft das schöne Tier neben ihm her.

Interessiert sehe ich zu dieser starken Erscheinung. Ich beobachte den Mann dabei, wie er eine dünne, beigefarbene Decke von seinen bandagierten Oberschenkeln zieht, um sich knieabwärts schwarze Prothesen anzulegen.

Als das geschehen ist, hievt er sich aus dem Rollstuhl und steht auf, mit festem Griff um die Hand seines Therapeuten. Mit ihm an seiner Seite geht er wenige Schritte vorwärts. Sein haariger Begleiter sitzt neben dem Rollstuhl und beobachtet die Situation genauso scharf, wie ich es tue.

Der Anblick des Mannes und seines Handicaps schreckt mich keineswegs ab. Das tat so etwas noch nie. Ich bin eher beeindruckt und fasziniert, wie sich solch gebrandmarkte Wesen erneut ins Leben kämpfen. In meinem Job bin ich genau auf der Suche nach diesem Außergewöhnlichen, das *er* verkörpert. Und ich bin sehr gut darin, diese besonderen Menschen, die vom Leben gezeichnet wurden, wunderschön in Szene zu setzen. Ich erkenne, was andere nicht sehen können. Was andere Menschen meist nicht sehen wollen. Was die vom Leben Gezeichneten leider manchmal nicht sehen können. Nämlich das Besondere in den Wesen, die im Leben bereits einiges durchgemacht haben.

Diese Wesen leben anders.

Aufrichtiger, dankbarer und trotz der anfänglichen Schwere irgendwie leichter.

Sie sind perfekt unperfekt. Genau wie *er*.

Nachdem ich mehrmals auf den Auslöser der Kamera gedrückt habe, lege ich sie zurück auf meinen Schoß. Ich werte die Bilder in meinen Gedanken aus.

Während sein Therapeut sichtlich stolz auf jeden einzelnen Schritt des Mannes ist, den er mit seinen Prothesen wagt, wirkt die Mimik von *ihm* starr und angespannt.

Ich sehe auf. Beobachte sie wie eine Stalkerin. Wie eine Verrückte, die nichts mit sich selbst anzufangen weiß. Aber *er* nimmt mich mit jeder Faser seines Daseins ein. Womöglich mehr als wirklich gut für mich ist.

Langsam löst sich seine Hand von der des Physiotherapeuten, bevor er beginnt, allein wenige Schritte auf seinen Prothesen zu gehen, die wie die Beine eines Roboters aussehen. Seine ernsten Gesichtszüge lockern sich und widerspiegeln einen gewissen Stolz, mit jedem Schritt, den er setzt.

Ich mag das verhaltene Lächeln, welches mir zeigt, dass

er seine Hoffnung nicht aufgegeben hat. Außerdem mag ich die warme Farbe seiner Haut und die selbst aus der Ferne unübersehbare Makellosigkeit seines Wesens.

Ihn weiter dabei zu beobachten, wie *er* sich mit jedem Schritt zurück in sein Leben kämpft, scheint falsch zu sein. Und dennoch kann ich es nicht lassen, die Kamera zu erheben, die Linse vor mein Auge zu halten und abzudrücken, um den Moment des Kampfes einzufangen. Wieder und wieder.

Das Lächeln des Mannes wird breiter, als ihn nichts aufzuhalten scheint. Zumindest so lange, bis eine der Prothesen unerwartet unter ihm wegklappt und der Mann zu Boden stürzt. Er fällt ungehalten auf den Schotter und liegt beinah hilflos am Boden, was seinen Hund dazu bringt, aufzuspringen und sofort auf sein Herrchen zuzurennen. Seine schwarze Nase drückt sich sanft in das Gesicht des Mannes.

Instinktiv und mit Schreck in meinen Adern stehe auch ich von der Bank auf und gehe zwei kleine Schritte in seine Richtung. Aber meiner Hilfe bedarf es nicht, denn seine Begleiter hocken bereits an seiner Seite, um ihm aufzuhelfen.

Nur widerwillig, ebenso zögerlich, ergreift er die Hand des Physiotherapeuten und klopft sich mit der anderen den Staub aus den Klamotten.

Dass er aufsteht und wieder einen Schritt nach dem anderen wagt, zeigt, dass er einen eisernen Willen besitzt. Und vermutlich ist es genau das, was mich an ihm so unglaublich fasziniert. Was diesen Mann so enorm schön für mich macht und was mich dazu zwingt, ihn unentwegt anzustarren. Ihn mit meinen Augen zu fixieren und zu verfolgen, bis er wieder aus dem Park verschwindet.

So wie fast jeden Nachmittag.

Wer ist dieser Mann, der so unerschütterlich erscheint und mich, ohne es zu beabsichtigen, wiederholt in seinen Bann zieht?

Wyatt

Auch wenn ich kein Gefühl in den Prothesen habe, habe ich ein Gefühl dafür entwickelt, wann ich den Winkel überreize, sodass sie unter mir wie ein Klappmesser wegknicken.

So wie jetzt. Ich stürze zu Boden und habe nur meine Hände, die mich abfangen können. Also strecke ich sie vor den Oberkörper und lenke jegliche Kraft in meine Arme. Ich spüre bereits den Schotter unter den Handflächen, der sich durch die kleinsten Parzellen meiner Haut bohrt.

Schweiß rinnt mir über die Nase, als ich die Steine unter mir einzeln anstiere. Auch mein Pullover tränkt sich immer mehr mit dieser Feuchte, die spürbar an meinem Oberkörper hinabläuft. Ich forme die Hände zu festen Fäusten, fixiere sie und starre auf das Ende meines Tattoos, welches meinen rechten Arm ziert. Ein kniender Soldat. Für den Betrachter von hinten gezeigt, in der Hand eine Schusswaffe, die er auf einen Schatten vor sich richtet. Hinter ihm sind elf dunkle Striche.

Elf … Elf zu viel …

Die Blicke der Menschen um mich herum spüre ich, ohne nach oben sehen zu müssen. Und ja, ich hasse es, angestarrt zu werden. Sei es im Rollstuhl oder in so einer misslichen Lage wie der, in der ich mich jetzt befinde.

Welcher behinderte Mensch wird gern angegafft?

Ich vermute nicht einer.

In wenigen Sekunden ist Minou bei mir, der mir die Schweißtropfen von der Schläfe leckt. Und dennoch ist meine Sicht weiterhin starr auf die kleinen Steine unter mir gerichtet.

»Schon gut, Minou. Aller Anfang ist ...« Ich stocke und lasse zu, dass sich die Wut in meinem Magen verdreifacht. »Verflucht sei aller Anfang.«

Wie lange versuchst du schon, auf diesen Teilen das Laufen zu erlernen? Du stellst dich an wie der erste Mensch.

Nachdem man mir beide Unterschenkel amputierte und ich meine Oberschenkel einige Monate lang nicht annähernd belasten durfte, konnte ich mir endlich eine Übergangsprothese anlegen.

Diese trug ich dann das darauffolgende Vierteljahr lang. Sie diente dazu, dass ich mich an die Prothese selbst gewöhnen konnte und meine Stümpfe die bleibende Form entwickelten. Als das geschah, meine Wunden ausreichend abgeheilt schienen und ich mich wieder in einer guten körperlichen Verfassung befand, konnte das Training mit den endgültigen Prothesen beginnen. Und diese sind hightech.

Das ist nun ungefähr sieben Wochen her.

Wie lange es dauert, bis man damit richtig laufen kann, hängt von mehreren Faktoren ab. Dieser Tatsache bin ich mir durchaus bewusst.

Wie gut ist der Stumpf verheilt, wie gut passen die Prothesen ...

Ich weiß, dass man sich selbst nicht so stressen sollte. Dennoch kann ich nur schwer den innerlichen Wunsch und den damit verbundenen Druck, endlich einen normalen Alltag zu führen, beiseiteschieben. Der Rollstuhl ist für mich mit Sicherheit keine Dauerlösung und ich bin froh, wenn ich das Teil auf den Schrott hauen kann, um es mal milde auszudrücken.

Ich muss mit den Prothesen üben, so oft ich kann, und darf es gleichzeitig nicht übertreiben. Für jemanden wie mich ist es schwer, zu erkennen, wann es zu viel wird. Und wenn ich in mich gehe, weiß ich, dass ich heute erneut meine Grenze überstrapaziere. Genau jetzt, in diesem Moment.

Ich hasse das größte Problem an dieser Situation, die mich schon so oft in den letzten Monaten überrollte, seitdem ich versuche, vernünftig auf den Prothesen zu laufen. Ich habe viel zu schnell keine Kraft mehr in meinen Beinen. Und das, obwohl ich vor der Operation mehr als durchschnittlich trainiert war. Der Muskelabbau in meinen Oberschenkeln war und ist noch immer enorm. Für mich schwer zu ertragen.

Ich stemme mich mit den Händen vom Boden ab und schlage mit meiner Faust gegen den trockenen Schotter, während die Stimme meines Physiotherapeuten Elijah hinter mir ertönt. »Wyatt!«

Seine Schritte werden lauter. Dann legt er eine Hand auf meine Schulter, während die andere meine Hüfte ergreift, um mich in die Sitzstellung zu bewegen.

»Das wird schon. Das waren einige Schritte mehr als gestern.« Da ist er wieder. Sein jämmerlicher Versuch, mir diese Situation schönzureden.

Er streckt mir mit einem aufmunternden Lächeln seine Hand entgegen. Ich zische nur genervt und ergreife sie widerwillig. In diesem Augenblick verfluche ich sein dämliches Grinsen, das so viel Positivität in sich trägt, dass mir beinahe schlecht davon wird.

»Lassen wir es für heute gut sein.« Ich bin noch nicht bereit, mich an ihm hochzuziehen, also lockere ich den

Griff um seine Hand.

»Bist du dir sicher?«, hinterfragt er skeptisch meine Aussage.

Ich kann Elijah ganz gut ausstehen. Und das vermutlich nur, weil er mit Minou einer der wenigen ist, der meine Launen erträgt. Einer der Wenigen, der mich erträgt.

Er akzeptiert meine Ungeduld und tritt mir mit Freude in den Arsch, wenn ich mich wieder einmal hängen lasse. Ich würde fast behaupten, dass sich zwischen uns ganz allmählich so etwas wie eine Freundschaft entwickelt hat.

Mit Elijah trainiere ich alles, was notwendig ist, um wieder ins Leben zu finden. Um allein und ohne Hilfe durch den Alltag zu kommen. Doch auch außerhalb unseres Trainings treffen wir uns. Sei es zum Zocken bei mir oder zu einem Drink im Hailys.

Also ja, wir sind wohl so etwas wie Freunde, denke ich.

Seitdem ich aus Afghanistan zurück bin, ist nichts mehr so, wie es war. Ich bin nicht annähernd mehr der, der ich einmal gewesen bin. Und diese Tatsache verfluche ich.

Trotz der Kampfeinsätze hatte ich immer dieses positive Gefühl in meiner Brust. Ein Gefühl, das mich seit dem letzten Einsatz verlassen hat. Seitdem ich zurück bin, habe ich den Eindruck, einen großen Teil meiner Stärke verloren zu haben. Seit meiner Rückkehr ist jeder Tag ein Kampf. Körperlich, wie auch psychisch. Und das nicht nur, weil ich wortwörtlich versuchen muss, auf die Beine zu kommen. Das ist womöglich das kleinere Übel an meiner derzeitigen Situation.

Die Gedanken an *ihn*, die mich seit Monaten einholen, beginnen mich in die Knie zu zwingen.

Matt.

Matthew bei meinem letzten Einsatz verloren zu haben,

ist um so einiges schlimmer, als die Beine im Kampf gelassen zu haben. Weitaus zerstörender. Prägender.

Wir waren wie Brüder.

Verbündete. Und das schon unser ganzes Leben lang.

Auch wenn es aus meinem Mund womöglich vollkommen sentimental klingen würde, waren Matthew und ich Seelenverwandte. Es gab niemanden, der mich und meine Macken besser verstand. Niemanden, den ich jemals besser verstehen würde. Keinen, mit dem ich so viel durchgemacht habe wie mit ihm.

Ich verfluche mein jetziges Ich. Verfluche das Leben, welches ich ohne Matthew führen muss. Es war nie eine Option, ohne ihn nach Hause zu kommen. Es war nie eine Option, überhaupt ein Leben ohne ihn zu führen. Wir schworen uns, dass es niemals so weit kommen würde. Und jetzt? Jetzt ist er schon ein Dreivierteljahr tot, und das nur, weil das Schicksal mehr als katastrophal mit mir umgegangen ist. Es Matthew keine Chance zum Überleben gegeben hat.

Mein Leben für seins. Immer.

So war es schon immer und ich würde so gern, wenn ich könnte.

Mein Leben für seins – immer.

Wir sind von klein auf gemeinsam aufgewachsen. Sein Elternhaus liegt direkt neben meinem, sodass wir tagtäglich die Freizeit miteinander verbrachten. Wir wurden gleichzeitig eingeschult, wechselten gemeinsam an die High-School, schmissen regelmäßig den Kunstunterricht. So lange, bis man uns mit einem Schulverweis abgemahnt hatte. Wir tranken zusammen den ersten Schluck Alkohol, rauchten den ersten Joint. Noch vor unserem ersten Einsatz reisten wir gemeinsam durch das ganze Land. Campten in der erschreckendsten Wildnis, die uns niemals etwas hatte anhaben können. Wir stritten uns ein einziges Mal, wegen einer absoluten Teenager-Lappalie, schlugen uns, vertrugen uns und liebten uns von da an noch genauso, wie Brüder es tun würden.

Wenn man auf einen Menschen so geeicht ist, wie wir es aufeinander waren, ist es unmöglich, ohne ihn sein Leben zu bestreiten. Und um ehrlich zu sein, habe ich keine Ahnung, wie ich das schaffen soll. Und umso öfter ich darüber nachdenke, desto mehr kommt dieses Gefühl in mir auf, alles dafür geben zu wollen, um ihn aus dem Tod zu holen. Alles! Ich bin in einer Situation, in der ich wirklich alles opfern würde, nur um ihn wieder hierherholen zu können.

Nicht nur mir fehlt er auf diese erschreckende Art und Weise. Ich bin mir sicher, Minou geht es genauso. Meinem haarigen Freund fehlt Matthew genauso sehr wie mir. Das ist tagtäglich spürbar.

Nach jedem unserer Einsätze war es neben unseren Familien auch Minou, der uns hoffnungsgeladen und mit purer Freude willkommen hieß. Monate voller Geduld prägten auch sein kleines Hundeherz, das ab dem letzten Einsatz nur noch für mich schlagen würde.

Matthew und ich entschieden uns gemeinsam für die Army. Wir schworen uns, jeden Einsatz zusammen durchzuziehen, und kamen beide *gemeinsam* wohlbehalten nach Hause. Wir wussten zwar, auf was wir uns einließen, als wir uns für diesen Weg entschieden. Dennoch - so wirklich damit gerechnet, dass jemand von uns beiden fallen könnte, haben wir nie. Zumindest nicht bewusst.

Wenn ich darüber nachdenke, dass ich Matt nie wiedersehen werde, schiebt sich der Druck in meinem Kopf intensiver durch jede der Hirnzellen und ich könnte einen Schrei loslassen, der meine Umgebung erschüttern würde. Aber ich kann nicht – etwas blockt mich. Sodass der Druck in meinem Kopf bleibt. Er schiebt sich durch den ganzen Körper.

Unsere innige Freundschaft war von allen Seiten vorgesehen, denn unsere Familien verstanden sich ebenfalls schon immer sehr gut. Es gab keine Morgans ohne die Turners. Bei keinem unserer Straßenfeste, bei keiner unserer Familienfeiern, bei keinem unserer Abschlüsse.

Ist es verwerflich, dass ich es mir heute anders wünschen würde? Dass Matthew und mich niemals so eine innige Freundschaft verbunden hätte? Dann wäre der Schmerz in meinem Körper erträglicher. Es wäre nur ein Freund oder ein Bekannter, der sein Leben unter *meiner* Führung ließ.

Es ist nicht nur in mir etwas zerbrochen. Seitdem Matthew nicht mehr nach Hause kam, ist auch in unseren Familien irgendetwas zerstört.

Ich werde niemals vergessen, wie Evelyns Blicke – Matthews Mom – mich zum allerersten Mal trafen, nachdem Matt gefallen war. Diese Trauer und gleichzeitig die ehrliche Freude in ihren Augen, dass wenigstens ich noch am Leben war.

Außerdem wird es mir niemals wieder aus dem Kopf gehen, wie Minou das Krankenzimmer, in dem ich einige Zeit lag, minutenlang verzweifelt nach Matthew absuchte. Es hat gedauert, bis sein Hundegemüt verstand, dass es nur noch uns beide geben wird.

Matthew und ich nahmen Minou vor fast drei Jahren als Welpen zu uns. Er irrte eines Nachts auf Nashvilles Straßen allein umher. Wir waren gerade von einem Barbesuch schwankend auf dem Weg nach Hause, als uns Minou geschwächt in die Arme lief. Niemandem gehörte er, sodass wir kurzerhand beschlossen, ihn in unsere WG aufzunehmen. Gemeinsam bewohnten wir seit dem Beginn unserer Armyzeit ein großes Apartment im Herzen Nashvilles. Ein Apartment, das ich nicht nur aus emotionalen Gründen aufgeben musste. Sondern auch, weil es mir nicht möglich war, es überhaupt zu erreichen. Es gibt weder einen Fahrstuhl noch andere Möglichkeiten, mit einem Rollstuhl in die dritte Etage zu gelangen.

Aber genug mit den Erinnerungen an die vier Wände, die wir eigentlich nur bewohnten, wenn wir für wenige Wochen nach Hause kamen. Genug mit den Erinnerungen an Matt. Denn jetzt sitze ich hier in der Gegenwart, sehe in Elijahs graue Augen, die mich noch immer bitten, mir endlich von ihm hochhelfen zu lassen. Aber in solchen Momenten wie diesen, wenn ich wieder einmal zu Boden stürze wie ein Stück Obst, kann ich niemanden ausstehen. Auch nicht Elijah und am allerwenigsten mich selbst. Also zögere ich weiterhin.

Einzig und allein der treue Blick meines Hundes beruhigt mein aufgewühltes Gemüt ein wenig.

Nach all den Erinnerungen, die mich soeben überwältigt haben wie die reinste Folter, gebe ich Elijah eine verspätete Antwort. »Bin ich. Lass uns abhauen. Und vielleicht können wir zukünftig einen Ort zum Trainieren wählen, der mich nicht so demütigt.«

Elijah richtet sich etwas mehr auf und sieht mit hochgezogener Braue zu mir hinunter. Sein dummes Grinsen verliert er dabei keineswegs. »Wyatt, du musst lernen, auch im Freien mit den Prothesen umzugehen. Allein in der Trainingshalle reicht nicht.«

Eigentlich weiß ich, dass er recht hat. Doch jetzt ist der

falsche Moment, um das zuzugeben.

Die Prothesen und ich werden einfach nicht warm miteinander, obwohl sie im Moment die besten auf dem Markt sind. Wenn ich einmal gelernt habe, mit den künstlichen Unterschenkeln zurechtzukommen, könnte ich mit ihnen richtig laufen oder schwimmen.

Aber will ich das überhaupt noch? Langsam sind all die Rückschläge mehr als genug. Seitdem ich aus dem Krankenhaus entlassen wurde, fehlt mir jegliches Durchhaltevermögen. Ich wusste, dass mein Leben nicht leicht werden würde, sobald ich mich für die Army entschieden hatte.

Aber dass es so einen Ausgang mit sich bringen sollte ...

Der einzige Wunsch, der mich immer wieder anspornt, ist es, endlich wieder richtig mit Minou spazieren zu können. Also ja, mein Hund ist zurzeit meine größte und einzige Motivation. Dafür muss ich aber auf diesen Teilen endlich klarkommen. Und das unter unebenen Bedingungen.

Der Boden in der Trainingshalle, die an ein Rehabilitationszentrum grenzt, ist eben und einfach zu gehen. Im Gegensatz zu den Wegen im Park. Die Balance zu halten, ist draußen weitaus schwieriger und kraftaufwendiger als auf der Fläche. Die letzten Wochen tat ich nichts anderes, als in den gewohnten vier Wänden zu trainieren, um endlich wieder ein Stück Normalität zu erlangen. Es gab Tage, da war ich von mir selbst positiv überrascht, weil es Schritt für Schritt besser lief. Von den Schmerzen in meinen Stümpfen und dem Druck einmal abgesehen. Dann begann hier im Park alles wieder von Neuem. Und dennoch habe ich eigentlich genau auf das hier hingearbeitet.

Doch jetzt auf dem schmerzenden Schotter zu sitzen, fühlt sich an, als hätte ich drei Schritte zurückgemacht, statt einen vor.

Elijahs Griff um meine Hand verstärkt sich, die andere legt er um meinen Oberarm. »Komm, Wyatt. Jetzt steh auf. Noch ein paar Schritte und du bist für heute entlassen. Wir wollen schließlich mit Erfolgserlebnissen aus jedem Tag raus.«

»Die Schritte waren Erfolg genug.« Ich höre den tiefen Frust in meinen Stimmbändern.

»Wir wissen beide, dass dir das niemals ausreicht.«

Ich sehe Elijah nur kritisch an.

»Jetzt schau nicht so. Sieh zu, dass du deinen Arsch endlich hochbekommst, wir haben nicht den ganzen Tag Zeit. Mit wie vielen Schritten wirst du zufrieden sein? Acht, neun?« Elijah fixiert mich. »Nein, warte. Elf.«

Ein Schritt für jeden von ihnen. Immer und immer wieder. Das bist du ihnen schuldig.

Leichte Verwunderung steht mir spürbar ins Gesicht geschrieben. Bin ich so durchschaubar? »Wir verbringen eindeutig zu viel Zeit zusammen.«

»Es ist deine Zahl, Wyatt. Außerdem ist es meine Aufgabe, auf meine Patienten einzugehen. Dass sich zwischen uns zusätzlich so eine verkorkste Freundschaft entwickelt, konnte ja keiner ahnen. Aber dieser Status bringt nicht wirklich einen Vorteil für dich.«

»Das habe ich auch nicht erwartet.«

»Dann lass uns endlich die elf Schritte hinter uns bringen, damit du zufrieden mit dir selbst sein kannst. Jetzt steh schon auf und lass mich und Minou nicht noch länger warten!«

Fast schon nachdenklich knabbere ich auf der Innenseite meiner Wange und sehe noch weitaus ernster zu Elijah auf. Aber dieses Mal reagiere ich, weil er recht hat.

Ich schlage meine Hand in seine und lasse mir von ihm aufhelfen, ziehe mich, gemeinsam mit seiner Kraft, wieder auf meine Prothesen. Auch wenn es mir gerade schwerfällt, weiß ich: Man muss aufstehen, wenn man weiterkommen will.

Minou tänzelt um mich herum, als würde er mich motivieren wollen. Und ja, er hat Erfolg damit.

Ich will weiterkommen und endlich wieder auf eigenen Beinen stehen. So absonderlich das in meiner Situation auch klingen mag.

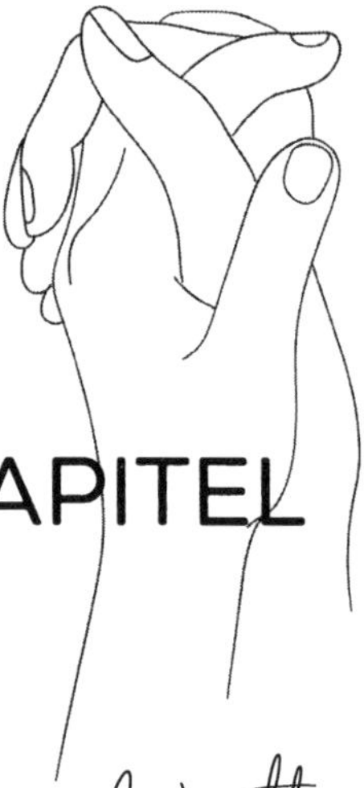

KAPITEL 2

Wyatt

Ich muss nicht auf den Wecker sehen, damit mein Verstand realisiert, wie spät es ist. Wenn es nicht Minou ist, der mich aus meinen Albträumen holt, ist es meine eigene Panik, die mich in die Realität zerrt. Jeden Tag wache ich zur selben Zeit auf. Durch dieselben Geräusche und dieselben Gefühle, die nur in meinem verkorksten Hirn stattfinden.

Die Schreie, die Schüsse, die Schmerzen. Matthew. Joy. Dieses Kind.

Nichts davon ist real. Nicht mehr. Auch nicht die Phantomschmerzen, die sich soeben durch die nicht vorhandene rechte Wade zerren. Mein Verstand spielt mir einen Streich und ich hasse ihn dafür.

Ich richte mich auf, schiebe die Decke von meinen Oberschenkeln und sehe auf sie hinunter. Minou legt seine Schnauze auf meinen Oberschenkel, sieht mit seinem warmen Blick zu mir auf und lässt ein leises Winseln aus seinen Lefzen gleiten. Weil er weiß, dass ich wieder mit mir selbst kämpfe. Mit der Situation. Mit meinen Beinen und den Phantomschmerzen.

Ich konzentriere mich auf den Anblick der fehlenden Waden, der weiterhin ungewohnt ist. Mustere angespannt die wulstige, waagerechte Narbe unter jedem Knie. Damit versuche ich, den stechenden Stumpfschmerz zu verjagen. Wie schon seit Wochen. Nicht immer, aber immer öfter gelingt es mir, die Kontrolle über meine Gefühle und meinen Verstand zu behalten. So auch in diesem Moment. Aus stechend wird kribbelnd, bis sich ein leichtes Beißen in den Enden meiner Oberschenkel breitmacht, bevor es letztlich abflacht.

Ein kleiner Fortschritt ...

Also nutze ich die Chance.

Ich fahre mit der Hand durch Minous Fell und drücke meinen Kopf auf seinen. Halte kurz inne und inhaliere seinen Duft. »Lass uns aufstehen, Partner.«

Als hätte er auf mein Kommando gewartet, springt Minou aus dem Bett. Ich hieve mich in den Rollstuhl hinein, der seinen gewohnten Platz neben meinem Nachttisch gefunden hat.

Deinem Nachttisch ... Eigentlich gehört er nicht dir. Hier gehört nichts dir außer der Inhalt des Kleiderschrankes.

Es hat gedauert, bis ich mit dem Rollstuhl im Alltag zurechtkam und ich beispielsweise ungehindert über einen Bordstein fahren konnte. Jede minimale Erhöhung war ein Hindernis. Anfänglich auch ein ungewohnter Kraftakt, den meine Arme und mein Oberkörper leisten mussten. Das Führen eines Rollstuhls ist nicht so einfach, wie es für Außenstehende den Anschein hat. Und genauso geht es mir jetzt mit den Prothesen. Es ist anstrengender, als man vermuten würde.

Während Minou wie gewöhnlich ins Wohnzimmer läuft

und dort auf mein geschundenes Ich wartet, bis ich mit der morgendlichen Routine fertig bin, bewege ich mich über den schmalen Flur ins Badezimmer. Ein kleiner Raum, für jemanden in meiner Situation grenzwertig erdrückend.

Nachdem das Antriebsrad am grauen Fliesenspiegel entlanggeschrammt ist und ich mich mühevoll in Richtung Waschbecken gedreht habe, prallen die Schiebegriffe an die Wand hinter mir. Die Kratzer häufen sich sichtlich.

Ich stütze mich mit einer Hand auf den Waschbeckenunterschrank und hieve meinen Oberkörper ein wenig nach oben, damit ich an die Zahnbürste und die Tube komme. Ich ergreife sie, lasse mich in den Rollstuhl zurückfallen und putze mir im Eiltempo meine Zähne.

Unter laufendem, eiskaltem Wasser spüle ich alles aus und lasse ein wenig Nass in meine Hände fließen, um es mir ins Gesicht zu drücken. Ein nächster Schwung geht direkt über meine kurz geschorenen Haare.

Eines der wenigen Dinge, die sich in den letzten Monaten nicht geändert haben ...

Meine morgendliche Routine führt mich ins Schlafzimmer zurück, zu dem Schrank, der ebenfalls nicht mir gehört. Ich zerre ein weißes T-Shirt heraus, das ich mir mit Leichtigkeit über meinen Oberkörper ziehe. Danach suche ich mir eine dunkle, kurze Stoffhose, die eindeutig mehr Zeit in Anspruch nimmt. Ebenso die schwarzen Bandagen, die ich mir vom Nachttisch greife und um meine Stümpfe wickle. Ich nutze sie nach all den Monaten immer noch.

Infolge der Amputation kam es bei mir durch die Gewebeverletzung zu einer postoperativen Schwellung. Dies bewirkte eine Minderdurchblutung, die eine Wundheilung verzögerte und Schmerzen verursachte. Die Anpassung meiner Prothesen war in diesem Stadium nicht annähernd möglich. Erst durch das Bandagieren werden die Voraussetzungen hierfür geschaffen. Sie anzulegen, ist auch außerhalb des Trainings zur täglichen Routine für mich geworden. Es fühlt sich sicherer an, wenn ich meine Stümpfe damit schütze.

Während ich die Küche aufsuche und diesen verstörenden Raum befahre, stöhne ich genervt. Diese vier Wände sind ein bunter Haufen einzelner, verschieden großer und verschieden farbiger Schränke, die nicht annähernd zusammenpassen. Er qualifiziert sich tagtäglich für den Titel des schlimmsten Raums in der ganzen Wohnung.

Ich hasse dieses optische Durcheinander, das in mir eine Unruhe auslöst, die sich auch mit der größten Selbstkontrolle nicht vermindern lässt. Eigentlich wäre diese Küche Grund genug gewesen, diese Wohnung nicht zu nehmen.

Aber nachdem ich aus dem Krankenhaus entlassen wurde, hatte ich zwei Möglichkeiten. Entweder ich zog mit Minou vorübergehend zu meinen Eltern, die sich dann um ihren zweiunddreißigjährigen Sohn kümmern würden, oder ich landete hier. In einer engen, fast komplett barrierefreien Wohnung, die mich mit Minou wenigstens etwas unabhängig sein lässt.

Es gab noch die Option, in einen Kriegsveteranenkomplex in Nashville zu ziehen. Ein Haus voller Gleichgesinnter. Soldaten und Soldatinnen, die Ähnliches durchmachen wie ich. Nur schien mir das für mich nicht die beste Alternative zu sein. Jeder dieser Männer und Frauen würde mich an den letzten Einsatz erinnern und auch an meinen Fehler, den ich gemacht habe: Meine Umgebung für Millisekunden außer Acht zu lassen und meine Sinne auf das zu heften, was ich nicht bereit gewesen war zu opfern.

Matthew.

Also fiel mir die Entscheidung ehrlicherweise nicht schwer, die jetzige Option zu wählen. Eine Option, die mir meine Schwester Joy besorgte. Und das, obwohl alles in dieser Wohnung zu klein und definitiv nicht hundertprozentig für Rollstuhlfahrer ausgelegt ist. Dennoch ist es weitaus besser, hier zu sein, als bei meinen Eltern leben zu müssen, die sich womöglich permanent nach meinem Wohlbefinden erkundigen würden. Ich müsste sie anlügen, nur um ihren mitleidigen Blicken auszuweichen. Dabei muss ich nicht bemitleidet werden.

Nicht du.

Da sieht es bei den Familien meiner verstorbenen Kameraden anders aus. Nicht nur Matthew ließ bei dem letzten Einsatz sein Leben. Noch drei weitere Waffenbrüder folgten ihm in den sicheren Tod. Und ich habe bis heute keine Ahnung, ob ich dies nicht hätte verhindern können, wenn ich mich wie ein zuverlässiger und schützender Truppführer verhalten hätte. Schließlich war ich das zuvor zweifelsohne. Aber dieser eine verdammte Einsatz, der Schuss auf Matthew und mein Versuch, ihn irgendwie zu retten, kostete vermutlich drei weitere Kameraden das Leben.

Wie soll man mit dieser Schuld leben?

Mitleid hab ich ganz sicher nicht verdient und darauf bin ich auch nicht annähernd aus. Ich lebe schließlich noch. Nicht unter den besten Umständen, aber ich bin hier.

Und jetzt sitze ich in diesem Rollstuhl. In dieser zusammengewürfelten Küche, die mich um den Verstand bringt, und beginne über alles nachzudenken. Über mich, über mein Leben, über diese Wohnung.

Nichts von diesen vier Wänden gehört mir. Jeder Raum war schon möbliert, als ich einzig und allein mit einer Reisetasche einzog. Alles hier schreit nach Unpersönlichkeit. Und genau das fühle ich, wenn ich die Wohnung betrete oder verlasse. Aber ich habe andere Baustellen, als eine Wohnung zu gestalten, die mich und mein Wesen repräsentieren soll. Wobei ich zurzeit nicht einmal genau weiß, wo ich mein ramponiertes Ich überhaupt hinstecken kann.

Der Tod meiner Kameraden und die Amputationen beider Unterschenkel bis zum Knie sind nun über ein halbes Jahr her. Seither wird ein Verlangen von Tag zu Tag extremer: Ich will aus diesem verdammten Rollstuhl raus. Und um das endlich zu erreichen, opfere ich jede freie Minute, wenn nötig.

Ich greife mir eine saubere Tasse neben der Spüle, die etwas niedriger ist als für andere gewohnt, und gieße mir einen Kaffee aus der Maschine ein. Obwohl ich riskiere, mir die Lippen zu verbrennen, stürze ich das Heißgetränk hinunter und mache mich auf den Weg zur Tür.

»Komm, Minou«, rufe ich, als ich gerade seine Leine vom Haken nehme.

Schwanzwedelnd spaziert er aus dem Wohnzimmer, setzt sich in den Flur und wartet darauf, dass ich sie ihm anlege.

Also tue ich das. Dann schnappe ich mir meine mintgrüne Sweatjacke und ziehe sie über. Den Haustürschlüssel, der von innen im Schloss der Wohnungstür steckt, ziehe ich ab und lasse ihn langsam in die Jackentasche gleiten. Und mit dem Öffnen der Tür und dem Griff um die Reifen des Rollstuhls beginnt der erneute Versuch, einen vernünftigen Alltag in meinem neuen Leben zu schaffen.

Dabei komm ich um den heutigen Tag keineswegs herum. Denn heute ist Dienstag – Therapeutendienstag. Und bevor ich mich auf den Weg zu Dr. Kruger mache, fahre ich wie jeden Morgen mit Minou noch eine Runde spazieren. Es beruhigt mein aufgewühltes Gemüt und ist die beste Vorbereitung auf die intensiven Gespräche, die mich erwarten werden.

Keine Gespräche, die ich sonderlich mag, die aber dennoch sein müssen. Das weiß ich. Die Stunden bei Dr. Kruger tun mir gut, das muss ich zugegeben. Und sie sind notwendig, um halbwegs vernünftig mit meiner Situation zurechtzukommen. Nicht nur mit dem Tod der Kameraden. Auch mit meiner eigenen Psyche.

Es gab Zeiten, da haben mich ein Stück weggeworfene Alufolie oder Glasscherben am Straßenrand oder im Gebüsch in sofortige Alarmbereitschaft versetzt. Mit einem Mal war ich im Kopf plötzlich zurück in Afghanistan. Ich durchlebte die Erinnerungen erneut.

Was hier ein Fetzen Plastik ist, konnte dort eine Sprengfalle sein.

Man lässt dieses Detail nicht mehr aus den Augen.

Ich fing bis vor wenigen Wochen noch an zu schwitzen, bevor mir richtig übel wurde und ich mich nicht selten übergeben musste.

Manchmal besucht mich Matthew in meinen Träumen. Macht die Situation in meinem Inneren nicht gerade besser. Diese Besuche scheinen so unvermeidlich zu sein wie die Tatsache, dass ich Teile meiner Beine im Krieg einbüßte. Doch seitdem ich regelmäßig zu Dr. Kruger gehe, ist alles erträglicher und das positiv gestimmte Gesicht von Matthew, das schon begonnen hatte, mich in den Wahnsinn zu treiben, platzt nur noch unregelmäßig in meine unruhigen Nächte herein.

Die Verarbeitung dieser posttraumatischen Belastungsstörung, gemeinsam mit Dr. Kruger, macht mir den Alltag leichter. Ich fange langsam an meine Umgebung als das wahrzunehmen, was sie wirklich ist. Ich bilde mir keine Dinge ein, sehe keine Gefahren. Zumindest nicht mehr so häufig.

Mir ist bewusst, dass eine posttraumatische Belastungsstörung nicht heilbar ist. Aber ich kann sie mit Dr. Kruger kontrollieren lernen, und das ist das, was für mich zählt. Schließlich gehört diese Tatsache zur Bewältigung des Alltags.

Und ich habe eine greifbare Methode entwickelt, die mir dabei hilft, mich unter Kontrolle zu halten. Eine Methode, die ich im Krieg einsetzte.

Ich atme einige Male tief durch, konzentriere mich nur darauf, welche angebliche Gefahr vor mir liegt. Damit verlangsame ich meinen Puls. So wie damals, als ich einen präzisen Schuss abfeuern musste. Jetzt bekämpfe ich mit genau dieser Methode meine Panikattacken.

Ava

Die ersten Strahlen der aufgehenden Sonne leuchten mir ins Gesicht. Ich ziehe mir die Decke über den Kopf, bevor ich langsam die Augen öffne und verschlafen auf das Display meines Handys sehe.

7:00 Uhr am Morgen.

Ich drücke mir meine Handflächen gegen die Stirn und stöhne genervt auf. Keine Ahnung, wann ich das letzte Mal so zeitig aufgewacht bin. Vor halb neun beginnt mein Alltag im Normalfall nicht. Zudem habe ich bis tief in die Nacht Fotos im Atelier entwickelt, das sich eine Etage über meiner Wohnung befindet.

Es ist noch immer seltsam, in den ehemaligen vier Wänden meines Bruders aufzuwachen. Wir haben Jahre lang gemeinsam in dem massiven Backsteinhaus gelebt, das sich unsere Eltern vor langer Zeit gekauft haben.

Mein Bruder Liam zog, nachdem sich Hope und er kennenlernten – was wohl ich zu verantworten hatte – nach Newport. In Hopes Heimatstadt. Mir fiel der Abschied von Liam damals ungewohnt leicht, denn ich erfreute mich daran, dass er seine wahre Liebe gefunden hat.

Gibt es ein größeres Glück?

In ein paar Wochen krönen sie ihren Segen mit Milly und damit Baby Nummer zwei und mein Neffe Sam wird endlich ein großer Bruder.

Durch Liams Umzug wurden seine vier Wände frei, was

dazu führte, dass ich meine alte Wohnung als Atelier umfunktionieren konnte. Obwohl es eigentlich anders geplant war.

Nichtsdestotrotz bezog ich seine Etage im Erdgeschoss und gestaltete meine damalige Wohnung zu meinem ganz persönlichen Atelier mit den schönsten Bildern um. Und davon gibt es eine Menge. Mein ehemaliges Schlafzimmer ist heute meine Dunkelkammer. Das Gästezimmer ist nun Aufbewahrungsraum für den Großteil des Kamerazubehörs, welches ich im Fotostudio nicht ganz so oft benötige. Wohnzimmer und Küche sind eine Art Ausstellungsraum – allein für mich.

Wäre es nicht so früh, würde ich – wie sonst auch – mit purer Freude und Energie in den Tag starten. Denn allein der Gedanke, wieder hinter der Kamera stehen zu dürfen, erfüllt mich mehr, als es etwas anderes jemals könnte.

Ich liebe es, wie ich Fotografien entstehen lassen kann, die besonders sind. Und das sage ich nicht aus Arroganz, sondern aus Überzeugung. Ich bin gut in dem, was ich mache.

Allerdings bin ich kein Frühaufsteher und ich gebe jegliche Hoffnung, weitere Minuten des Schlafs einholen zu können, auf. Also drücke ich die Decke mit den Beinen von mir und greife meine Brille vom Nachttisch. Dann stemme ich mich aus dem Bett und laufe benommen in die Küche, um mir einen Kaffee einzuschenken.

Ich lehne mich an die Küchenzeile, fixiere den Toast auf der Arbeitsplatte und nehme zwei Scheiben aus der Tüte. Dann beschmiere ich sie mit der selbst gemachten Erdbeermarmelade meiner Tante Elisabeth und frühstücke ausgiebig, ehe ich überhaupt mit dem Gedanken spiele, mich aus meinem pinken Pyjama zu pellen.

Im Badezimmer putze ich mir im Eiltempo die Zähne. Dann sehe ich in den Spiegel und verfluche das Einhorn auf meinem Oberteil, das mich viel zu fröhlich für diese Uhrzeit anstarrt. Der Schriftzug *Good Morning* macht es bestimmt nicht besser.

Nachdem ich gefrühstückt habe, wandere ich mit meinem Handy in der Hand ins Wohnzimmer. Ich stelle den Kaffee auf den gelben Couchtisch und lasse mich auf das braune Sofa fallen.

Alles in dem Raum wirkt für andere vielleicht zusammengewürfelt und zum Teil chaotisch: das braune Sofa, der gelbe Couchtisch, die weiße Kommode neben den hohen Fenstern. Diese Einrichtung passt nicht zu der hellen Küche im modernen Landhausstil, die Liam damals selbst geschreinert hat. Und vielleicht bin ich wirklich nicht die Ordentlichste, was mir wieder einmal die übereinanderliegenden Klamotten auf der Couch beweisen. Ich müsste sie eigentlich nur aufhängen und einräumen, um ein wenig mehr Ordnung zu schaffen.

Nichtsdestotrotz spiegelt alles in dieser Wohnung mich wider – Ava Connor.

Bevor ich mich anziehe, verweile ich noch ein wenig auf der Couch und wähle eine altbekannte Nummer, wie es fast jeden Morgen Routine ist – auch wenn diese Routine an den letzten beiden Tagen ausfiel.

Da es für mich ungewöhnlich früh ist, zögere ich einen Moment, bevor ich auf den grünen Hörer drücke. Es klingelt und nach wenigen Sekunden ertönt ihre muntere und leicht sorgenbeladene Stimme am anderen Ende. »Ava?«

»Guten Morgen, Hope.«

Trotz der Entfernung stehe ich mit ihr und meinem Bruder wohl mehr in Kontakt als mit meinen Eltern, die nur wenige Kilometer entfernt von mir leben.

»Geht es dir gut? Ist alles in Ordnung?« Mit jedem Wort wird ihre Stimme besorgter.

»Natürlich. Mir geht es gut.« Ich fahre mit der Hand durch meine ungekämmten Haare und streife mir wenige Strähnen hinter mein Ohr. Dann richte ich meine Brille auf der Nase.

»Bist du dir sicher? Wir haben es erst kurz nach sieben. Und ...«

Ich muss kurz auflachen. »Ja, ich weiß. Aber das fehlende Rollo im Schlafzimmer macht mich noch wahnsinnig.«

»Ah, ich verstehe. Du bist also nicht mit Absicht schon wach.« Auch Hope entfährt jetzt ein befreites Lachen. Die warmen Töne meiner Freundin zu hören, tut soeben mehr als gut.

»Um diese Uhrzeit? Niemals«, erwidere ich und nippe an meinem zweiten Kaffee. »Wie geht es euch? Wie geht es dir und dem Baby?«

»Bei uns ist alles in bester Ordnung. Die Kleine macht sich jeden Tag bemerkbarer. Sie strampelt fleißig. Wenn das weiterhin so zunimmt, werde ich meinen Schlaf auf den Tag legen müssen. Sie scheint etwas nachtaktiv«, scherzt Hope. Dabei entflieht ihr ein Kichern.

»Freut mich, dass alles in bester Ordnung ist. Ganz ehrlich. Und Sam?«

»Ich komme gerade vom Kindergarten zurück. Heute ist *Wir-gehen-mit-den-Kindern-auf-Expedition*-Tag. Darauf hat er sich schon die ganze Woche wahnsinnig gefreut. Es lenkt ihn von seiner Vorfreude ab.«

»Sam wird Tag für Tag ungeduldiger«, murmle ich. »Auch irgendwie verständlich.«

»Total. Er kann es kaum abwarten, dass seine Schwester auf die Welt kommt.«

»Du kannst es auch nicht abwarten, Hope«, erwidere ich lachend.

»Schon möglich.«

»Warum sollte es deinen Jungs dann anders gehen? Was macht mein herzallerliebster Bruder eigentlich? Es ist eine Schande, dass ich seit über einer Woche nichts von ihm gehört habe.«

»Liam ist immer noch dabei, das Gästezimmer zum zweiten Kinderzimmer umzubauen. Und wenn er so euphorisch weitermacht, ist er nächste Woche fertig, obwohl uns noch einige Wochen bis zur Geburt bleiben. Aber du kennst ihn ja ... Ich werde ihm sagen, dass er dich nicht so vernachlässigen soll. Versprochen.«

Ich kichere. »Vielen Dank. Dann werde ich mich jetzt ins Studio begeben. Ich kann selbst nicht glauben, dass ich das sage. Aber vielleicht haben die Morgenstunden ja doch einen Vorteil. Wie sagt man: Morgenstund' hat Motivation im Mund?«

»So ähnlich, Ava«, lacht Hope ins Telefon. »Gold. Nicht Motivation. Aber in deiner Situation ist Motivation wohl die bessere Option. Du brauchst dringend morgendliche Motivation, Ava.«

»Ich gebe mir Mühe. Bestell allen liebe Grüße, ja?«

»Das mache ich. Hab einen schönen Tag.«

»Den werde ich sicher haben. Wer weiß, was er bringt.«

Ich hoffe wie immer nur Gutes.

Mit einem Lächeln auf den Lippen und einem angenehmen Gefühl in der Magengegend hieve ich mich hoch und starte nun so richtig in den Tag.

Hallo, Welt.

Wyatt

Ich versuche die morgendliche kühle Luft und die bereits aufgegangene Sonne zu genießen. Einen In-Ear-Kopfhörer stecke ich mir in das rechte Ohr und drehe *Only Wanna Be With You* von Post Malone auf meinem Handy lauter. Minou beobachte ich dabei, wie er die schmale Grasnarbe abgeht und inhaliert. Wie es meine Erziehung beabsichtigte, entfernt er sich nie wirklich weit weg von mir. Auch unangeleint ist Minou recht gehorsam – so wie jetzt.

Unser Weg führt uns direkt hinunter zum Ufer des Cumberland River, das wenige Meter von der Wohnung entfernt ist. Ich sehe nur kurz in Richtung des Flusses. Die Strahlen der Sonne leuchten auf der Wasseroberfläche. Früher hatte der Anblick eine ganz besondere Wirkung auf mich. Aber heute ...

Ich war oft mit Matthew hier und sehe in eine bestimmte Richtung.

Dort hinten, zwischen die Gassen und zu unserem Ort.

Ich versuche die Gedanken, die dadurch in mein Hirn steigen, zu verdrängen, indem ich meine Hände zu festen Fäusten balle. Aber keine Veränderung tritt ein. Denn dieser Ort dahinten gehörte eine viel zu lange Zeit allein uns. So lang, bis ihn Minou vervollständigte.

Noch immer hallen alte Bilder von Matt und mir oder von uns dreien in meinem Kopf nach, die mich vermutlich niemals loslassen werden. Wie wir gemeinsam die Wege entlanggejoggt sind. Wie wir auf einer der Bänke saßen und ein Bier nach dem anderen gekippt haben. Sei es aus Frust, Spaß oder Langeweile. Wie wir Minou ins Wasser jagten, weil wir wussten, wie sehr er es liebt. Matt und ich saßen hier, um die Schrecken der Einsätze zu verarbeiten oder um das Leben zu leben. Auf unsere Weise.

Alles hier erinnert mich an Matt und auch bei Minou stelle ich eine gewisse Wehmut fest, als er neben mir in die Sitzposition übergeht und in die gleiche Richtung sieht wie ich. Ich lockere meine Fäuste, lasse den Schmerz für einen Moment zu und streiche mit einer Hand über Minous Kopf. Ein fast schon lautloses Winseln überkommt ihn. Er trauert genauso wie ich. »Schon gut, Minou. Wir haben ja noch uns, nicht?«

Als verstände mein Hund das, was ich sage, stemmt er sich auf die Armlehnen des Rollstuhls und leckt mir übers Gesicht. »Sag ich doch.« Ich schlinge meine Hände um seinen Oberkörper. »Wir überstehen das. Irgendwie. Versprochen.« Ein letzter Strich über sein Fell, ehe ich ihn vorsichtig von mir drücke und unserem Ort den Rücken kehre.

»Komm, Minou. Lass uns weitergehen.«

Gehen … Du wirst nie wieder normal gehen … Daran solltest du dich gewöhnen.

Am Flussufer umschließt Minou und mich eine Allee aus Kirschbäumen, die teilweise zu blühen begonnen haben. Die Blüten leuchten in einem zarten Rosa und ich gestehe mir in diesem Moment ein, dass ich ihnen früher nie solch eine Beachtung geschenkt habe wie jetzt. Dabei sollte mir jeder Winkel, jede Pflanze und jede Veränderung in dieser Stadt direkt ins Auge stechen. Schließlich lebe ich schon mein ganzes Leben lang hier.

Nashville ist mein Zuhause und eigentlich ein ganz guter Ort, um zu heilen. Vermutlich, weil mir alles vertraut vor kommt. Aber in meinem Fall zu vertraut …

Wenn man alles mit dem Verlust seines besten Freundes verbindet, kann man kaum heilen …

Während ich weiter den Fußgängerweg entlangfahre, werde ich stetig langsamer, bis ich die Reifen unter mir letztendlich vollständig abbremse.

Minou ist weiterhin bei Fuß und passt sich meiner Geschwindigkeit an. Dann drehe ich mich zur Seite und gemeinsam halten wir erneut hier – vor diesem kleinen Fotoladen, der mit dem handschriftlichen Schriftzug *Be unusual* behängt ist.

Sei außergewöhnlich …

Im Schaufenster sehe ich mir die Fotografien an.

Seit einiger Zeit Tag für Tag aufs Neue.

Vor mir erstreckt sich ein recht großes Foto eines älteren Herrn, das gestern noch nicht da war. Der Mann sieht ausgeglichen in die Kamera. Auffallend sind dabei seine fehlgebildeten Hände. Die zweite Ablichtung zeigt eine junge Frau mit einer Pigmentstörung. Das nächste Bild einen Soldaten in Uniform, mit einem amputierten Arm.

Wie das Leuchten der Kirschblüten ist mir auch dieser Fotoladen erst vor wenigen Wochen aufgefallen. Dabei macht er schon allein durch dieses Schaufenster auf sich aufmerksam.

»Was sagst du zu den Bildern, mhm?«, frage ich Minou. Er drückt sich an einen meiner Stümpfe, was mich veranlasst, ihn über sein leicht gewelltes Fell zu streicheln, das noch immer die dichte, winterliche Unterwolle trägt.

Regelmäßig werden die Bilder in dem Schaufenster vor uns ausgewechselt und neue Fotos hängen aus, die keine *normalen* und *optisch gesunden* Menschen zeigen. Jeder von ihnen hat mindestens einen Makel, der in unserer Gesellschaft als Handicap angesehen wird.

Genau wie ich als *Mensch mit Handicap* angesehen werde. Vermutlich fielen mir die Fotografien auch deshalb erst ins Auge. Weil ich nun selbst so bin wie die Menschen auf den Bildern.

Sucht man nicht immer automatisch seinesgleichen?

Ich mustere mein leicht durchschimmerndes Ebenbild im Schaufenster, das im Hintergrund von eilenden Menschen umgeben ist, die an mir vorbeilaufen. Neben mir Minou, der mit lächelnder Schnauze zu mir aufblickt.

Mein Spiegelbild zeigt mir, welche Spuren der Vergangenheit sich auch auf mich gelegt haben. Die unübersehbare Brandnarbe im Gesicht – von der ich bis heute nicht weiß, wie genau sie entstanden ist –, die fehlenden Unterschenkel, mein zerstörtes Ich, sitzend in einem Rollstuhl.

Hüftaufwärts bin ich ganz der Alte. Ich besitze dieselbe Stärke, die ich sonst von mir gewohnt war. Denselben Gesichtsausdruck, der schon immer präsent schien und auf viele Leute kühl wirkt. Doch sobald ich an mir hinabsehe, erkenne ich nichts mehr von mir wieder. Es ist der untere Teil meines Körpers, der schon fast zerbrechlich wirkt und mich einfach nur abschreckt.

Noch.

Nachdem ich gestern von einem ganz schönen Tief eingeholt wurde, bin ich heute nur umso gewillter, mich wieder aufzurappeln.

Das einzig Positive, das ich in dem Bild vor mir erkenne, ist Minou. Ein Wesen, das uns damals auch die Zeit im Krieg einfacher machte. Allein der Gedanke, dass er zu Hause bei meiner Schwester auf Matthew und mich warten würde, gab uns immer einen Motivationsschub, um jede noch so ausweglose Situation durchzustehen. Wir mussten überleben, allein schon seinetwegen.

Als ich mich intensiver auf mein Spiegelbild konzentriere, spüre ich mit einem Mal taxierende Blicke, die sich in meinem Gesicht festnageln und mich aus der Konzentration holen. Blicke, die nicht von meinem Hund kommen, auch wenn Minou aufdringlich genug starren kann. Diese fremden Blicke fühlen sich anders an.

Aus den Augenwinkeln sehe ich eine junge Frau mit schulterlangen dunklen Haaren, die an den Spitzen in ein Hellbraun übergehen. Durch ihre Nerdbrille sieht sie fragend auf mich und Minou herab.

Sie muss glauben ...

Überrascht sehe ich zu ihr. Und schaue damit in die wohl größten Augen, die ich jemals in meinem Leben gesehen habe und die meinen überraschenderweise in der Farbe sehr ähnlich sind. Augen, die solch eine Wärme ausstrahlen, dass sich die Hitze ungewohnterweise direkt in meinen Herzmuskel bohrt.

Das ist der Unterschied zu deinen Augen, die auf andere wie vereistes Holz wirken.

Keine Ahnung, ob ich das angenehm finden soll ...

Ich ziehe den In-Ear aus meinem Ohr und umschließe ihn fest mit der Hand. »Ist irgendwas?« Meine Stimme wirkt schroffer als beabsichtigt.

Und als hätte ihr der Ton die Sprache verschlagen, schüttelt sie nur vorsichtig den Kopf und schließt für einen kurzen Moment ihre Lider. »Nein, es ist nur ...«

»Es ist nur was?« Schon wieder diese Strenge. Ich beginne meine Stimme zu zügeln, weil die Unbekannte vor mir sicher nichts für meine Gefühlslage in diesem Moment kann. »Du musst glauben, dass ich die Menschen auf den

Bildern anstarre, aber ich ...« *Ich darf das irgendwie ... Ich bin wie sie ...*

Noch bevor ich ein weiteres Wort sagen kann, ist es Minou, der mich durch das, was er tut, völlig aus dem Konzept bringt. Er geht auf die Unbekannte mit schnellen Schritten und wedelndem Schwanz zu und macht einen kleinen Satz in ihre Richtung. Damit drückt er die Frau durch sein Eigengewicht, das er gegen sie lehnt, wenige Schritte nach hinten.

»Minou, was tust du denn da? Komm her! Sofort!« Meine Stimme erhebt sich wieder merklich. Gleichzeitig entflieht ein »Sorry« meinen Lippen, das an die Unbekannte gerichtet ist. Ich ziehe Minou an mich, dann setzt er sich neben den Rollstuhl, als hätte er nicht vergessen, was er von mir und Matthew die letzten Jahre gelernt hat. »Das hier ist Minou.« Ich streichele über das marmorierte rotbraune Fell auf seinem Kopf und versuche, etwas im Blick der Frau vor mir zu erkennen. Ihr Ausdruck ist überrascht und milde zugleich.

»Er vergisst eigentlich nie seine intensive Erziehung. Ist alles okay?«, entschuldige ich mich für Minou.

Auf ihren geschwungenen Lippen liegt ein sanftes, verständnisvolles Lächeln, das eine wohltuende Ausstrahlung mit sich bringt. Sie mustert meinen Hund, der sich anscheinend ebenfalls entschuldigen will und mit seiner Schnauze das Bein der Frau berührt.

Als sie die Hand ausstreckt und in Minous Fell vergräbt, zucken ihre Mundwinkel nach oben. »Du bist wirklich wunderschön.« Als hätte mein Hund das Gesagte verstanden, lässt er die Zunge heraushängen und lächelt die Unbekannte genauso an wie sie ihn.

Als ich heute Morgen die Wohnung verließ, hatte ich

nicht vor, ein Gespräch mit jemand Fremden zu beginnen. Mein Plan war gewesen, auf meiner Spazierrunde mit Minou für mich zu sein – sofern das in einer Großstadt möglich ist. So wie ich mich täglich von Menschen fernhalte, die mir fremd sind, wollte ich es heute genauso halten und einfach nur Dr. Kruger aufsuchen.

Aber das Schicksal hat eindeutig andere Pläne. Das Schicksal, das Minou mit einbezieht. Eine Tatsache, die mir gerade nicht wirklich gefällt.

»Keiner muss sich dafür rechtfertigen, sich diese Fotografien anzusehen.« Die Frau sieht zu mir auf, während ihre Hände weiterhin durch Minous Fell streicheln. Ihr Blick scheint so warm zu sein. So warm wie die Morgensonne, die auf uns hinabprasselt.

»Äh, bitte?«

»Du warst gerade dabei, dich zu rechtfertigen, weil du dir die Fotografien ansiehst.« Stimmt. Ich wurde von Minou unterbrochen. »Deswegen hängen sie ja schließlich aus, nicht? Zum Ansehen.« Nachdem die unbekannte Frau ihren immer noch leicht fragenden und überraschten Blick von mir und Minou abgewendet hat, wandert ihre Sicht ins Schaufenster. »Magst du sie denn?«

Als wäre meine Meinung von Belang.

Trotzdem antworte ich ihr, obwohl ich auf keine tiefere Kommunikation stehe und ich auch nun versuche mich oberflächlich zu halten. »Jeder Mensch ist außergewöhnlich in Szene gesetzt.« Und das sage ich nur, weil der Schriftzug *Be unusual* wieder unübersehbar hervorsticht. Gegen *außergewöhnlich* kann keiner etwas sagen, niemand kann etwas kritisieren. Außergewöhnlich zu sein, ist doch heutzutage gut ...

Noch während ich die letzten Worte ausspreche, sieht sie

erneut zu mir und ich erkenne etwas Prüfendes in ihrem Braun. Sie starrt mich nicht an, weil ich eine Narbe im Gesicht trage oder im Rollstuhl sitze. Sie mustert auch nicht meine Stümpfe. Die für mich Unbekannte blickt tief in meine Augen, als würde sie etwas von mir erwarten oder etwas in ihnen lesen können, das mir selbst ein Rätsel ist. Ist mir vielleicht irgendwas entgangen?

Ich umgreife die Reifen meines Rollstuhls. »Sag, kennen wir uns irgendwo her?«

»Äh ...« Sie löst ihren intensiven Blick, nimmt die Hände von Minou und schiebt sich eine Strähne hinter ihr Ohr. »Nein. Nein, wir kennen uns nicht.« Um das zu unterstreichen, hebt sie abwehrend die Hände. Ihre Stimme hingegen zittert leicht.

»Sicher? Es scheint, als würdest du irgendetwas erwarten.«

»Ich, erwarten? Nein. Das tue ich nie. Etwas erwarten. Und nein, wir kennen uns wirklich nicht«, stammelt sie.

»Okay gut, denn du siehst mich an, als müssten wir uns kennen. Und ich war schon dabei, mir eine vernünftige Entschuldigung zurechtzulegen, warum ich mich nicht mehr an dich erinnern kann.«

»Du würdest mich nicht vergessen, wenn dem so wäre.« Als sie das ausspricht, stockt mir für einen kaum merklichen Moment der Atem.

Ziemlich selbstbewusst ...

Und dennoch entlockt sie mir mit ihrer Aussage ein Grinsen. »Ich würde dich also nicht vergessen, ja?«

»Nein«, beteuert sie. »Aber zurück zu den Fotografien. Du magst sie also.«

Ich lasse ihre Annahme mal so zwischen uns stehen. »Ich finde jedes dieser Bilder gelungen. Und doch ...« Ich lege meinen Kopf schief, mustere die Fotos vor mir genaustens.

»Und doch, was?« Ihre großen Augen wandeln sich zu kleinen Schlitzen.

»Du willst es ganz genau wissen, was?«

»Schon. Wirst du es mir denn näher erläutern?«

»Wenn du unbedingt willst.« Ich zucke mit den Schultern. Dann beginne ich. »Es ist irgendwie seltsam«, versuche ich mich zu erklären. Etwas, das ich eindeutig noch nie konnte. *Tiefgreifende* Gespräche wirken aus meinem Mund etwas fahl und emotionslos. Als würde ein Stück Fels eine Klippe hinabrollen. Ungehalten und hart. Deswegen meide ich sie auch. Vor allem mit Menschen, die ich nicht kenne.

Noch etwas, das sich seit dem letzten Einsatz nicht verändert hat ...

»Was genau findest du seltsam?«

»Der Fotograf sollte sich zwischendurch ein normales Model suchen. Findest du nicht? Es scheint mir, als gäbe es nur Bilder allein von dieser Art Menschen.«

Dieser Art von Menschen ...

Da ist er: Der Versuch, mich vernünftig auszudrücken, schlägt fehl. Allein auf dem Schlachtfeld gelang mir das ganz gut. Da musste man die Wörter auch nicht mit gewisser Feinfühligkeit wählen.

Wie nennt man die Leute vor meinen Augen? Gehandicapt, angeschlagen, speziell? Wie nennt man jemanden wie mich?

»Ein *normales* Model?«, wiederholt sie mit purer Skepsis in der Stimme und zieht dabei ihre linke Braue hoch. »Wer definiert denn für dich, was *normal* ist?«

Ich zucke erneut mit den Schultern. »Alle hier sind irgendwie ...« Ich suche nach einem passenden Wort, ohne

Erfolg. »Einfach nicht normal?«

»Mhm.« Die Frau kaut auf den Innenseiten ihrer Wange, wohl um meine Antwort sacken zu lassen.

»Nicht normal also ...«, wiederholt sie flüsternd und widmet sich erneut den Bildern im Schaufenster.

»Ich darf das schließlich behaupten«, ergänze ich und zeige auf meine schwarz bandagierten Stümpfe. »Es muss doch deprimierend sein, permanent mit Menschen zusammenzuarbeiten, die Ballast mit sich führen. Und das immer und immer wieder. Ich meine, jeder von ihnen wird irgendeine Last mit sich herumschleppen. Keiner von ihnen wird es unbedingt leicht im Leben haben.«

Die Sicht der jungen Frau schweift über den unteren Bereich meines Körpers und kurz wirkt sie nachdenklich. Ich habe keine Ahnung warum, aber es interessiert mich, was wohl in ihr vor geht. Als sich ihre Gesichtszüge entspannen, wird mein Ausdruck vermutlich kritischer. Fragender.

Dann nimmt sie ihren graumelierten Rucksack vom Rücken und schenkt mir ein unerwartetes Lächeln. »Möchtest du«, beginnt sie und hält im selben Moment inne. »Möchtet ihr noch mehr *nicht normale* Menschen sehen?«

»Ich verstehe nicht ...«

»Du und Minou könnt euch da drin gern mehr *nicht normale* Menschen ansehen.« Dabei setzt sie *nicht normale* in händisch gezeigte Anführungszeichen und zeigt danach in Richtung Schaufenster.

Ich schmunzle, weil sie wohl nicht das weiß, was ich weiß. »Du bist nicht oft hier, oder? Der Laden hat geschlossen. Das hat er um diese Zeit immer.«

Abrupt dreht sie sich ein Stück mehr zu Minou und mir und sieht erschrocken in mein Gesicht. »Ihr seid regelmäßig hier?« Der Ton ihrer doch recht sanften Stimme springt merklich in die Höhe, als hätte sie eine unglaubliche Nachricht erfahren.

Dabei ist es mehr als belanglos, was ich ihr zu sagen habe. »Seit einiger Zeit täglich, ja.«

Ihre erstarrte Mimik löst sich und dezente Grübchen legen sich auf ihre Wangen, die so zart sind, dass sie wohl nicht mal jedem auffallen würden. Und doch bin ich mehr als irritiert. »Hab ich etwas gesagt, das so lustig ist? Oder warum grinst du?«

Sie schließt ihre Lider und schüttelt den Kopf. »Nein. Es ist nur schön, dass ihr täglich hierherkommt und euch die Fotografien anseht. Das hätte ich einfach nicht erwartet«, antwortet sie und widmet sich ihrem Rucksack, aus dem sie einen Schlüssel herauswühlt.

Währenddessen gehe ich ihrer Aussage genauer auf den Grund. »Warum solltest du das auch?«

»Weil ich das als ein Kompliment ansehe. Als ein sehr großes.«

»Miss, *Sie* sprechen in Rätseln ...« Nun bin ich der, der seine Augen in schmale Schlitze legt, um die Frau vor mir lesen zu können. Auch Minou sieht fragend zu ihr und mir auf.

Die Unbekannte strahlt auf mich herab und denkt nicht daran, ihr Dauerlächeln zu unterbrechen. »Das ist zufällig mein Laden.« Zur Bestätigung wedelt sie mit dem Schlüsselbund vor meinem Gesicht herum.

»Das ist was?« Ich bin überrascht und gleichzeitig wird mir etwas klar. »Du hast all die Bilder gemacht?«

Sie nickt, tritt einen Schritt nach vorn und sperrt den Laden auf, dessen Flügeltüren sich im gleichen Zuge automatisch öffnen.

»Warum macht jemand wie du solche Bilder?« Ich umgreife erneut die Reifen und schiebe mich wenige Zentimeter nach vorn.

Diese Frau wirkt unfassbar positiv auf mich. Ihre Ausstrahlung sendet eine wohltuende Wärme aus, die mir neu erscheint und sich an meiner geschundenen Seele festbeißt.

Es gibt Menschen, die, egal welchen Gesichtsausdruck sie im Augenblick haben, alles vollkommen positiv erscheinen lassen. So auch sie.

»Es ist nicht so deprimierend, wie du vielleicht denkst. Ganz im Gegenteil«, entgegnet sie.

»Du setzt dich also gern mit so vielen Schicksalen und Geschichten auseinander.« Ich nicke in Richtung der Fotos im Schaufenster. »Und das freiwillig.« Entflieht hier Skepsis aus meinen Stimmbändern? Nicht verwunderlich, oder?

Sie zuckt mit ihren Schultern. »Sieht ganz so aus. So hat jeder seine Leidenschaft, nicht wahr? So außergewöhnlich sie auf andere auch wirken mag.« Erneut gleitet ein Lächeln über ihre Lippen. Dann streckt sie mir ihre Hand entgegen. »Ich bin Ava. Kommt, ich zeige euch, vor allem dir, noch mehr *nicht normale* Menschen.«

Es dauert ein paar Sekunden, ehe ich ihre Hand ergreife und ebenfalls den Anstand aufbringe, mich vorzustellen. »Hey, Ava. Ich bin Wyatt.«

Ava

»Wyatt, also«, sage ich mehr zu mir statt zu ihm.

Ich kann es noch immer nicht fassen, dass gerade er vor meinem Schaufenster Halt gemacht hat. Und nun habe ich endlich einen Namen zu dem Mann, der seit einiger Zeit mit seinem Hund im Park auftaucht und ehrgeizig trainiert.

Erst glaubte ich, mich zu irren, als ich immer näher an mein Fotostudio kam. Aber als ich dann sein Profil musterte, war ich mir sicher, dass er es ist. Neben seinem Hund macht die Schmetterlingsnarbe in seinem Gesicht Wyatt unverkennbar einzigartig. Zu alldem kommen seine Tattoos.

Es konnte nur Wyatt sein – der Mann aus dem Park.

Ich kam ihm noch nie so nahe. Und obwohl meine Kamera ihn schon längst einfing, scheint alles an Wyatt so surreal echt zu sein. Ist das nicht eigenartig?

Die Ärmel seiner mintgrünen Sweatjacke sind bis zu den Ellenbogen hochgeschoben und zeigen mir einen Teil verschiedenster Bilder auf seiner Haut, dennoch kann ich nicht jedes von ihnen auf den ersten Blick erkennen. Ich verbiete es mir, sie anzustarren und zu analysieren, was sie bedeuten könnten. Geschweige denn mir vorzustellen, wie es auf seiner bedeckten Haut weitergeht. Also gebe ich mich mit dem zufrieden, was ich im Park mit meiner Kamera schon erkennen konnte. Eine Frau über einen liegenden – vielleicht leblosen – Körper gebeugt, über ihr die Sonne, die ihr ins Gesicht scheint.

Und trotz all der wirren Gedanken, die er auslöst, bleibt die abstrakte Tatsache: Er ist der Mann.

Der Mann aus dem Park, den ich schon seit einiger Zeit beobachte.

Und den du soeben angelogen hast.

Er fragte mich, ob wir uns kennen, und ich sagte einfach *Nein.*

Dabei kenne ich ihn. Etwas.

Seit Langem bin ich mir seiner starren Gesichtszüge bewusst, seines erschöpften Blicks. Ich visierte schon so oft seinen Oberkörper an, der beschützend und stark wirkt, als könne ihm nichts etwas anhaben.

Noch überraschter war ich, als er mir gestand, dass er nicht das erste Mal hier ist. Diese Gegebenheit mischt sich mit einer gewissen Freude in meiner Magengegend. Gleichzeitig kommt es mir etwas surreal vor, dass sich gerade hier unsere Wege kreuzen. Nashville ist schließlich riesig und wir hätten uns an so vielen anderen Orten sehen können. Oder eben nicht.

Ich habe mir so einige Namen für den *Mann im Park* ausgemalt. Mit jedem Bild, welches ich von ihm schoss, einen anderen.

Cole. Nathan. Logan. Tylor. Steve. Adam.

Keiner dieser Namen war in meinen Gedanken Wyatt.

Doch je länger ich darüber nachdenke, desto perfekter passt der Name auf ihn.

Wyatt also, wiederhole ich in Gedanken.

»Also?«, hinterfragt er und legt dabei seinen Kopf schief. Dabei taxiert er mich mit diesen wahnsinnig dunklen Augen, während sich auf seiner Stirn eine Falte formt, die seine Fragezeichen noch viel intensiver symbolisieren.

Statt ihm eine Antwort zu geben, die ich ihm eigentlich schuldig bin, lasse ich zu, dass mir die Röte in die Wangen schießt. Ich kann Wyatt unmöglich sagen, dass mir sein Erscheinungsbild keineswegs fremd ist. Dass ich ihn und seinen Hund bereits beobachtet habe. Ich kann ihm unmöglich sagen, dass er und sein Ehrgeiz der Grund für meine regelmäßigen Parkbesuche sind. Ich sein Wesen mag und sogar Fotos von ihm geschossen habe.

Wie würde das auf ihn wirken?

Er muss glauben, dass du eine Verrückte bist. Jeder normale Mensch würde das denken. Aber seit wann interessiert dich, was Menschen über dich denken? Du stellst nichts über Ehrlichkeit.

Und trotz meiner Prinzipien kommt die Wahrheit nicht über meine Lippen.

Er nimmt die Einladung, sich weitere Fotografien von mir anzusehen, an und rollt mit Schwung die kleine Rampe zu meinem Laden hinein, die ich vor einigen Monaten angebracht habe. Sein Hund folgt ihm.

Minou ist ein so friedliches Wesen und ein ganz besonders Schöner seiner Art. Sein Gemüt wirkt gelassen, dennoch wachsam und intelligent.

Als Wyatt durch die Tür fährt, bimmelt über uns die Glocke laut auf. Ich laufe nach ihm hinein. Links von uns steht ein kleiner moderner Tresen aus Massivholz. Geschreinert von meinem Bruder. Er verleiht dem Raum eine urbane und organisierte Note. An der Front wurde von Liam sogar der Name *Be unusual* eingraviert.

Auch Wyatt scheint beeindruckt von ihm zu sein. »Das Teil sieht gut aus.«

»Mein Bruder ist in Sachen Holz ziemlich talentiert.«

»Du hast also einen Bruder.« Das ist keine Frage.

Ich bejahe mit einem Nicken, das Wyatt vermutlich nicht

einmal richtig wahrnimmt, weil er sich direkt dem Raum widmet, der für mich alltäglich ist.

Er fährt mit seinem Rollstuhl ungehemmt durch den Aufnahme- und Wartebereich meines Studios, sieht sich interessiert um. Minou hingegen macht auf Wyatts Anweisung vor meiner Ladentheke Halt und beobachtet die Situation.

Wyatt dreht sich in seinem Rollstuhl zu mir. »Alles barrierefrei.«

Auch hier bin ich erst mal nur in der Lage zu nicken. Dass ich ihm gegenüber meine Offenheit verliere und angespannt wirke, gefällt mir ganz und gar nicht.

Reiß dich zusammen, Ava, brüllt mein Verstand.

Also nehme ich mich zusammen und beginne meine Nervosität hinunterzuschlucken. »Es ist notwendig, wenn ich jedem meiner Kunden eine vernünftige Atmosphäre bieten will.«

Wyatt sollte in meinem Laden keine Probleme mit seinem Rollstuhl haben. Bewusst halte ich alles barrierefrei und einfach, damit jeder meiner Kunden sich ohne Schwierigkeiten in jeder Lebenslage drehen und wenden kann. Selbst die Theke kann runter- und hochgekurbelt und so an alles und jeden angepasst werden.

Dafür liebe ich meinen Bruder! Er hat, als er die Theke geschreinert hat, an mehr gedacht als ich selbst.

Wyatt fährt langsam über das Parkett, von einer Fotografie zur anderen, die vereinzelt an meinen steinernen Wänden hängen. Damit stößt er auf Menschen, die besonders sind. Menschen, mit denen er vielleicht Gemeinsamkeiten feststellt. Den gleichen Willen und die gleiche Stärke, die ich an ihm ganz deutlich sehen und spüren kann.

»Seit wann machst du das?« Seine Frage löst die Stille im

Raum.

»Schon einige Jahre.« Ich schalte die Musikbox an, die sich auf meiner Theke befindet, um spätestens jetzt den Rest der Ruhe zu durchbrechen.

»Erzähl mir mehr.« Es mag sein, dass ich mich täusche. Aber wenn man richtig hinhört, klingt es nach einer Bitte, nicht nach einer Aufforderung, wie es im ersten Moment den Anschein hat. Also rede ich.

»Mit siebzehn fing ich an, immer mehr Interesse für Landschaftsfotografien zu entwickeln. Somit habe ich mir irgendwann eine Kamera von meinen Eltern zum Geburtstag gewünscht.«

»Und warum dann solche Bilder hier? Warum keine Landschaften?« Mit einer nickenden Geste zeigt er auf eines der Bilder an meiner Wand. Auf genau *diese* Fotografie.

Eine Fotografie der Frau, die vieles im Leben durchgemacht hat. Und die dennoch bereit war, dem Leben und vor allem der Liebe noch mal eine Chance zu geben. Eine Frau, die – wie Wyatt auch – sichtbare Narben im Gesicht trägt und die sich von ihnen keineswegs hat unterkriegen lassen.

Während im Hintergrund *Trampoline* von SHAED feat. ZAYN läuft, starren Wyatt und ich gemeinsam auf dieses Bild mit der Frau, die für mich die wohl stärkste überhaupt darstellt.

Hope. Hope Green.

Die Verlobte meines Bruders Liam, die in den letzten Jahren gleichzeitig zu meiner besten Freundin geworden ist. Wie viele Kilometer uns auch trennen mögen, nichts würde etwas an dieser Tatsache ändern.

Hopes Leben war bis zu unserem Kennenlernen, bis zum Zusammenkommen mit meinem Bruder, nicht nur von Glücksmomenten geprägt. Sie verlor ihre erste große Liebe bei einem schrecklichen Autounfall. Und mit ihm ihre ungeborene Tochter Mila, kurz vor dem Geburtstermin. Ein Zusammenprall vieler schlimmer Zufälle, die Hopes Leben verändert haben, brachte sie zu Liam und mir. Unglück und Segen zugleich ...

Anhand ihrer Narben im Gesicht – eine beginnt auf ihrer rechten Wange und endet an ihrem Kinn, die zweite verläuft senkrecht über ihrer linken Braue und endet auf ihrem linken Lid – lässt sich erahnen, was Hope durchgemacht haben könnte. Es dauerte, bis sie sich uns gegenüber öffnen konnte, aber es lohnte sich für sie. Für uns alle. Mein Bruder Liam schenkte ihr neuen Lebensmut und genau das Leben, das Hope auch verdient. Ein unbeschwertes, wunderschönes und erfülltes Leben voller Liebe. Ihr Sohn Sam – der Name ist eine Erinnerung an ihren Verlust – ist ein Wirbelwind und ihre Tochter wird uns vermutlich ebenso bezaubern, wie es ihr großer Bruder bereits tut.

Hope ist einer der Gründe, die mir des Öfteren bewiesen haben, dass das, was ich tue, auch das ist, was ich wirklich tun will. Meine Freundin repräsentiert das Leben und eine Stärke, die einnehmend ist und die man vor allem festhalten muss. Solange es geht. Und was ist dafür besser geeignet als eine Fotografie?

Ich glaube, Wyatt erkennt das Gleiche, was auch ich jeden Tag sehe, wenn ich Hope ansehe. Sonst würde er das Bild von ihr nicht so intensiv mustern.

»Es ist nicht so, als würde ich gar keine Landschaften mehr vor meine Linse bringen. Aber es war irgendwann nicht mehr genug. Die Menschen auf den Bildern geben mir viel mehr, als es Landschaften jemals könnten. Sie zeigen mir das Leben. So wie es ist. Ungeschönt und ehrlich. Sie zeigen mir sich. Und das, was sie zeigen, ist wunderschön. Es ist eine andere Art von Leben, die so viel intensiver ist.« Mir entfährt ein sanftes Lächeln. »Sie haben alle in ihrem Leben sehr viel durchgemacht. Das ist richtig. Und trotzdem, sieh sie dir an, wie unfassbar schön sie sind. Jeder von ihnen.« Ich stehe neben Wyatt und mustere jedes Bild genauso wie er.

Ein leichtes Schmunzeln kräuselt seine Lippen. »Gehst du direkt auf die Suche nach solchen Menschen wie hier?« Er zeigt mit seinem Zeigefinger auf die Fotos.

»So würde ich das nicht gerade sagen. Den meisten bin ich zufällig begegnet. Sie sind überall. Nur verschließen viele *normale* Menschen ihre Augen vor ihnen. Übersehen sie. Ich will ihnen Fläche geben. Ein Gesicht in unserer Gesellschaft. Das haben sie verdient, finde ich.« Ava setzt *normale* in händisch gezeigte Anführungszeichen. »Dabei sind wir doch alle irgendwie wundervoll, oder nicht?«

»Du hast auf jeden Fall Talent, sie gut in Szene zu setzen.« Wyatt geht nicht weiter auf meine Worte ein. Ich kann ihn nicht lesen, und dass er sekundenweise wie ein Eisblock wirkt, macht es nicht gerade leichter.

»Vielen Dank«, erwidere ich ehrlich. »Ich habe Fotografie in Charlottesville studiert und wollte einfach nie etwas anderes tun.«

Wyatt fährt an meiner Galerie auf und ab, die weitere wunderschöne Bilder und Menschen zeigt.

»Möchtest du noch mehr von meinem Studio sehen?«, frage ich ihn.

Nach kurzem Überlegen und einem kritischen Blick in mein Gesicht antwortet Wyatt: »Sicher. Warum eigentlich nicht?«

Ich nicke ihm zu und mein Herz tanzt, als ich erkenne, dass er, der Mann aus dem Park, tatsächlich an meiner Arbeit interessiert ist. Wie sehr kann ich nicht sagen, aber jedes Fünkchen ist genug. Er gibt Minou den Befehl, weiter Sitz zu halten, was er akzeptiert.

Dann führe ich Wyatt in einen Raum, der links abgeht. Er wirkt leer. Am Rand stehen einige fotografische Accessoires, die ich für meinen Job brauche. Farbige Hintergründe, Leuchten, Schirme und Hocker.

»Das ist der Raum, in dem ich die Fotos mache. Hier entstehen die meisten meiner Bilder. Auch die drei, die du draußen im Schaufenster gesehen hast. Ich richte mir den Raum immer so ein, wie ich ihn gerade brauche.« Mit dem Zeigefinger weise ich auf eine verschlossene Holztür. »Dahinten ist die Dunkelkammer, in der ich die Filme aufhänge. Wenn du willst, kannst du da auch mal reinschauen.«

Wyatt sieht leicht fragend zu mir auf. »Das ist ziemlich interessant. Aber Hand aufs Herz ...«

Ich verflechte meine Hände ineinander. »Ja?«

»Führst du jeden Unbekannten so durch dein Studio?«

Meine Antwort ist ein unaufhaltsames Kichern. »Nein. Nicht jeden.«

»Warum gebührt mir dann die Ehre?«

Ja, warum gebührt gerade ihm die Ehre, Ava? Vielleicht, weil er dir nicht ganz so fremd ist, wie er zu glauben scheint.

Doch statt endlich die Wahrheit aus dem Sack zu lassen, schweige ich, zucke mit den Schultern und verschließe das Geheimnis tief in mir drin.

Vielleicht für immer ...

Wyatt

Ava behandelt mich wie einen normalen Menschen und reduziert mich nicht auf den Rollstuhl, in dem ich festhänge. Und das, obwohl ich diese Frau kaum kenne und eigentlich nicht einschätzen kann, wie sie wirklich denkt.

Das konnte ich noch nie: Menschen lesen.

Bis auf ... Matt.

Aber die Unbekannte *schenkt* mir keine mitleidigen Blicke aus ihren warmen, braunen Augen. Keine sinnlosen Fragen und keine gefühlsduseligen Sätze, die mich aufheitern sollen. Und genau diese Art von Menschen, die sich wie Seelenklempner verhalten, schreckt mich nicht nur ab. Ich meide sie und lasse sie spüren, dass sie in meinem Leben nicht willkommen sind. Mit Wut und Impulsivität. Teilweise auch mit purer Ignoranz.

Es kommt nicht oft vor, dass ich auf jemanden treffe, der sich genau wie Ava verhält. Bis auf meine Schwester Joy und Elijah hat jeder mindestens eines dieser nervigen Dinge für mich übrig. Und diese Tatsache ist ätzend. Und weil Avas Art den beiden, Joy und Elijah, in dieser Sache ähnlich ist, bin ich wahrscheinlich auf ihr Angebot eingegangen, mir ihr Studio näher anzusehen. Einige Minuten hier zu verweilen und Interesse zu zeigen. Interesse für das, was anscheinend einen großen Teil in ihrem Leben einnimmt. Wegen Avas angenehmen Verhaltens bin ich bereit, mir die Zeit dafür einfach zu nehmen.

Ava geht zu ihrer Ladentheke zurück, was mich veranlasst, ihr zu folgen, Minou zu mir zu rufen und letzte Blicke auf ihre ausgehängten Bilder zu werfen.

Sie ist talentiert. Das erkennt selbst jemand wie ich, der von Fotografie nicht annähernd eine Ahnung hat.

Ich habe auch nie geglaubt, dass mich so etwas interessieren könnte, und dennoch wirken die Bilder ziemlich professionell und einzigartig auf mich. Besonders.

Und doch kann ich es nicht so richtig verstehen ...

Ich mag die positive Ausstrahlung, die Ava versprüht. Deswegen war ich mehr als überrascht, dass gerade sie auf den Auslöser drückt und Bilder entstehen lässt, die mich seit einigen Wochen immer wieder vor das Schaufenster zerren. Ich hätte einfach nicht so eine zierliche und reine Erscheinung hinter der Kamera vermutet.

Aber so kann man sich irren.

Ich würde gern noch hierbleiben und mehr von ihrer *Leidenschaft*, wie sie es nennt, sehen. Und Minou, der völlig entspannt neben mir herläuft, scheint es ähnlich zu ergehen. Ich würde jede ihrer Fotografien gern intensiver betrachten, statt so flüchtig wie gerade.

Bis auf dieses eine Bild der Frau mit den Narben im Gesicht ...

Aber der Termin bei Dr. Kruger hält mich davon ab, mir mehr Zeit für Avas Fotografien zu nehmen. Ich zücke mein Handy aus der Hosentasche und sehe auf das Display, um mich zu versichern, dass ich nicht schon zu spät bin. Langsam wird es tatsächlich knapp.

»Ava, ich würde mich gern weiter mit dir unterhalten und mir alles genauer ansehen, aber Minou und ich müssen los. Ich hab noch einen wichtigen Termin.« Ich werfe meinen Daumen über die Schulter in Richtung Ladentür.

Dr. Krugers Zeit ist begrenzt, also muss ich schleunigst

zusehen, dass ich pünktlich in seine Praxis komme.

Ava zeigt Verständnis. »Dann wünsche ich dir, oder besser gesagt euch, viel Erfolg oder Spaß bei eurem Termin, Wyatt. Such es dir aus.«

»Ich denke, Erfolg klingt ganz gut ...«, schmunzle ich verhalten.

»Dann viel Erfolg«, wiederholt sie. »Und vielleicht bis bald mal wieder.« Ava bindet sich ihre Haare zu einem Zopf, geht um die Theke und läuft neben mir in Richtung Ladentür. »Und wenn du mal Bilder *nicht normaler* Menschen sehen willst, weißt du, wo du sie findest«, scherzt sie.

Die Kleine hat meinen Humor.

Ich schnaube einmal durch die Nase aus. »Ich werd's mir merken.«

Dann streichle ich Minou über seine Schnauze und widme mich ganz ihm. »Lass uns gehen, Partner.« Er wedelt mit seinem Schweif und tänzelt zur Tür hinaus.

Bevor ich aber durch die Ladentür fahre und die Rampe hinunter auf den Fußgängerweg rolle, drehe ich mich ein letztes Mal zu Ava. Dabei kann ich selbst nicht glauben, welcher Gedanke gerade in mir aufflammt. Aber es fühlt sich im Moment nach dem ersten und einzig richtigen der letzten Monate an. Eigenartigerweise. »Ava, geh mit mir irgendwann mal was trinken. Einen Kaffee oder so. Als kleine Entschuldigung für Minous vergessene Erziehung.«

Ohne einen fragenden Ausdruck im Gesicht, als wären diese Worte alltäglich für sie, antwortet sie. »Dabei ist er so ein Lieber. Aber ja, Wyatt. Klingt gut. Du entscheidest wann.« Damit lässt sie mich verblüfft zurück, da ich nicht damit gerechnet habe, dass Ava so selbstverständlich darauf eingeht. Ich hätte mehr Skepsis erwartet.

Doch mir weitere Gedanken um die Unbekannte zu

machen, wird mir verwehrt, da die Zeit drängt. Ich sollte mich schleunigst auf den Weg zu Dr. Kruger machen.

Als Minou und ich uns von Ava abwenden, ist es ihr Lächeln, das sich wie ein heißes Eisen in meine Gedanken brennt und mir nach langer Zeit ebenfalls einen Mundwinkel in die Höhe zieht. Auf ganz ehrliche Weise.

Für mich war es anfangs nicht wirklich schwer, den Weg zu meinem Therapeuten einzuschlagen. Die Zeit zeigt mir jedoch, dass jedes Gespräch schwieriger wird. Dr. Kruger stellte immer tiefergehende Fragen. Über Matthew und den letzten Einsatz. Reflektierend glaube ich, einiges falsch gemacht zu haben. Und so nimmt meine seltsame Gefühlslage ihren Lauf. Ich muss diese Schuldgefühle und diesen immensen Druck in der Brustgegend hinnehmen. Ob es mir gefällt oder nicht.

Während der Armyzeit wurden wir bereits darauf getrimmt, dass wir einmal vor einem Therapeuten sitzen könnten. Vor allem, wenn wir in Kriegsgebiete ziehen müssen, die uns körperlich wie auch psychisch so einiges abverlangen. Um hinterher mit dem normalen Alltag fertig zu werden, muss man sich professionelle Hilfe suchen. Zumindest wenn man nicht als psychisches Wrack enden will.

Nichtsdestotrotz hasse ich es, über meine Gedanken zu sprechen und das Erlebte wieder an mich heranzulassen, mich damit auseinanderzusetzen. Mich mit Matthews Tod auseinandersetzen zu müssen. Ich bin ganz gut im Verdrängen, und dass Dr. Kruger nun alles aufwühlt, ist nicht unbedingt das, was ich will.

Diese Eigenschaft ist in einer Therapiesitzung nicht gerade förderlich. Dessen bin ich mir bewusst und dennoch kann ich nicht aus meiner Haut raus.

Es hat ein wenig gedauert, bis ich mich Dr. Kruger überhaupt etwas öffnen und über meine Kriegszeit sprechen konnte. Auch jetzt tue ich das nur bedingt und Matthew versuche ich kaum zum Thema werden zu lassen. Aber manchmal komme ich nicht drumherum. So wie heute.

Nach der allerersten Stunde bei Dr. Kruger fühlte ich eine Unruhe in mir, die mich den Schlaf kostete. Aber Offenheit, meint er, ist zwingend notwendig in den Sitzungen. Also bin ich so offen, wie es mir möglich ist.

Die eine Stunde in der Woche auf der leicht abgenutzten Ledercouch zu sitzen und mit ihm so einiges aufzuarbeiten, ist im Grunde unerlässlich für mich geworden. Und trotz des vielen Grabens und Wühlens spüre ich Fortschritte.

Also ja: Es lebe mein Therapeut.

»Wie geht es dir heute, Wyatt?«, fragt mich Dr. Kruger.

Er, ein Mann mittleren Alters, sitzt auf seinem braunen Sessel und blickt zu mir rüber. Immer wenn ich ihn sehe, hat er seine Brille auf den Kopf geschoben und setzt sie nur auf seine Nase, wenn er sich Notizen macht.

Seine tiefe und friedliche Stimme wirkt jedes Mal beruhigend auf mich ein. Etwas, das Therapeuten wohl prinzipiell an sich haben. Aufgewühlte Menschen zu beruhigen.

»Ich komme durch den Alltag. Ich denke, besser als andere meiner Kameraden.«

»Hast du noch immer Schlafstörungen?«

Meine Blicke gleiten zu Minou, der vor mir liegt und mich ebenfalls zu mustern beginnt. Dann fixiere ich die Frau auf meinem Arm. »Schon.«

»Erzähl mir davon.«

Ich versuche so abgeklärt wie möglich zu klingen. Als würde es mir nichts ausmachen, dass ich in manchen Nächten regelrecht verrückt werde. »Ich wache zu oft nassgeschwitzt auf. Manchmal mitten in der Nacht, manchmal pünktlich um sechs Uhr. Und ich träume so wirres Zeug.«

Und dennoch: In den letzten Tagen habe ich gemerkt, dass es mir besser geht als noch vor einigen Wochen. Es gibt immer mal eine Nacht, zwischen all den anderen, in denen ich meinen Verstand nicht verliere. Meine Panikattacken nehmen ab, ich werde spürbar ruhiger.

Darüber kann ich mich wohl glücklich schätzen. Andere meiner Kameraden haben weitaus mehr zu kämpfen. Drehen regelrecht durch. Kämpfen mit tiefen Depressionen, schlimmeren Angstzuständen. Dabei will ich gar nicht abstreiten, dass auch ich Phasen hatte, in denen ich mich nicht annähernd unter Kontrolle hatte.

Nach meiner Entlassung aus dem Krankenhaus wurde ich schon panisch, wenn eine Tür zu laut ins Schloss gefallen ist oder Schubladen zu schnell und geräuschvoll zugeschoben wurden. Ich wurde ungehalten und meine Schwester musste mit meiner krassen Impulsivität klarkommen. Vor allem dann, wenn sie mich spontan besuchen kam, ohne vorher Bescheid zu geben. Dies äußerte sich mit extrem schlechter Laune und mein sonst so kühler Ausdruck wurde noch eisiger. Vor allem ihr gegenüber, was absolut unverständlich ist. Sie ist meine Vertrauensperson Nummer eins, auch wenn wir nicht das typische Geschwisterverhältnis haben und uns nicht alles erzählen.

Nichtsdestotrotz konnte ich Joy schon immer auf jeder Ebene meines Lebens vertrauen. Deswegen bin ich recht froh darüber, dass ich mich heute weitaus besser kontrollieren kann.

»Kannst du sagen, was genau du in deinen Träumen siehst?«, beginnt Dr. Kruger.

So offen wie möglich …

»Puh …« Es ist hart, das auszusprechen. Verdammt hart! Denn da ist dieses Kind. Dieses unschuldige, kleine Kind.

»Versuch es.«

Nach kurzem Zögern beginne ich und wiederhole, was Dr. Kruger eigentlich schon längst weiß. Dennoch sollte man das aussprechen, was in einem vor sich geht. »Der Vorfall mit dem Kind, das … Es ist einfach mehr als belastend.«

»Natürlich, Wyatt. Was du erlebt hast, ist traumatisch und es ist wichtig, dass wir darüber sprechen, damit du die Chance bekommst, es zu verarbeiten.«

»Das ist mir durchaus bewusst, jedoch …« Dann eröffne ich Dr. Kruger etwas Neues, das in mir herumwirbelt und mich beginnt in die Knie zu zwingen. »Zu dieser Erfahrung kommt, dass mich nun meine Schwester Joy regelrecht heimsucht. Manchmal bin ich auf Patrouille in Afghanistan. Dann steht dort plötzlich meine Schwester Joy am Straßenrand.«

»Deine Schwester? Erkläre mir die Situation genauer.«

»Sie steht mit einem Scharfschützengewehr am Rand und fixiert mich. Kurz davor, den Abzug zu drücken. Dabei ist das völlig …« Ich finde dafür kaum Worte. »Sie hält nichts von der Army. Niemals würde sie eine Schusswaffe in die Hand nehmen, geschweige denn damit auf mich zielen. Außerdem vertraue ich wohl keinem Menschen mehr als ihr. Dennoch steht sie vor mir. Bereit abzudrücken.«

»Daraus lässt sich schließen, dass eine gewisse Angst besteht, ihr vielleicht irgendwann nicht mehr vertrauen zu können.«

»Das ist unmöglich. Wem, wenn nicht ihr?«

»Es muss niemals so kommen. Aber der Krieg hinterlässt auch im engsten Kreis seine Spuren.«

Wie gern ich diese Aussage verneinen würde. Aber ich weiß, dass Dr. Kruger recht hat. Denn der Krieg lässt einen irgendwann zweifeln. Selbst an seinen Vertrauten.

»Was siehst du noch, Wyatt?«

Und hier muss ich ebenfalls mehrmals nachdenken, ob ich bereit bin, seinen Namen in den Mund zu nehmen.

So offen wie möglich …

»Matthew«, gestehe ich. »Ich durchlebe die Situation seines Todes immer und immer wieder.« Ich sehe und fühle es, wie er unter mir liegt und ich seine klaffende Wunde zuhalte. Vergeblich. Ich erkenne den Tod in seinen Augen.

»Und wie fühlst du dich, wenn du an ihn denkst? Wenn du ihn siehst?«

Nervös fahre ich durch mein kurzgeschorenes Haar. Dann gleitet meine Hand fast automatisch an die beiden Erkennungsmarken, die um meinen Hals, versteckt unter dem Shirt, hängen und die so viele Erinnerungen hervorrufen. Die andere Hand streift durch Minous weiches Fell.

»Schuldgefühle«, gestehe ich.

Man kann eigentlich kaum nachvollziehen, was Soldaten in den Schlachten erleiden. Außenstehende werden vermutlich niemals verstehen, warum man diesen Weg geht oder gegangen ist, wenn man doch genau weiß, wohin er führen kann. Dabei hat womöglich jeder ähnliche Beweggründe für die Entscheidung, zur Army zu gehen.

Ein Großteil meiner Kameraden kam aus Familien, deren Väter und Großväter selbst gedient hatten. Sie haben es vorgelebt bekommen.

Wie in meinem Fall.

Und die, die nicht aus solch einer Familie stammen, haben vor allem eines in sich. Die Hoffnung auf Frieden. Etwas, das ich ebenso in mir getragen habe.

Irrtum. Der wahrhaftige Frieden wird niemals eintreten. *Naiv zu glauben ...*

»Schuldgefühle, weil du ihn nicht retten konntest«, schließt Dr. Kruger aus meiner Aussage.

»Ihn und drei weitere.«

»Du weißt aber, dass diese Schuld nicht berechtigt ist. Du hast dich menschlich verhalten.«

»Das mag durchaus sein. Aber im Kampf dürfen wir nicht menschlich sein. Wir müssen mehr wie Maschinen funktionieren. Oder sollten zu einer Maschine umfunktioniert werden. Wenigstens für diesen Moment. Nur so überlebt man. Und ich konnte in einem verdammt wichtigen Moment keine Maschine sein und hab damit nicht nur mich selbst, sondern viele weitere in Gefahr gebracht.«

»Weil du emotional gebunden warst. An Matthew.« Wie einfach sein Name über Dr. Krugers Lippen geht, ist für mich beinahe erschreckend. Warum gelingt mir das nicht? »Und das macht uns nun einmal menschlich.« Um diese Tatsache selbst annehmen zu können, werde ich noch Zeit benötigen.

Als wir schließlich bei den letzten Minuten der heutigen Sitzung ankommen, ist es wieder so weit. Dr. Krugers altbekannte Worte. »Es ist nun einige Monate her, dass du aus dem letzten Einsatz zurückgekommen bist. Seit langer Zeit trainierst du, um auf deinen Prothesen laufen zu können. Wenn das geschafft ist, was hast du danach vor, Wyatt? Was genau willst du tun?« Diese Frage stellt mir Dr. Kruger jedes Mal aufs Neue und wieder habe ich keine Antwort darauf. Noch nicht.

Was ich sonst mit einem Schulterzucken abtue, beantworte ich heute. »Ich habe keine Ahnung, was ich mit meinem Leben anstellen soll. Die Army war immer die einzige Zukunft für mich. Ich habe mir nie darüber Gedanken gemacht, was geschehen könnte, wenn dem einmal nicht mehr so ist. Es drehte sich immer alles um die Army.«

Und das meine ich ganz ehrlich. Was fange ich mit dem Leben außerhalb der Army an? Was fange ich mit mir an? So ganz ohne Beine. Welche Möglichkeiten bleiben mir?

Wyatt

GRAUSAME ERINNERUNG AN DAMALS

VOR ÜBER 2 JAHREN

Man lehrte uns, prinzipiell immer skeptisch zu sein, wenn sich eine einheimische Person nähert. Und wir sind es in jeglicher Hinsicht. Denn es könnte überall und in jedem eine Gefahr lauern.

Aber wie sollen wir uns einem Kind gegenüber verhalten? Können wir ihm wirklich jegliche Hilfe verwehren?

Vor allem dem kleinen Jungen, der nicht älter als neun zu sein scheint und der uns Schritt für Schritt näher kommt.

Wir stehen in einer Gruppe aus Kameraden und sehen uns fragend an. In jedem Blick das Gleiche: *Wie kann so eine reine Seele etwas im Schilde führen, das uns schaden könnte?*

Also geht Trevor auf ihn zu, was mich dennoch etwas argwöhnisch stimmt. Ich höre mein Inneres schreien, dass ich ihn davon abhalten soll, und so brülle ich in Trevors Richtung. »Lass das, Trevor.«

Grinsend dreht er sich zu mir. »Was soll der Kleine schon machen, Wyatt? Bleib locker.«

»Locker zu sein ist hier eine ziemlich schlechte Option, findest du nicht?«

»Ja, schon gut. Vielleicht braucht er unsere Hilfe.«

»Sieh dich vor«, legt Matt nach. Auch er ist gespalten, was diese Situation betrifft.

Trevor nickt. »Klar.«

Als Truppführer halte ich die Situation im Blick.

Während die Sicht des Jungen eben noch so warm wirkte und er ein leichtes Lächeln auf den Lippen trug, sieht er nun mit einer Leere zu uns hinüber, bevor er Trevor fixiert. Mit einem Ruck öffnet das Kind seine Jacke, darunter ein schwarzer Gürtel mit Bauteilen daran, der ihn zum Selbstmordattentäter erklärt.

Wir gehen sofort in Alarmbereitschaft, zücken schon allein aus Reflex unsere Waffen und richten sie auf das Kind.

Trevor hebt nur schützend seine Hände in die Luft, wirkt wie erstarrt. Dann reißt er seine Augen auf und ich weiß, dass er den Tod bereits vor Augen hat. In Form eines kleinen Jungen.

Für mich überraschend formt der Junge, statt darische, englische Wörter. Zusammengereiht in fließenden Sätzen. »Sie haben mir eine Bombe umgeschnallt.« Die Lippen des Jungen zittern. Womöglich weil er der Sache nicht traut. Unsicher ist. Wie könnte er auch nicht.

Er ist sich vermutlich nicht einmal richtig bewusst, was er tut.

»Junge, mach keinen Mist«, schreie ich. Es klingt nicht einfühlsam. Es klingt eindeutig nach einer Drohung. »Trevor, verschwinde dort!« Aber mein Kamerad wagt es nicht, einen Schritt nach vorn oder nach hinten zu gehen. Die Angst beherrscht seinen Körper.

»Sie haben mir versprochen, dass es ein Spielzeug ist. Ich muss nur die Kabel miteinander verbinden, wenn ich vor euch stehe.«

Als er beginnt seine Hände zu bewegen, bricht Panik in unserer Truppe aus. Meine Kameraden lassen einen Schrei aus ihren Stimmbändern gleiten und richten weiterhin die

Waffe auf dieses Geschöpf. Doch nur einer drückt ab, ehe der Junge die Bombe um seinen Bauch zünden kann.

Mein Herz klopft mir bis zum Hals, als ich den Druck vom Schaft nehme und mir bewusst wird, was soeben geschehen ist.

Ich habe ein Kind erschossen.

Und obwohl es nicht das erste Mal ist, dass ich jemanden töte, ist es der schlimmste Tod von allen, der durch meine Hände eintrat.

Ein Kind.

Ein Junge.

Eine reine Seele, die benutzt wurde.

Ich weiß um die Umstände in diesem Land. Schon bevor *sie* Kinder und Jugendliche als Selbstmordattentäter missbrauchen, werden sie in Afghanistan als Soldaten rekrutiert. Die minderjährigen Attentäter sind nicht nur ein perfektes Werkzeug, sondern spielen auch für *ihre* psychologische Kriegsführung eine wichtige Rolle. Der Feind will seine Gegner mit Selbstmordattentaten moralisch brechen und damit in die Knie zwingen. Man kennt die Auswirkungen auf die ausländischen Soldaten. Die Gegner sollen mit allen Mitteln geschwächt und zur Aufgabe gezwungen werden.

Ich kann nur noch sehen, wie das Blut aus dem Schädel des Kindes rinnt und Trevor auf die Knie fällt, um sich zu übergeben. Ich hingegen bin weiterhin starr, als Matt auf mich zu kommt.

»Du musstest es tun, Wy.«

Ich schlucke schwer, als Matt mich an den Schultern packt und mich in die Realität schüttelt. »Hast du gehört? Du musstest es tun! Sein Leben für unseres. Er hätte uns alle in die Luft jagen können.«

»So darf das nicht laufen, Matt. Er wusste nicht, was er

macht …« Davon gehe ich einfach mal stark aus.

»Ich weiß, Wy. Ich weiß. Dennoch stand unser aller Leben auf dem Spiel. Du musstest es tun.«

Doch Matts Worte bringen rein gar nichts.

Ich werde in die Hölle kommen, wenn es so etwas gibt. Denn ich habe ein Kind erschossen!

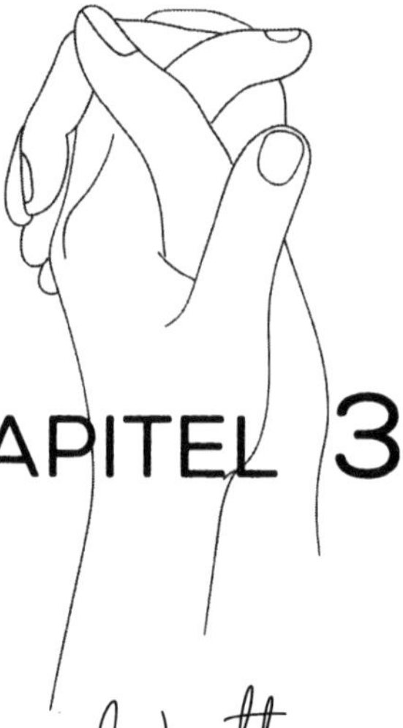

KAPITEL 3

Wyatt

Nach den Terminen mit Dr. Kruger fühle ich mich ausgelaugt. Deswegen muss ich auch mit Minou direkt nach Hause und alles sacken lassen.

Ich schenke mir den zweiten Kaffee am heutigen Tag ein und lasse den Vormittag Revue passieren.

Neben der Sitzung mit Dr. Kruger springt mir die Unbekannte in meine Gedanken. Ich erinnere mich an das Gespräch mit Ava. An ihr Studio und daran, mit wie viel Leidenschaft sie ihrem Job nachgeht.

Durch sie stelle ich mir jetzt die Frage, ob ich irgendwann für etwas genau solch eine Begeisterung empfinden kann. Oder ob alles so oberflächlich bleibt, wie es im Moment der Fall ist. Wohin wird mich die Zukunft bringen und was kann ich tun, um alles ein wenig zu beschleunigen?

Geduld aufbringen, würde Elijah raten. Doch wenn ich noch einmal das Wort *Geduld* allein höre, dann schmeiße ich meine Kaffeetasse an die Wand.

Wieder an Ava zu denken, beruhigt mich auf eigenartige

Weise. Und doch sollte ich mir eingestehen, dass ich den sanften Klang ihrer Stimme mag, der in meinem Hirn widerhallt. Ich mag Avas Lächeln, das mit ihrer zarten Erscheinung harmoniert. Ein Erscheinungsbild, das einen gewissen Beschützerinstinkt in mir auslöst. Dabei ist dieser Instinkt so lächerlich wie meine momentane Lebenssituation. Wie könnte ich sie jemals beschützen? Wie könnte ich irgendwen beschützen? So, wie ich in diesem Teil unter meinem Allerwertesten festhänge ...

Ich wüsste nicht, wann ich einmal auf das Lächeln einer Frau geachtet habe. Die Priorität galt in der Vergangenheit nur meinem Job. Da dieser nicht mehr aktuell ist, scheint mein Gehirn bestimmte Schwerpunkte ganz eindeutig zu verschieben.

Eine Farce ...

Ich schüttle den Kopf, wenn ich an meine bescheuerte Äußerung denke. *Geh mit mir irgendwann mal was trinken.*

Was hab ich damit eigentlich bezweckt? Wie kam ich nur dazu, sie zu *bitten*, mit mir etwas trinken zu gehen? Ich will gar nicht abstreiten, dass Ava genau die Art Frau ist, die mich neugierig macht, einen gewissen Reiz hat und irgendwas in mir hochholt, was ich jetzt am allerwenigsten gebrauchen kann.

Diese Wärme, die ihre positive Ausstrahlung verströmt ... Vermutlich tut sie den Menschen, die sich in ihrer Nähe aufhalten, gut.

Der alte Wyatt würde die Kleine wahrscheinlich morgen direkt aufsuchen und ihre Zusage einlösen, weil sie genau sein Typ ist. Er würde sich zwar auf nichts einlassen, was nach einer Zukunft schreit – allein weil es für einen Soldaten absurd ist, an etwas Festeres zu denken –, aber er würde die Minuten des Positiven nutzen, um geladen in den nächsten Krieg zu ziehen. Einen Krieg, der einem Bilder eröffnet, die eigentlich keiner sehen will. Man muss nicht näher darauf eingehen. Die meisten Menschen können sich vorstellen, was auf jemanden wie mich zukommt, wenn er in den Krieg zieht. Diese Gedanken mal drei kommt dem, was wir erleben, recht nahe.

Aber ich, im Hier und Jetzt, werde diese Zusage von Ava womöglich niemals einlösen. Warum sollte ich auch ... Ich habe, weiß Gott, genug Lasten zu tragen. Vermutlich werde ich diese Frau niemals wiedersehen. Nicht, wenn ich nicht freiwillig ihren Laden betrete oder wir uns zufällig auf Nashvilles Straßen begegnen. Aber die belebte Stadt ist groß.

Das sanfte Schellen der Wohnungsklingel ertönt und holt mich aus den wirren Gedanken um eine Frau, die ich kaum kenne. Ich fahre in den Flur und brauche den Hörer der Sprechanlage nicht einmal abzunehmen, um zu wissen, wer gleich eintreten wird. Minou folgt mir und wartet schwanzwedelnd an der Tür, weil er ebenfalls weiß, wer zu Besuch kommt.

Ich drücke die Klinke nach unten und lasse die Tür einen spaltweit offen, bevor ich ins Wohnzimmer fahre und mich vom Rollstuhl auf die Couch hieve. Dann schalte ich den Fernseher ein und zappe wie üblich auf eine Dokumentation. Heute zeigt sie das Jahr 1945.

Kaum eine Minute später beschallt das Klackern ihrer Stiefeletten den Hausflur. Minou, der ein jämmerliches Freudenwimmern von sich gibt, sitzt noch immer aufgeregt vor der Tür. Und das nur, weil meine Schwester Joy gleich die vier Wände betreten wird.

»Na, mein Guter. Hast du mich vermisst?« Ich höre nur ihre helle Stimme, die durch die Wohnung wippt, und weiß, wie ihre Finger durch das Fell meines Hundes fahren.

Joy sieht breitgrinsend um die Ecke. In der Hand eine Papiertüte vom ChocoMakesHappy, dem wohl bekanntesten Café in Nashville. Mit dieser schlendert sie zu mir ins Wohnzimmer. An der Seite Minou, der bereits auf sein Geschenk wartet, das Joy immer bei sich hat, wenn sie uns besucht.

Aber zuvor peilt sie mich an. Obwohl meine Schwester vor mir steht, sind meine Gesichtszüge starr und verhalten. Joys Grinsen hingegen ist breit und frech. So wie ich es von ihr gewohnt bin.

»Wie war dein Tag, Soldier?« Sie beugt sich zu mir hinunter und umarmt mich. Ich tue es ihr gleich und lege einen Arm um ihre schmale Taille.

»Du kannst dir das abgewöhnen. Die Zeiten sind vorbei, Joy.«

»Du wirst in meinem Kopf immer ein Soldat bleiben.« Sie zeigt nickend auf den Rollstuhl. »Das wird dich nicht daran hindern.« Dann fixiert sie meine Oberschenkel. »Und das ebenfalls nicht. Du hast es ja schließlich mit in die Wiege gelegt bekommen.« Das sagt sie nicht gerade mit Begeisterung.

Joy konnte es nie gutheißen, dass ich zur Army gegangen bin. Auch wenn es meinen Vater und meinen Großvater stolz machte, dass ich mich für diesen Lebensweg entschied, war es mein eigener Wille.

Ich wollte es so unbedingt. Gemeinsam mit Matthew.

Vermutlich war es der Glaube, etwas verändern zu können, der so stark in mir brannte, dass ich mich freiwillig gemeldet habe.

Joy und unsere Mom hingegen waren von vornherein ängstlich gestimmt. Einzig die Tatsache, dass ich nicht allein war, weil ich meinen besten Freund an der Seite hatte, machte ihnen meine Entscheidung etwas leichter.

Joy stellt die Papiertüte auf den Couchtisch, pellt sich aus ihrem langen grauen Übergangsmantel, den sie auf der Lehne platziert, und lässt sich neben mich auf die Couch fallen. Dann zieht sie einen Kalbsknochen aus der Plastiktüte unseres Fleischers um die Ecke.

Minou sitzt schwanzwedelnd vor ihr, während sie ihm den Knochen hinhält.

Es ist offensichtlich, dass Minou zu Joy einen fast genauso engen Draht hat wie zu mir. Wie könnte er auch nicht? Sie ist mit ihm mindestens ebenso oft zusammen wie ich. Wenn Matt und ich im Einsatz waren, war sie es, der wir Minou anvertraut hatten.

»Hier.« Als sie ihm den Knochen übergibt, zerrt ihn Minou mit Vorsicht an sich. Er reibt seinen Oberkörper an den Schenkeln meine Schwester, bevor er sich auf das braune Parkett des Wohnzimmers fallen lässt.

»Wie war die Sitzung bei Dr. Kruger?« Mit der Tür ins Haus – so ist Joy. Warum groß drumherum reden ...

»Wie gewöhnlich.«

Meine Schwester streicht sich ihre langen blonden Haare über die Schulter und sieht prüfend zu mir. »Du bist heute wieder recht gesprächig, was?« Die Ironie trieft förmlich aus ihren Stimmbändern.

Ich zucke mit den Schultern und verschränke meine Arme vor der Brust. »Was willst du hören, Joy?«

»Dass die Sitzung gut war.«

»Wenn man zu einem Seelenklempner muss, ist wohl nur selten etwas gut. Auch nicht die Sitzung selbst. Aber wenn es dir damit besser geht ... Die Sitzung war gut.« Meine gefühlsamputierte Tonlage ist sie bereits gewohnt.

»Glaub ich dir sofort.« Sie verdreht ihre eisblauen Augen.

Augen, die ihr von unserem Vater geschenkt wurden, während ich Moms braune bekommen habe. »Über was habt ihr heute gesprochen?«

»Über meine Schübe und über ...« Ich muss schwer schlucken, weil ich nie mit ihr über den kleinen Jungen reden konnte. Gleichzeitig ringe ich mit mir, ob ich Joy von meinen wirren Träumen erzählen soll. *Sie und das Scharfschützengewehr in ihren schmalen Händen ...*

Ich entscheide mich sofort dagegen, ihr nur ein Fünkchen davon zu sagen. »Matt.«

»Mhm.« Meine sonst so offene, gesprächige Schwester – zumindest, was mich angeht – verstummt.

Matthews Tod hat auch bei Joy eine tiefe Wunde hinterlassen. Nur mit dem Unterschied, dass sie lieber mit mir über ihn und ihre Trauer reden würde. Aber da bin ich nun einmal anders gestrickt.

Gut im Verdrängen ...

Ich kann und will nicht über Matthew, unsere Kindheit oder unsere gemeinsame Vergangenheit reden. Damals verbrachten unsere Familien so viel Zeit zusammen, dass es unausweichlich war, dass wir drei fast wie Geschwister aufwuchsen. Dass ich irgendwann allein *nach Hause* kam und Matthew auf dem Schlachtfeld sein Leben ließ, brachte für Joy denselben Schmerz wie für mich.

Matthew legte seine Aufmerksamkeit immer auf Joy. Achtete auf sie, wenn ich es einmal nicht konnte. Wie oft sie sich davon genervt fühlte, kann ich nicht zählen. Jetzt hingegen fehlt es ihr. Das weiß ich.

Ich werde ihre Worte, ihre Zerbrechlichkeit in jenem Moment, als sie das erste Mal im Krankenhaus auf mich traf, niemals vergessen.

Ich wusste, dass irgendwann nur einer von euch heimkommen wird.

Ich wusste es, Wyatt. Und meine Erleichterung, dass du hier liegst, ist so grausam. Denn dass Matthew tot ist, zerreißt mich, Wyatt. Aber du bist noch hier ...

Joy hat es an diesem Tag das erste Mal für mich ausgesprochen. *Matthew ist tot!* Aber ich wusste, was sie mit ihren gespaltenen Gefühlen meinte. Denn mir ging es auch so. Froh über mein Leben und niedergeschlagen über *seinen* Tod.

»Und was gibt es bei dir Neues? Irgendwas, das ich wissen sollte?«, lenke ich ab, um mehr über das Geheimnis, das meine Schwester sorgsam für sich zu behalten versucht, zu erfahren.

Sie hatte ein Date.

Deine Schwester hatte tatsächlich ein Date ...

Allein das Wissen, dass meine Schwester mit einem für mich Fremden ausgeht, lässt innerlich meinen ganzen Körper zucken. Wer ist der Typ, der sich mit meiner Schwester trifft? Und wer hat es überhaupt geschafft, dass meine Schwester irgendein Interesse bekundet? Sie ist die schüchterne Art Frau. Recht introvertiert, was ich als Bruder nur gutheißen kann. Dazu kommt, dass Joy wählerisch ist. Verdammt wählerisch.

Daher war ich überrascht, als Mom mir vor wenigen Tagen am Telefon erzählte, dass Joy sich mit einem Mann treffen würde. Bis auf einen Typen in der Vergangenheit wüsste ich nicht, ob sie sonst jemals so etwas wie eine Verabredung mit einem Kerl hatte.

Mir ist durchaus bewusst, dass Joy niemals mit mir darüber reden würde. Zumindest nicht von allein. Also versuche ich sie zu zwingen, mir einen Teil der Wahrheit zu erzählen.

Sie bindet ihre langen blonden Haare zu einem messihaften Dutt und verschränkt ihre Beine zu einem Schneidersitz. Dann zuckt sie mit den Schultern. »Nicht, dass ich wüsste.« Joy greift in die Tüte vom ChocoMakesHappy. »Möchtest du auch?« Sie hält mir einen Schokodonut vors Gesicht.

Doch ich lasse mich nicht mit dieser Donut-Geste abspeisen. Also puffe ich sie mit meinem Ellenbogen. »Wirklich nichts Neues, das ich wissen sollte?«

Aber sie bleibt standhaft und beißt genüsslich in diesen Zuckerring, lässt sich wirklich keinen Funken anmerken. »Nichts, nein.« Hätte Mom mir nicht davon erzählt, würde ich auch nicht annähernd irgendeine Vermutung in diese Richtung anstellen. Dessen ist sich Joy bewusst, aber sie weiß ja nicht, was ich weiß. Sie ahnt es nicht einmal.

Ich sehe grinsend in den Fernseher, beobachte Joy aus dem Augenwinkel. »Glaubst du nicht, ich sollte wissen, wenn du einen fremden Kerl in dein Leben lässt? Vor allem dann, wenn es intensiver wird?«

Meine Schwester wirbelt mit ihrem Oberkörper zu mir herum. Dabei kneift sie ihre blauen Augen zu prüfend schmalen Schlitzen zusammen.

»Mom ...«, wird ihr sofort klar. »Sie kann einfach nicht den Mund halten.«

»Wenn du mehr Privatsphäre willst, zieh aus, Joy. Dann entgehst du diesen Dingen.«

Wir sind auf einem Dreiseitenhof aufgewachsen, auf dem meine Schwester seit einigen Jahren ein Gebäude allein für sich bezogen hat. Sie steckt noch mitten in den Renovierungsarbeiten, und wenn sie weiterhin ihr Tempo beibehält, wird sie in zehn Jahren nicht fertig sein.

Wir waren schon immer unterschiedlich.

Während ich mich allein der Army hingab, mein Leben sich im Grunde nur darum drehte, ich viel reiste, war sie schon immer sesshaft gewesen. Im Gegensatz zu ihr betrachte ich die Welt nüchtern, während Joy manchmal eine absolute Träumerin ist. Sie liebt Renovierungsarbeiten, kann ordentlich anpacken – obwohl es ihrer Statur nicht annähernd anzusehen ist – und war schon so oft kurz davor, diese Wohnung umzubauen, wenn ich sie nicht davon abgehalten hätte. Ich hingegen lege kaum einen Wert auf die vier Wände.

Joy und mich trennen fünf Jahre und trotz der Unterschiede kann ich meiner Schwester gegenüber genauso sein, wie ich bin. Dieser emotionslose Soldat, der ich schon immer irgendwie gewesen bin. Ich muss mich ihr gegenüber nicht verstellen.

Uns konnte nie etwas auseinanderreißen. Keinem Menschen habe ich je mehr vertraut als meiner Schwester. Von Matthew einmal abgesehen. Und das wird sich auch niemals ändern. Dennoch gibt es Geheimnisse zwischen uns. Meine Träume und ihr *Date*.

»Kommt niemals infrage. Ich will dort nicht weg. Außerdem lasse ich keinen *fremden* Kerl in mein Leben.«

Eines der vielen Dinge, die uns absolut unterscheiden. Ich konnte es kaum abwarten, vom Hof zu ziehen, während Joy dort vermutlich nie etwas wegbringen wird. Sie liebt das ländliche Ambiente und vor allem mag sie die Nähe zu meinen Eltern. Ich hingegen finde meine Mom im Moment mehr als anstrengend. Das Verhältnis zwischen uns ist ... schwierig.

»Wer ist der Glückliche?«, frage ich und bin auf ehrliche Weise interessiert. Denn es muss etwas Ernstes sein, wenn Mom bereits davon Wind bekommen hat.

»Das werde ich dir nicht sagen, Wyatt.«

»Du wirst es mir nicht sagen? Wirklich?«, frage ich

ungläubig.

»Nein. Du wirst es schon noch zeitig genug mitbekommen, sollte es irgendwas Ernstes zwischen uns werden.«

»Es scheint doch schon ernst zu sein. Sonst würdest du dich nicht mit ihm treffen, Joy. Und wenn Mom davon weiß ...«

»Sie weiß aber nicht, wer es ist«, erwidert sie. »Wie dem auch sei ... Was schauen wir eigentlich?« Unerwartet krallt sie sich die Fernbedienung vom Couchtisch.

»Ja, lenk ruhig ab.« Ich verschränke erneut meine Arme vor der Brust. »Und wir schauen eine interessante Doku. Lass sie an.«

»Nicht wenn ich da bin, Wyatt.« Sie zappt ungehalten durch das Programm, ohne auf die Suche nach etwas Konkretem zu gehen.

»Dass du freiwillig hier bist, weißt du ...«

»Du hast mich gern um dich, also tu nicht so.«

»Ich muss dich gern um mich haben, Joy.« Schließlich ist sie meine kleine Schwester. Wohl so was wie ein ungeschriebenes Gesetz, sie gern um mich haben wollen zu müssen.

Obwohl Joy ziellos durch das Programm schaltet, ahne ich bereits, wo sie stoppen wird. Entweder bei einer Serie, die voller Langeweile steckt, oder einem Film, der vor Schnulze nur so trieft. Und tatsächlich taucht gerade Patrick Swayze aus der Tiefe auf und zeigt uns, wie er *Baby* aus dem Wasser stemmt.

Das kann nicht Joys Ernst sein.

Meine kleine nervige Schwester grinst schelmisch vor sich hin. Weil sie weiß, wie sehr ich diesen Film verachte. Seit Jahren muss ich ihn mir aufs Neue mit ihr reinziehen. Wieder und wieder. Solange ich mich erinnern kann.

Und dennoch lasse ich den Film ihr zuliebe über mich ergehen. Weil sie meine Schwester ist und damit die einzige Konstante, die mir geblieben ist. Weil sie meine einzige Vertraute zu sein scheint und ich mein Leben in ihre zerbrechlichen Hände legen würde, wenn es darauf ankäme. Vor allem nach Matthews Tod, der uns die letzten Monate nur noch enger zusammenschweißte.

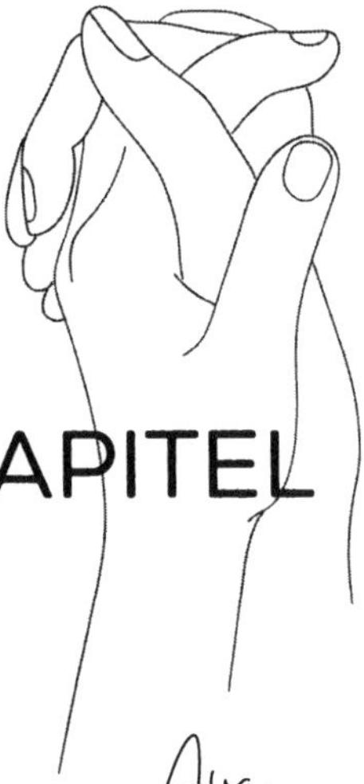

KAPITEL 4

Ava

1 WOCHE SPÄTER

Es ist sowas von verrückt, dass ich mit Hoffnung auf meine Ladentür starre, sobald sie sich öffnet und im gleichen Zuge die Glocke über ihr ertönt. Nur weil ich mir wünsche, dass Wyatt der Nächste sein würde, der hindurch fährt. Allein um endlich auf seine Bitte zurückzukommen.

Auch wenn er *Bitte* nicht in den Mund genommen hat, klang es absolut danach. Es ist vielleicht seine Art, so mit Wörtern zu jonglieren. Ich warte seit über eine Woche darauf. Darauf, dass sich Wyatt bei mir meldet. Doch nichts geschieht. Dabei war ich mir sicher, dass wir uns bald wiedersehen würden. So sicher.

Auch wenn ich den Kerl kaum kenne, bin ich nicht sonderlich glücklich darüber, dass er meine Zusage bisher nicht eingelöst hat. Klar, er sagte *irgendwann* ... Aber ich habe langsam das Gefühl, dass er das niemals tun wird. Meine Zusage einlösen ...

Doch warum hat er das dann gesagt? Warum tun Männer so was? Irgendwie habe ich mir wirklich etwas darauf eingebildet, als er meinen Namen mit den Worten *mit mir* und *Kaffee* in Verbindung brachte.

Natürlich will ich mit ihm einen Kaffee trinken gehen. Wie könnte ich nicht wollen?

Jetzt warte ich schon mehr als eine Woche darauf, dass sich unsere Wege erneut kreuzen. Von ihm aus. Während ich wenige Minuten, nachdem er diese Worte ausgesprochen hatte, mit einem Dauergrinsen im Gesicht herumlief, verblasste dieses wohlige Gefühl mit jedem Tag mehr. Vielleicht mag eine gewisse Ungeduld in mir aufleben. Aber heute ahne ich, dass sich unsere Wege nicht von seiner Seite aus kreuzen werden.

Die Tatsache, dass der Mann, der mich seit Wochen mit seiner erschöpften und gleichzeitig kämpferischen Erscheinung so einnimmt, auf einmal vor meinem Laden stand und meine Bilder musterte, ließ mich noch mehr an das Schicksal glauben als bisher.

Bilder, die er sogar gut findet! Er findet das, was du tust, gut!

Aber ich bin einfach schrecklich naiv, was das angeht. Wieder einmal!

Sofort muss ich an Todd denken.

Todd Evers.

Ein Teil meiner Vergangenheit und ein Mann, der Dinge sagte, die er nie so meinte. Etwas, das Wyatt nun unterstreicht.

Mit Todd führte ich meine erste richtige Beziehung, die vor drei Jahren in die Brüche ging und die ich wohl ernster genommen habe als er. Ein Möchtegernfootballspieler, der seine Qualitäten auf dem Platz nicht ausreizte. Jedoch seine Energie dafür aufwendete, jedes beliebige Mädchen an der Universität flachzulegen. Nur mit dem Unterschied, dass er sich bei mir auf eine Beziehung einließ. Und ich war wirklich verliebt in ihn und damit ärgerlich blauäugig. Denn für

Todd war es wohl eher ein *Unbedingt-haben-wollen-damit-sie-kein-anderer-bekommt*-Spiel. Todd hielt von Treue nicht so viel wie ich. Und ich will mir gar nicht vorstellen, mit wie vielen er während unserer *Beziehung* geschlafen hat, von denen ich bis heute nichts weiß. Obwohl er mir seine Liebe versprach. Todd hat mich damit geprägt, teilweise irgendwie geschädigt.

Aber je tiefer ich mich reinsteigere, desto klarer wird mir, dass es größere Probleme auf dieser Welt gibt als mein Liebesleben. Nämlich Menschen mit *wirklichen* Problemen.

Menschen wie Wyatt, der womöglich tagtäglich trainiert, um auf Prothesen laufen zu können.

Der Kerl hat wirklich andere Probleme und du regst dich innerlich auf, dass er seine *›Einladung‹* bisher nicht wahrgemacht hat. Er hat sicher ganz *andere* Sorgen ...

Ich finde Wyatt nur so furchtbar interessant, dass ich ihn am liebsten aus meinen Gedanken verbannen würde, weil er mir viel zu oft die Zeit stiehlt.

Deswegen konnte ich in den letzten Tagen auch unmöglich in den Park gehen. Zum einen, weil ich den Mann dann erst recht nicht aus meinem Verstand verbannen könnte. Zum anderen hätte er mich bestimmt für verrückt gehalten, wenn er mich dort gesehen hätte. Und ich befürchte, dass er das ohnehin tut. Zusätzlich würde ich mich selbst für bescheuert erklären. Also habe ich mir die Nachmittage mit Terminen vollgeplant. Mit Fototerminen. Sie sind sowieso die schönste Ablenkung.

Und zu einem dieser Termine eile ich gerade und werde mit neunundneunzigprozentiger Wahrscheinlichkeit zu spät kommen. Also ziehe ich mein Handy aus der Jackentasche und schreibe Erna eine Nachricht, dass ich wenige Minuten später erscheine.

Nicht unbedingt professionell und doch absolut du. Du solltest wirklich beginnen, etwas mehr Pünktlichkeit in dein Leben zu bringen.

Tatsächlich steht Pünktlichkeit auf meiner Neujahrsagenda, aber irgendwie ...

Ich wollte eigentlich nur schnell ins ChocoMakesHappy und mir einen Raspberry-Kiss-Donut und eine Hot-Chocolate holen. Mein heutiges Mittagessen. Ich kalkulierte nur die riesige Schlange vor mir nicht mit ein, sodass ich nun umso schneller über den Fußgängerweg hechten muss.

Instinktiv weiche ich den Menschen aus, die mir entgegenkommen, während ich tippe. Damit lasse ich die Umgebung für einen kleinen Moment aus den Augen, um die letzten Worte an Erna zu texten.

Ich drücke auf *Senden*, ehe ich mit einem Mal eine heftige Erschütterung spüre, die mich plötzlich zu Fall bringt.

Verflucht, was ...

Ein unerwarteter, fieser Schmerz zieht sich durch meine Kniegegend, während ich auf dem kalten Asphalt mit der Hose in der Hot-Chocolate sitze, die von meinem Jeansstoff immer weiter aufgesogen wird. Die Tüte mit dem Donut liegt neben mir.

»Autsch«, murmle ich. Ich reibe mir die Stirn, um aus dieser Unwirklichkeit zu kommen, in die mich der Sturz auf den Fußgängerweg befördert hat.

Direkt kommt in mir das Bedürfnis auf, eine Entschuldigung auszusprechen. Schließlich war es meine eigene Unachtsamkeit, die mich in die Situation gebracht hat. Dabei kann ich nur hoffen, dass meinem Gegenüber nicht das Gleiche passiert ist und er nicht ebenfalls wie ein Felsbrocken zu Boden ging. »Das tut mir unfassbar leid.«

Keine Ahnung, ob mich jemand gehört hat oder ob mein

Unfallgegner überhaupt noch anwesend ist, aber ich ziehe erst mal hektisch die Tüte meines Donuts an mich, bevor sie von den Fußgängern zertreten wird. Mein Handy, das ich noch immer fest umgreife, als könnte es mir irgendeine Sicherheit schenken, stecke ich in meine Hosentasche.

Noch bevor ich wieder in der Realität ankomme, spüre ich, wie etwas Kaltes und Nasses meine Wange berührt. Dann höre ich meinen Namen. Fragend und so deutlich, dass es mir eine kurze Gänsehaut über die Arme schickt, die von meinem dicken Pullover bedeckt sind. »Ava?«

Diese Stimme. Diese raue, bekannte, tiefe Stimme, die ein Stück meiner aufkeimenden Schmerzen beiseiteschiebt …

Ich sehe endlich auf, was ich schon viel eher hätte tun sollen. Dann würde mir wohl nicht mein Gesicht so spürbar einschlafen, während ich sein Braun erblicke. Dieses unfassbar dunkle, schokoladige Braun.

Das kann doch unmöglich wahr sein … Von allen Menschen in Nashville stößt du ausgerechnet mit ihm zusammen.

»Wyatt.« Sein Name aus meinem Mund ist nur ein ungläubiges Flüstern.

Wyatt umgreift Minous Halsband und schiebt ihn etwas von mir weg. Dann streckt er mir seine Hand entgegen, um mir aufzuhelfen. »Es scheint, als führt uns das Schicksal erneut zusammen. Und das auf eine ziemlich grobe Art und Weise.« Dabei hebt sich einer seiner Mundwinkel leicht an. Der Anblick hat etwas Seltenes und doch Schönes an sich.

»Sieht ganz so aus.« Ich mustere ihn und erkenne sofort, dass nicht nur ich von der Hot-Chocolate attackiert wurde. In meine Wangen schießt eine unsagbare Hitze, die mich wohl wie eine Tomate aussehen lässt.

Ich kann nicht anders, als seine freundliche Geste auszuschlagen und mich eigenständig aus meiner sitzenden Haltung in die Hocke zu hieven. Dann zerre ich ein Taschentuch aus meiner Jackentasche und drücke es an Wyatts Brust, auf der die letzten Sahnereste verweilen und sich langsam in den beigen Baumwollstoff saugen.

»Das tut mir so wahnsinnig leid«, wiederhole ich mich und versuche verzweifelt, den Fleck aus seinem Longsleeve zu rubbeln. »Dieses verfluchte Handy ...« Die wohl peinlichste Entschuldigung aller Zeiten, die ich hier vollführe.

Was machst du da eigentlich?

Meine Blicke beißen sich auf dem Fleck fest, weil ich unmöglich in Wyatts Augen sehen kann. Dann werden meine Bewegungen langsamer.

Wie sehr ich mich gerade ärgere, nicht einfach stehen geblieben zu sein, um die Nachricht fertig zu tippen, ist unvorstellbar. Als hätte diese eine Minute etwas ausgemacht. Ganz im Gegenteil. Die eine Minute hätte Wyatt vor dem Fleck verschont und mich vor diesen wahnsinnigen Schmerzen und dieser verflucht peinlichen Situation, in der ich mich befinde.

Ich wage es nicht, mein Knie anzusehen, um meinen Schmerz zu analysieren. Das kann ich später noch zu Genüge.

»Ava ...« Wyatt umschließt plötzlich mein Gelenk mit seiner Hand, sodass er mich in meinem Tun stoppt. Ich fixiere seine Berührung, ehe ich mir die Brille richte und zu ihm aufsehe.

»Das ist nicht schlimm«, fährt er fort.

Ihm entfährt erneut ein leichtes Lächeln, das ehrlich wirkt und seine sonst so harte Mimik erweicht.

Ich mag das Gefühl, das Wyatt mit seiner Berührung in mir auslöst, womöglich viel zu sehr. Seine leicht raue Handfläche schmiegt sich angenehm um mein Gelenk. Und dennoch ziehe ich reflexartig den Arm an meine Brust. »Es tut mir trotzdem leid.«

»Was genau? Dass du gegen mich gelaufen bist, mir dein Getränk drüber geschüttet oder mir meine Brust fast wundgerieben hast?« Der Kerl ist zum Scherzen aufgelegt?

»Alles?« Ich fahre mir nervös durch die Haare und wickle eine Strähne um meinen Zeigefinger.

»Dann kann ich dich beruhigen. Nichts davon ist wirklich tragisch.«

»Ich sollte das nächste Mal einfach stehen bleiben, wenn ich eine Nachricht tippe. Finger weg vom Handy beim Laufen!« Damit ermahne ich mich selbst.

»Möglich, dass das eine Gefahrenquelle weniger für dich wäre. Wiederum wären wir uns vielleicht jetzt nicht über den Weg gelaufen. Wortwörtlich.«

Ich weiß nicht, was ihm die leichte Freude beschert, die ich aus seinen Stimmbändern hören kann. Aber dieses Etwas war bei unserem ersten Aufeinandertreffen noch nicht da.

»Wolltest du das denn?«, hinterfrage ich instinktiv. »Mir über den Weg laufen ...« Ich streiche mir eine Strähne hinter mein Ohr und habe vermutlich den fragendsten Blick überhaupt im Gesicht. Denn mein aufgewühltes Ich grübelt seit Tagen, ob Wyatt mich von sich aus wiedersehen will.

»Wäre das so überraschend, wenn dem so ist?«

Um von Wyatt loszukommen, konzentriere ich meine Sicht auf Minou, der nur wenige Zentimeter entfernt steht. Am liebsten würde ich meine Hände in sein Fell tauchen.

»Irgendwie ...« *Schon sehr*, spreche ich in Gedanken aus und doch geht mir kein weiterer Ton über die Lippen. Denn eins würde dann zum anderen führen und irgendwann wüsste ich erst recht nichts mehr zu sagen, ohne dass sich meine Aufregung ihm gegenüber nur noch mehr schürt.

»Irgendwie was?«

Ich war die letzte Zeit nie gespaltener. Am liebsten würde ich hier verweilen und Wyatts Gegenwart auf mich wirken lassen. Auf der anderen Seite möchte ich so schnell wie möglich aus dieser Situation verschwinden. Und ich entscheide mich wegen so einiger Aspekte für Letzteres.

Mein aufgewühltes Ich, Erna, die Gesamtsituation ...

»Egal. Geht es dir gut? Euch. Oder ...«

»Mir geht es gut, Ava. Alles okay. Und Minou auch. Mach dir keine Gedanken«, schwört Wyatt, was mich ein wenig beruhigt.

»Okay. Gut.« Trotz meiner Schmerzen im Knie drücke ich mich viel zu schnell hoch und trete einen Schritt zurück. »Es war schön, euch beide wiedergesehen zu haben.« Ich fahre mit der Hand endlich durch das weiche Fell des Australian Shepherds. »Aber ich sollte jetzt los.«

»Ging mir genauso.« Wyatt stoppt kurz, als würde er mit sich ringen, mir noch irgendetwas sagen wollen. Aber vielleicht ist das auch nur Einbildung, weil ich eine gefühlte Ewigkeit auf ein Wiedersehen mit ihm gewartet habe und mein Inneres jetzt hofft, dass mehr kommen würde. Doch dann entgleitet ihm nur ein weiteres Lächeln, das eigentlich genug sein sollte. »Mach's gut, Ava.«

Ich würde ihm so gern meine Fragen stellen, die mir seit Tagen im Kopf umherwandern. Stattdessen schenke ich Wyatt ebenfalls nur ein kurzes Lächeln, ehe ich an ihm vorbeigehe. Sofern es mir zumindest möglich ist. Denn mein Knie tut verdammt weh. Ich beiße die Zähne zusammen, um den Schmerz zu unterdrücken.

»Humpelst du etwa?« Ihm entgeht auch gar nichts.

Ich drehe mich kurz zu ihm um und werfe meine Hand gespielt über die Schulter. »Nicht der Rede wert.«

Danach atme ich einmal tief ein, versuche das Aufeinandertreffen zu verdrängen, und eile so schnell es mir möglich ist zu Erna. Einer älteren Frau, die sicher schon mit ihrem Hund Oskar vor meiner Ladentür wartet.

Als ich sie einige Meter weiter tatsächlich vor meiner Tür stehen sehe, berühre ich vorsichtig ihren Arm. »Es tut mir unsagbar leid für die Verspätung.« Ich habe heute das Gefühl, mich am laufenden Band entschuldigen zu müssen.

Sie entgegnet mir jedoch mit angehobenen Mundwinkeln: »Das ist doch kein Problem, Liebes. Du hättest dich nicht beeilen müssen. Das Leben ist stressig genug, nicht?«

»Schon. Dennoch. Ich wurde in den letzten Minuten mehrmals aufgehalten. Aber jetzt können wir direkt starten. Komm doch erst mal rein.«

Ich sperre die Ladentür auf und mache weiter mit meinem Alltag, bevor ich einen einzigen Gedanken an Wyatt verliere.

Wyatt

Nicht der Rede wert?

Ich habe eindeutig gesehen, dass sie humpelt. Warum hat sie das so abgetan? Kann es sein, dass Ava schnellstmöglich Abstand gesucht hat?

Seltsam.

Noch viel seltsamer ist es, dass ich mir darüber Gedanken mache.

Nicht der Rede wert ...

Unser schicksalhaftes Zusammentreffen, und das meine ich wortwörtlich, scheint enorme Schmerzen bei ihr hinterlassen zu haben. Schmerzen, die sie sich zwar selbst zugefügt hat, für die ich mich aber ebenso verantwortlich fühle.

Dafür, dass ich die Frau kaum kenne, spukt sie mir seit unserem ersten Treffen ganz schön im Kopf herum.

Ich weiß ehrlich nicht so recht, was ich davon halten soll. Dann sehe ich auf den Fleck, den Avas Getränk auf meinem Longsleeve hinterlassen hat. Der leere Becher wird vom Wind über den Fußgängerweg gewirbelt.

Minou sieht mit seinem bettelnden Hundeblick zu mir auf. Das damit verbundene weinerliche Winseln hilft mir kein Stück weiter.

»Was, Minou? Schau mich nicht so an.« Ich setze den Rollstuhl in Bewegung, doch unerwarteterweise stellt sich mir mein eigener Hund in den Weg.

Verräter ...

»Was soll das, Partner?«

Ein erneutes Winseln aus Minous Lefzen.

»Ich hab's doch auch gesehen. Aber was soll ich bitte machen, Minou? Sie hat eindeutig Abstand zu uns gesucht.«

Wohl eher zu dir statt zu Minou ...

Eigentlich hatte ich vor, mich mit Elijah im Hailys zu treffen. Ein kleines Café am Tag, eine Bar am Abend.

Aber das muss wohl ausnahmsweise warten.

»Du willst zu ihr und dich versichern, dass es ihr gut geht, was?« Ich stoppe kurz, denn meine eigenen Worte hallen in meinen Gedanken wider. Dabei wird mir bewusst: Eigentlich will ich genau das Gleiche. Mich versichern, dass es ihr gut geht. »Du wirst nicht lockerlassen, oder?« Minous verschiedenfarbiger Blick – das eine Auge braun, das andere blau – beißt sich in mein Gesicht wie seine scharfen Eckzähne in rohes Fleisch. Sein Schweif wedelt am laufenden Band hin und her und ist damit die Antwort auf meine Frage. Also schwenke ich den Kopf in die Richtung, aus der wir gekommen sind, und drehe den Rollstuhl in die entgegengesetzte. »Dann komm!«

Ich ziehe mein Smartphone aus der Tasche, tippe Elijah eine Absage und fahre einige Meter auf dem Fußgängerweg – ohne Verstand und absolut gedankenlos.

Wenn dir diese Gedankenlosigkeit nicht noch zum Verhängnis wird ...

Irgendwie wurde ich von Minou regelrecht genötigt, hierherzukommen.

Es auf ihn zu schieben, macht es zumindest leichter ...

Nun finden wir uns vor Avas Fotostudio wieder und ich habe keine Ahnung, was mein nächster Schritt sein wird.

Welch Ironie ...

Ich nähere mich unbewusst der Ladentür. Unerwartet und doch eigentlich naheliegend, dass sie sich automatisch öffnet und mich dazu zwingt, einzufahren. Also schiebe ich mich auf den Rädern die kleine Rampe hinauf, neben mir Minou, der mir nicht von der Seite weicht.

Vergangene Gedanken steigen auf und erinnern mich an eine Zeit, in der ich noch nicht auf Rampen auffahren konnte. Ich bin erleichtert, dass wenigstens das funktioniert.

Die Glocke über uns ertönt, bevor wir in den bekannten vier Wänden stehen, die ich auffällig zu bewundern beginne. So wie vor über einer Woche.

Ich sehe mich um, aber von Ava ist keine Spur. Mit Minou, dessen Krallen auf dem Boden des Ladens langtapsen, gleite ich an den Bildern entlang, die an der gemauerten Innenwand hängen. Bilder, die ich schon einmal analysiert habe. Aus meinem Starren werde ich von Avas unbeschwerter Stimme geholt, die immer lauter zu werden scheint. »Dreh dich ruhig noch etwas mehr in die Kamera.«

Ich folge diesen Tönen in den Nebenraum, den sie mir bei unserem ersten Aufeinandertreffen gezeigt hat. Ihre zarte Erscheinung steht seitlich zu mir und blickt lächelnd auf das Display ihrer Kamera.

Ich spüre, wie sich ebenfalls ein Schmunzeln auf mein eigenes Gesicht legt.

Das passiert momentan recht häufig.

Vor Ava posiert eine ältere Frau mit einem braunen Hund an der Leine, der vorbildlich und abwartend neben ihr sitzt und uns trotzdem aufmerksam beobachtet.

Minou bleibt ebenfalls starr an meiner Seite und begutachtet die Situation.

»Bleib«, flüstere ich ihm zu, obwohl ich das im Grunde genommen gar nicht müsste. Dafür hat er *eigentlich* eine zu gute Erziehung.

Nur selten muss ich darum bangen, dass Minou diese vergisst. Meistens nur dann, wenn ich selbst schon kommen sehe, dass seine Instinkte mit ihm durchgehen.

Ava drückt zum wiederholten Male auf den Auslöser, bemerkt mich und Minou nicht.

»Die Fotos sind wunderschön geworden«, flüstert sie, als sie die Bilder auf ihrem Kameradisplay analysiert, und dennoch ist es für jeden in diesem Raum absolut verständlich, was Ava sagt.

Dann fixiert mich die ältere Dame. »Oh, Ava. Ich glaube, du hast Besuch.« Als sie eine nickende Pose in meine Richtung vollführt, dreht sich Ava zu mir.

Sichtlich irritiert über meine Anwesenheit in ihrem Studio reißt sie ihre braunen Augen auf. Gleichzeitig entgleitet ihr das restliche Gesicht und sie schiebt sich nervös eine Strähne hinter ihr Ohr.

»Wyatt.« Ein verhaltenes Lächeln huscht über ihre Lippen. Ava tritt wenige Schritte näher an mich und Minou heran. Mir entgeht nicht, dass sie mit ihrem verletzten Bein schwer auftreten kann.

Ich umgreife die Räder des Rollstuhls und nähere mich ihr ebenfalls. »Hey.«

»Ich habe die Glocke gar nicht gehört. Was tust du denn hier?« Leicht schüttelt sie ihren Kopf und schiebt sich die nächste imaginäre Strähne hinters Ohr. Eine Geste, die mir schon so oft an ihr aufgefallen ist.

»Ich dachte, ich reibe dir noch mal die Sauerei auf meinem Shirt unter die Nase.«

»Ernsthaft?« Die Kamera lässt sie für den Moment um ihren Hals baumeln und stemmt eine Hand in ihre Hüfte. Sie kann es mir nicht abnehmen, was ich soeben gesagt habe. Ihr Lächeln verrät sie.

»Nein. Natürlich nicht.«

»Also, was dann? Was tust du wirklich hier?«

»Eigentlich war es Minou, der ...«, spreche ich ehrlich und stocke, weil ich nicht weiß, wie ich mein Dasein erklären soll. Soll ich sagen, dass mich mein Hund dazu gezwungen hat, hierherzukommen, indem er mich ununterbrochen mit seinem typischen Hundeblick taxierte?

Ava hockt sich auf Minous Höhe und somit blicke ich auf sie hinab. »Dann bist du der Grund für den Überraschungsbesuch, was?«, spricht sie zu ihm und krauelt vergnügt seinen weißen Latz.

Damit nimmt sie mir eine gewisse Schwere von den Schultern, weil sie keine weitere Erklärung von mir fordert.

»Vielleicht in erster Linie. Aber ...« Ava wirkt, als würde sie etwas Bestimmtes herbeisehnen. »Ich dachte, wenn wir einmal hier sind, löse ich deine Zusage ein. Wir könnten einen Kaffee trinken gehen.« *Eigentlich dachte ich das nicht annähernd.*

Aus Avas noch vor wenigen Sekunden verhaltenem Lächeln wird ein ehrliches und befreites. Als hätte sie genau auf diese Worte gewartet. Als hätte sie darauf gehofft, dass ich durch die Ladentür schneie und ihre Zusage einlöse. Was aber absolut abwegig ist. Warum sollte sie das tun – sich so etwas herbeisehnen. Schließlich kennen wir uns kaum.

»Du dachtest, du löst deine Zusage ein ...« Meine Worte

klingen aus Avas Mund so skeptisch. »Ehrlich?«

»Nun ja, nachdem ich von Minou genötigt wurde, nach dir zu sehen, klingt das doch nicht ganz unlogisch, oder? Also ja.«

»Minou allein habe ich also zu verdanken, dass du hier bist? Du bist nicht freiwillig hier.« Ava lächelt und beginnt wieder das Fell meines Hundes zu streicheln, was er sichtlich genießt.

»Eigentlich nicht, nein.«

»Dachte ich mir«, haucht sie.

Als mir klar wird, dass sie meine Worte missversteht, revidiere ich meine Antwort. »Stopp. Also, Minou allein hast du das nicht zu verdanken.«

Zwischen Avas Brauen bildet sich eine tiefe Furche, die die puren Bedenken widerspiegelt.

»Im Grunde hast du selbst daran Schuld, dass ich hier bin. Schließlich bist du in mich reingelaufen, nicht wahr?«

Leicht hebt Ava ihr Kinn und scheint nachdenklich und einsichtig zugleich zu sein. »Das ...«, beginnt sie. »Schon möglich.«

Ich schaue an ihr vorbei und damit direkt in das Gesicht der älteren Dame, von der sich Ava meinetwegen abgewendet hat. »Aber ich sehe, du bist beschäftigt.«

Sie sieht kurz über ihre Schulter. »Also, wir sind in den letzten Zügen unseres Shootings. Wenn ihr, Minou und du, es nicht eilig habt, dann könnt ihr für den Moment warten. Ich hätte bis vier Uhr Luft, bevor das nächste Shooting auf mich wartet.«

Langsam sehe nach oben, direkt in Avas sanftmütiges Gesicht. Wie könnte ich jetzt einfach gehen?

»Dann warten wir. Minou und ich.«

Es dauert nicht sonderlich lang, bis Ava mit dem Shooting fertig ist. Mit dem Hund an der Leine folgt ihr die Kundin. Beide mustern Minou und mich akribisch. Der älteren Frau entflieht ein »Guten Tag«, verbunden mit einer nickenden, freundlichen Geste.

»Guten Tag«, erwidere ich anstandshalber.

Ihr Hund kommt mir etwas näher, schnüffelt erst an Minou, bevor er zu meinen bandagierten Oberschenkeln übergeht und seinen Kopf unter meine Hände schiebt.

»Das ist Oskar. Er ist alt und sehr freundlich«, stellt mir die Dame ihren Vierbeiner vor. Meine Finger kraulen durch sein borstiges, dunkles Bernhardinerfell. »Er drängt sich ganz gern auf.« Seine Besitzerin versucht ihn an der Leine zu sich zu ziehen.

»Das ist kein Problem. Er scheint mich nicht beißen zu wollen.«

»Er nicht.« Die ältere Dame kichert, mustert mich von oben bis unten, zwinkert mir dabei zu und lasst mich damit irritiert zurück. »Andere hingegen würden die Chance direkt einmal nutzen.«

Unerwartet erstarre ich. »Bitte, wa...?« Dann beginne ich meine Wortfäden zu verlieren. Flirtet die ältere Dame etwa mit mir oder wie soll ich das verstehen?

Bevor ich den Satz beenden kann, widmet sie sich Ava, die grinsend hinter ihrer Ladentheke verweilt. »Erna, ich glaube nicht, dass ...«

»Schon gut, schon gut.« Sie hebt abwehrend eine Hand in die Höhe. »Für manche ist meine direkte Art etwas zu viel.« Ihre Worte bringen Ava erst recht zum Kichern, mich hingegen lassen sie noch verwirrter zurück. »Liebes, ich würde sehr gern bald mit meiner Familie kommen. Mein Mann wird siebzig und ich glaube, ein aktuelles Bild mit all seinen Enkeln und Urenkeln würde ihn sehr glücklich machen.«

»Natürlich. Wann passt es euch denn?«

»Kann ich dich diese Woche noch anrufen? Du weißt, jeder ist bei uns sehr beschäftigt. Es wird schwierig sein, alle zusammen zu bekommen. Das bedarf eines Termins im Voraus und den muss ich erst mal mit allen besprechen.«

»Sicher. Meine Nummer hast du ja.«

»Ich danke dir, mein Kind. Vielen Dank für heute. Es hat sehr viel Spaß gemacht, oder Oskar?« Erna zieht ihren Hund ein wenig mehr zu sich und tätschelt seinen Kopf.

»Gern. Ich habe die Bilder diese Woche fertig, wenn du sie abholen willst.«

»Ruf mich an, Liebes.«

»Das mache ich.«

Erna verlässt mit Oskar das Fotostudio, nachdem sie sich von Ava, Minou und mir verabschiedet haben. Um Ava und mich zieht sich eine ungewisse Stille. Zumindest so lang, bis sie das Schweigen unterbricht. »Du hast Erna beeindruckt.«

Ich ziehe eine Braue spürbar nach oben. »Beeindruckt, ja? Das war irgendwie schräg.«

»Schräg trifft auf Erna ganz gut zu. Sie ist eine besondere Frau. Tut mir leid, dass sie ... So direkt zu dir war. Normalerweise hält sie sich immer ganz gut zurück.«

»Ich darf mich demnach geehrt fühlen, was?«

»Wenn du das so sehen willst.« Ava lacht herzhaft auf und steckt mich damit ein wenig an. Ich erschrecke über die Laute, die aus meinen Stimmbändern wandern, und versuche sie im gleichen Moment mit einem Räuspern zu ersticken.

»Du hast sie fotografiert?« Der fragende Unterton entgeht selbst mir nicht.

»Du fragst, als wäre das so außergewöhnlich.«

»Sie hat keinen Makel. Zumindest keinen offensichtlichen.«

»Ich schieße nicht nur Bilder von Menschen, die einen Makel haben, Wyatt. Man kann bei mir zum Beispiel auch Bewerbungsfotos machen lassen. Aber ich würde behaupten, dass mich der andere Part besonders macht. Hier in Nashville zumindest.«

»Das tut *er* auf jeden Fall«, bestätige ich. »Und sie war für Bewerbungsbilder hier?«

Ava lacht erneut auf. »Nein. Erna möchte regelmäßige Portraits von sich. Schon seit Jahren. Immer zur selben Zeit.«

»Warum denn das?«

»Sie war früher Model für ein damals bekanntes Label. Und heute hat sie einfach Spaß daran, sich fotografieren zu lassen. Im Alter, so sagt sie, noch mehr. Ihre körperlichen Veränderungen hält sie eben gern fest.« Ava bindet sich einen Zopf. »Aber du bist nicht hier, um über Erna zu sprechen.« Das ist keine Frage, sondern eine Feststellung, mit der Ava absolut recht hat. »Du löst meine Zusage also tatsächlich ein ...«

»Ja, ich … Du kamst schließlich nicht dazu, deine heiße Schokolade zu trinken. Daher dachte ich ...« Ich zucke mit einer Schulter und zupfe an meinem Shirt. »Klingt aber zum wiederholten Male so, als hättest du nicht damit gerechnet.« *Das hast du wohl selbst auch nicht.*

»Es tut mir wirklich sehr leid wegen deines Shirts. Und um ehrlich zu sein ...«

»Hast du nicht damit gerechnet«, weiß ich. »Glaubst du, ich hätte unser Gespräch vergessen oder dich?«

Wenn sie wüsste … Denn das habe ich mit Sicherheit nicht, Ava ist regelmäßig für kleine und viele Augenblicke in meinem verkorksten Hirn präsent. Und damit bestätigt sich ihre eigene Äußerung: Man vergisst sie nicht. Nicht so einfach zumindest. Ich habe keine Ahnung, an was das liegt. Ob an ihrer Ausstrahlung, an ihrem Wesen. Ich kann es nicht sagen.

»Nein. Das nicht.«

»Das also nicht.« Ihre Antwort überrascht mich. »Ich habe dich auch nicht vergessen, Ava. Weder dich noch unser erstes Aufeinandertreffen.«

Sie klappt ihren Terminplaner vor sich zu. »Und das wirst du auch nicht.«

Obwohl ich es zu vermeiden versuche, muss ich grinsen. »Ist das eine Drohung?«

»Ein Versprechen. Man vergisst Ava Connor nicht. Vielleicht für den Moment unter viel Alkoholeinfluss oder so was.« Ein Kichern fährt über ihre fülligen Lippen. »Aber im normalen Zustand vergisst man mich nicht. Der Grund, aus dem ich nicht damit gerechnet habe, ist, dass ich nicht gedacht hätte, dass du dein Wort hältst. Es ist schon etwas her, seit du ...«

»Und dennoch sitze ich hier. Vor dir«, unterbreche ich sie, weil ich ahne, auf was sie hinaus möchte.

»Ich will nur, dass wir von vornherein ehrlich zueinander sind. Das bin ich zu jedem und das erwarte ich von meinem Gegenüber. Von Anfang an.«

Wie kann man jemandem das Verlangen nach Ehrlichkeit verübeln oder abschlagen? »Dass ich mich nicht gleich bei dir gemeldet habe, hatte den Grund, dass ich es tatsächlich nicht in Erwägung gezogen habe. Einfach weil …« *Beginne ich hier zu stammeln und mich irgendwie für meine Situation zu erklären?* »Das liegt nicht an dir.«

Das ist leider nicht die ganze Wahrheit. Und so sehr ich es auch möchte, kann ich ihr noch nicht alles erklären. Denn es hat schon etwas mit ihr zu tun, dass ich mich nicht gleich gemeldet habe. Aber bestimmt nicht damit, dass ich sie nicht wiedersehen wollte. Eher im Gegenteil. Ich hätte Ava gern wiedergesehen. Tief in mir drin weiß ich das. Es ist nur sinnig, wenn jemand mit solch einer Regelmäßigkeit in meinen Erinnerungen auftaucht und nicht gehen will.

Nur ist Ava so ganz anders als ich. Positiv und hell. Das kann einem wie mir schon einmal einen gewissen Schauer schicken. Und ich weiß nicht, ob ich das auf Dauer ertragen kann.

»Nicht an mir.« Ava schließt ihre Lider, nur um mich im nächsten Moment erneut anzusehen.

»Lag es wirklich nicht.« Ich ertrage ihren zweifelnden Blick nur schwer und habe das dringende Bedürfnis, ihn aus ihrem Gesicht zu verscheuchen. »Aber nun bin ich hier. Also, was ist? Gehst du mit mir einen Kaffee trinken?«

Für einen Moment wird es erneut still um uns. Avas Mimik bleibt reglos, bis sich ihre Mundwinkel heben und ihr Blick zu leuchten beginnt. Ich schätze, das ist eine Zusage. Dass sie dann auch um die Theke humpelt, bestätigt meine Annahme.

Sie greift nach ihrer Jacke, die an einem Kleiderständer hängt. Dann stülpt sie sich den grauen Stoff über, ehe sie sich zu mir dreht und ihre Brille auf der Nase richtet. »Wo willst du denn einen Kaffee trinken gehen?«

Ich schmunzle. »Ich dachte ans ChocoMakesHappy. Schließlich kamst du von dort.«

»Gute Auffassungsgabe.«

»Gehört zu meinem Job.« Ich korrigiere. »Gehörte.« Und bevor Ava weiter darauf eingehen kann, lenke ich von mir ab. »Wie gehts deinem Bein?«

Prüfend sieht sie an sich herab. »Meinem Bein?«

»Du humpelst immer noch.«

»Ach das.« Es ist fast ein Flüstern. »Es ist nicht weiter schlimm.«

»Das würde ich so nicht sagen. Zeig mal her.«

Zwischen ihren Brauen formt sich schlagartig eine Furche. »Bitte was?« Ihre Stimme geht quirlig in die Höhe und spätestens jetzt ist jedes Fünkchen Zweifel aus ihrer Mimik gewichen.

»Zeig mir die Stelle, die wehtut.«

Ihre Antwort ist eindeutig. »Nein. Warum sollte ich das tun? Ich zeig fremden Menschen nicht mein Bein. Außer wir haben draußen dreißig Grad.«

»Wir sind uns schon lang nicht mehr fremd, Ava.«

»Was?« Irritiert sieht sie zu mir.

»Wir sind uns schon lang nicht mehr fremd.«

»Ich hab dich schon verstanden, Wyatt.«

»Warum fragst du dann nach?«

»Weil ich nicht weiß, was die Aussage zu bedeuten hat. Sehen wir uns nicht erst zum zweiten Mal? Wie könnten wir uns nicht fremd sein?«

»Auch wenn wir uns erst das zweite Mal …«, ich stoppe. Wenn man es genau nehmen möchte, sind wir uns das dritte Mal gegenüber. Dennoch korrigiere ich mich nicht und fahre fort. »Habe ich mit dir schon mehr Wörter gewechselt als mit manch anderen, die Monate in meinem Leben sind. Also, nein. Wir sind uns nicht mehr fremd.«

Ava legt den Kopf schief. »Wenn du das sagst.«

»Also, zeig mal her.« Als hätte ich nach diesem kurzen kommunikativen Abweg vergessen, was ich eigentlich wissen möchte.

»Wir sollten los, wenn ich bis vier Uhr wieder hier sein will.«

Auf mein Gesicht legt sich der gewohnte und spürbar kritische Blick. »Sag, sträubst du dich immer so?«

»Möglich?«

»Eine Frage?«

»Eine Antwort, Wyatt.« Ihr Lächeln unterstreicht diese Aussage und ich weiß nicht, ob ich das, was gerade in ihrem Gesicht passiert, verfluchen oder mögen soll.

In welche Richtung geht das hier? Das mit ihr ...

Ava

Nashville nennt sich nicht ohne Grund die Music City. Egal, wo wir vorbei kommen, es schallen einem Taylor Swift oder die Dixie Chicks entgegen. Selbst am Vormittag kann man die verschiedensten Musiker aus den wenigen Bars hören, die schon geöffnet haben. Aber die kenne ich nicht mit Namen.

Beinah stumm laufe ich neben Wyatt über den Fußgängerweg, der uns zu ChocoMakesHappy führt. Ich frage mich, ob er von mir erwartet, dass ich etwas sage. Dass wir miteinander sprechen.

Aus den Augenwinkeln beobachte ich ihn, wie er neben Minou, der nicht annähernd von seiner Seite weicht, seinen Rollstuhl führt. Wie gekonnt er darin ist, anderen Menschen auszuweichen, die ihm eigentlich den Weg freimachen sollten, beeindruckt mich.

Ich würde lügen, wenn ich leugne, dass es mich nicht interessieren würde, was Wyatt in den Rollstuhl gebracht hat. Welche Lebenslage, welche Situation.

Auch als Laie weiß ich, dass die Bandagen an seinen Stümpfen Wundheilungsbandagen sind. Diese trägt man, wenn eine Wunde, eine Naht oder eine Verletzung noch recht frisch und man auf intensiveren Wundschutz angewiesen ist. Das weiß ich, weil ich schon einmal jemanden fotografierte, der eines seiner Beine amputieren lassen musste. Krebserkrankung.

Aber ich wage es nicht, Wyatt danach zu fragen, geschweige denn nachzubohren, was ihm geschehen ist. Ich glaube, wenn jemand wie er darüber reden will, wird er das tun. Ganz von sich aus. Ohne Druck.

Seit unserem Zusammenstoß – den mein Knie noch immer deutlich spürt – geht mir sein Satz nicht aus dem Kopf.

Es scheint, als führe uns das Schicksal erneut zusammen ...

Ich unterbreche unser Schweigen. »Du glaubst also ans Schicksal?«

»Was?« Wyatt klingt überrascht, weil meine Frage völlig aus dem Zusammenhang gerissen ist.

»Du sagtest vorhin, das Schicksal hätte uns erneut zusammengeführt ... Das ging mir eben durch den Kopf.«

Er sieht geradeaus und umgreift immer wieder die Reifen seines Rollstuhls, um den Schwung der Fahrt zu nutzen. »So etwas geht dir also durch den Kopf?«

»Schlimm?«

»Überhaupt nicht. Aber wäre das so überraschend? Wenn ich ans Schicksal glauben würde.«

»Stellst du immer Gegenfragen?« Wyatt antwortet mir mit einem weichen Schmunzeln. »Vielleicht würde man das von jemandem wie dir nicht erwarten. Auf den ersten Blick wirkst du so ...« Ich krame in meinem Gehirn nach einem vernünftigen Wort, das ihn beschreiben soll, ohne es nach einem Vorurteil klingen zu lassen. Denn ich bin viel, aber bestimmt nicht mit Vorurteilen behaftet. »Rational.«

»Dein Blick trügt dich nicht. Und dennoch kann man ab und an doch an so was wie Schicksal glauben. Das kann helfen ...«

Helfen? Wobei kann es helfen?

Bevor ich etwas darauf erwidern kann, sind wir bereits

am ChocoMakesHappy angekommen. Vor dem Café, links an der Hausecke, steht ein Sänger, der gekonnt die wundervollsten Töne ausstößt. Alle, die an ihm vorbeilaufen, beeindruckt er sichtlich. Nur mich kann er nicht wirklich einnehmen, da all meine Sinne auf Wyatt konzentriert sind.

Ich zögere einen Moment, bevor ich durch die Tür ins Café trete, weil ich nicht glauben kann, dass der Mann aus dem Park und ich jetzt *einen Kaffee trinken gehen.*

»Willst du nicht reingehen?« Sein verwirrter Blick spricht Bände.

Ich schüttle mich kurz in die Realität zurück. »Doch. Natürlich.«

Wir spazieren hinein und wenden uns an einer langen To-go-Schlange vorbei. Alles in diesem Café wirkt retro und dennoch werden moderne Highlights eingesetzt – dunkler Parkettboden, darauf weiße Tische und gepolsterte braune Stühle. Rostige Lampen, die denen in meiner Wohnung ähneln, an einer beige-braunen Wand. Ich mochte es schon immer hier. Es ist nicht ohne Grund mein Lieblingscafé und vor allem an kalten Tagen einer meiner liebsten Rückzugsorte.

»Lass uns nach hinten gehen. Ich sitze ungern auf dem Präsentierteller«, murmelt Wyatt. In seiner Stimme die gewohnte Strenge.

»Geht mir genauso.« Und das sage ich nicht einfach so daher. Ich bin nicht grundlos allein hinter der Kamera. Es gibt kaum Bilder von mir, weil ich mich hinter meiner Spiegelreflex einfach am wohlsten fühle.

Wir finden direkt einen Platz in einer Ecke, an einem Fenster, das uns einen wundervollen Ausblick in eine kleine Nebengasse bietet. Ich stelle einen der beiden Stühle zur Seite, damit sich Wyatt mit seinem Rollstuhl an den Tisch setzen kann.

»Danke«, murmelt er, worauf ich jedoch nichts als ein Schmunzeln erwidere. Ich beobachte Minou, wie er sich unter den Tisch vor die Füße seines Herrchens legt. Dann nehme ich gegenüber von Wyatt Platz.

Ohne uns lang warten zu lassen, kommt eine junge Kellnerin an unseren Tisch und übergibt uns jedem eine Karte. Wenige Minuten später kehrt sie mit gezücktem Bestelltablet zurück. »Hallo. Weißt du schon, was du willst?« Betont freundlich strahlt sie auf Wyatt herab.

»Nein, noch nicht.« Er sieht zu ihr auf, was die Blondine zu einem verlegenen Lächeln veranlasst.

»Und jetzt immer noch nicht?« *Und jetzt immer noch nicht? Auf was spielt diese Frau eigentlich an?* Innerlich rolle ich mit den Augen. Denn entweder bilde ich es mir ein, oder sie taxiert Wyatt schon die ganze Zeit so auffällig, als wollte sie ihn mit Blicken ausziehen.

Und Wyatt lächelt auch noch süffisant. »Ich brauch noch. Für meinen Hund aber eine Schüssel Wasser bitte.«

»Ist gut. Kann man deinem wunderschönen Hund noch etwas anderes bringen, was ihm guttut?« Die Bedienung hockt sich auf Wyatts Höhe, mustert abwechselnd Minou und dann das Fellknäuel unter dem Tisch.

Mir wird schlecht …

»Nein. Aber vielleicht ist meine Begleitung schon so weit?« Wyatt sieht zu mir, dann wieder zu ihr.

»Okay.« Ihr lüsternes und unangemessenes Zwinkern bleibt mir dabei leider nicht verborgen. Daher bin ich mehr als dankbar, als die Bedienung endlich ihren Job erledigt und sich mir zuwendet. »Und du möchtest?« Eigentlich war es klar, dass mir eine weniger freundliche Tonlage entgegengebracht wird.

»Ich brauch auch noch einen Moment«, lächle ich dennoch. Denn von meinen Eltern und in meinem Zuhause lernte ich, immer freundlich zu sein. Mutig und freundlich.

»Dann komme ich gleich wieder.« Die blonde, junge Frau, die schön ist und ihre Rundungen perfekt einzusetzen weiß, verlässt unseren Tisch, um sich einem Gast neben uns zu widmen.

»Du meine Güte«, flüstere ich und schüttle verständnislos mit dem Kopf.

Ob Wyatt auf so was steht? Ob er ihren Typ mag?

Sie ist so ganz anders als du. In jeglicher Hinsicht.

»Du meine Güte?« Wyatt hat es gehört.

Ich verschanze mich hinter der Karte vor mir. Es geht mich schließlich überhaupt nichts an, wie sich jemand Wyatt gegenüber verhält.

Und dennoch ...

»Sprich, Ava«, fordert Wyatt, der mich mit seinen braunen Augen mustert, als könne er dadurch alles von mir einfordern.

»Es ist nichts. Nichts Schlimmes.« Eigentlich schon, weil es mich nervt, was gerade passiert ist. Ich seufze, wenn ich darüber nachdenke, was ich empfinde. Allerlei Gefühle keimen in mir auf. Angst, Eifersucht, aber auch Erleichterung, weil die Blondine soeben unseren Tisch verlassen hat.

»Dann kannst du es ja sagen.«

Nervös kaue ich auf der Innenseite meiner Wange. »Du lässt nicht locker, oder?«

Er schüttelt grinsend den Kopf. »Niemals.«

Also gebe ich mich schließlich geschlagen. Viel zu schnell und ohne wenigstens zu versuchen, irgendwie auszuweichen. »Na ja, du hast wohl keine Probleme mit

Frauen ...«

Er sieht mich mit unschuldiger Miene an, als wüsste er nicht, wovon ich gerade spreche. »Wie meinst du das?«

»Als hättest du das nicht mitbekommen. Sie hat dich mit ihren Augen ja regelrecht ausgezogen. Und wie sie versucht hat, durch Minou ...« *An dich ranzukommen.*

Wyatt zischt. »Nur schade, dass nicht nur das in ihrem Blick zu sehen war. Daher ist ihr Verhalten absolut belanglos. Und wenn man versucht, durch meinen Hund an mich heranzukommen, zeugt das nur von mangelndem Charakter.« Wyatt widmet sich für den Moment seiner Karte.

»Mangelndem Charakter?«

»Sie braucht Minou, um mich von sich zu überzeugen, weil sie es mit dem, was sie ist, nicht kann. Damit wird man niemals weit kommen.«

»Und was hast du noch in ihren Augen gesehen, außer purer Begierde?«, spotte ich hauchzart.

»Mitleid«, antwortet Wyatt trocken.

Ich schaue zu ihm auf. »Mitleid? Du hast Mitleid in ihren Augen gesehen? Für dich?«

»Es war nicht zu übersehen.«

»Vermutlich war ich zu beschäftigt, ihre sexuellen Gedanken zu lesen.«

Wyatt schmunzelt. »Ich glaube nicht, dass sie in erster Linie darauf aus war. Ihr Blick widerspiegelte Mitleid und das Bedürfnis, mir zu helfen. Für mich da zu sein und mir fast gezwungen zu zeigen, wie wertvoll ich trotz allem bin.«

Es hebt sich merklich eine meiner Brauen. »Und das ist so schlimm?«

»Als wüsste ich das nicht selbst. Ich bin nicht weniger wert, nur weil mir die Beine fehlen oder ich eine Narbe im Gesicht trage.« Wyatt spricht eine so wichtige Tatsache ganz offen aus, und genau das beeindruckt mich noch mehr an ihm. *Du solltest dringend anfangen nicht so schöne Dinge an ihm zu suchen, damit …*

»Außerdem brauche ich ganz sicher kein Mitleid. Und noch viel schlimmer: Die meisten Menschen, die einem das Gefühl von Bedauern geben, tun es für sich selbst. Um sich gut zu fühlen. Nicht für die Menschen, die eventuell etwas Grausames durchgemacht haben könnten. Auch ihr hat man das angemerkt. Außerdem hasse ich es, in den Augen anderer Mitleid für mich zu entdecken. Weil die meisten glauben, dass ich das brauche. Dass ich das nötig habe.«

Die Kellnerin kommt wieder an unseren Tisch. In der Hand hat sie Minous Wasserschüssel, die sie ihm unter den Tisch stellt.

»Und? Was kann ich dir nun bringen?«

Diese Ignoranz dir gegenüber …

Wie nett …

Aus deinem Lieblingscafé wird langsam das Gegenteil.

Umso überraschter bin ich, als Wyatt ihr einen etwas strengeren Blick schenkt. »Es war sehr freundlich von dir, meinem Hund direkt eine Schüssel Wasser zu bringen. Aber nun ist *sie* an der Reihe.« Er zeigt mit ausgestreckter Hand auf mich. Dabei blitzt das Ende eines seiner Tattoos kurz hervor. »Ladies first …«

Meine Wangen glühen, als mir bewusst wird, dass er mich mit *sie* meint.

Wen auch sonst, Ava …

Sie zuckt gleichgültig mit den Schultern. »Natürlich. Wenn du darum bittest.«

Dann sieht Wyatt zu mir und wendet seinen Blick nicht von mir ab. »Um ehrlich zu sein, war das keine Bitte.« *Ein doch recht entzückender Hinweis …*

»Wie charmant.« Ich beobachte die Bedienung, die sich mir widerwillig und mit versteinertem Gesichtsausdruck zuwendet, und spüre Wyatts Sicht weiterhin auf mir. Ich fühle, wie er mein Gesicht mustert, und habe das dringende Bedürfnis, seine intensiven Blicke zu erwidern. Aber ich tue es nicht. Mit jeder Sekunde, die er mich so ansieht, und mit jedem weiteren Moment, in dem ich nicht weiß, warum er das tut, wird mir wärmer. Mein Mund wird trockner und in meinem Hals formt sich ein unglaublicher Kloß. »Was kann ich dir denn bringen, du Glückliche?«

»Äh …«, stottere ich und konzentriere mich auf die Karte. Sie wirkt in diesem Moment wie ein Buch mit fremden Worten, die ich nicht lesen kann. Also forme ich das einfachste, das mir einfällt. »Eine Hot-Chocolate mit doppelt Sahne, bitte.«

»Ist notiert. Noch irgendwas? Ein Sandwich mit Schinken, oder so?«

Ich schüttle mit dem Kopf. »Nein, danke. Fleisch ist nicht so mein Fall und mein Hunger auch begrenzt.«

Dann wendet sie sich Wyatt zu.

Seine dunklen Augen hängen weiterhin an mir. »Für mich einen Kaffee. Schwarz.« Nach einer kurzen Pause bestellt er weiter. »Und ein Stück eures Happy-Kuchens mit zwei Gabeln bitte.«

Stück Happy-Kuchen und zwei Gabeln?

Es macht mich unfassbar nervös, dass Wyatts Sicht permanent in meinem Gesicht liegt, während er bestellt. Ich habe das Gefühl, er mustert jede meiner Poren. Als hätte ich irgendwas im Gesicht kleben.

O mein Gott! Habe ich vielleicht etwas im Gesicht kleben?

Mit den Fingerspitzen fahre ich mir über die Wange, dann über die Stirn, ehe ich sie zurück auf den Tisch lege.

Ich zupfe an meinen Ärmeln herum, die ich über die Handrücken ziehe.

Als ich Wyatts Braun fixiere und mir mein Herz bis zum Hals schlägt, grinst er und streicht mit seinem Zeigefinger über seinen Dreitagebart am Kinn.

»Was ist? Warum grinst du so?«

»Ich mach dich nervös.« Keine Frage. Eine Feststellung.

»Tust du«, erwidere ich ehrlich. Immerhin ist es mehr als eindeutig, dass er das tut.

Er legt seine Augen in schmale Schlitze. »Du leugnest es nicht.«

Ich zucke mit den Schultern. »Warum sollte ich, wenn es doch so offensichtlich ist?«

»Mhm. Weil die meisten das nicht zugeben würden, obwohl es eben offensichtlich ist.«

»Ja, und genau diese Leute machen sich mit dieser Lüge erst recht zum Idioten. Offensichtliches zu leugnen, ist sinnlos. Macht es irgendwie nur noch unangenehmer«, gebe ich zu.

Wyatts schmale Lippen öffnen sich leicht, ehe er wieder zu reden beginnt. »Es ist für dich unangenehm, mit mir hier zu sein?«

»Nein.« Ich lege die Hände auf den Schoß und kralle mich in den Saum meines Pullovers. »Ganz und gar nicht. Es ist nur etwas ungewohnt.«

Wyatt gleitet mit dem Zeigefinger über das leicht abgenutzte Holz. »Ungewohnt?«

»Ich bin es einfach nicht gewohnt, mit jemanden im ChocoMakesHappy zu sein. Meistens bin ich allein hier oder stehe in der To-go-Schlange an.«

»So, du bist es also nicht gewohnt. Deswegen bist du nervös?«

Automatisch schließen sich für wenige Millisekunden meine Augen, ehe ich erneut in Wyatts Gesicht sehe und sich mein Blick an seine Schmetterlingsnarbe heftet. So seltsam es auch klingen mag: Aber die Narbe könnte ihn nicht noch schöner machen. Als gehöre sie bereits immer zu ihm. Als müsste es genau so sein. »Nein.«

Wyatt lehnt sich ein wenig mehr nach vorne. »Ava, verstehe mich nicht falsch, aber ich versuche dich einfach nur zu lesen. Deswegen bohre ich so.«

»Und das kannst du nicht? Mich lesen.«

»Nein. Es fällt mir schwer, in deinen Kopf zu steigen. Normalerweise fällt es mir sonst etwas leichter. Bei anderen ... Selbst wenn ich nicht der größte Menschenleser bin.«

»Dito.« Ich stoppe für einen Moment und balle meine Hände zu Fäusten, als ich den Mut aufbringe, das anzusprechen, was mich so angespannt wirken lässt. »Es macht mich nervös, wenn ich angestarrt werde. So wie du mich die ganze Zeit eben.«

»Dann sollte ich wohl besser damit aufhören.«

Ich nicke. »Das wäre freundlich, ja.«

Wyatt streift sich mit dem Zeigefinger erneut über sein Kinn, dabei berührt er immer wieder seine schmale Unterlippe. »Aber ich kann nicht. Ich kann nicht aufhören, dich anzustarren.«

Ich beginne wieder auf den Innenseiten meiner Wangen zu knabbern und verstehe seine Aussage nicht. »Warum kannst du nicht?«

Einen Moment wird es still zwischen uns. »Nicht jetzt. Nicht heute. Vielleicht verrate ich dir den Grund irgendwann einmal.«

»Findest du das fair?«, frage ich mit einem Schmunzeln

auf den Lippen.

»Nicht wirklich. Aber ich würde gern erst selbst etwas rausfinden, bevor ich dir das verrate.«

»Und was? Was willst du rausfinden?«

»Wer du genau bist«, gibt Wyatt offen zu.

»Wer ich bin? Ich bin Ava. Nicht mehr und nicht weniger«, scherze ich.

»Das reicht mir nicht …«

»Was soll das heißen, das reicht dir nicht?«

»Da gibt es noch mehr über dich, was man wissen sollte.« Was glaubt er, was er über mich Interessantes erfahren könnte?

»Warum fragst du mich nicht einfach die Dinge, die dich interessieren? Das wäre zumindest ein Anfang, nicht?«

Während ich die letzten Worte forme, kommt die Bedienung mit einem Tablett in ihren Händen und stellt meine heiße Schokolade vor mir ab. Dann serviert sie Wyatt seinen Kaffee und sein Stück Kuchen.

»Bitte sehr«, sagt sie, was Wyatt mit einer nickenden Geste erwidert.

Genüsslich löffle ich die dicke Sahneschicht meiner heißen Schokolade aus der Tasse, als Wyatts Stimme ertönt.

Ohne hinsehen zu müssen, erkenne ich, wie Wyatt nach seiner Tasse greift und kurz daran nippt. »Nun gut, Ava ...«

»Mhm?«, entgegne ich mit vollem Mund.

»Was tust du, wenn du nicht gerade am Fotoschießen bist?«

Ich lege mir den Löffel an meine Lippen. »Mal überlegen.« Das tue ich wirklich. Überlegen. »Dann entwickle ich die Bilder oder mache anderweitig Fotos.«

»Es dreht sich also alles um deine Bilder?«

Damit hat er recht. »Eigentlich schon. Jeden Tag aufs

Neue. Von morgens bis abends.« Und das ist kein Witz. Ich tue den ganzen Tag nichts anderes, als mich mit meinen Fotografien zu beschäftigen. Wie kann man von etwas Abstand halten, wenn man es über alles liebt?

Das ist unmöglich.

Unerwartet schiebt Wyatt sein Stück Kuchen mehr in meine Richtung und damit fast unter meine Nase. »Probier mal.«

»Was genau ist das?«, frage ich.

»Kuchen.« Wyatts Mimik bleibt kühl.

»Das sehe ich auch«, schmunzle ich. »Aber was ist da drin?« Denn auf den ersten Blick scheint *alles* darin zu sein, was ein Konditor verarbeiten kann.

»Probier einfach mal.«

Ich nehme die Gabel, die auf dem Rand des Tellers liegt, und tue, was er sagt. Steche in den weichen, goldbraunen Teig, der mit undefinierbaren Dingen gefüllt ist.

Gut, einige Dinge sind definierbar. Die Kirschen, die Schokostückchen oder die dicke Schicht Sahne.

Als ich mir das erste Stück in den Mund schiebe und in mir der süßeste Geschmack aller Zeiten auflebt, stöhne ich unaufhaltsam laut auf. »Mhmmm.«

»Gut?«

»Das ist sogar sehr gut. Warum kenne ich den noch nicht?«

»Geheimtipp. Du solltest jedoch wissen: Es gibt keinen Kuchen, in dem mehr Zuckerzeug drin ist als diesen hier.«

»Das glaube ich sofort.«

»Mehr als drei, vier Gabeln gehen nicht. Zu süß.«

»Zu süß? Gibt's nicht.«

»Gibt es wohl.« Ich schüttle mit dem Kopf, weil ich da völlig anderer Meinung bin. »Kommen wir zurück zum

Eigentlichen.«

»Gern«, erwidere ich ehrlich.

Wyatt mustert mich bei jeder Bewegung. »Du bist ein offenes Buch, was? Wenn man eine Frage stellt, beantwortest du sie.«

»Ich versuche es zu sein, ja. Zumindest gibt es nichts, was ich verheimlichen müsste. Also, es fällt mir gerade nichts ein.«

»Okay.« Wyatt stoppt für einen Moment und nippt an seinem Kaffee. »Was ist mit ausgehen? Freunde treffen? Anderen Hobbys nachgehen? Was man eben in deinem Alter so macht.«

Ich straffe meine Schultern und wiederhole in Gedanken seine Worte. »In meinem Alter? Was soll das denn bitte heißen? Du bist kaum älter als ich.«

Als wäre Wyatt ein alter Tattergreis. Dabei muss er ungefähr mein Alter haben.

»Du bist wie alt, Ava? Vierundzwanzig, fünfundzwanzig? Und da sollte man doch meinen, dass …«

»Siebenundzwanzig«, unterbreche ich ihn und korrigiere damit seine Annahme.

Wyatt wirkt ehrlich überrascht. »Du siehst jünger aus. Aber dann trennen uns tatsächlich nur fünf Jahre.«

»Das sehe ich mal als ein Kompliment an.« Dann bin ich gewillt, seine eigentlichen Fragen zu beantworten. »Ich habe mit meiner Arbeit genug zu tun. Außerdem mag ich das, was ich tue, mehr als fortgehen oder ...« Ich unterbreche mich selbst in meinem Redeschwall.

»Freunde haben?«, beendet Wyatt.

Ich war noch nie ein Mädchen, das von vielen Leuten umgeben war. Wahrscheinlich, weil ich danach auch nie gestrebt habe. »Sagen wir mal so: Ich bin gern für mich, außerhalb meiner Shootings. Vermutlich bin ich gern allein oder so.«

»Niemand ist gern allein«, revidiert er.

»Ich schon. Ob du es glaubst oder nicht.«

Nun bin ich dran. Der Fairness halber. »Aber Schluss mit mir. Was ist mit dir, Wyatt? Was tust du den ganzen Tag?«

Als wüsste ich nicht schon einen Großteil von dem, was er macht.

Er legt erneut seinen Zeigefinger ans Kinn und grinst süffisant in ihn hinein. Dabei wandern kleine, fast unauffällige Grübchen auf seine Wange. »Du stellst mir also einfach die gleiche Frage?«

Ich verenge meine Augen. Was meint Wyatt mit: *Du stellst mir also einfach die gleiche Frage.* »Warum nicht?«

»Weil ich etwas anderes erwartet hätte. Und eigentlich bereits die ganze Zeit darauf warte, dass du mir die wohl offensichtlichste Frage stellst. Wo wir schon einmal beim Offensichtlichen sind ...«

»Die offensichtlichste?« Ich vermute zu wissen, auf was Wyatt hinaus will.

»Komm schon, Ava.« Er mustert seine Beine. »Wenn ich jemandem gegenübersitze, der meine Vergangenheit nicht kennt, ist es für gewöhnlich die erste Frage, die mich trifft und mit der ich konfrontiert werde.«

»Ich habe kein Recht dazu.« Ihn auf seinen Rollstuhl anzusprechen und was ihn dort rein versetzte. Warum er ganz offensichtlich seine Unterschenkel amputiert bekam.

»Das interessiert sonst auch keinen.«

»Mich schon. Tut es immer. Du hättest vermutlich längst davon erzählt, wenn du gewollt hättest. Im Laden zum Beispiel.« Ich nehme den nächsten Schluck meiner heißen

Schokolade und mit dem darauffolgenden sehe ich auf den Boden der Tasse.

Wyatt lehnt sich ein wenig zurück. »Glaubst du das?«

»Das glaube ich, ja.«

»Dein Feingefühl in allen Ehren, Ava, ich mache jedoch kein Geheimnis draus. Die ständigen Fragereien können zwar ziemlich auf die Nerven gehen. Aber ich bin kein Sensibelchen.«

»Das hätte ich auch nicht vermutet.«

»Also dann ...«, drängelt er, aber dieses Mal gebe ich nicht nach, weil ich meinen Prinzipien treu bleiben will.

Ich sehe ihn nur fragend an. »Dann?«

»Frag mich, was mir passiert ist.« Wyatt weitet seine Augen, als wolle er mir damit einen Schubser geben.

»Tu ich nicht. Aber du kannst gern mit mir darüber reden, wenn du möchtest.«

»Du tust es nicht?«

»Ich. Tue. Es. Nicht«, wiederhole ich nachdrücklich.

»Obwohl ich dir sozusagen einen Freifahrtsschein gebe. Was ist nur los mit dir?«

»Was soll denn los sein? Nichts ist mit mir los.«

Wyatt schüttelt ungläubig seinen Kopf. »Du bist wirklich ...«

Ich kralle mich in den Saum meines Pullovers, weil ich nicht weiß, welche Aussage mich nun treffen wird. »Wirklich was?«

»Anders.«

Und dann formt sich die nächste Frage in meinen Gedanken. Was soll dieser Satz bedeuten? *Du bist anders.*

»Sollte ich mir Sorgen machen?« Ich versuche gelassen zu klingen, aber der kleine Moment, in dem ich mich nicht unter Kontrolle habe, reicht aus, dass ich schwach werde und Unsicherheit durch meine Stimmbänder sickert.

Wyatt bringt die idiotische Nachfrage zum Lachen, was mich nur beklommener werden lässt.

Warum bin ich in seiner Gegenwart so, wie ich bin? Oder so, wie ich eigentlich überhaupt nicht bin? Unsicher, zurückhaltend, aufgeregt.

Weil dich seine Anwesenheit wahnsinnig macht. Und das nicht unbedingt auf eine schlechte Weise.

Wyatt

Ich beobachte Ava bei jeder Gestik und Mimik. Nur allein um diese Frau irgendwie lesen zu können. Denn so richtig schlau werde ich von Anfang an nicht aus ihr.

Immer wieder frage ich mich, ob Ava real ist. Ob ihre Positivität und ihre Wärme wirklich echt sind oder ich mir alles nur einbilde. Das ist der Grund, warum ich mit ihr noch immer hier sitze.

So verrückt kann man doch nicht werden, oder?

»Frag mich, was mir passiert ist«, fordere ich sie auf. Denn das tut jeder und so soll auch sie nicht in ihrer vermeintlichen Gewohnheit innehalten. Oder gehört es wirklich nicht zu ihrer Art, wie sie behauptet?

»Tu ich nicht. Aber du kannst gern mit mir darüber reden, wenn du möchtest.«

»Du tust es nicht?«

»Ich tue es nicht«, wiederholt sie.

»Obwohl ich dir sozusagen einen Freifahrtsschein gebe. Was ist nur los mit dir?«, frage ich sie, weil ich nicht glauben kann, dass sie nicht die Neugier übermannt.

»Was soll denn los sein? Nichts ist mit mir los.«

Ich schüttle mit dem Kopf, weil sich nur mehr Fragzeichen auftürmen, je länger Ava vor mir sitzt. »Du bist wirklich ...«

»Was?«

»Anders.«

Sie stellt ihre Tasse zurück auf den Unterteller. »Sollte ich mir Sorgen machen?«

Was sagt sie da? Ihre Aussage, die schon etwas Süßes in sich trägt, bringt mich zum Lachen. »Du dir Gedanken? Nein!«

Ihr kritischer Blick liegt auf mir. »Das klingt mir aber danach.«

»Du musst dir keine Gedanken machen. Gerade du solltest wissen, dass *anders* gut ist.« Ich stoppe kurz und bin mir das erste Mal sicher mit dem, was ich jetzt tun möchte. »Aber ja, Ava, ich würde dir gern über das hier mehr erzählen.« Ich zeige auf meine Oberschenkel und meine jedes Wort ehrlich. Ich würde der Frau vor mir gern mehr erzählen. So seltsam es auch klingen mag, wenn man an die letzten Monate zurückdenkt. »Ich denke, das ist nur fair, wenn man zusammen einen Kaffee trinken geht. Es ist nur fair, das Offensichtliche anzusprechen und zu erklären.«

»Okay«, erwidert Ava. »Ich bin ganz Ohr.«

Ich bemühe mich, ein vernünftiges Gespräch zu führen, und strenge mich an, mich dieses Mal nicht wie gewöhnlich kurz zu halten. »Jeweils ein Schuss in einen meiner Unterschenkel.«

Klappt ja super ...

Obwohl ich von diesem Ereignis erzähle, dass mich zu Dr. Kruger beförderte, weil es mein Gemüt traumatisierte, liegt meine ganze Aufmerksamkeit auf ihr. Auf Ava.

Ihre leicht gewellten dunklen Haare legen sich wie ein Schleier auf ihre schmalen Schultern. Tiefbraune Augen starren mindestens genauso ruhig in mein Gesicht wie ich ihn ihres. Ihre geschwungenen rosaroten Lippen bleiben vorerst starr. Bedacht darauf, mir aufrichtig zuzuhören. Erst als ich jede Pore ihrer zarten Haut erspäht habe, rede ich weiter. Weil ich glaube, dass Ava mehr verdient hat. Mehr als meine kurzen Floskeln über den Krieg und das, was mir widerfahren ist. »Ich war in Afghanistan stationiert – Truppführer – und hatte vor circa einem Dreivierteljahr dort meinen letzten Einsatz. Bis man mir in beide Beine schoss«, wiederhole ich.

Ich erwarte bereits ihre Reaktion. »Du warst bei der Army? Und dazu noch in Afghanistan stationiert?« Sie zuckt leicht mit ihrem Oberkörper zurück. »Wow.«

»Wow?« Ich hätte mit ein wenig mehr Erschütterung gerechnet. Aber ihr *Wow* klang eher nach Erstaunen.

»Na ja. Auf der einen Seite ist es beeindruckend. Auf der anderen Seite ist es mehr als erschütternd, dass du, weil du deinem Land dienen wolltest, nun beide Beine verloren hast und noch so viel mehr hättest verlieren können.« Sie spielt eindeutig auf mein Leben an. »Ein harter Preis für eine selbstlose Einstellung.«

Dabei weiß sie nicht ... Ich habe mehr verloren. Wichtigeres als mein Leben. Nämlich Matt. Meine Hand zuckt an den Stoff, hinter dem unsere Marken hängen.

Dann greife ich zur Ablenkung nach meinem Kaffee. »Berufsrisiko.«

»Du sagst das, als wärst du in einem Büro angestellt und könntest vom Stuhl kippen.«

»Man weiß, auf was man sich einlässt, wenn man sich für die Army entscheidet.«

»Weiß man das wirklich? Ich meine, ist man sich dessen wirklich bewusst, wenn man diesen Weg einschlägt?«

Ist man das? Da stellt mir Ava eine ziemlich gute Gegenfrage, die ich nicht beantworten kann.

»Ich bin am Leben. Nur das zählt.«

»Da möchte ich dir nicht widersprechen. Nur am Leben

sein zählt tatsächlich.« Ava sieht zu mir auf. »War es dein Traum? Zur Army zu gehen?« Es kommt zögerlich über ihre Lippen.

»Ich hatte nie einen Traum. Aber zur Army zu gehen, war naheliegend. Mein Vater diente. Mein Großvater diente. Sogar mein Urgroßvater. Also scheint das so was wie eine Familientradition zu sein«, scherze ich.

»Keine besonders gute. Zumindest nicht, wenn man sich selbst nicht die Chance auf Optionen lässt.«

Spielerisch verdrehe ich die Augen. »Wo hab ich so etwas Ähnliches nur schon einmal gehört?«

Ava zuckt mit den Schultern. »Ich weiß nicht?«

»Du hörst dich an wie meine Schwester.«

Dann lehnt sie sich zurück. »Du hast eine Schwester?«

»Eine kleine Schwester. Richtig. Sie hat den Weg, den ich gegangen bin, nie sonderlich gemocht. Den Weg zur Army. Wenn es nach ihr ginge, wäre ich niemals dort gelandet. Aber ich wollte es so.«

»Sie wird ihre Gründe haben. Offensichtliche Gründe. Wenn ich nur darüber nachdenke, dass Liam ...« Ava stoppt und schüttelt sich die Gedanken aus dem Kopf. »Eigentlich will ich mir das gar nicht vorstellen. Ich wäre vermutlich verloren.«

»Dann denk auch nicht drüber nach.«

»Hast du das deiner Schwester auch geraten? Dass sie nicht darüber nachdenken soll.« Damit trifft Ava nicht nur einen Nerv, sondern auch direkt ins Schwarze. Woher weiß sie das? Vermutlich sprechen meine Blicke gerade Bände.

»Hast du«, weiß Ava. »Nur nützt das nichts. Sorgen hat man auch, wenn man nicht über sie nachdenkt. Das Nachdenken macht sie nur schlimmer. Aber präsent sind sie trotzdem.«

Damit stelle ich fest: »Du kannst dich gut in jemanden hineinversetzen, den du nicht kennst.«

»Das ist nur meine Art, das Offensichtlichste zu interpretieren. Du bist ihr Bruder.«

Um uns herum herrscht für einen Moment eine angenehme Stille. Allein das Reden der anderen Gäste ist präsent sowie das Klirren des Geschirrs. Aber zwischen Ava und mir ist alles still. Als müssten wir beide über ihr Gesagtes nachdenken. Ich jedenfalls tue es.

»Und was machst du jetzt? Also nach der Army, meine ich«, fragt Ava.

Ich trinke den letzten Schluck meines Kaffees. »Gute Frage. Ich kenne nichts anderes. Vermutlich versuche ich gerade, mich selbst neu zu finden und einen Ausgleich zu all dem Training zu schaffen.«

»All deinem Training ...«, murmelt Ava leise.

»Ja, ich versuche wortwörtlich, auf die Beine zu kommen. Übe fast täglich, auf Prothesen zu laufen. Und solang ich im Rollstuhl festhänge, weiß ich nicht genau, was ich tun will und welche Optionen ich damit habe. Selbst mit Prothesen habe ich keine Ahnung, was übrig bleibt. Mein Leben drehte sich nur um Schusswaffen und ums Überleben.«

»Was magst du denn noch so außer Schusswaffen?«, will Ava wissen. Sie sagt das so frei, als würden wir uns über das Backen von Waffeln unterhalten.

Aber soeben hinterfrage ich mich tatsächlich selbst. Jedoch finde ich, wie auch bei Dr. Kruger, nicht annähernd eine Antwort darauf. Früher wie heute bereitete ich mich auf die Army vor, und wenn es nur psychisch war. »Das muss ich wohl noch rausfinden.«

Ava wirkt nachdenklich. »Bist du denn gewillt, es rauszufinden?«

»Auf jeden Fall. Sonst wird das Leben sehr schnell langweilig.«

»Das stimmt«, kichert Ava und ich habe mit jedem Satz aus ihrem Mund mehr das Gefühl, sie wäre nicht mehr ganz so nervös wie zu Anfang.

»Darf ich dich noch etwas fragen?«, fragt sie.

Ich beuge mich ein wenig nach vorn. »Schieß los.«

Aber Ava zögert und sieht mir ein weiteres Mal tief in die Augen, als könne sie in meine Seele blicken. Tiefer als jeder andere zuvor. Und dann stellt sie mir eine Frage, die gewöhnlicher kaum sein kann und aus ihren Lippen dennoch weitaus interessierter klingt als bei allen Menschen, die mir diese Frage bisher stellten. »Wie ist es da? In Afghanistan.«

In ihrem Braun erkenne ich die Hoffnung auf Gutes. Oder eher auf nicht ganz so Schlimmes. So war ich auch einst. »So wie in deiner Vorstellung. Nur schlimmer.«

»Also noch mehr Schmerzen und noch mehr Verluste? Kaum Chance auf Frieden oder Segen?«

»Hast du mit noch keinem deiner Kunden ein intensiveres Gespräch geführt? Ich meine, in deinem Schaufenster hängt ein Soldat.«

»Die meisten öffnen sich zwar für die Bilder. Aber nicht für tiefere Gespräche. Und ich finde, mir steht es auch nicht zu, danach zu bohren.«

Spätestens jetzt, wenn dem nicht vorher schon so war, beginne ich Ava zu mögen. Also bin ich bereit, ihr mehr zu erzählen. »Wenn man sich in Afghanistan stationieren lässt – und wenn man sich für Auslandseinsätze meldet, bleibt einem sowieso keine Wahl – dann verliert man immer etwas. Da ist der Verlust bestimmter Gliedmaßen das kleinere Übel. Die meisten verlieren ihre Kameraden.« Ich tippe an meine Schläfe. »Viele haben ihren gottverdammten Verstand verloren.« Dann greife ich auf mein Herz. »Manche die menschliche Gabe, irgendwas zu fühlen.«

»Und was hast du verloren?«, will Ava wissen und ist vermutlich über ihre Frage selbst erschrocken.

Ich schweige für einen Moment. Denn ich habe mit meinen Beinen nur eines verloren, was ich so gern wieder bei mir hätte.

Matthew.

Und ja, vielleicht habe ich auch die menschliche Gabe, irgendetwas zu fühlen, durch den Krieg einbüßen müssen.

»Ist das wichtig?«, frage ich sie.

Sie zuckt mit den Schultern und fährt sich mit der Hand durch ihr Haar. »Sag du es mir.«

»Keine Sorge. Meinen Verstand habe ich nicht verloren«, scherze ich, obwohl es keinen Grund zum Scherzen gibt. Aber das machen Menschen. Schlimme Situationen belächeln, damit sie nicht ganz so furchtbar wirken.

»Wie beruhigend«, spricht Ava ironisch und nippt ein weiteres Mal an ihrer heißen Schokolade.

Aus Gewohnheit sehe ich auf die Uhr meines Handydisplays und bin verblüfft, wie schnell die Zeit vergangen ist. »Wir sollten langsam zahlen.« Ich hebe meinen Zeigefinger und hole damit die nervige Bedienung an den Tisch, die aufdringlicher kaum sein konnte.

Avas Gesichtsausdruck erstarrt. »Tut mir leid, ich wollte nicht. Wenn dir das Gespräch irgendwie zu viel war, dann ...«

Ich muss sie sofort unterbrechen, da ihre Gedanken in eine völlig falsche Richtung laufen. »Nein, Ava, bleib ruhig. Wir sollten zahlen, damit du noch pünktlich zu deinem

Termin kommst. Wir haben es kurz vor vier. Du musst los.«

Ava sieht auf die Uhr an ihrem Handgelenk. »O mein Gott. Ich muss los.«

Ich lächle, und das nicht zum ersten Mal an dem Tag. Meine Wangenmuskeln sind sicher erschüttert über diese heutige Anstrengung. »Sag ich doch.«

»Tut mir leid.«

»Du solltest aufhören, dich permanent zu entschuldigen. Das ist nicht nötig.«

»Es tu...« Ava schüttelt sich die nächste Entschuldigung ab und ersetzt es durch ein sanftes Lächeln. »Ich sollte gehen.«

»Das sagtest du bereits«, lache ich. »Also, jetzt setze das schon in die Tat um.«

Sie hebt nun ebenfalls ihre Hand. Hektischer als ich es getan habe.

»Geh schon«, drängle ich erneut und nicke in Richtung Ausgang. »Ich lade dich ein!«

»Wirklich?«

Als wäre das so ungewöhnlich, dass man sich gegenseitig einlädt. Dass man sie einlädt. »Natürlich.«

Ava steht von ihrem Stuhl auf, bückt sich noch einmal zu Minou hinunter, der die ganze Zeit unter dem Tisch seinen Platz eingenommen hat und wenige Male seine Zunge in die Wasserschüssel führte. »Mach's gut, Minou.«

Bevor sie vollends zum Gehen übergeht, schenkt mir Ava erneut ihre ganze Aufmerksamkeit. Aber nicht um sich zu verabschieden.

»Sehen wir uns wieder, Wyatt?«

Ich muss grinsen, weil es in Avas Nähe unausweichlich erscheint. »Wenn du das möchtest, Ava.«

»Ich möchte, ja.«

»Dann, ja. Wann immer du willst.«

Auf ihren Lippen formt sich ein zartes Schmunzeln.

Hat sie auf diese Reaktion gehofft oder warum lächelt sie?

Doch so schnell ihr Lächeln über die Lippen gleitet, so schnell verschwindet es wieder und Ava wirkt mit einem Mal nachdenklich. Nachdenklich und mit sich ringend.

»Wyatt?« Dass ihre sonst so helle Stimme plötzlich zerbrechlich wirkt, bestätigt mir, dass etwas in ihr brodelt. »Ich möchte gern ehrlich zu dir sein. Weil ich das immer bin. Zu jedem.«

»Und das bist du bisher nicht gewesen? So viele Gelegenheiten, unehrlich zu sein, gab es noch nicht.«

Sie streift sich eine Strähne hinter ihr Ohr. Schon wieder dieses Zeichen, das ihre Anspannung repräsentiert. »Nun ja. Nicht so ganz. Ich möchte, dass du weißt, dass ich dich nicht das erste Mal gesehen habe. An dem Tag, als wir scheinbar das erste Mal aufeinandertrafen. Vor meinem Laden.«

Irritiert sehe ich zu ihr auf und lege meine Augen in schmale Schlitze. »Wie meinst du das?« Dabei fixiere ich ihre fülligen, geschwungenen Lippen.

»Ich sehe dich im Park.« Avas Stimme zittert. »Regelmäßig. Wenn du ...«

Ich öffne erstaunt meinen Mund. Sofort kapiere ich, was sie mir sagen will. »Ah, ich verstehe. Wenn ich mit Elijah auf den Prothesen trainiere.«

Ava nickt gehemmt und sieht mit gewisser Nervosität zu Boden. Als hätte sie etwas Schlimmes getan, dreht sie eine ihrer Strähnen um den Zeigefinger. »Genau. Und vielleicht habe ich ein, zwei Mal auf den Auslöser gedrückt?«

»Ist das eine an dich gerichtete Frage?«

Sie schüttelt ihren Kopf. »Nein. Eine Feststellung.«

»Du hast mich also fotografiert.«

»Ja, ich ... Ich hätte das vielleicht etwas eher erwähnen sollen. Du musst mich umso mehr für eine Verrückte halten.«

Ich streiche über meine kurzgeschorenen Haare. »Ich habe schon viele verrückte Menschen kennengelernt, Ava.«

Sie kaut nervös auf ihrer Unterlippe herum. »Eine mehr auf deiner Liste.«

»Ich kann dich beruhigen. Das ist harmlos.«

»Harmlos? Ich habe dich wie eine Stalkerin fotografiert, Wyatt.«

»Du liebst das anscheinend, was du tust. *Nicht normale* Menschen zu fotografieren. Ich bin *nicht normal.* So verrückt ist das also nicht.« Und jedes dieser Worte meine ich ernst. Ich kann nichts Verrücktes daran feststellen. »Ich kann dich nicht für eine Verrückte halten.«

Ich erkenne die drei Fragezeichen über Avas Kopf. »Kannst du nicht?«

»Zum einen habe ich verrückte Menschen kennengelernt, Ava. Du bist sicher keine von Ihnen.« Ich erinnere mich an die wirklich schlimmen Menschen auf dieser Welt zurück. Menschen, die Kinder dazu zwingen, einen Bombengürtel zu tragen, um andere mit in den Tod zu reißen. Kinder wie der kleine Junge, den ich aus dem Leben reißen musste, um das Dasein meiner Kameraden zu schützen.

Deswegen ist es auch völlig ausgeschlossen, dass ich irgendwann mal eine Familie gründen könnte und kleine Sprösslinge um mich herum tänzeln. Denn das würde mir nur diese Kinder vor Augen halten, die ich töten musste. Es ist völlig ausgeschlossen, dass ich jemals so was wie Vater werden könnte.

Solche Menschen, die unschuldige Seelen zu so etwas zwingen, sind verrückt. Aber nicht Ava. Sie ist keine von ihnen. »Wenn ich mich recht entsinne, stand ich wie ein Stalker vor deinem Laden«, vergleiche und erinnere ich mich. »Und das auch nicht das erste Mal, wie du weißt. Wir nehmen uns also nichts.« Avas Mimik lockert sich sichtlich. »Komm das nächste Mal einfach zu uns, wenn du vor Ort bist.«

Sie legt verwundert ihren Kopf schief. »Wie meinst du das?«

»Wie ich das meine?«, ich schnaube. »So, wie ich es gesagt habe. Komm das nächste Mal im Park einfach zu uns, statt mich aus der Ferne zu beobachten und Fotos zu schießen.«

Sie lächelt nur. »Das werd ich.« Dann hebt sie ihre Hand uns setzt ein »Bis bald, Wyatt« nach.

In Gedanken visiert sie mit Sicherheit bereits den Ausgang an. Aber bevor sie geht, ergreife ich Avas Handgelenk, das so schmal ist, dass es zweimal in meine Hand passen könnte. Ich halte sie noch kurz neben mir.

Ihre Haut ist warm. Die Berührung für den Moment wohltuend. »Ava?«

Sie blickt auf meine Hand, die ihr Gelenk umschließt, herab, ehe sie antwortet. »Ja?«

»Weißt du, was ich von Anfang an dir mochte? Was ich noch immer wirklich an dir mag, weil es sich nicht verändert hat?«

»Du magst ...«, flüstert sie nach. »Sag's mir.«

»In deinem Ausdruck sehe ich kein Fünkchen Mitleid für mich. Selbst nachdem ich dir etwas über meine Zeit bei der

Army erzählt habe.« Ich stoppe kurz. »Und glaub mir, ich habe die letzten Stunden verzweifelt danach gesucht, nach diesem gewissen Funken in deinen Augen. Es hätte mir den Grund geliefert, dich nicht wiedersehen zu wollen.«

Ich sehe, wie es in Avas Gehirn rattert. »Du willst mich wiedersehen ...«, murmelt sie.

»Das will ich. Die meisten behandeln mich falsch, aber ...« Ich stocke.

Avas rechter Mundwinkel schiebt sich etwas nach oben, dennoch kann ich erkennen, dass sie sich gerade schwertut, etwas zu erwidern. Und dann findet sie erneut die richtigen Worte. Findet erneut die richtige Frage. »Wie möchtest du denn behandelt werden, Wyatt?«

»Genauso wie du es tust. So soll mich jeder behandeln. So soll mich jeder sehen. Ich habe das Gefühl, du siehst mich nicht als fragiles Konstrukt meiner selbst.« Und diese Tatsache ist neu, seitdem ich aus dem Krankenhaus entlassen wurde. Wohltuend neu.

»Wie könnte ich, Wyatt? Du bist alles andere als das.«

Allein ihr ehrliches Lächeln durchströmt meine eiskalten Soldatenvenen mit etwas Wärme. Belebender Wärme. Ich werde für einen kurzen Moment schwächer und lasse von dieser Frau, die mich unerwarteterweise in einen für mich noch unbekannten Bann ziehen konnte.

»Bis bald, Ava. Du weißt, wo du mich findest.« Und das ist ganz sicher keine Stichelei. Sie weiß, wo sie mich die kommenden Wochen finden wird.

Ava nickt, und als sie sich von mir abwendet und geht, sehe ich ihr ein letztes Mal nach. Ein letztes, langes Mal.

Bisher lagen all meine Sinne in jeder Hinsicht auf ihrer sanften Erscheinung, und genau das tun sie weiterhin. Egal, was die Kellnerin – jetzt wo Ava nicht mehr mit am Tisch sitzt – auch machen würde. Alles würde sich anschließend in diesem Moment auf Ava fixieren. Selbst Minou sieht Ava nach, dann zu mir auf. Ich lege den Zeigefinger über die Lippen und schmunzle in ihn hinein. Weil ich ahne, was mein Hund denkt. Nämlich das Gleiche wie ich.

Ava – sie ist anders. Gut anders. Besonders anders.

Weil sie mich nicht so behandelt, als trüge ich die größte Last der Welt auf den Schultern. Mir kein Gefühl der Hilflosigkeit vermittelt. In ihrer Nähe bin ich ein normaler Mensch. Kein Trümmerhaufen. Und das zu spüren, ist wohltuender als eine Sitzung bei Dr. Kruger.

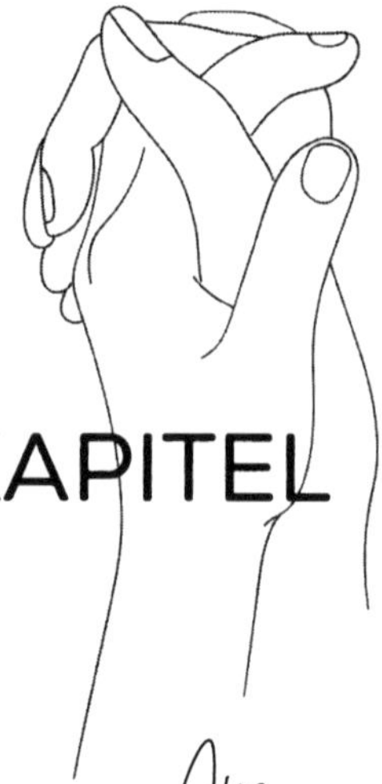

KAPITEL 5

Ava

Glaub mir, ich habe die letzten Stunden verzweifelt danach gesucht, diesen gewissen Funken in deinen Augen zu erkennen. Es hätte mir den Grund geliefert, dich nicht wiedersehen zu wollen.

O mein Gott. Wyatt will mich wiedersehen. Er hat es tatsächlich ausgesprochen, und das wohl auf die schönste Weise, die man sich in meiner Situation, die so unsicher schien, nur wünschen konnte.

Wir werden uns ganz sicher wiedersehen. Mein Herz macht tausend Saltos, wenn ich daran denke.

Es tut mir für Wyatt unsagbar leid, was er die letzten Monate durchmachen musste und auch jetzt noch immer muss. Und ich ahne, dass er nicht allein seine Beine und einige seiner Kameraden im Krieg verloren hat. Da ist noch mehr und ich möchte mir gar nicht weiter ausmalen, was das wohl schlimmste Ausmaß ist. Aber ich werde mich Wyatt nicht aufdrängen. Er soll mir von allem erzählen, wenn er so weit ist. Und da er mich wiedersehen will, stehen die Chancen gar nicht so schlecht, hinter seine sorgsam aufgebaute harte Fassade blicken zu dürfen.

Irgendwann einmal.

Ich glaube, ich kann ganz geduldig sein, was das angeht.

Aber er muss nicht wie ein scheues Reh im Wald behandelt werden, das man ja nicht verschrecken will, weil man genau auf der Suche danach war. Nichtsdestotrotz gibt es eine Gemeinsamkeit: Man nahm einen langen Weg auf sich, das Reh endlich im Dickicht zu entdecken, und will es nun nicht wegscheuchen. Und so geht es mir. Ich beobachte Wyatt so lange, dass ich ihn – jetzt wo er mich tatsächlich wiedersehen will – nicht von mir treiben möchte.

Wenn ich an ihn denke oder an unseren Nachmittag, keimen so viele Gefühle in mir auf. Freude, Glück, Anspannung, undefinierbares Bauchkribbeln.

Der Mann verkörpert eine Grundstärke, die einen in Sicherheit wiegt. Sein Oberkörper ist massiv, seine Mimik hart und seine Gestik wohlüberlegt. Seine Aura strahlt irgendetwas aus, das mich vom ersten Moment einnehmen konnte. Schon bevor wir im ChocoMakesHappy landeten.

Ich versuche, die Gedanken an Wyatt zum ersten Mal an diesem Vormittag zu vertreiben. Also mustere ich meinen Lieblingsraum im ganzen Haus. Mein Atelier. Sofort schaue ich mir die außergewöhnlichen Bilder in den schwarzen Holzrahmen an den Wänden an. Von Landschaften wie von Menschen, die mit ihrer Optik aus dem Alltag ausbrechen, ist bewusst alles vertreten. Kriegsveteranen, denen ein Körperteil fehlt. *Wyatt.*

Dann sehe ich auf die Frau, die eine Verbrennungsnarbe im Gesicht trägt. *Wyatt.*

Ein kleiner Junge mit Beinprothesen, sitzend im Rollstuhl. *Wyatt.*

Ich schüttle mir die Gedanken an diesen Mann ganz schnell wieder aus dem Kopf und konzentriere mich auf meine aktuelle Arbeit, die ich in einen neuen, schwarzen Holzrahmen stecke.

Ich liebe das Bild von Aiden, das gestern entstanden ist.

Aiden ist mehr für mich als ein Model, das sich regelmäßig von mir ablichten lässt. Er ist einer der wenigen Menschen, die sich mir gegenüber während eines Shootings so richtig öffnen können. Das vereinfacht mir nicht nur die Arbeit, es lässt mich auch das Wesen hinter der Pose viel besser einschätzen.

Ich respektiere Aiden nicht nur für das, was er ist. Ich bewundere ihn für das, was er bereit ist zu tun und zu geben, nur um er selbst sein zu können. Denn er war bis vor drei Jahren noch Aida und steckt weiterhin mitten in diesem Schritt der Selbstverwirklichung. Es ist nicht alles – wie würde Aiden sagen – *perfekt.* Zumindest nicht für ihn selbst. Er ist noch nicht wirklich er, aber auf dem besten Weg dahin. Aiden hat sich schon in seiner Kindheit mehr als unwohl in seinem Körper gefühlt. Bis er sich sicher war, im falschen geboren wurden zu sein. Für jemanden wie uns – Menschen, die sich von Grund auf wohl in ihrer Haut fühlen – recht schwer nachzuvollziehen.

Wer eine Geschlechtsumwandlung von Frau zu Mann konsequent operativ durchführen lässt, kommt um diverse Narben nicht herum. Auch Aiden nicht.

Der Vorgang einer Umwandlung ist unfassbar komplex. Ich bringe gar nicht mehr alles zusammen, was Aiden mir erklärt hat. Der wohl prägnanteste Schritt ist es, sich die Gebärmutter, die Eierstöcke sowie die Brust entfernen zu lassen. Ich starre auf das Bild vor meinen Augen, schmunzle leicht. Aiden zieren zwei waagerechte Narben im unteren Bereich der Brust, die zeigen, dass er eine Mastektomie hat durchführen lassen.

Außerdem wurde ihm ein Stück der Haut am inneren Unterarm entnommen, um damit ein sogenanntes Penoid zu formen, das an der anatomisch richtigen Stelle bereits angebracht wurde. Das begann vor drei Jahren.

Um die Wunde am Arm zu schließen, wurde ihm von der Innenseite des Oberschenkels Haut abgenommen und am Unterarm angebracht. Hinterher ist noch so viel mehr passiert, dass mein Verstand es sich kaum vorstellen kann. Es ist unfassbar, zu was die heutige Zeit in der Lage ist.

All die Prozeduren, die Aiden über sich ergehen lassen musste, brachten sichtbare Male auf seinem Körper mit sich.

Vor etwa zwei Jahren waren seine Narben intensiv sichtbar. Aiden erklärte mir mal, dass unterschiedliche Techniken der Laser-Behandlungen dafür sorgen, im Nachgang die Narben weiter verblassen und unauffälliger werden zu lassen. So ist die Narbe am Unterarm bisher gut verheilt, die Haut ist wieder glatt. Und doch werden Aidens Male niemals vollends verschwinden.

Die Spuren seiner Operationen gibt er nun offen preis.

Ich liebe es, wie sich sein Mut, sein Wille und sein Selbstbewusstsein auf jedem der Bilder, die ich von ihm gemacht habe, widerspiegeln. Doch noch glücklicher macht es mich, wenn ihm die Fotos genauso gut gefallen wie mir.

Aiden denkt und lebt schon immer wie ein Mann. Wenn ich ehrlich bin, sehe ich kein Fünkchen Frau in ihm, wenn die Narben nicht darauf schließen lassen würden.

Nicht mehr. Denn ich habe Aida kennengelernt. Ich habe den Menschen vor der Geschlechtsumwandlung kennengelernt, bevor er diesen enormen Schritt wagte. Zwischen uns hat sich in den letzten Jahren eine tiefere Freundschaft entwickelt. Das ist sicher. Weil Aiden mich so sieht, wie ich bin, und ich Aiden so, wie er ist. Wir respektieren einander.

Ich würde ihn als einen attraktiven Mann Mitte dreißig beschreiben, der gewisse Blicke einiger Frauen auf sich zieht. Er weiß mit seinen grünen Augen umzugehen. Jede fremde Frau bekommt durch sie dieses Gefühl, etwas Besonderes zu sein. Aiden flirtet unsagbar gern, nutzt seinen Charme aus und bei den meisten wirkt er sicher auch mit einem Hauch Arroganz überzogen. Einer charmanten Arroganz.

Auf mich hingegen wirkt das völlig anders. Wenn ich an seine fast schon peinlichen Flirtversuche denke, grinse ich.

Mit Aidens Erlaubnis darf ich mein Lieblingsbild von ihm im Atelier aufhängen. Darauf ist er zu sehen. Seine athletische Figur ist präsent und sein dezenter Sixpack blitzt hinter seinem zerrissenen Shirt hervor, welches er sich selbst vom Körper reißt, als Zeichen für den Ausbruch aus seiner Einengung, gegen die er über eine so lange Zeit ankämpfte. Seine Haut zeigt ein Gebilde verschiedener Tattoos, die sich auf seiner Brust und seiner Schulter verewigt haben. Eines von ihnen läuft am rechten Arm aus. Auf seiner Brust das Gesicht jener Frau, die er losgelassen hat. Aida.

Eigentlich wollten Aiden und ich uns heute in meinem Atelier treffen. Ich sehe auf die Uhr am Handgelenk. Er sollte schon längst hier sein. Also tippe ich eine eher drängelnde Nachricht an ihn.

Ich: Aiden, wo bleibst du denn? Es hieß 10 Uhr und nicht später.

Ich warte nur Sekunden auf seine Antwort.

Aiden: 3
Aiden: 2
Aiden: 1

Und das Schellen der Klingel im Atelier ertönt.

Ich eile zum Hörer im Flur, klicke auf den Schlüssel, der unten die Haustür öffnet. Nach wenigen Sekunden kommt Aiden die Treppen hochgelaufen. Dann werde ich von seinen grünen Augen taxiert.

»Du bist nie wirklich pünktlich, Ava. Aber in dieser Sache machst du immer so einen Stress.«

»Ja, und ich stresse dich gleich noch mehr, wenn du nicht bald anfängst Pünktlichkeit an den Tag zu legen, was unsere Shootings betrifft.« Solche Worte aus meinem Mund.

Aiden hebt unschuldig die Hände in die Luft. »Ich wurde aufgehalten.«

»Von wem?«

Er fährt sich durch seine aschblonden Haare, die noch völlig zerzaust sind. »Äh ... Von meinem Wecker?«

Ich presse meine Lippen aufeinander, ehe ich einen angestrengten Atemzug aus meinem Mund kommen lasse. »Sollten Wecker nicht sicherstellen, dass man pünktlich ist?«

»Wenn sie klingeln, tun sie das sicher. Aber irgendwie ...«

»Klingelte er nicht«, beantworte ich meine eigene Frage. »Komm erst mal rein.«

»Korrekt. Könnte dir nicht passieren, was?« Ich weiß, dass es Ironie ist, die förmlich über Aidens Lippen trieft.

Er tritt in den Flur und streift sich die Schuhe von den Füßen. »Schon klar. Ich habs verstanden.«

»Weißt du, Ava, wie wir dem aus dem Weg gehen könnten?« Aidens Braue hebt sich und ich ahne, was bereits auf mich wartet. Ein nächster, kläglicher Flirtversuch.

Nichtsdestotrotz mache ich eine neugierig nickende Bewegung. »Wie denn?«

»Wenn wir uns einfach jeden Morgen zusammentun. Entweder verschlafen wir gemeinsam oder sind gemeinsam pünktlich. Ich hab genug Platz in meinem Bett und du auch. Also …«

Ich lege meine Hand an seine Wange und fixiere ihn mit einem eindeutigen Blick. »Lass das, Aiden.«

»Was? Ich versuche nur, eine konstruktive Lösung zu finden. Ich meine, das hätte so viele Vorteile. Wir wären wahrscheinlich endlich pünktlich und mein Gott, Ava ... Wir sehen echt gut zusammen aus.«

»Halt den Mund«, kichere ich und drücke Aidens Kopf mit der Hand zur Seite. »Wie dem auch sei. Ich ...«

Doch Aidens schmale Augen, die sich immer weiter aufreißen, unterbrechen mich. Er sieht über meine Schulter hinweg. »Wow. Ava.« Dann läuft er wie in Trance an mir vorbei. »Gott. Ich sah, glaube ich, noch nie besser aus. Verflucht. Was hast du aus mir gemacht?«

»Ich mache nur meinen Job, Aiden.«

»Das ist wirklich ... Wenn ich mich so sehe, bin ich ein echt heißer Typ.« Er dreht sich zu mir und schiebt seine Hände in seine Jeans.

»Das streite ich nicht ab.«

»Dann frage ich mich, wie du die Finger von mir lassen kannst«, scherzt Aiden und das Raue in seiner Stimme beschallt den Raum.

Ich lege meinen Kopf schief. »Du weißt, an was es liegt.«

Er rollt mit den Augen. »Ja, ich weiß. Du hast dich allein

deiner Fotografie verschrieben.«

»Nein. Das nun auch nicht. Zumindest nicht vollständig. Du bist einfach mein Freund. Ein sehr guter Freund und vermutlich auch der einzige, den ich hier in Nashville habe. Der einzige richtige. Die Freunde meines Bruders zähle ich da nicht mit rein. Auch wenn ich sie gern habe.«

Auf Aidens Nasenwurzel bildet sich eine tiefe Falte. »Das klingt traurig, Ava.«

»Klingt es das?«, murmle ich.

»Als könntest du nicht mehr Freunde haben. Du willst nur einfach nicht.«

Ich zucke mit den Schultern. »Möglich. Ich hab ja dich. Und auch einfach kaum Zeit. Die Freundschaft zu dir kann ich gut mit meinem Job vereinbaren.«

Aiden schmunzelt. »Geht mir genauso. Keiner kennt mich besser. Du hast die ganzen letzten Jahre miterlebt. Kennst mich als ...« Seinen damaligen Namen auszusprechen, fällt ihm noch immer sichtlich schwer.

Ich streichle seinen Oberarm. »Schon gut.«

Er nickt nur. In seinem Blick – Dankbarkeit. Während er vor Sekunden solch ein Selbstbewusstsein ausstrahlte, nehmen ihn soeben die Gedanken an Aida und die Vergangenheit ein.

Ein gehemmtes Lächeln entfährt seinen Lippen und unser Gespräch entwickelt sich in eine ganz andere Richtung als noch vor wenigen Minuten. In eine ehrliche, tiefgründige.

»Und nach alledem, nach all der Zeit, musst du so was wie eine sehr gute Freundin für mich sein. Mindestens.«

Aiden kommt auf mich zu, umfasst meine Taille und zieht mich an sich, um mir eine seiner festen Umarmungen zu schenken. Ich presse meine Stirn gegen seine Brust, die sich merklich anspannt. Langsam inhaliere ich seinen Duft, der etwas Vertrautes in sich trägt.

Dann lege ich die Arme um seinen Oberkörper, führe meine Hände hinter ihm zusammen und ziehe Aiden ebenfalls fest an mich. Wir lassen uns für einen langen Moment nicht los und ich merke, wie er sein Kinn auf meinem Kopf abstützt.

»Ich dachte, wir machen heute mal ein Shooting«, murmelt er in mein Haar hinein.

»Dafür bist du hier, richtig«, erwidere ich in den Stoff seines Pullovers.

Dann setzt Aiden ein »Draußen« nach.

Ich löse mich aus der Umarmung und sehe zu ihm auf. »Draußen?«

»Ja. Ich hätte gern Bilder von mir draußen im Park.«

Mit einem Mal überschlagen sich meine Gedanken, die vor Aidens Auftauchen so klar schienen. Sofort stößt mir Wyatt in den Kopf und die pure Freude, die ich vor wenigen Minuten empfand, als ich daran dachte, dass ich ihn bald wiedersehen würde. »Ich weiß nicht.« Wyatt wird ebenfalls im Park sein. Wenn ich mich heute dort blicken lasse, einen Tag nachdem wir uns getroffen haben, wird er glauben, ich wäre seinetwegen da.

Was ja im Grunde nicht schlimm ist …

Mir fällt auf, dass ich mehr als durcheinander bin, was ihn angeht. Auf der einen Seite kann ich es kaum abwarten, ihn sofort wiederzusehen, auf der anderen Seite ... Ich sollte mich erst mal ordnen, bevor ich erneut auf ihn treffe.

»Komm schon, Ava. Seit wann muss ich dich überreden, mit mir in den Park zu gehen? Vielleicht siehst du ja deine Lieblingsinspiration wieder.« Es ist nicht so, als wüsste Aiden nichts von Wyatt. Oder wie er ihn ebenfalls nennt:

Der Mann im Park. So wie ich bis vor wenigen Tagen.

Ich lag ihm schon mehrmals wegen ihm in den Ohren. Nicht auf eine schmachtende – zumindest hoffe ich das –, sondern vielmehr auf eine interessierte Weise.

»Ich werde ihn dort sehen«, weiß ich.

»Also? Dann sollten wir gehen, meinst du nicht? Oder was hindert dich daran?«

»Na ja, ...«, stammle ich. »Vielleicht die Tatsache, dass wir gestern im ChocoMakesHappy waren. Und wenn ich da heute schon wieder vor ihm ...«

Aidens Hände fahren von meiner Taille zu meiner Schulter und legen sich dort nieder. Dann sieht er mich eindringlich an. »Bitte?«

»Wie waren gestern …«

»Ich hab schon verstanden, Ava. Du redest schon von ...«

Ich nicke.

»Hast du ihn endlich angesprochen?«

Ich schüttle sofort mit dem Kopf und schiebe mir meine Brille höher auf die Nase. »Nein, es ...«

»Erzähl mir jede Kleinigkeit. Was bringt euch denn bitte ins Choco?«

»Wirklich jede Kleinigkeit?« Dann müsste ich wohl weiter ausholen.

»Jede!«

Ich schnaube einmal kräftig aus und puste damit einzelne Haarsträhnen aus meinem Gesicht. »Nun gut.« Wo fange ich am besten an? »Also, ich beschloss eines Morgens ausnahmsweise mal recht früh ins Studio zu gehen. Und als ich dort ankam, war er da. Mit Minou, seinem Hund. Wyatt sah sich meine Bilder an und fand sie wohl gut.«

»Wyatt«, wiederholt Aiden. »So heißt er also.« Dann

stoppt er. »Okay, erzähl weiter ... Er war da? Einfach so?«

»Einfach so«, schwöre ich. »Ich habe ihn nicht heraufbeschworen oder so was.«

Aiden zuckt weiter nach hinten und fährt sich durch seine Haare. »Ein doch recht großer Zufall, nicht? Wer weiß, was du mit deinen Gedanken alles anstellen kannst.« Er hebt lüstern seine Brauen.

»Komm schon, Aiden. Was soll ich bitte anderes sagen? Ich bin ja selbst aus allen Wolken gefallen. Konnte es selbst nicht glauben.«

»Und weiß er, dass ...« Aiden durchdenkt seine Wortwahl und ich ahne, auf was er mit seinem Gestammel anspielt. »Ich meine, hast du ihm erzählt, dass ...«

»Was glaubst du wohl?«

»Na ja, da ich dich recht gut kenne, vermute ich mal, du warst ehrlich zu ihm.«

»Ja, ich war ehrlich zu ihm. Auch wenn es mehr als verrückt ist, habe ich ihm gesagt, dass ich ihn im Park beobachtet habe. So oder so ähnlich.«

»Oje. Und wie hat er reagiert? Hat er die Flucht ergriffen?«

»Nein. Gar nicht. Er hat mich nicht für verrückt gehalten. Er ist geblieben und meinte, er ist ja schließlich auch regelmäßig vor dem Studio. Vor meinen Bildern. Das könnte auch als verrücktes Stalking gelten.«

»Seltsamer Vergleich. Bis er sich selbst irgendwann mal im Schaufenster sieht ...«, scherzt Aiden und lacht laut auf. »Oder weiß er schon, dass du ihn nicht nur beobachtet, sondern auch wie eine Verrückte fotografiert hast?«

»Auch das weiß er.«

Aiden schüttelt instinktiv den Kopf, immer und immer wieder. »Du bist vermutlich wirklich der ehrlichste Mensch, den ich kenne. Das ist krass, Ava.«

»Mag sein. Trotzdem«, stocke ich. »Er ist heute wieder im Park, Aiden. Ich weiß nicht, ob ich ihn nach gestern schon wiedersehen kann. Irgendwie kann ich es kaum abwarten. Andererseits wühlt er recht viel in mir auf. Und das möchte ich erst ordnen, ehe ...«

Aiden zuckt mit seinen Schultern und grinst mich schelmisch an. »Dann ordne es mal schnell, Ava. Denn du gehst mit mir heute in den Park! Nämlich genau jetzt. Und wenn er so routiniert ist wie immer, wird er da sein.«

Ich sehe auf meine Armbanduhr, die mir 10:18 zeigt. Wir könnten es heute tatsächlich pünktlich schaffen, ihn im Park zu sehen, wenn wir uns jetzt auf den Weg machen. Nur habe ich absolut keine Ahnung, ob ich das tun sollte. Mein Inneres schreit Ja und Nein zugleich. Denn wie alles im Leben kann Wyatt Probleme oder was wirklich Besonderes bedeuten. Ich weiß nicht, ob ich mich unbedingt auf Ersteres einlassen möchte. Auf das Besondere wiederum hätte ich schon Lust.

Die Situation, die sich vor meinen Augen abspielt, weckt seltsame Gefühle in mir. Wyatt lacht über etwas, das ihm von einer blonden Frau zugeflüstert wird. Obwohl es sowas von unangebracht ist, verkrampft sich mein Magen bei diesem Anblick. Auch wenn ich nicht ein Wort der beiden hören kann, erklingt sein dunkles und doch gehemmtes Lachen in meinen Ohren.

Ich sehe ihn von Weitem, aber er mich nicht.

Minou tänzelt um die Blondine herum, als wäre sie ihm ebenfalls bekannt.

Hör auf ihn zu beobachten, Ava ...

Mein Verstand ermahnt mich nicht zum ersten Mal, endlich wegzusehen und mich auf die Arbeit zu konzentrieren, die vor mir liegt. Also versuche ich es erneut und hoffe, dass mich das Klicken auf den Auslöser ablenkt. Bis Aiden, der gerade an einem Baum lehnt, in seiner Pose innehält und zu Wyatt sieht.

»Wer ist sie?«, fragt er, was mich dazu bringt, mich aus meiner Starre zu lösen und ihn über die Kamera hinweg anzusehen.

»Ich weiß es nicht«, sage ich seufzend.

»Ava ...«

»Was?«

»Bist du etwa schon jetzt eifersüchtig?«

»Ach, so ein Blödsinn. Im Grunde kenne ich den Kerl kaum. Warum sollte ich da eifersüchtig sein?« *Natürlich bist du eifersüchtig. Oder zumindest so was in der Art.*

»Weil er sich mit einer hübschen, blonden Frau unterhält, die du scheinbar nicht kennst?«

Und wie schön sie ist ...

Lange Beine. Engelsgleiches Gesicht. Dichte Haare, die bis zu ihrer Taille gehen.

Und trotz meines unwohlen Gefühls im Magen hat es mich nicht das Geringste anzugehen, mit wem Wyatt solch ein Gespräch führt, das ihn eindeutig zum Lächeln bringt. Eine Seltenheit, wie ich bereits mitbekommen habe.

»Ignorier ihn. So wie ich«, sage ich zu Aiden.

»Als könntest du das. Du konntest es nicht mal, als er *Der Mann im Park* war. Jetzt, wo er einen richtigen Namen hat, erst recht nicht.«

»Lass uns die Bilder schießen und dann einfach gehen.« Ich setze ein flehendes »Bitte« nach.

»Wir gehen nirgendwo hin. Zumindest du nicht.«

Ich sehe zu ihm auf und versuche mich auf Aiden zu konzentrieren. »Wie meinst du das?«

»Weil der Typ irgendwas mit dir macht, was ich nicht verstehen kann. Nichtsdestotrotz spüre ich dein Bedürfnis, in seiner Nähe zu sein, und das, obwohl du ihn nicht kennst. Deswegen wirst du auch weiterhin hierbleiben und herausfinden, was dich zu alledem bewegt.«

»Aiden ...«, jammere ich.

»Sag mir, dass ich unrecht habe.«

Immer wenn ich im Park saß und Wyatt heimlich beobachtete, hätte ich niemals gedacht, dass wir tatsächlich einmal etwas miteinander zu tun haben könnten. Ich zog es niemals in Erwägung, dass wir zusammen ins ChocoMakes-Happy gehen und tiefgründige Gespräche führen würden.

Ich glaubte in diesen Momenten, Wyatt würde nie mehr sein als eine Erinnerung, die früher oder später in all meinen Gedanken untergehen würde. Oder eines meiner Bilder, das ich irgendwann unbeachtet lassen würde. Aber Wyatt ist schon jetzt so viel mehr, und das, obwohl ich nicht einmal weiß, was genau er für mich ist. Ist mein Gedankengang nicht verkorkst?

Bisher haben wir weder Nummern noch Adressen ausgetauscht. Unsere Gespräche im Café gingen so tief, dass mir diese Dinge fast banal vorgekommen sind.

Das heißt, wir wissen nur, wo wir uns finden würden. Er mich in meinem Laden und ich ihn hier im Park.

Ich wäre gestern gern länger mit Wyatt im Café geblieben. Als wäre das der alleinige Sinn des Tages gewesen. Auch wenn seine Mimik oft härter als Stein wirkt, emotionsloser, erkannte ich bei unserem Abschied so viel mehr darin. Ich sah in ein Gesicht, das sekündlich von tiefen

Gefühlen und Gedanken übermannt wurde. Wyatt riss für einen Moment seine Mauer ein und erlaubte mir, tiefer zu sehen. Der Gedanke an diesen Moment bringt mir wieder Bauchkribbeln. Der Ausdruck ging mir durch Mark und Bein, sodass ich ihn bis jetzt nicht vergessen kann.

Dabei ist in meinem Leben gar kein Platz für solch ein chaotisches Gefühl. War es noch nie. Erst die pure Freude und dann wieder die pure Unsicherheit.

Und jetzt steht er fast vor mir, mit dieser blonden Frau, die mir fremd ist. Ihr Gespräch scheint beendet zu sein, da sie sich winkend von Wyatt verabschiedet. Ich habe keine Ahnung, was ich mit dieser Tatsache anfangen soll. Viel zu lange starre ich gedankenverloren auf sein Profil. Seine kurz geschorenen dunklen Haare und die Gesichtszüge, die direkt wieder versteinern und für einen Moment im Café so weich waren, nehmen mich ein. All das kommt mir so vertraut vor, als würden wir uns schon länger kennen.

Vermutlich kommt dieses Gefühl auf, weil du ihn regelmäßig im Park beobachtet hast.

Ich merke nicht, dass mein Starren auf Wyatt nicht unsichtbar für jedermann ist, bis mich Aiden von der Seite beobachtet. Als er mit seinen grünen Augen direkt vor meinem Gesicht erscheint, erschrecke ich kurz. Statt seinem Blick standzuhalten, wende ich den Kopf ruckartig zu meiner Kamera, die ich wie einen Sicherheitsgriff umklammere. Was zum Teufel ist bloß los mit mir?

Ich wende meine Sicht langsam wieder nach oben und sehe in Aidens frech grinsendes Gesicht.

»Ava, ich bin's nur.«

»Wer sonst.«

»Du verhältst dich, als wärst du ein verpeilter Teenie. Es ist eindeutig, dass du auf ihn stehst. Und das ist gar nicht schlimm.« Aiden funkelt mich an und dieses Mal liegt ein noch schieferes Lächeln auf seinem Gesicht, bei dem der linke Mundwinkel etwas höher liegt als der rechte. Diesen Ausdruck kenne ich schon von ihm. Jedes Mal, wenn er mich so ansieht, weiß ich, dass jetzt nichts Vernünftiges aus seinem Mund gleiten kann. Also begebe ich mich auf den Weg der Ignoranz. Aiden pufft mich mit seiner Schulter an. »Du stehst auf ihn«, wiederholt er.

»Das klingt so ... sündhaft.«

»Sündhaft?« Meine Aussage bringt Aiden erneut zum Lachen. »Also, wenn sündhaft bedeutet, sich spannende Gedanken über eine Person zu machen, dann bin ich auch gern der Sünde verfallen. Aber noch viel wichtiger ist doch: Du streitest es nicht ab.«

»Findest du ihn denn nicht auch interessant oder so was?«

»Sorry, Ava, aber er ist nicht mein Typ. Nicht mal annähernd.«

Ich verstumme.

»Da ist doch nichts dabei. Du bist keines der Mädels, die sich auf irgendwas Belangloses einlassen. Das hier hat für dich eine Bedeutung. Hatte es schon, als du ihn das erste Mal im Park gesehen hast. Du mir das erste Mal von ihm erzählt hattest. Also greife zu. Lass ihn dir nicht wegschnappen.«

Ich verstehe schon, was Aiden mir damit sagen will. Aber es fühlt sich irgendwie so seltsam in mir an, wenn ich mir darüber klar zu werden versuche, warum Wyatt meine Gedanken so einnimmt.

»Aber ich kenne ihn doch gar nicht, Aiden.«

»Manchmal muss man einen Menschen nicht lange kennen, Ava. Manchmal passiert es eben. Man ist machtlos dagegen. Du wirst das akzeptieren müssen. Und je schneller, desto besser.«

Wyatt

Nachdem Joy sich von mir verabschiedet hat, halte ich nach Ava Ausschau.

Und siehe da ... Sie ist tatsächlich gekommen.

Ava ist hier.

Nur die Tatsache, dass sie offensichtlich nicht meinetwegen im Park ist, stimmt mich schwermütig.

Schwermütig? Wyatt, was ist nur los mit dir?

Neben ihr sitzt ein Kerl, den ich noch nie gesehen habe. Auch nicht auf einer der Fotografien in ihrem Studio.

Wer ist der Typ, der Ava sichtlich nahesteht?

Doch bevor ich mich wieder mit ihr beschäftige, sollte ich mein Inneres auf das lenken, weshalb ich eigentlich hier bin. Das Training.

Aber Ava ist wie das Schießpulver in der Munition. Mit jedem Schuss ist es nicht vermeidbar, das Pulver abzubekommen. So ist es nicht vermeidbar, dass sie unkontrolliert in meinen Gedanken herumgeistert, wenn ich erst einmal auf sie treffe. Und genau so geht es mir, seitdem wir das erste Mal aufeinandergetroffen sind. Auch jetzt starre ich sie ungewollt aus dem Augenwinkel an.

Selbstbeherrschung, Wyatt ... Konzentrier dich auf das, was vor dir liegt!

In der Army war meine Beobachtungsgabe wirklich ausgezeichnet. Und jetzt wird mir dieses Talent zum Verhängnis, weil mein Instinkt es einfach nicht lassen kann, in Avas

Richtung zu sehen. Und ja. Ich muss das dringend abstellen, ständig an sie zu denken. Sie jetzt so zu beobachten, obwohl ich mir eben vorgenommen habe, es nicht zu tun, ist nicht gerade förderlich dabei.

Zur Ablenkung schaue ich auf das Display meines Handys und checke die Uhrzeit. Es ist eigentlich nicht Elijahs Art, nur eine Minute zu spät zu kommen, aber heute ist er zu spät. Während ich weiter auf ihn warte, lege ich mir die Prothesen an.

Und wieder. Dieser verfluchte Blick in ihre Richtung. Ava verweilt gerade auf der Bank. Der Typ posiert an einem Baum und sie drückt wiederholt auf den Auslöser. Während sie glücklich wirkt und genau weiß, was sie tut, könnte ich ausflippen.

Denn ich werde noch immer nicht warm mit diesen endlos teuren Teilen, die meine Beine ersetzen sollen. Und selbst wenn ... Auch wenn die Prothesen endlich von mir gesteuert werden und ich mit ihnen laufen kann, können sie doch nichts fühlen. Ich werde nichts fühlen, da unten.

Du wirst nie wieder so fühlen, wie du es dir wünschst.

Je aufwendiger eine Prothese im technischen Bereich ist, desto mehr muss der Patient bereit sein, mit ihr und an sich zu arbeiten. Und diese Prothesen sind enorm aufwendig. Aber bin ich bereit dazu, noch mehr Geduld aufzubringen?

Nur die Teile anzuschnallen, reicht nicht. Oft ist ein jahrelanges intensives Training nötig, bevor man die Möglichkeiten voll ausnutzen kann, die einem durch diese Technik gegeben werden.

Jahrelanges Training ... Wie soll ich diese Situation nur jahrelang aushalten?

Es ist nicht so, dass jemand Prothesen bekommt und dann laufen sie für ihn. Und gerade machen diese Teile gar nichts, außer an meinen Stümpfen zu drücken, obwohl ich nun schon mehrmals bei einem Orthopädietechniker war, um sie anzupassen.

Es gibt dafür kein Patentrezept, Wyatt. Wir müssen sie immer wieder neu anpassen, wenn etwas stört ... Ich kann es nicht mehr hören.

Wirklich gebracht haben all die Einstellungen nichts. Zumindest nicht auf Dauer. Der Techniker empfiehlt mir nur aufs Neue, spezielle Polster zwischen Schaft und Stumpf einzulegen oder Gel-Pads, um den Druck gleichmäßiger zu verteilen. Aber ist das wirklich die Dauerlösung?

Für einen kurzen Moment bin ich froh, dass meine Enttäuschung von mir ablässt. Und das nur, weil mein Blick erneut zu Ava schwankt. Bei dem, was sich vor mir abspielt, formen sich meine Lippen spürbar zu einem Lächeln. Die Fremde, die ihre Kamera vor ihr Gesicht hält und grinsend auf den Auslöser drückt, ist ein schöner Anblick. Ein perfektes Bild ergäbe es, wenn der Typ nicht vor ihr herumhampeln würde.

Es scheint eine gewisse Vertraulichkeit zwischen ihnen zu herrschen. Und es scheint mehr als nur ein Auftrag für Ava zu sein. Mehr als ein Shooting mit einem Kunden. Oder umarmt sie ihre Kundschaft prinzipiell zum Abschied? Und dass er sie an ihrer Taille zu sich zieht und scheinbar kaum loslassen will, bestätigt meine Vermutung.

Das geht dich nichts an, ermahne ich mich in Gedanken. Und dennoch hallen diese elenden Fragen in meinem Hirn wider. *Wer ist der Kerl? Und was soll dieses abartige Gefühl in meiner Magengegend?*

Auch Minou, der neben mir auf der grünen Wiese liegt, beobachtet Ava. Dann sieht er zu mir auf. Als müsse ich ihm Fragen beantworten, die ich mir selbst gerade stelle. Auf die ich selbst Antworten suche.

Und dann ist da dieser Moment. Der Moment, in dem Ava sich zu mir dreht und sich unsere Blicke treffen. Auf ihren Lippen ein sanftes Lächeln.

Dass sie mir vorher noch nie hier aufgefallen ist ...

Ich tue es ihr gleich und hebe einen meiner Mundwinkel. Dann beobachte ich sie, wie sie sich für wenige Sekunden wegdreht, um den Rucksack auf der Bank zu schnappen und ihn über die Schulter zu legen.

Wird sie den Park verlassen, ohne mich vernünftig begrüßt zu haben?

Ich widme mich den Prothesen und zu meiner Überraschung lag ich falsch. Avas Aura ist nicht zu ignorieren, als sie sich uns nähert. Minou und mir. Ich spüre, ohne zurück in ihre Richtung sehen zu müssen, dass sie meine Einladung tatsächlich annimmt und mich im Park aufsucht. Meine geschärften Sinne hören, dass sie zwei Mal auf den Auslöser drückt, als ich mich immer mehr auf sie konzentriere. Ich sehe zur Seite, ein wenig über meine Schulter hinweg, und erwische sie dabei, wie sie soeben ihre Kamera herunternimmt.

»Fotografierst du mich?«, frage ich sie. Dann drehe ich mich im Rollstuhl zu ihr um und sehe zu ihr auf.

»Dich und Minou. Ihr seid sehr fotogen.«

Ich lächle. Schon wieder. »Und was, wenn es mich stören würde?«

Sie konzentriert sich ganz auf das Display ihrer Kamera. »Tut es nicht.«

Ich wünschte, sie könnte meinen kritischen Blick sehen, aber das Foto auf ihrem Display hat Priorität. »Und was macht dich da so sicher?«

»Ich glaube, du stellst deine Fragen prinzipiell rhetorisch, um die Reaktion deines Gegenübers herauszukitzeln. Würde es dich wirklich stören, würdest du es sagen.«

»Schlaues Mädchen.« Ich stoppe kurz und endlich trifft ihr Braun meins. »Zwar verdammt tapsig, aber schlau.« Ich heimse Avas böse Mimik ein.

»Tapsig? Was soll das bitte heißen?«

»Dass du die wohl tollpatschigste Person bist, der ich in meinem Leben jemals begegnet bin. Mir ist noch nie jemand auf offener Straße reingerannt und hat sich dabei selbst mehr verletzt als mich.« Ich lache und verstumme im gleichen Moment. »Und mach ich mich gut in deinem Display?«

Sie zögert kurz, lässt ihre harte Miene erst aus ihrem Gesicht ziehen. »Ich finde schon. Es ist schön, dass ich das nicht mehr heimlich machen muss.« Ava geht in die Hocke und beginnt ihre Hand in Minous Fell zu legen, um ihn zu kraulen. Etwas, das er sichtlich genießt.

»Na, du.« Ihre Stimme nur ein Flüstern.

Minou schmiegt sich in ihre Handfläche und hechelt ihr freundlich entgegen. Er mag Ava und wie könnte man ihm das verübeln.

Dann ist es Elijah, der nach ungewohnter Verspätung zu uns stößt und mit dem ich eigentlich hier verabredet bin, damit wir mein Training fortführen können.

»Hey, Soldier«, begrüßt er mich. Wie gewohnt übergibt er mir einen To-go-Becher. »Kaffee. Schwarz.«

Ich nehme ihn dankend entgegen, als Elijah direkt in Avas Gesicht blickt, die sich völlig meinem Hund hingegeben hat. Sie knipst immer wieder ein paar Bilder von Minou und lässt abwechselnd ihre Hand über seinen Kopf gleiten.

Verwundert sieht Elijah zwischen mir und Ava hin und her, als ihre Sicht auf ihn trifft.

»Äh.« Dann streckt er ihr seine Hand entgegen. »Hey. Und du bist?«

Sie erwidert seine Geste. »Ava. Ava Connor.«

»Hey, Ava. Ich bin Elijah Jennicks. Wyatts …« Elijah zögert. »Wyatts Physiotherapeut und Freund. Hätte ich gewusst, dass wir nicht allein sind, hätte ich noch etwas mitgebracht.« Er zeigt auf seinen To-go-Becher.

Doch Ava erwidert seine Bemerkung mit einer wegwerfenden Handbewegung. »Keine Sorge. Ich brauche nichts. Und es war auch nicht so wirklich geplant, dass ich heute hier bin.«

Nicht geplant also ... Der Felsbrocken in meinem Magen wird spürbar größer.

»Ah, okay. Und doch bist du es. Woher kennt ihr euch?«

Als Ava bereits ihre Lippen öffnet, komme ich ihr zuvor. »Ava stalkt mich schon eine Weile.« Ich beschäftige mich nebenbei mit den Prothesen.

Dafür bekomme ich einen wütenden Blick zugeworfen, was ich von dieser Frau nicht erwartet habe. »Nur weil du mich oder diese Sache nicht für verrückt hältst, heißt es nicht, dass es andere nicht tun würden, wenn sie das hören.«

»Was soll das heißen, sie stalkt dich?« Elijah kapiert nicht, was genau ich damit gemeint habe, und ich beschließe, diese Situation nicht weiter zu erläutern. Stattdessen grinse ich nur provokativ vor mich hin.

»Das bleibt unter euch, was?«, glaubt Elijah.

Ich zucke mit den Schultern. »Wer weiß.«

»Wie dem auch sei. Es wird Zeit, dass du mal ein paar Schritte machst, Soldier.« Elijah setzt den Becher an seine

Lippen und schlürft damit den letzten Rest aus, ehe er ihn in den Mülleimer neben uns wirft.

»Ist das eine Aufforderung?«, frage ich.

»Eine Anweisung.«

Ich komme Elijahs *Anweisung* nach, spüre Avas Blicke auf mir, die sich lockern, und checke nochmals, ob ich die künstlichen Glieder korrekt angelegt habe. Drei wesentliche Komponenten sorgen dafür, dass die Prothese sicher mit dem Stumpf verbunden ist: Der Schaft, der Liner und die Anbindung. Genau das überprüfe ich. Im Moment habe ich das Gefühl, dass die Prothese am linken Stumpf lockerer sitzt als sonst. Das kann verschiedene Gründe haben.

Denkbar ist, dass das Volumen meines Stumpfes im Laufe des Tages schwankt – das ist ganz normal, meinte mein Orthopädietechniker. Ich sollte den Schaft vielleicht wieder einmal richten lassen, wie so oft in den letzten Wochen.

Was ich spüre, sieht Elijah sofort. »Du solltest sie wieder anpassen lassen.«

»Ich weiß.« Nichtsdestotrotz beginne ich mich hochzuhieven. Damit finde ich auf den Prothesen Halt und ignoriere den Druck in meinen Stümpfen.

Ich sehe von dem Boden unter mir zu den Schuhen, die sich am Ende der Prothesen befinden, und setze einen Schritt nach vorne. Dann noch einen – behutsam und mit Bedacht. Danach folgen zwei weitere in Avas Richtung, die alles interessiert beobachtet. Und dann wieder zwei, ehe ich direkt vor dieser fremden Frau stehe. Ich mache noch einen weiteren Schritt auf sie zu, bis ich so dicht vor ihr bin, dass ich meinen Blick senken muss, um sie anzusehen. Ungewohnt, wenn man die Tatsache bedenkt, dass ich normalerweise aufsehen muss.

Sie bewegt sich nicht, fixiert mich nur in meinem Tun. Dann ist es ihr Braun, das mich an ihr Gesicht fesselt, und für einen kurzen Moment sehen wir uns an, stillschweigend. Ich kann es nicht lassen, fast jede ihrer Poren zu taxieren. Ebenso ihre kleine Nase, die sich manchmal kräuselt, wenn sie lacht. Ich sehe hinab auf die vollen Lippen, die bewegungslos scheinen und sich minimal zu öffnen beginnen, als wolle sie gleich etwas sagen. Aber kein Wort kommt über ihr Lippen.

»Du bist winzig«, unterbreche ich scherzend die Stille, die sich zwischen uns aufgebaut hat.

Als wäre die Frau vor mir in Trance, schüttelt sie sich mit kleinen, fast unsichtbaren Bewegungen wach. »Was?« Sie blinzelt mehrmals, schließt für wenige Millisekunden ihre Lider, nur um sie dann im selben Moment erneut zu öffnen.

»Du bist echt winzig, sobald ich auf diesen Teilen vor dir stehe«, wiederhole ich und lächle dabei.

»Findest du nicht, dass du dein Augenmerk lieber auf wichtigere Dinge als auf mich oder meine Größe legen solltest?«

»Ich lege mein Augenmerk auf wichtige Dinge. Schon immer. Das haben Soldaten so an sich.« Und das meine ich ernst. Gerade eben ist dieser Anblick wichtig für mich. Ava ist wichtig für mich.

Ihre warmes Braun fesselt weiter mein Inneres und für einen Moment scheint es, als würden sich all meine Sinne allein um Ava legen. Sie ist das Einzige, das ich sehe, rieche, spüre.

Ich spüre sie, weil ich beginne meine Hand zu erheben, nur um ihr eine Strähne hinter das Ohr zu schieben. So wie sie es sonst immer tut, wenn sie nervös ist. Aber gerade scheint sie nicht angespannt zu sein. Nur abwartend, darauf bedacht, zu erkunden, was genau geschehen wird.

Allein das Zwitschern der Vögel, die aus dem Süden wiedergekommen sind, ertönt um uns sowie entferntes Hundegebell. Nichts, was gerade stark genug wäre, um mich aus der Situation zu ziehen. Zumindest so lange, bis Ava durch eine ruhige Melodie zusammenschreckt und mich diese Töne zurück in die Realität holen. Es ist ihr Smartphone, das dieses Geräusch von sich gibt. Sie holt es aus ihrer Jackentasche und schiebt den grünen Hörer zur Seite. Dann hält sie es sich ans Ohr und nach dem kurzen Gespräch wird klar: Ava muss gehen.

»Ich muss leider los. Ich muss nach Hause.«

Und spätestens jetzt bin auch ich wieder in der Realität angekommen. »Sicher. Wenn du gehen musst, solltest du das tun.«

»Ich würde sehr gern noch bleiben. Aber Aiden hat sein Portemonnaie bei mir im Atelier liegen lassen.«

»Der Typ von vorhin?« Meine Stimme klingt ungewollt angespannt.

Und welches Atelier?

Ava lächelt und ich habe keine Ahnung, was dieses Lächeln bedeuten soll. »Genau der.«

Irgendwie stimmt es mich nicht gerade froh, dass sie sich wieder mit dem Kerl trifft, und trotzdem hallen meine eigenen Worte im Hirn wider.

Das geht dich nichts an. Ava geht dich nichts an. Was sie tut, geht dich nichts an.

»Ich wünsche dir noch viel Erfolg, Wyatt.«

Ich trete einen Schritt zurück, nur um mir klarzumachen, dass das zwischen uns in diesem Moment viel zu weit ging.

Was fällt mir ein, sie auf irgendeine Art und Weise zu berühren? »Danke. Mach's gut, Ava.«

Sie kneift die Augen zusammen und ich warte auf ihre Reaktion. Wünsche mir eine innigere Verabschiedung. Warum erhoffe ich mir das?

Aber egal was ich mir erhoffe ... Nichts in diese Richtung geschieht. Ava hebt nur ihre Hand und lässt ein ehrliches Lächeln über ihre Lippen gleiten. Sie schultert ihren Rucksack und wendet sie sich von uns ab.

Für einen Moment dachte ich wirklich, sie würde mich wenigstens umarmen, dann erinnere ich mich daran, dass wir im Grunde noch immer zwischen Fremden und Bekannten wandeln. Und ich sollte recht behalten. Ava kommt mir nicht mehr näher, stattdessen entfernt sie sich, nachdem sie sich auch von Elijah und Minou verabschiedet hat.

Ich sehe ihr nach, ehe sie hinter der nächsten Kurve des Parks verschwindet. Dabei verstehe ich nicht, was mit meinen Gedanken los ist. Warum ich mir über eine Frau überhaupt Gedanken mache. Es ist zum Wahnsinnigwerden.

Und als hätte Elijah schon darauf gewartet, als hätte es regelrecht in ihm gebrannt, erklingt seine Stimme hinter mir. »Was war denn das?«

Ich drehe mich mit wenigen, schweren Schritten zu ihm um. »Was meinst du?«

»Frag nicht so blöd. Ich meine diese Schwingungen zwischen euch.«

Ich stelle mich dumm, obwohl ich glaube, es ebenfalls gespürt zu haben. »Welche Schwingungen?«

»Komm schon, Wyatt.« Elijah fährt sich durch seine dunklen Haare und sieht in die Richtung, in die Ava verschwunden ist. »Jetzt erzähl mal. Wer war denn die Kleine?«

»Ava«, sage ich flüchtig, obwohl ich ahne, auf was das Gespräch mit Elijah hinausläuft.

»Ihren Namen habe ich mitbekommen. Bekomme ich nicht mehr Details?« Er verschränkt seine Arme vor der Brust, mustert mich intensiv, was ich gekonnt ignoriere.

»Was willst du denn wissen? Du tust so, als wäre das so seltsam.«

»Entschuldige, dass ich es für unnormal halte, dass du neben mir und deiner Schwester ...« Elijah stoppt kurz. »Dass da eben noch jemand in deinem Leben ist.«

»In meinem Leben? Jetzt übertreib mal nicht. Ich habe sie kennengelernt, weil ich ihre Bilder im Schaufenster angesehen habe. Dann stand sie auf einmal neben mir.«

»Bilder im Schaufenster?«

»Ava gehört der Laden an der Cumberlandstreet. Das Fotostudio.«

»Ah, ich verstehe. Und ihr habt euch gleich so gut verstanden, dass sie dich hier im Park besuchen kommt.«

»Nein. Du hast sie doch gehört. Es war eigentlich nicht geplant, dass sie heute herkommt.«

»Und dennoch war sie es und ihr seid regelrecht ineinander versunken. Also komm auf den Punkt.« Elijah zieht die Luft ein. »Wie kommt es, dass sie hier war?« Er will es ganz genau wissen und mir passt seine Neugier absolut nicht.

»Elijah ...«

»Wyatt ...«

Ich weiß, dass der Kerl nicht lockerlassen wird. Ich stöhne genervt aus. »Als ich mit ihr im ChocoMakesHappy war ...«

»Stopp.« Er streckt seine Hand aus. »Du warst was?«

»Jetzt reg dich ab. Sie ist in mich hineingelaufen, danach sind wir ins Café gegangen.« Ich möchte die Unterhaltung beenden, wenn da nicht mein Physiotherapeut wäre, der gleichzeitig mein Freund ist.

Er schüttelt ungläubig seinen Kopf. »Was ist denn bitte die letzten Stunden passiert?«

»Ich habe keine Ahnung, was du meinst.«

»Ist klar. Erzähl weiter. Lass dir nicht jedes Wort aus der Nase ziehen. Das ist ja anstrengend.«

»Was soll ich noch erzählen?« Ich zucke mit den Schultern. »Wir haben eben ein ganz normales Gespräch geführt.« So ganz normal war das gar nicht. Ich habe Ava weitaus mehr erzählt als sonst jemandem. Aber das muss Elijah ja nicht wissen. »Dort gestand sie mir, dass sie mich schon mal im Park gesehen und fotografiert hätte. Ava gehört zu der ehrlichen Art Menschen«, erwähne ich nebenbei. »Aber im Grunde sind das alles nur wirre Zufälle. Ich sagte ihr, dass sie beim nächsten Mal, wenn sie mich hier sieht, ruhig kommen kann. Das macht es für sie nicht ganz so verrückt.« Mit meinen letzten Worten beginne ich zu schmunzeln. Unüberlegt und haltlos.

»Wirre Zufälle also ... Na wer's glaubt.« Dann blinzelt Elijah mehrmals, als ihm etwas klar zu werden scheint. »Aber stopp mal. Wann warst du mit ihr im ChocoMakes-Happy? Etwa gestern?«

»Korrekt.«

»Dann war sie der Grund dafür, dass du mich versetzt hast?«

»Auch das ist korrekt.«

Elijah lacht nur, obwohl ich etwas anderes erwartet hätte, wenn man versetzt wird und den Grund dafür erfährt. Seine Reaktion kann ich nicht annähernd verstehen.

»Was gibt es da zu lachen?«

»Also wenn du das selbst nicht siehst ...« Er legt seine Hand auf meine Schulter. »Dann benötigst du statt dieser Prothesen ganz dringend eine Brille und eine noch viel intensivere Wahrnehmung.«

»Ich war bei der Army. Ich habe eine perfekte Wahrnehmung«, behaupte ich und bin voll und ganz überzeugt davon.

»Vielleicht für Gefahren. Aber nicht für das, was sich da soeben vor dir abgespielt hat.«

Bekomme ich hier etwas nicht mit? Ich wurde schon einmal von meinen Gefühlen übermannt, obwohl es in der Situation mehr als fatal war. Habe dadurch mich und meine Umgebung vernachlässigt.

Matt.

Wenn das wieder passiert, oder sowas Ähnliches ...

»Was spielt sich denn deiner Meinung nach vor meiner Nase bitte ab?«, muss daher wissen.

Ich mache mir Gedanken, weil ich mir nicht erlauben kann, irgendetwas zu übersehen.

Aber warum sollte Ava dich in eine Situation bringen, die dir den Boden unter den Füßen wegreißt?

Elijah schweigt und ich hasse es, wenn ich keine Antwort auf meine Fragen erhalte. Vor allem, wenn ich so sehr auf eine ehrliche Antwort angewiesen bin. Auch Minou kann mir nicht sagen, was mir Elijah durch die Blume mitzuteilen versucht. Und wenn er mir nicht erklären will, was genau er meint, muss ich der Sache eben selbst auf den Grund gehen.

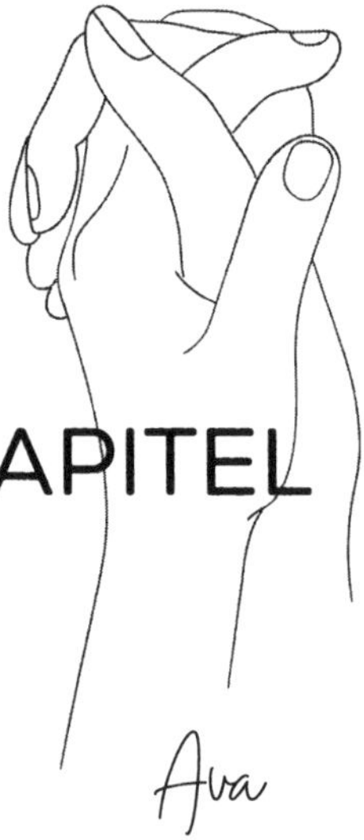

KAPITEL 6

Ava

3 TAGE SPÄTER

»Du kannst sie dir im Atelier sehr gern ansehen«, erwidere ich, nachdem Aiden sich erkundigt hat, wie seine Bilder aus dem Park geworden seien. Ich blättere in meinem Kalender, bringe mich damit auf den neusten Stand der heutigen Termine.

Dann werde ich vom Klang der Türglocke unterbrochen. Automatisch sehe ich zum Eingang und traue meinen Augen kaum. Mit einem Papphalter auf den Beinen, der zwei To-go-Becher in sich hält, fährt Wyatt die Rampe zu meinem Laden hinauf. Nicht einen Tropfen verschüttet er und immer wieder staune ich, wie Wyatt in dem Teil auf Rädern zurechtkommt. Als wäre er ein Alltagsakrobat im Rollstuhl.

Neben ihm Minou, der mit synchronen Schritten meinen Laden betritt und hechelnd zu mir aufsieht. Es juckt bereits in meinen Handflächen, über das weiche Fell zu streicheln. Aber ich unterlasse es – für den Moment.

Ich stehe mit Aiden an meiner Ladentheke, als mir Wyatt immer näher kommt, während Minou es sich auf dem Parkettboden des Studios bequem gemacht hat und die ganze Situation beobachtet. Dabei kann ich mir das Lächeln auf meinen Lippen, das Wyatt immer intensiver auslöst, nicht verkneifen. Und auch einen seiner Mundwinkel hebt er locker in die Höhe, als wüsste er, wie überrascht ich bin. Meine Blicke schweben auf ihm und mustern den dunkelgrauen Pullover, der seine breiten Schultern bedeckt.

Er sieht so gut darin aus ...

»Wyatt.« Jeder Ton in meiner Stimme wirkt hörbar erstaunt. Wie könnte ich das auch nicht sein?

Er umgreift den Papphalter, hat eine Hand an eines der Räder gelegt. Dann rollt er sich zu uns.

Ein »Hey« fährt über seine Lippen, als wäre es normal, dass er hier bei mir im Laden steht. Als wären wir verabredet und er einfach nur zur ausgemachten Zeit hier. Zu einer Verabredung, die ich unmöglich hätte vergessen können.

»Was tust du denn hier? Ich hätte nicht gedacht, dass wir uns so schnell wiedersehen«, erwidere ich ehrlich und spüre das Kribbeln in meiner Bauchgegend.

Wyatt legt seinen Kopf schief, sieht an mir vorbei zu Aiden, ohne definierbaren Ausdruck in seinem Gesicht. Im gleichen Moment gleitet sein Braun wieder in meine Augen. Auf seinen Lippen ein fast unsichtbares Schmunzeln, was ein dezentes Grübchen auf seiner rechten Wange freilegt.

Mehr davon ...

Von Mal zu Mal entdecke ich mehr an ihm, das sich erst in seine Mimik legt, wenn er bereit ist, Freude in sein Gesicht zu lassen. »So kann man sich täuschen. Ich wollte dich eigentlich abholen. Vorausgesetzt, du hast Zeit.« Sein Blick schwankt erneut zu Aiden.

»Mich abholen?« Ich laufe um die Theke, sodass ich direkt vor Wyatt stehe. Dann vergrabe ich die Hände in den

Hosentaschen meiner Stoffhose. »Aber ja, ich hätte Zeit.«

Plötzlich steht Aiden neben mir und räuspert sich. Ich schüttle mich kurz in die Realität, nachdem ich irgendwie zwischen dem Hier und einer Traumvorstellung festhing. »Ach ja. Das ist Aiden.« Ich drehe mich zu meinem Freund und zeige mit der flachen Hand auf ihn. »Aiden, das ist ...«

»Wyatt«, beendet Aiden.

Er steht nun dichter neben mir und reicht Wyatt seine Hand.

Um unser pausierendes Gespräch noch schnell zu beenden, dreht sich Aiden zu mir. »Dann kann ich bei dir vorbeikommen und mir die Fotografien abholen?«

Ich nicke. »Natürlich.«

»Ich benötige neue Bewerbungsbilder für die Mappe an die Gap.« Eine angesehene Schauspielschule in Nashville. »Bekommen wir das nächste Woche vielleicht noch hin?«

»Aber sicher. Ich melde mich bei dir, wenn ich Luft habe. Okay?«

»Du bist wirklich die Beste, Ava.« Aidens Lippen nähern sich meiner Wange, ehe sie sich auf meine Haut legen. »Danke dir. Dann werd ich euch zwei nun allein lassen.« Seine Aussage unterstreicht er mit einem schelmischen Zwinkern in meine Richtung, ehe er mein Studio verlässt.

Wyatt sieht Aiden nach, genauso wie ich es tue.

Dann räuspert er sich neben mir. »Hier, der ist für dich.« Er hält mir einen der To-go-Becher hin. Damit unterbricht er die leicht drückende Stille, die sich um uns gelegt hat. Als hätte Aiden all den Mut, den ich sonst besitze, um mit Wyatt ein Wort sprechen zu können, mit sich genommen. Ich greife zu und presse meine Lippen aufeinander, bevor ein sanftes »Danke« aus ihnen gleitet.

»Ich wusste nicht, was du am liebsten hast. Also dachte

ich an eine Hot-Chocolate.«

»Das ist perfekt«, gebe ich zu. Denn das ist es wirklich. Es geht nichts über die Hot-Chocolate vom ChocoMakes-Happy. Und dann finde ich einen Teil meines Mutes zurück. »Aber ich glaube, du weißt so einiges nicht über mich.« Ich verstecke mein Lächeln hinter dem Becher.

Was als Scherz gemeint ist, scheint Wyatt ernst zu nehmen. »Mag sein. Das wird sich ändern. Irgendwann.«

Ich spüre die Furche, die sich zwischen meinen Brauen formt. »Wird es das?«

»Ich denke schon.« Wyatt dreht sich von mir weg und beginnt eines der Bilder an meinen Wänden zu mustern. »Du könntest mir zum Beispiel von deinem Atelier erzählen. Dann wäre ich, was dich angeht, einen Ticken schlauer.«

»Äh ...«, stammle ich und nähere mich Wyatts Hund, der brav auf meinem Parkett Platz genommen hat. »Ich bewohne ein Haus, das meine Eltern gekauft haben. Und seitdem Liam nicht mehr mit darin wohnt, habe ich meine alte Wohnung zu einem Atelier umgestaltet und bin in die meines Bruders gezogen. Manchmal entwickle ich dort meine Bilder.«

»Klingt interessant.«

Und dann ist da endlich der Moment, den ich schon seit gewisser Zeit unterdrücke. Ich berühre Minous weiches Fell. »Ich denke, das ist es auch.«

»Und du und Aiden ...« Wyatt beginnt seine Worte mit Bedacht zu wählen. »Ihr steht euch recht nahe, was?« Während er mich das fragt, sieht er mich nicht an. Deswegen kann er die Überraschung nicht sehen, die sich sicherlich in meinem Gesicht widerspiegelt. Ich glaube zu wissen, auf was Wyatt anspielt. »Aiden und ich?« Und wieder bin ich ehrlich. »Vermutlich stehen wir uns recht nahe.« Wyatt wirkt, als hätte er irgendeine Bestätigung erhalten, auf die er schon gewartet hat. »Aber nicht so, wie du denkst.«

Er legt seine Augen in Schlitze und nippt an seinem Becher. »Was denke ich denn?«

»Das wir irgendeine tiefere Beziehung hätten, die über eine Freundschaft hinausgeht«, behaupte ich.

»Habt ihr?«

Ich hebe eine meiner Hände verneinend vor die Brust. »Um Gottes willen. Nein! Er ist mein Freund«, erkläre ich. »Nur ein Freund. Ein sehr guter. Und damit vermutlich auch der einzige, den ich in Nashville habe.« Was für andere erbärmlich klingen mag, ist für mich pure Realität und alles andere als schlimm.

»Nur ein Freund also.« Wyatt schnaubt aus und vielleicht täusche ich mich, aber ich höre so etwas wie Erleichterung raus. Vermutlich nur Einbildung, wenn man bedenkt, dass heute diese blonde Frau ... Diese wunderschöne Frau, die so vertraut mit Wyatt schien, als …

Falsche Gedanken, Ava. Wer sie ist und was Wyatt mit ihr zu tun hat, geht dich absolut nichts an.

Aber warum schmunzelt er dann so ungewohnt leicht? Erneut wendet er mir den Rücken zu. »Ich dachte, da könnte vielleicht mehr zwischen euch sein. Im Park, da schient ihr sehr innig. Du hast ihn fotografiert, obwohl er keines deiner typischen Models ist. Zumindest, wenn man ihn mit deinen Kunden hier vergleicht.« Er weist auf meine Fotografien.

»Ich hab dir schon mal erklärt, dass ich nicht nur Menschen fotografiere, die *nicht normal* sind.«

»Das scheint unser Ding zu werden, was? Dieses *nicht normal.*«

»Vermutlich«, lächle ich.

»Dennoch. Ihr wirkt sehr vertraut.«

»Glaub mir, er ist meinen Models ähnlicher, als du denkst«, antworte ich ehrlich.

Wyatt dreht sich zu mir. »Ist er das?«

»Ist er.«

»Inwiefern?«

»Aiden war nicht immer Aiden.«

Wyatt sieht irritiert zu mir hinunter, während meine Hand weiterhin über Minous Fell streicht, der es sichtlich genießt und mir eines der typischen Hundelächeln schenkt.

»Er war vor einigen Jahren noch ...« Ich überlege, wie ich es ihm am besten erklären kann. »Aida.«

Wyatts Mund öffnet sich leicht und Erstaunen steht in seinem Gesicht geschrieben. »Ehrlich? Ich hätte niemals angenommen, dass er mal ...«

»Eine Frau war?«

»Sozusagen, ja.«

Ich zucke mit den Schultern und lächle. »Siehst du? Aiden ist meiner Kundschaft ähnlicher, als du denkst. Er ist genauso außergewöhnlich. Aber du bist doch nicht hier, um Aiden zu analysieren, oder?«

»Das bin ich tatsächlich nicht. Wie gesagt, ich bin hier, weil ich dich abholen will.«

»Du bist also hier, um mich abzuholen ...«, wiederhole ich. »Und wo willst du mit mir hin?«

Ich hieve mich auf, lasse damit von Minou und beginne, meine Finger ineinander zu verschränken. »Ich dachte, wir gehen eine Runde spazieren. Hast du Lust?«

Ich nicke, mein Herz macht einen Satz und steckt mir gefühlt im Hals.

Natürlich habe ich Lust ...

Wyatt

Gemeinsam spazieren wir am Ufer des Cumberland Rivers entlang. Die Aussicht auf den Fluss, auf dessen Oberfläche sich die Sonne spiegelt, ist einnehmend. Ava hingegen ... ist einnehmender. Es ist das leichte Lächeln auf ihren Lippen, das mich immer wieder dazu zwingt, sie anzusehen.

Aus unserem Gespräch weiß ich das eine oder andere über sie. Dass sie in Charlottesville studiert hat, dass sie alles Übersüße und alles rund ums Fotografieren liebt und vor allem, dass sie der positivste Mensch auf dieser großen weiten Welt ist.

Jetzt wechseln sich die Stille zwischen uns und das Vogelgezwitscher in den Bäumen der Allee ab. Wir beide beobachten, wie Minou die Grasnarbe abläuft und alles inhaliert, was seinen Weg kreuzt. Und obwohl ich es im Grunde genieße, zu schweigen, möchte ich die Ruhe zwischen uns durchbrechen. »Ava?«

»Ja?« Sie sieht zu mir und ich tue es ihr gleich.

»Woher wusstest du, dass die Fotografie genau das ist, was du tun willst? Ich meine, wie kann man sich so früh schon so sicher sein?«

»Mhm. Ich hatte nie eine Phase, die mich zweifeln ließ. Ich habe damals das erste Mal auf den Auslöser gedrückt und fühlte mich gut dabei. Ich hatte so eine Welle im Bauch.« Sie stoppt und blickt in den klaren Himmel hinauf. »Das weiß ich noch.«

»Eine Welle?« Was meint Ava mit dem Gefühl, eine Welle im Bauch zu haben?

»Ja, so ein gutes Gefühl eben, das einen überkommt und sich mit Vorfreude mischt. So war das bei mir. Und als ich dann hobbymäßig die erste Fotografie so richtig erstellt habe, da ...« Ava stoppt kurz und lächelt breit. »Da konnte ich einfach nicht aufhören. Ein Tag ohne Fotografieren fühlt sich sehr leer an. Ich fühle mich dann nicht sonderlich gut.«

»Weil du wirklich liebst, was du tust ...« Eine Feststellung.

»Ich liebe das, was ich tue«, wiederholt sie. »Ich glaube, es ist nicht selbstverständlich, so enorm für eine Sache zu brennen. Deswegen genieße ich es so lange, wie es so ist.«

»Tatsächlich habe ich auch gerade daran gedacht. Die meisten existieren nur.«

»Existierst du nur, Wyatt?«

Perplex über ihre Frage sehe ich zu ihr auf. Sie schaut jedoch nicht zu mir, sondern beobachtet Minou in dem, was er tut. »Um ehrlich zu sein ... Im Moment schon.«

»Weil du nicht mehr zur Army kannst?« Nun trifft ihr Braun auf meins und es scheint, als kenne sie die Antwort bereits.

»Ich habe nicht so für die Army gebrannt wie du für deine Fotografie.« Und damit bin ich ehrlich. Es war etwas, das im Grunde irgendwie vorherbestimmt war. Ich habe mich nie mit etwas anderem auseinandergesetzt. Keine Ahnung, wo es mich hinverschlagen hätte, wenn ich mich vielleicht einmal auf etwas anderes eingelassen hätte. Die Army war einfach so sinnig.

»Mhm«, murmelt Ava und schiebt ihre Hände in ihre Jackentasche.

»Was? Warum mhm?«

Sie zuckt mit ihren Schultern und spricht das wohl Selbstverständlichste aus. »Du könntest etwas daran ändern.«

»Könnte ich das?«

Ihr Braun fixiert mich, als wollte sie mich von dem, was sie sagt, überzeugen. »Ja.«

»Und wie?«

»Beschäftige dich.«

»Beschäftigen? Mit was soll ich mich denn beschäftigen?« Mir entrinnt ein flüchtiges Lachen. »Soll ich meine Finger mal auf ein Klavier legen und schauen, wohin es mich führt? Oder soll ich mir einen Pinsel schnappen oder einen Schraubenzieher und ein bisschen an Autos herumschrauben?«, schmunzle ich, weil es mehr als abwegig klingt.

»Nein.« Ava kichert.

»Dann sag mir, mit was ich mich beschäftigen soll, Ava.«

»Mit dir selbst, Wyatt. Geh in dich und finde heraus, was dir jeden Tag ein Lächeln ins Gesicht treiben könnte.«

Was mir ein Lächeln ins Gesicht treiben könnte?

Nun bin ich derjenige, der ein »Mhm« aus seinen Stimmbändern schiebt. Ich sollte vielleicht wirklich einmal darüber nachdenken. Intensiver als bisher.

Zumindest dem eine Chance geben ...

Nachdem wir noch ein wenig spazieren waren, bringe ich Ava zurück. Zurück zu dem, was sie glücklich macht. An den Ort, der sie sehr glücklich macht. In ihr Fotostudio.

Statt der Tür, die wir vor uns haben, sind es Avas Lippen, die beginnen sich zu öffnen. »Seid ihr morgen wieder im

Park? Minou und du.«

Dabei sollte sie eigentlich wissen, dass ich morgen einen trainingsfreien Tag habe und uns nichts dorthin verschlagen würde. »Das fragst du mich? Was für eine Stalkerin bist du bitte? So etwas solltest du doch wissen«, stichele ich.

Mit spielerisch wütender Miene boxt mir Ava auf die Schulter. »Du bist unmöglich. Als wäre es mir nicht schon unangenehm genug.«

»Damit wirst du wohl leben müssen.«

»Vermutlich.«

Ich umgreife die Reifen des Rollstuhls und blicke kurz zu Minou hinunter, ehe ich Ava ins Gesicht sehe. »Bist du denn da?«

Nach kurzer Bedenkpause antwortet sie. »Ich würde.«

Meine Fingerspitzen fahren an einem Teil der Speichen entlang. »Ich hab zwar morgen kein Training mit Elijah. Aber ich werde morgen im Park sein.«

Verwundert legt Ava ihren Kopf schief. »Was tust du denn da, wenn du nicht mit Elijah dort trainierst?«

»Ich vermute, ich treffe mich mit einer doch recht tollpatschigen und stalkingbehafteten Frau.«

»Das wirst du mir immer vorhalten, oder?«

»Was? Das Stalking oder das Tollpatschigsein.«

»Beides.«

Ich muss lachen. »Immer ist lang, Ava.«

Sie richtet sich die Brille. »Ich weiß. Sehr lang.«

Ich schenke ihr ein wenig Gnade. »Sagen wir mal so. Das wirst du dir noch etwas anhören müssen. Aber ich denke nicht für immer.«

Ava verdreht theatralisch die Augen. »Wie beruhigend.«

Nun bin ich derjenige, der die Sache festigt. »Also sehen wir uns morgen? Bevor du weiter auf die Idee kommst, heimlich Bilder von mir zu schießen.«

»Das habe ich doch schon. Das letzte Mal im Park.«

»Nun hast du meine volle Erlaubnis, es auch zukünftig zu tun, wenn dir danach ist.«

»Als könnte ich so ein Angebot ausschlagen.«

»Also sehen wir uns morgen.«

Ava unterstreicht ihre Antwort mit einem Nicken. »Tun wir.«

»Zwölf Uhr?«, frage ich sie, weil ich weiß, dass sie in diesem Zeitraum mit ihrer Mittagspause startet. Normalerweise.

»Klingt gut. Ich freu mich.«

Und dann geschieht es. Absolut unerwartet und völlig ungeplant. Ava beugt sich zu mir hinunter und ihre Arme legen sich um meinen Hals, sie drückt sich sanft und dennoch mit leichter Distanz an mich. Ihr süßer Duft wird realer, intensiver. Mein Hirn versucht direkt zuzuordnen, nach was genau Ava riecht. Und meine Sinne verraten mir, dass es irgendwas mit Pfirsich sein muss. Und Lavendel. Und Vanille. Und ... Ava.

Mir zu wünschen, dass sich die Umarmung noch etwas hinzieht, ist gerade so was von falsch.

Falsch, falsch, falsch ... Gott, bist du falsch im Schädel ...

Als sie von mir lässt, schenkt sie mir ein Lächeln und ich erwidere es. Wieder und wieder. Das gefühlt hundertste Mal an diesem Tag. Dass ich die letzten neunundneunzig Male verfluche und es aufrichtig mag, was zwischen Ava und mir ist, ist ein Zwiespalt in meinem Körper, auf den ich nicht wirklich klarkomme. Und genau das repräsentiert die jetzige Situation. Ich bin nicht in der Lage, Avas Geste, die ich mir eigentlich schon herbeigesehnt habe, zu erwidern, indem ich meine Arme auch um ihren Oberkörper lege. Ich bin zu gar nichts imstande, weil mein elendes Hirn nur am Rattern und Zuordnen ist.

Diese Umarmung ist anders als alle, die ich zuvor erlebt habe. Weder freundschaftlich noch getrieben von körperlichem Verlangen. Diese Umarmung hat etwas von Ruhe und Vertrautheit.

Als sie sich von mir löst und sich von Minou verabschiedet, bin ich nur imstande, ihr nachzusehen und zu beobachten, wie sie in ihrem Studio verschwindet.

Dann denke ich über das nach, was Ava zu mir gesagt hat. Und es macht mir eine Scheißangst.

Geh in dich und finde heraus, was dir jeden Tag ein Lächeln ins Gesicht treiben könnte.

Je mehr ihre Worte in meinem Hirn widerhallen, desto klarer scheint es zu sein. Geradezu unabwendbar. Was ist, wenn meine Antwort *sie* ist? Weil *sie* diejenige ist, die mich seit kurzer Zeit ständig zum Lachen und Schmunzeln bringt. Mir damit meinen gewohnten Alltag raubt und mir irgendetwas Gutes dafür schenkt. Etwas, das ich noch nicht so wirklich deuten kann. Etwas, das sich aber okay anfühlt.

Mehr als okay.

Und dann frage ich mich, wie Ava meine Leidenschaft sein soll? Das ist doch völlig unmöglich. Denn noch nie habe ich für eine Frau so empfunden. Dennoch ist sie seit Tagen der Grund dafür, dass ich ein ehrliches Lächeln in meinem Gesicht trage.

Was ist, wenn meine Antwort wirklich *sie* ist? Wenn meine Antwort *Ava Connor* ist. Dass ich das in Erwägung ziehe, ist mehr als ... mehr als ... verwirrend.

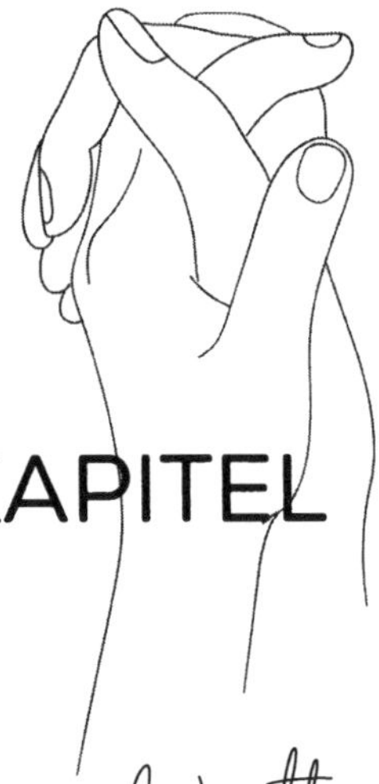

KAPITEL 7

Wyatt

Ich habe die letzte Nacht ununterbrochen über Ava nachgedacht. Es schien, als wäre sie präsenter denn je. Und jetzt kann ich mir alles einreden. Nur nicht, dass sie nicht real ist.

Ich sehe sie schon von Weitem auf der Parkbank sitzen, als ich mich ihr mit Minou an meiner Seite und einer Pizza auf dem Schoß nähere. Diese dunklen Haare, die durch die leichte Luft wirbeln, als würden sie tanzen.

Normalerweise achte ich auf sowas nicht, aber bei ihr ... Bei ihr hat dieser Anblick eine beruhigende Wirkung auf mich. Mein aufgewühltes Inneres gleicht in diesem Moment dem ruhigen Wasser des Cumberland Rivers.

Dieses Gefühl wird immer intensiver und ich bin mir nicht wirklich sicher, was ich davon halten soll. Wohin es geht ...

Ava schlingt die Arme um ihren Oberkörper, als müsste sie sich wärmen. Dann drückt sie ihre Hände zwischen ihre Schenkel, die sie übereinandergeschlagen hat, und wackelt mit ihren Boots. Als ihr Blick meinen findet, betrachte ich sie ungewollt noch viel intensiver. Auf sie ist mein Fokus gerichtet und alles andere nehme ich nur noch verschwommen und verblasst wahr. Wieder einmal. Ich zwinge mich, mein verwirrtes Ich wachzurütteln. Dann fahre ich mit dem Rollstuhl die letzten Meter und halte direkt vor ihr an.

Minou tänzelt bereits vor ihr herum, holt sich eine kurze Streicheleinheit, bis er letztlich vor ihr Sitz macht. Ich hieve mich aus dem Rollstuhl und setze mich neben sie.

»Ich habe schon auf euch gewartet.« Sie klingt nicht vorwurfsvoll, sondern so, als überkäme sie ehrliche Freude. Auf ihren Lippen trägt sie ein sanftes Lächeln, das so viel mehr ist. Es ist Ruhe und Vertrautheit. Segen und Glück. Zumindest für mich, in diesem Moment.

Ihre Hand gleitet zur Begrüßung weiter über Minous Fell. Mein Blick schwankt von ihrem Gesicht zu dem Papphalter, der neben ihrem Schoß steht.

»Ich dachte, heute bin ich an der Reihe.« Sie lässt von meinem Hund, nimmt einen der To-go-Becher in ihre Hand und reicht mir den anderen.

»So läuft das?«

»Geben und nehmen.«

»Ich nehme und du gibst?«, scherze ich. »Nein«, revidiere ich mich im gleichen Atemzug. »Es gefällt mir, wie du denkst.« Nur komme ich auch nicht mit leeren Händen, was Ava direkt sehen konnte, als ich ihr entgegenfuhr. »Ich dachte mir, mit einer Margherita mache ich nichts falsch.«

»Das ist perfekt. Aber das wäre nicht nötig gewesen.«

Ich öffne den Pizzakarton und gemeinsam lassen wir erst einmal den heißen Dampf fliehen.

»Ich weiß. Aber ich fand den Gedanken ganz gut, dass du zum Mittag etwas Vernünftigeres isst als irgendwelchen

Süßkram.«

»Was?«

»Als du gegen mich ...« Ich sehe, wie sich ihre Augen weiten, weil Ava weiß, an welchen Tag ich mich erinnere. Also wähle ich meine Worte anders. »Als du mir entgegenkamst und vor mir lagst wie ein gefällter Baum, hattest du die ChocoMakesHappy-Tüte an dich gezogen, als wäre sie dein Überlebenspaket für den Tag.«

»Ein gefällter Baum?«

»Ein gefällter Baum«, wiederhole ich.

»Und woher willst du bitte wissen, dass da etwas Süßes drin war?«

»Sag mir, dass dem nicht so war und ich unrecht habe.«

Sie sieht mich schief an, was meine Vermutung bestätigt.

»Greif zu«, bitte ich und zeige auf die Pizza.

Ava nimmt sich ein Stück und pustet, bevor sie in den Teig beißt.

»Du bist Vegetarierin. Oder habe ich da etwas Falsches wahrgenommen?« Es blieb mir die letzten Male, in denen wir uns sahen, nicht unbemerkt.

»Deine Wahrnehmung trügt dich nicht. Ich lebe zum größten Teil vegetarisch, ja.«

»Ich dachte immer, entweder ist man Vegetarier oder nicht. Was heißt dann bitte *zum größten Teil?*«

»Ich esse Fisch. Ausgewählten Fisch. Im Grunde darf ich mich vermutlich nicht Vegetarierin nennen«, kichert Ava.

»Wie kam es dazu?« Ich beiße ebenfalls genüsslich von meinem Stück ab und ignoriere Minou, der mit bettelndem Hundeblick vor uns sitzt.

»Willst du das wirklich wissen, Wyatt?«

»Sonst hätte ich nicht gefragt.«

Ava lacht und beginnt zu erzählen. »Ich hatte mal einen

Hasen. Sparky. Er ist eines Nachts gestorben und am nächsten Abend hat meine Mom einen Hasenbraten gemacht.«

Ich reiße ungläubig die Augen auf. »O nein. Und das war ...«

»Nein.« Ava lacht erneut und dieses Mal steckt es an. »Der Braten war nicht Sparky. Zumindest haben das meine Eltern behauptet. Es war ein fremder Zuchthase. Aber ich dachte immer, es wäre Sparky gewesen. So wie du auch gerade.«

»Das wäre auch ziemlich ... verrückt, wenn dem so wäre.«

»Total. Und doch kann ich seitdem nur schwer an Fleisch ran. Ich hab immer das Bild vor mir. Mein Sparky und die Vorstellung, dass er knackig gebraten vor mir liegt, haben mir den Appetit auf Fleisch vollends genommen.«

»Kann ich irgendwie verstehen.«

Eine schweigende Pause legt sich in unser Gespräch, ehe Ava erneut ihre Lippen öffnet, die ich schon viel zu oft gemustert habe. Erst heute fällt mir auf, dass ihre volle Unterlippe mit einer tieferen Furche versehen ist. »Und du, Wyatt?«

»Ich esse Fleisch. Ziemlich gern sogar.«

»Nein«, kichert sie. »Erzähl mir auch etwas von dir, das ich noch nicht weiß.«

»Was du noch nicht weißt?« Ich drehe mich ein wenig mehr zu ihr und stütze mich mit dem Arm auf die Lehne. »Was willst du denn wissen?«

»Keine Ahnung. Lass uns einfach ein Gespräch führen, das mir mehr über dich verrät. Das mir zeigt, wer du bist. Das etwas tiefer geht als die Informationen, die man auch im Amt erfragen kann.«

Ich blase meine Backen auf und stoße einen angestrengten Atemzug aus. »Ava, ich bin nicht so gut im Gesprächeführen. Ich denke, das ist dir bereits aufgefallen.« Ich stoppe kurz. »Das liegt nicht an dir. Ich war nur einfach noch nie gut darin.«

»Und doch sitzen wir zusammen. Hier. Und das nicht das erste Mal. Es scheint, dass du dich gar nicht so schlecht anstellst, Gespräche zu führen. Zumindest mit mir.«

»Na ja, dir gegenüber ...«, stammle ich.

»Mir gegenüber?«

»Du hast mir bisher die richtigen Fragen gestellt.«

»Gibt es auch falsche Fragen, die ich stellen könnte?« Auf Avas Stirn bilden sich zarte Linien.

»Eine Menge«, schnaube ich. »Und es ist wirklich beeindruckend, dass du noch keine von ihnen rausgepickt hast.« Es gibt so viel, über das ich nicht reden kann oder will. Das größte und wohl erschreckendste Thema ist *Matthew*. Seitdem Ava präsenter in meinem Geist ist, rückt Matt etwas in den Hintergrund. Ich verachte mich dafür, dass ich diese Tatsache gutheiße.

Bedeutet das, dass ich beginne ihn zu vergessen oder noch schlimmer, ihm nicht den Respekt zu zollen, der ihm eigentlich gebührt, wenn ich ihn nicht jeden Augenblick in meinen Geist lasse?

Ava macht eine wichtige Sache absolut richtig. Sie analysiert nicht. Ich hasse es, wenn man mich zu analysieren versucht. Nur Dr. Kruger lasse ich gewähren. Allein ihm gebührt es, mich analysieren zu dürfen und mir dann die richtige Nachricht zu übermitteln, wie verkorkst ich eigentlich bin. Ich möchte mit keinem *normalen* Menschen solch ein Gespräch führen. »Außerdem kennst du mich vermutlich zu wenig, um mir Fragen zu stellen, die ...« Ich stoppe erneut. »... schwierig sind. Daher gehst du dem schon ein mal aus dem Weg.«

»Und wenn man dich näher kennt, oder kennenlernen will, dann ...«

Ich nehme meine Ellenbogen von der Rückenlehne der Bank, lasse Avas Worte kurz auf mich wirken und schaue geradeaus. Sehe ihr bewusst nicht ins Gesicht, sondern beobachte die beiden Kerle, die immer wieder einen Ball kicken. Einige Meter von uns entfernt. »Das sollte man besser nicht, Ava.«

Auch wenn ich sie nicht ansehe, spüre ich, wie sie mich fixiert. »Warum?«

»Weil ich ein posttraumatisch gestörter Soldat bin, der ziemlich viele Lasten auf seinen Schultern trägt, die er erst mal abarbeiten muss. Das sollte Grund genug sein.«

»Und doch sitzt du aufrecht.«

Nach diesen Worten zieht es meinen Blick automatisch in Avas Gesicht. Und dann ist da dieser Moment. Ein Moment, der mein Inneres dazu bewegt, in ihrer Mimik etwas erkennen zu wollen. Etwas Heilendes. Als wüsste mein Instinkt, dass ich sie nur lang genug ansehen müsste, damit die gewünschte Heilung in meiner Seele eintritt.

Und dann entflieht mir nur ein »Anscheinend ist das so.« Dabei denke ich etwas völlig anderes. Etwas, das so surreal scheint, dass ich es niemals auszusprechen wage. Zumindest nicht, bis ich nicht vollends davon überzeugt bin.

»Und wie ist es in Wirklichkeit?«

In meinem Gesicht liegt ein sarkastisches Grinsen. »In Wirklichkeit?«

»Wie sieht es in dir aus, Wyatt«, will Ava wissen.

Ich spüre, dass sie mich nicht unter Druck setzen will. Sie tut es mit gewissem Feingefühl, das mich dazu bringt, einfach loszureden. »Da sind genügend Dämonen, die es erst mal zu verscheuchen gilt.«

»Und das versuchst du?«

»Auf jeden Fall. Mit jedem Training, das ich mit Elijah durchziehe. Mit jedem Termin bei Dr. Kruger.«

»Dr. Kruger?« Sie spricht seinen Namen so leise, dass man es kaum hören kann.

»Therapeut.«

»Ah.« Ava nippt an ihrem Becher und leckt sich über die Lippen. »Das ist gut.«

»Und doch werd ich nie wieder der Alte.« Diese Tatsache wird mir von Tag zu Tag klarer und macht mir eine verdammte Scheißangst. »Verstehst du?«

»Ich denke schon. Ich glaube, wir werden nie die, die wir einmal waren.«

Ich zeige auf das letzte Stück Pizza, das Ava gern essen kann. Doch sie lehnt stumm ab.

»Dennoch vermisse ich mein altes Ich manchmal«, gebe ich ehrlich zu.

Nun ist es Ava, die sich ein wenig mehr zu mir dreht. »Wie war der *alte* Wyatt denn so?«

Wie war der alte Wyatt ... Gute Frage.

Ich habe mich vor dem letzten Einsatz von nichts und niemandem unterkriegen lassen. Jetzt reißt mir der Geduldsfaden selbst bei Laufübungen. Bis vor Kurzem machte mir noch ein Stück Alufolie am Straßenrand so eine Angst, die ich zuvor noch nie verspürte. Niemals hätte ich mich von Panikattacken einschüchtern lassen, doch jetzt wache ich manchmal noch immer schweißgebadet auf.

»Ich war ...« Wie soll ich das Ava erklären? »Anders. Vermutlich robuster.«

Ich spüre, wie schwer es ihr fällt, ihre Gesichtszüge unter Kontrolle zu behalten. »Zum Glück sieht dich wohl keiner durch deine Augen.« Lächelnd schaut sie zu ihrem Becher, von dem sie den Aufkleber vom ChocoMakesHappy mit dem Daumen abkratzt.

»Was soll das heißen?«, hinterfrage ich.

Aber Ava schenkt mir nur einen weichen Blick.

Diesen Ausdruck kenne ich schon von ihr. Ein Ausdruck, der so positiv wirkt, als könne sie nichts und niemand aus den Angeln hauen. Als würde sie aus jeder grausamen Situation irgendetwas Positives ziehen, das sie im Leben weiterbringt. Mit jedem Mal, wenn sie mich so ansieht, wagt es mein Herz immer mehr, einen Teil seiner Mauer zum Einstürzen zu bringen und ein kleines bisschen über diese scharfen Kanten zu hüpfen.

Und vermutlich spricht genau das auch aus meiner Mimik. Ava antwortet mir mit einer Gegenfrage. »Was siehst du mich so an, Wyatt?«

Ich sehe sie an? *Verdammt ja, du starrst sie an!*

Ich schüttle mich zurück in die Realität. Und dann antworte ich: »Ich kann einfach nicht glauben, wie ...«

»Wie, was?«

»Wie positiv du bist, Ava.« Und das ist nicht die einzige Tatsache, die ich nicht glauben kann. Was ist nur in mich gefahren?

»Wie positiv ich bin? Wie genau meinst du das?«

Ja, wie genau meine ich das ...

»Du schöpfst gefühlt aus jeder Sache, und mag sie noch so schlimm sein, irgendwas Gutes.«

Sie zuckt mit ihren Schultern. »Für etwas anderes ist das Leben zu kurz. Das solltest du am besten wissen, Wyatt.«

»Schon. Dennoch ... Wenn ich mich sehe ... Ich hingegen ...«

»Du hingegen was? Bist negativ?«

»Nein, das will ich nicht damit sagen. Aber ich bin eben nicht so wie du.«

Ava entflieht ein Kichern. »Wie bin ich denn?«

»Als würdest du alles kunterbunt sehen.«

»Ich sehe alles kunterbunt. Kunterbunt ist gut.«

»Aber die Welt ist nicht nur kunterbunt, Ava.« Wer weiß das besser als ich?

»Sie ist aber auch nicht nur schwarz-weiß, Wyatt.«

Und obwohl ich weiß, dass sie im Grunde recht hat, kann ich momentan schlecht das Kunterbunte in dieser Welt sehen. Es gibt für mich nur Schwarz oder Weiß. Für mich gibt es nichts zwischendrin. Zumindest nichts, was einen Sinn ergeben oder zur Realität gehören würde.

Als würden uns unsere verschiedenen Ansichten im Moment in der Kehle stecken bleiben, schweigen wir. Solang bis Ava erneut ihre Lippen öffnet.

»Du hast dich wirklich gut angestellt, dafür dass du nicht so gut im Gesprächeführen bist«, sie legt die letzten Worte in händisch gezeigte Anführungszeichen. »Demnach sind wir wohl sowas wie Freunde«, murmelt sie lachend, was mich veranlasst, leicht zurückzuzucken und sie irritiert anzusehen.

»Freunde? Ehrlich jetzt?«

Sie zuckt mit ihren Schultern. »Wieso nicht?«

Ava meint das ernst, was mich veranlasst, einen Scherz auf meiner Zunge zu formen. »Und ich dachte, das geht nur, wenn der eine den anderen darum bittet.« Im nächsten Moment lege ich meine Stimme höher, damit ich wie ein Kind klinge. »Ava, möchtest du meine Freundin sein?« Ich lache, was sie veranlasst, mich spielerisch mit ihrem Ellenbogen anzurempeln.

»Wenn du unsere Freundschaft so beginnen möchtest?«

Sie dreht sich zu mir und strafft ihre Schultern. »Ja, Wyatt, ich will. Ich will deine Freundin sein.«

»Du willst«, flüstere ich und kehre zu meiner Alltagsstimme zurück. »Na, ob das was wird ... Wir sind grundverschieden, wie wir bereits festgestellt haben.«

»Ist doch völlig egal.«

»Ist es das?«, frage ich mehr mich als sie.

»Ich finde schon. Wenn etwas gemeinsam harmoniert, dann harmoniert es. Außerdem glaub ich, dass ich eine nicht ganz so schlechte Freundin bin. Ich habe die besten Voraussetzungen.«

Warum glaubt sie, dass es an ihr liegen könnte? Dennoch gehe ich darauf ein. »Dann leg mal los.«

»Also ich bin ehrlich und loyal. Die zwei wichtigsten Grundsteine einer Freundschaft.«

Ich schnalze mit der Zunge. »Das kann ich nicht leugnen.«

»Außerdem glaube ich, es wäre für mich gar nicht so schlecht, außer Aiden noch jemanden an meiner Seite zu wissen.« Ava schmunzelt. »Freundschaftlich. Aber vielleicht solltest du dich auch erst einmal beweisen. Ich meine, lohnt es sich, eine Freundschaft mit dir einzugehen, Wyatt?«

Einer meiner Mundwinkel zieht sich in die Höhe. »Verrate du es mir. Du wirst dir sicher schon die einen oder anderen Gedanken über mich gemacht haben.«

»Möglich.«

»Dann erzähl mal, wie bin ich denn in deinen Gedanken?«

Ava beginnt auf ihrer Unterlippe herumzukauen, was mich durchaus ablenken könnte, wenn es mir nicht immer wichtiger werden würde, was sie von mir hält und denkt. Also höre ich ihr gespannt zu.

»Ich glaube, es lohnt sich, denn du bist loyal und ...« Ava stoppt kurz. »Ehrlich und ... eingesperrt.«

»Eingesperrt?« Ich reibe mir meinen Dreitagebart, ehe ich beginne Ava kritisch zu mustern.

»Ja, wie ein Tiger hinter Gitterstäben. Im Gegensatz zu ihm bist du freiwillig dahinter.«

»Du siehst mich also als einen eingesperrten Tiger?«

»Der freiwillig eingesperrt ist, richtig.«

»Und warum sollte ich mich deiner Meinung freiwillig einsperren lassen?«

»Weil es sicherer ist.«

Ich schmunzle, drehe mich noch ein Stück mehr zu ihr und will unbedingt wissen, was in ihrem Kopf vor sich geht. »Erklär mir das mal genauer, Dr. Ava.«

»Ich glaube, du bist gern eingesperrt. Dann kommt keiner an dich ran. Keiner kann bohren und auf Dinge stoßen, die vielleicht tiefer gehen, von denen du glaubst, dass sie dich zerbrechen könnten.«

»Du denkst, es gibt etwas Schlimmeres als das hier?« Ich sehe auf meine Stümpfe hinunter.

»Ehrlich?«

»Immer ehrlich«, bestehe ich.

»Es gibt Schlimmeres.«

»Zum Beispiel?«

»Den Tod, Wyatt.«

Ich inhaliere diese Worte regelrecht, weil sie wie ein Hammer auf meinen Kopf schlagen. Ich weiß, dass Ava recht hat. Als wüsste sie, was in mir vorgeht. Als wüsste sie von meinen elenden Schuldgefühlen, die mich zerfressen, wenn ich an meinen letzten Einsatz denke. Oder daran, was vor über zwei Jahren geschehen ist. Als wüsste sie von Matt und was ich ihm gegenüber verspüre. Als wüsste sie von dem Jungen.

Nur kann ich das doch nicht zugeben, oder?

Nicht vor ihr.

Ava

Ich weiß nicht, ob ich zu weit gegangen bin. Denn seit Minuten sprechen wir kaum ein Wort miteinander. Wir starren auf Minou, der immer wieder einen Frisbee einfängt, den Wyatt von sich schießt.

Dann rede ich mir ein, einfach nur mutig sein zu müssen und meine Worte, die ich mir in Gedanken bereits zurechtgelegt habe, einfach auszuspucken.

»Darf ich dich noch etwas fragen?« Ich sehe zu Wyatt und versuche seine Stimmungslage zu deuten, was mir jedoch nicht gelingt.

Bist du zu weit gegangen, Ava? Was fällt dir auch ein, einfach zu behaupten, er sei wie ein eingesperrter Tiger? Was fällt dir ein, zu behaupten, es gäbe Schlimmeres als amputierte Beine? Du weißt doch gar nicht, was Wyatt durchgemacht hat. Im Grunde weißt du fast nichts über ihn.

»Damit könnten wir unsere Freundschaft durchaus festigen, ja.« Dann flüstert er mir die nächsten Worte zu, als würde sie kein anderer zu hören bekommen. »Trau dich, kleine Ava.«

Erleichtert, weil er keinen emotionalen Abstand zu mir sucht, knuffe ich ihn spielerisch, ehe ich wieder ernst werde. Weil es etwas Ernstes ist, das ich gern wissen möchte. »Fehlt es dir?«

»Was genau?«

»Der Alltag in der Army.«

Angestrengt stößt er einen tiefen Atemzug aus. »Fehlt es mir …« Es scheint, als müsste Wyatt tatsächlich überlegen. »Ich habe mir diese Frage selbst noch nie gestellt. Ich hatte bisher keine Zeit, darüber nachzudenken. Seitdem ich zurück bin, habe ich mir nur das Ziel gesetzt, wieder laufen zu können. Allein, auf diesen Teilen. Aber ich glaube, irgendwann wird es mir fehlen, ja. Ich habe nie etwas anderes gekannt, weißt du? Vielleicht finde ich in naher Zukunft etwas, das mir die Gedanken beiseiteschieben wird. Eine gewisse Leidenschaft. So was, was du für deine Fotografie besitzt. Vielleicht finde ich so was mal. Aber im Moment haben andere Sachen Priorität.«

»Ich würde es dir wünschen. Dir steht schließlich die Welt offen.«

»Nicht ganz so offen, wie du glaubst, Ava.« Er sieht auf seine Oberschenkel.

»Du kannst dennoch so viel tun, Wyatt. Verlier das einfach nicht aus deinen Augen.«

»Wie dem auch sei, Ava.« Es scheint, als würde Wyatt Ablenkung suchen. »Verrate mir mal eins.«

»Was möchtest du denn wissen?«

»Was genau würde ich in deinem Atelier sehen?« Diese Frage kommt so unerwartet, dass ich im ersten Moment keine Ahnung habe, was ich darauf antworten soll.

»Du meinst das bei mir zu Hause?«

Er nickt.

»Du interessierst dich für mein Atelier?«

»Sicher. Also erzähl mir, was ich dort sehen würde.«

»Außergewöhnliche Bilder«, erwidere ich kurz und knapp.

»Wie in deinem Laden.« Eine Feststellung, keine Frage.

»Noch außergewöhnlicher.«

»Außergewöhnlicher?«

»Bilder, die ich allein dort habe. Sie sind zwar auf einer SD-Karte gespeichert, aber nur in der Rohfassung. Es sind Bilder, für die die Gesellschaft einfach noch nicht bereit ist. Vielleicht finden sie mal einen öffentlichen Platz. Vielleicht bleiben sie aber immer in meiner Obhut.«

»Wenn du so viel Mühe in sie gesteckt hast, wäre es da nicht naheliegend, sie auszustellen?«

»Wie gesagt. Die Gesellschaft ist für diese Bilder nicht bereit. Und außerdem … sie sind mehr für mich.«

»Warum?«

»Um mich immer daran zu erinnern, wie sinnvoll es ist, das Gute zu sehen. Um mich zu erinnern, wie schön das Leben sein kann, egal was man erlebt hat. Es lohnt sich, auf jede erdenkliche Art und Weise am Leben zu sein.«

Wyatt

Ich bewundere das Leuchten in Avas Augen, sobald sie von ihrem Job spricht. All diese Begeisterung ist wirklich beeindruckend.

»Darf ich sie sehen? Irgendwann einmal«, frage ich.

»Du willst sie sehen? Ehrlich?«

»Ich würde sie gern sehen, ja.« Das meine ich mehr als ehrlich.

»Im Grunde würde ich sie dir sehr gern zeigen, nur ...«

»Nur?«

»Kannst du mit den Prothesen Treppen steigen?«

»Noch nicht. Ist der nächste Step, sobald ich fließend laufen kann.«

»Mein Atelier ist im obersten Stock. Ohne Fahrstuhl.« Ava wirkt bedrückt, obwohl sie das nicht annähernd sein braucht.

»Dann habe ich ja jetzt etwas mehr Motivation, noch schneller auf den Teilen laufen zu lernen.«

Irritiert mustert mich Ava, als hätte ich etwas Falsches gesagt.

»Ist irgendwas, das ich zurücknehmen sollte?«

»Nein, nur ... Dir ist es wirklich ernst damit, oder?«

»Ich bin nicht der Typ für großartige Scherze. Klar gibt es hier und da mal einen dummen Spruch. Aber im Grunde bin ich recht dankbar, wenn ich Ironie und Sarkasmus rausfiltern kann.«

Ava lacht. »Das Atelier rennt dir nicht weg. Lass dir alle Zeit der Welt.« Dann reißt sie erschrocken die Augen auf. »Oh. Das war so nicht gemeint. Also, das war keine Ironie.«

»Keine Sorge, Ava. Du musst bei mir nicht aufpassen, was du sagst.«

»Das ist gut ... Ich rede meist schneller, als ich sollte. Schneller als sich mein Hirn einschaltet.«

»Du sagst das so, als wäre das etwas Schlimmes.«

»Kann es durchaus werden. Hat mir das eine oder andere Mal schon Probleme bereitet.«

»Eigentlich ist es nichts Schlimmes, Ava. Es ist ehrlich, weil dadurch dein Herz auf der Zunge liegt.«

Sie beginnt am Nagel ihres Daumens zu knabbern, was sie für den Bruchteil einer Sekunde unsicher wirken lässt. Dabei muss sie das gar nicht sein. Nicht sie, nicht Ava. »Findest du?«

»Finde ich.«

Mit einem Schlag wirkt sie nachdenklich, sieht geradeaus, dann wieder direkt in mein Gesicht. »Gib mir mal dein Handy.« Ohne großartig zu überlegen, ziehe ich es aus meiner Jackentasche, entsperre es und gebe es ihr. Weil ich ahne, was sie vorhat.

Sie tippt ihre Nummer ein.

»Hier.« Sie schiebt es in meine Jackentasche zurück. »Jetzt hast du meine Nummer und wenn etwas ist, weißt du, wie du mich erreichst. Das machen Freunde so. Sie haben die Nummer des jeweils anderen.«

Ich schmunzle, weil es aus Avas Mund so scherzhaft klingt. »Klingt logisch.«

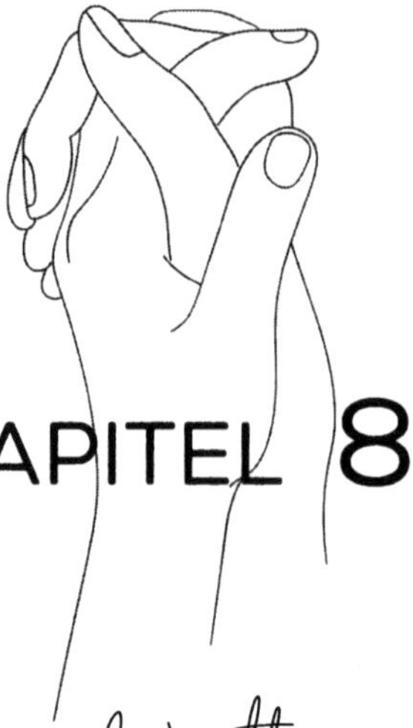

KAPITEL 8

Wyatt

Ich bin vor zwei Stunden zur Tür rein und wieder kreisen meine Gedanken um Ava. Um eine Frau, die ich kaum kenne und die dennoch so präsent in meinem Denken verweilt, als wäre sie schon Jahre in meinem Leben. Und das, obwohl ich mit meiner Schwester und Elijah auf der Couch sitze und mich eigentlich auf das Gespräch mit ihnen konzentrieren sollte.

Joy bestimmt von uns dreien wieder einmal das Fernsehprogramm. Was für mich die reinste Folter ist, scheint für Elijah erträglich. *Twilight.*

Um mich abzulenken, und weil ich sowieso seit heute Mittag mit dem Gedanken spiele und es mir tatsächlich auf meiner Seele brennt, tippe ich eine Nachricht.

Ich: Ava?

Es vergehen nur wenige Sekunden, ehe eine Antwort eintrifft.

Ava Connor: Ich habe gehofft, dass du schreibst.

Erst jetzt frage ich mich, warum Ava sich mit ihrem Nachnamen eingespeichert hat. Glaubt sie, ich habe so viele Avas im Handy?

Ich: :-)

Die drei Punkte leuchten auf, die mir zeigen, dass sie soeben eine Nachricht tippt.

Ava Connor: Ist alles okay?

Ich: Es ist alles okay.

Ich setze direkt nach, ohne großartig Zeit verstreichen zu lassen. Bevor ich es mir noch anders überlege.

Ich: Komm morgen kurz vor Sonnenuntergang an das Ufer des Cumberland River. Und bring bitte deine Kamera mit.

Ich stelle mir gerade vor, wie sich ihr fragender Blick in ihr Gesicht legt. Wie sie ein wenig mit dem Kopf zurückzuckt, weil sie keine Ahnung hat, was sie dort erwarten wird. Dann gleiten meine Gedanken tiefer. Zu ihren Lippen, die so ...

Hör auf über ihre Lippen nachzudenken, du kranker Soldat.

Ava Connor: Verrätst du mir, was mich da erwarten wird?

Bevor ich antworte, korrigiere ich Avas Einspeicherung in meinem Handy, die sie so fremd wirken lässt.

Ich: Ich, Ava. Einfach nur ich erwartet dich.

Ava: Einfach nur DU klingt gut.

Ich: Klingt es das?

Ava: Es ist absolut ausreichend. Ich freu mich, Wyatt. Bis morgen.

Ich: Geht mir genauso. Bis morgen.

Ich versuche wirklich das Stolpern in meiner Brust zu ignorieren. Aber das ist mir schon seit einiger Zeit nicht mehr möglich.

Ich stecke mein Handy weg und starre wieder auf den Fernseher. »Sag mal, Joy, bist du für so was nicht zu alt? Für Edward und seinen leidenden Gesichtsausdruck?« Ich verschränke meine Arme und stoße einen genervten Seufzer aus.

»Lass dir eins gesagt sein: Für Edward und Bella ist man ganz sicher nie zu alt.« Joy lehnt sich ein wenig nach vorn und greift nach den Pommes, die sie mit einigen Burgern aus dem beliebtesten Fastfood-Restaurant der Stadt mitgebracht hat. Dann beginnt sie mit vollem Mund die nächsten Worte zu formen. »Ich hab für Mom, Dad und uns zwei morgen Abend einen Tisch im Silver reserviert.«

Fast betäubt drehe ich mich zu meiner Schwester und fixiere ihren milden Gesichtsausdruck, der sich an Edward heftet. »Warum?«

»Weil ich glaube, dass es dir guttun würde, wenn du Mom und Dad mal wieder siehst.«

»Glaubst du, ich wäre nicht längst auf den Hof gekommen, wenn dem so wäre?«

»Komm schon, Wyatt.« Selbst wenn ich wollte, morgen Abend habe ich meine Verabredung mit Ava. Und diese bevorzuge ich bei Weitem.

»Tut mir leid, Joy. Aber ich kann nicht.«

Wärst du zehn Minuten schneller gewesen und hättest nicht Twilight mir vorgezogen, dann hätte ich es vielleicht in Erwägung gezogen. Aber vermutlich hätte ich dann ebenfalls abgesagt und eine Ausrede gefunden.

Bestürzt sieht sie mich an. »Du kannst nicht? Was soll das heißen, du kannst nicht?«

»Dass ich nicht kann und etwas anderes vorhabe.«

»Dann sag es bitte ab. Dieses eine Mal.«

»Das will ich aber nicht.« Das will ich ganz und gar nicht. Vor allem nicht, wenn ich daran denke, dass der Tausch Ava gegen meine Eltern wäre. Ich liebe Mom und Dad, aber es ist momentan einfach schwierig zwischen uns.

»Was ist bitte so wichtig? Du hast die beiden schon ewig nicht mehr gesehen, Wyatt, und du kennst Mom. Sie fragt mich jeden Tag nach dir.«

»Ich rufe sie einmal die Woche an.«

»Wow.« Theatralisch verdreht Joy ihre Augen. »Das würde Mom vielleicht auch ausreichen, wenn sie dich wenigstens alle zwei, drei Wochen einmal zu Gesicht bekommen würde. Aber du hast sie, seitdem du aus dem Krankenhaus bist, wie oft gesehen? Drei Mal?

»Zwei Mal«, korrigiere ich sie. Und meine Schwester weiß ganz genau, warum ich mich von ihr fernhalte. »Ich ertrage ihre Blicke nicht, Joy.«

»Sie schaut, wie eine Mutter nun mal schaut, wenn sie sich Sorgen um ihr Kind macht. Du gibst ihr ja nicht gerade einen Anlass, anders zu denken. Also ändere das und komm morgen mit.«

Ich schüttle mit dem Kopf. »Wie schon gesagt, ich kann nicht.«

»Und noch mal, was ist so wichtig?«

Dann ertönt Elijahs tiefe Stimme, die mir den Wind aus den Segeln nimmt. »Du triffst dich wieder mit der Kleinen, nicht wahr? Mit der Kleinen aus dem Park.« Warum mischt der Kerl sich in das Gespräch ein und verschlimmert damit die Situation?

Unerwartet verschluckt sich Joy an dem Stück Pommes, das sie sich gerade genüsslich in den Mund geschoben hat. »Kleine? Welche Kleine? Welcher Park?« *Welcher Park wohl …*

»Ach, niemand. Elijah redet Schwachsinn.«

»Tzz. Weil ich so gut im Schwachsinnreden bin.«

Joy rempelt mich drängelnd mit dem Ellenbogen an. »Sag schon, Wyatt. Welche Kleine? Was läuft denn da?« Wie sie das Wort *da* in unerträgliche Länge zieht, gefällt mir gar nicht. Abwechselnd schaut Joy zwischen Elijah und mir hin und her. Als wüsste er, wer Ava ist.

»Zum einen hört auf, sie *Kleine* zu nennen. Ihr Name ist Ava. Zum anderen läuft da nicht das Geringste.«

Aufgeregt klatscht Joy in die Hände und wackelt auf der Couch ungehindert hin und her. Ähnlich wie an dem Tag, als ich entschied, diese Wohnung hier zu nehmen und Joy mich sicher aufgehoben wusste. Dabei musste sie sich noch nie Sorgen um ihren großen Bruder machen. »Ava also, mhm? Warum hast du mir nichts von ihr erzählt?« Ihre

Stimmbänder japsen.

»Hast du mir etwas von deinem Date erzählt?« Ich taxiere meine Schwester, die soeben unsagbar rot wird. »Siehst du. Und bei mir ist es nicht mal irgendeine Art Date.«

Joy dreht sich zu Elijah, in der Hoffnung, etwas aus ihm rauszubekommen. »Wer ist sie, Elijah?«

»Jemand, der unseren Wyatt aus seiner Eiszeit holt.«

Ich kann nicht glauben, was er da von sich gibt. »Ach, halt den verdammten Mund.«

Eiszeit …

Elijah lacht nur, was mich noch mehr in Rage bringt.

»Ah, ich verstehe. Gut, ich sag Mom, dass du nicht kannst. Sie wird es sicher verstehen.«

»Auf einmal?«

»Ja, wer weiß, was das zu bedeuten hat. Ich will dem nicht im Wege stehen. Mom und Dad sicher auch nicht.«

»Wehe, du erwähnst Ava vor den beiden. Außerdem, was redest du da für einen Schwachsinn, Joy? Was redet ihr beide für einen Blödsinn?«

»Wenn du nicht willst, dass ich Vermutungen anstelle, dann erzähl mir von ihr, Wyatt.«

»Nicht jetzt.«

»Aber irgendwann tust du es?«

»Irgendwann bestimmt. Wenn du mir sagst, wer dein Date neulich war.« Ich sehe Joy an, um vielleicht irgendwas in ihrem Gesicht zu erkennen, das mir einen Hinweis geben kann. Aber nichts. Sie wirkt vereist. Wie ich. »Ich will mich davon überzeugen, dass der Typ kein Psycho ist.«

»Ist er nicht. Du würdest ihn vermutlich gut leiden können.«

»Würde ich das?«

»Ich bin mir da recht sicher, ja.«

»Du bist dir also sicher ...« Ich würde meiner Schwester nicht zutrauen, dass sie sich auf einen Freak einlässt. Wiederum ist es als großer Bruder meine Aufgabe, dem auf den Grund zu gehen. Egal wie alt wir sind, mich wird es immer interessieren, wer in der Nähe meiner Schwester verweilt. Und wer zum Teufel es geschafft hat, sie zu daten ...

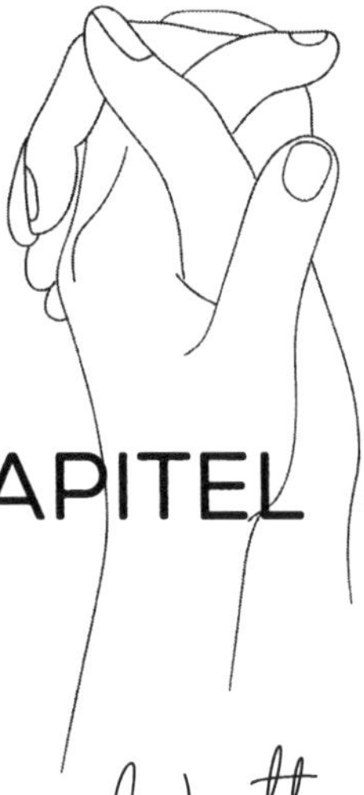

KAPITEL 9

Wyatt

Mein Blick schweift über das Ufer des Cumberland Rivers. Ich warte mit Minou auf Ava und meine Sinne verraten mir, dass sich mir jemand nähert.

Ich sitze möglichst gelassen im Rollstuhl und gleite mit den Händen über die Räder. Das Leder knarzt bei der kleinsten Bewegung. Dann drehe ich den Rollstuhl in ihre Richtung, sodass ich direkt in ihre großen, braunen Augen sehe. Automatisch muss ich lächeln. »Hey.«

Sie geht auf mich zu, grinst mich ebenfalls an und auf ihre Wangen legen sich sanfte Grübchen. Ava richtet ihre Brille und hält ihre Kamera in den Händen. »Es ist um diese Zeit wunderschön hier.« Kein *Hey*, kein *Hallo* und doch ist es die angenehmste Begrüßung, die ich seit langer Zeit erleben darf.

Auf meinem Mund formt sich merklich ein Schmunzeln. Dann bewege ich den Kopf in die Richtung, in die es gehen soll. Denn der Ort um diese Zeit ist nicht das, was ich ihr eigentlich zeigen will. »Es wird noch schöner. Komm mit.«

Wir bewegen uns der Dämmerung entgegen.

Dann ziehen wir an einer Gasse vorbei. Ich weiß, dass Männer, die eine Frau in eine dunklere Ecke bewegen, nicht gerade vertrauenerweckend wirken. Aber was soll ich Ava in dem Rollstuhl großartig antun? Und vor allem vertraut sie mir. Das spüre ich ganz deutlich, auch wenn sie es nicht ausspricht.

Ich ahne, dass ich nicht immer greifbar für sie wirke. Aber um ehrlich zu sein, geht es mir bei ihr ebenfalls so. Wie oft frage ich mich, was sich in ihren Gedanken abspielt. So wie jetzt. Wir wenden uns der nächsten Gasse zu, die uns an eine Steinmauer führt. Sie reicht in den Fluss und verschwindet irgendwann gänzlich im Wasser. Die sanften Wellen prallen an der Mauer ab, und auch wenn es auf den ersten Blick nicht so scheint, so zeigt uns diese Stelle doch eine wundervolle Aussicht. Die meisten Menschen laufen an diesem Ort einfach vorbei, ohne zu bemerken, welche Schönheit er eigentlich besitzt. Nicht gerade eine Denkweise, die man von jemandem wie mir erwarten würde, aber ich verbinde mit dieser Stelle so viel. So viel Gutes. Seit meiner Rückkehr jedoch ebenfalls genug Schlechtes. Ich dachte, es konnte sich vielleicht ändern, wenn ich mit Ava herkäme. Denn mit ihr scheint alles so verdammt einfach zu sein. So klar, logisch und unkompliziert. *Einfach* eben. Und *einfach* ist gut.

Ich wusste, dass Ava hier nicht vorbeigehen würde, ohne die Schönheit dieses Ortes zu bemerken. Nicht so wie die anderen Menschen. Gleichzeitig hoffe ich, dass sie noch nie hier gewesen ist. Dass sie diese Stelle in Nashville nicht schon in der Vergangenheit entdeckt hat.

Sie sieht in die Weite, auf den River hinaus, und stoppt immer wieder. Ich merke, wie sie die Aussicht förmlich in sich aufsaugt. Also fahre ich voraus und stemme mich auf einen Teil der vertrauten Mauer.

Ava ist die zweite Person, die ich an diesen Ort bringe. Die zweite, die in meinem Beisein einen Teil der Skyline von Nashville sehen darf.

Sonst war ich immer mit Matthew hier. Und mit jeder Sekunde, die wir auf der Mauer verweilen, spüre ich seine Anwesenheit. Eine Anwesenheit, die ich mir einbilde, nur um den Augenblick erträglicher werden zu lassen, weil mein Herz so unsagbar schnell loshämmert. Und das nur, weil ich den Kerl so abartig stark vermisse, dass es einfach nur schmerzt. Ich weiß nicht, an was es liegt – ob am Ort, an meinen Gedanken oder an den wirren Gefühlen. Keine Ahnung, warum Matt auf einmal wieder so präsent in meinem Denken ist, wenn dem die letzten Tage nicht so war. Aber er fehlt mir. Mein bester Freund fehlt mir. Mehr denn je.

Matthew hatte auch solch eine Leichtigkeit an sich wie Ava. Er war ehrlich, loyal und unkompliziert. *Wie Ava.* Er stellte keine Fragen, die ich nicht hören wollte. *Wie Ava.* Bin ich deswegen vielleicht so gern mit ihr zusammen? Weil Ava Charakterzüge besitzt, die Matt auch hatte?

Ja, ich gestehe mir in diesem Moment etwas ein, das einfach offensichtlich ist. Für mich und vermutlich für alle, die mich jetzt sehen könnten. Ich mag Ava. Und das vermutlich mehr, als ich sollte. Als in diesem Moment gut für mich ist, weil ich so viel anderes in meinem Kopf habe, das ich erst mal klären und abhaken sollte. Und trotzdem bin ich hier. Mit ihr.

Ava nähert sich mir und beruhigt damit mein hämmerndes, schmerzendes Herz, das an den Erinnerungen mit Matt festhängt und dem Wissen, dass es nur Erinnerungen bleiben werden. Nichts weiter dazukommt. Dass manches sogar immer mehr verblasst, als hätte ich bereits einige Leben gelebt.

Ava setzt sich neben mich und überschlägt die Beine.

Sie bringt mich mit ihrer bloßen Anwesenheit zur Ruhe. Ein Gefühl, das mir fremd ist, seitdem ich aus dem letzten Einsatz zurückgekommen bin.

Sogar Minou hört auf herumzutänzeln und legt sich neben uns ins Gras. Bis auf wenige Menschen, die an uns vorbeilaufen, haben wir diesen Ort ganz für uns.

»Ich war noch nie hier.« Erst als sich Avas Lippen wieder bewegen, fällt mir auf, dass ich sie angestarrt habe.

Sie war noch nie hier …

Entweder bemerkte sie nicht, dass ich sie ununterbrochen angesehen habe, oder sie hat tatsächlich den Anstand, mich nicht in eine unangenehme Situation zu bringen. Vielleicht ist es ihr aber auch egal, denn ihr Blick ist fest auf die untergehende Sonne vor uns gerichtet. Und damit auf genau das, was ich ihr eigentlich zeigen wollte. »Das ist seltsam, dass ich noch nie an diesem Ort war. Dabei dachte ich, ich kenne jeden Winkel in Nashville.«

»Bei mir war es auch nur ein Zufall. Ich und …« *Matt*, will ich sagen, stoppe aber und sammle meine chaotischen Gedanken, ehe ich weiterspreche. »Ich bin damals zufällig hier vorbeigekommen.« *Das ist die Wahrheit.* »Ich hielt hier vor einigen Jahren während des Joggens an …« *Mit Matt.* »Und sah wie jetzt die untergehende Sonne. Und danach bin ich regelmäßig hier langgejoggt.« *Mit Matt.* »Ich dachte mir schon, dass es dir gefällt und du vielleicht ein paar Bilder schießen willst. Es ist mal etwas anderes als das, was du jeden Tag machst.«

»Das stimmt.« Sie erhebt ihre Kamera und ist bereit, auf

den Auslöser zu drücken.

Aber ich halte sie auf, indem ich meine Hand auf ihre lege. Denn sie soll das abendliche Naturphänomen, das sich gleich ereignen wird, erkennen. »Warte einen Moment, Ava.«

»Auf was?«

Ich halte in der Bewegung inne und nicke in Richtung der untergehenden Sonne. »Warte.«

Und nach wenigen Sekunden geschieht es. Die Sonne gleitet hinab und spiegelt sich kurze Zeit auf dem Wasser. Dadurch entsteht ein kunterbuntes Farbspiel, das es nur hier gibt. *Und Ava mag kunterbunt.*

Ich beobachte sie und wie weit sie ihre Augen aufreißt. »O mein Gott ... Das …«

»Ich weiß«, unterbreche ich sie. »Jetzt kannst du auf den Auslöser drücken.«

Nachdem der Klang des Auslösers einige Male widerhallte, stoppt Ava. Ihre Iriden leuchten, als sie dieses Phänomen beobachtet, das für mich nichts Neues mehr ist. Und dennoch nimmt es mich immer wieder ein.

»Ich kam in der Vergangenheit regelmäßig her. Wenn ...« Ich überlege, wie ich es am besten formulieren soll. »Wenn ich Abstand brauchte.«

»Und jetzt tust du es nicht mehr?« Ava sieht weiterhin geradeaus und ich beobachte, wie der Wind durch ihre schulterlangen dunklen Haare fährt und sie ein wenig durcheinanderbringt.

»Nein. Ich ... kann nicht. Zumindest bis heute.«

»Was hat sich geändert?«

Und, als würden nicht all die Lasten meines Lebens zwischen uns stehen, antworte ich ihr frei. »Du, Ava. Du.«

Ava dreht sich überrascht in meine Richtung. Sie öffnet

ihren Mund, doch nicht ein Wort entflieht ihr, als hätte es ihr die Sprache verschlagen. Dann atmet sie merklich scharf ein, schmunzelt und überlässt mich meinen Gedanken, die alles sind, aber bestimmt nicht schlimm.

»Hier kommt man auf gute Gedanken oder man vergisst die schlechten. Oder sie werden wenigstens gelindert. Es ist wichtig, einen Ort zu haben, an dem man Abstand gewinnen kann. Und du hast eine sehr gute Wahl getroffen.« Wie recht Ava hat.

»Hast du auch so einen Ort?«, will ich wissen.

»O ja. Mein Atelier. Ganz klar. Ohne diesen Raum würde ich vermutlich ...« Ava stoppt und hält kurz inne. »Ich wäre nicht ich.«

Dann bin ich erst recht gespannt, ihn mir einmal anzusehen.

Ava dreht ihr Gesicht zu mir und ihre Lippen öffnen sich ein wenig, bereit zu reden. Dennoch verlässt sie sichtlich der Mut, als würde sie etwas auszusprechen versuchen, das mir den Boden unter den Füßen wegreißen könnte. Oder ihr. Aber ich glaube, es gibt nichts, was ich Ava in diesem Moment nicht sagen würde.

»Du willst mich etwas fragen, Ava.«

»Ist das so offensichtlich?«

Meine Antwort? Ein Schmunzeln. »Frag mich das, was du fragen möchtest.«

»Bist du dir sicher?«

»Absolut.«

Sie zieht scharf die Luft ein. »Mit wem warst du sonst hier, Wyatt?« Als Ava mir die Frage stellt, sieht sie auf das Wasser hinaus und ich tue es ihr gleich.

Also bemerkt sie mein trauriges Lächeln nicht. Außerdem glaube ich anhand ihrer Reaktion, dass sie längst weiß, was in mir vorgeht. Jemand wie Ava benötigt keine tausend Sätze, um zu verstehen. »Du ahnst es bereits, oder?«

»Von Anfang an habe ich es geahnt. Du hast jemanden verloren, und wenn ich eine Vermutung anstellen darf ...«

»Darfst du.«

»Du hast jemanden, der dir sehr nahe stand, irgendwann im oder durch den Krieg verloren.«

Ich sehe sie gespannt an und im selben Moment trifft ihr Braun meins. »Was hat das verraten?«

»Ich habe Augen im Kopf, Wyatt. Ich sehe ...« Ava stoppt. Dabei weht der milde Wind ihr einige Strähnen vor das Gesicht, die sie dieses Mal nicht wegschiebt.

»Was siehst du, Ava?«

»Deinen Schmerz.«

Und dabei dachte ich, dass ich ihn gut verstecken kann und meine Mimik und Gestik unter Kontrolle hätte.

Also muss ich sie fragen: »Wie? Wie kannst du das sehen?«

»Obwohl dein Körper so stark wirkt, sind es deine Augen. Sie sind ... Sie wirken erschöpft.«

»Meine Augen ...«, wiederhole ich leise und lächle traurig. Entweder bin ich ein verdammt schlechter Schauspieler oder Ava eine verdammt gute Seelenleserin. Ich hoffe auf Ersteres, sonst könnte Ava bald so viel mehr in meiner Seele lesen.

»Aber du musst nicht drüber reden, wenn es zu weit geht. Das ist okay. Ich wollte nur, dass du weißt, dass es mir nicht entgangen ist.« Ava sieht auf das Display ihrer Kamera, die noch immer in ihrer Hand liegt, und dann wieder zurück auf den River.

»Ist es das wirklich?«

Ihr dunkler Blick geht in mein Gesicht. »Natürlich. Es ist

absolut okay, wenn man über gewisse Dinge nicht sprechen will. Aber manchmal hilft es.«

Avas Worte hallen in mir wider. Und nach minutenlangem Schweigen spreche ich *seinen* Namen aus. Nach Monaten spreche ich *diesen* Namen aus. Außerhalb meiner Therapiesitzung.

Freiwillig. Ungezwungen. Mit der Hoffnung, es würde helfen, meinen Schmerz für immer beiseitezuschieben. Dabei weiß ich, dass es ausweglos ist.

»Matthew«, beginne ich, kann sie dabei aber nicht ansehen. »Sein Name war Matthew.«

»Matthew«, flüstert Ava vor sich hin. Aus ihrem Mund klingt sein Name so leicht, genauso, wie Matt war. »Erzähl mir von ihm, wenn du möchtest.« Ich spüre ihre Blicke in meinem Gesicht.

»Ich sagte dir schon mal: Ich bin nicht sonderlich gut darin, Gespräche zu führen. Tiefsinnige Gespräche zu führen.«

»Du musst es mir nicht mit Tiefgang erklären.«

Und dann wähle ich die Wörter, wie ich sie wählen möchte. Ich habe, anders als bei meiner Schwester, bei Ava nicht das dringende Bedürfnis, die Sätze behutsam zu wählen oder gespielte Emotionen in sie reinzulegen. Emotionen, die mich womöglich zerstören könnten, weil sie eine Lüge sind. Denn immer wenn ich Joy gegenüber Matt erwähne, würde ich im Nachgang gern schreien. Aber das würde sie zerbrechen, das weiß ich.

Aber jetzt, vor Ava, rede ich so, wie ich glaube, dass es gut für mein Inneres ist. Und ich weiß, dass Ava nichts anderes von mir erwartet. Joy oder meine Eltern hingegen erwarten, dass ich mich öffne, tief grabe und mich ihnen zeige. Dabei ahnen sie nicht, dass ich das schon längst getan habe. Mich gezeigt. Nur auf eine Weise, die ich selbst auch überstehen kann. Wie wir es alle überstehen können.

»Er war mein bester Freund. Wir sind aufgewachsen wie ...« Ich schlucke schwer. »Brüder. Im letzten Einsatz, als ich einen Teil meiner Beine verloren habe, ist er gefallen. Unter meiner Führung und unter meinen Händen.«

Ich sehe deutlich, wie es Ava die Luft nimmt. »Das ist unglaublich schrecklich. Es tut mir wirklich sehr leid.«

Ich nicke ihr zu, kann erst nichts darauf erwidern. Dann formen sich die Worte wie von selbst. »Es ist seltsam, hier zu sein. Ohne ihn. Es war unser Ort, wenn wir wieder zu uns kommen wollten. Nach den Einsätzen.« Es ist das erste Mal, dass ich es ausgesprochen habe. Es ist seltsam, ohne Matthew. Alles. Ich habe diese Tatsache bis jetzt ganz gut verdrängt. So, wie schon immer alles. Ich fange an, meine Arme zu verschränken, wie ich es schon als Kind gemacht habe, wenn ich nachdenken wollte. »Aber deine Anwesenheit macht es erträglich, in die Weite zu blicken, so wie ich es sonst mit ihm getan habe.«

Avas Lippen ziert ein leichtes Lächeln, das mit gewisser Traurigkeit bedeckt ist. »Ich danke dir, dass du mich hergebracht hast. Ganz ehrlich.« Ihr Gesichtsausdruck wirkt so sanft in dem goldenen Licht, das die letzten Sonnenstrahlen auf ihrer Haut hinterlassen, und auf einmal fühlt sich ihre Nähe ziemlich echt an. Viel zu intim. Intimer als sie sollte.

Ich öffne meine verschränkte Haltung und lege die Hände auf die Steinmauer unter mir. Zufällig berühren sich unsere Finger, ehe sie ihre Hand ruckartig zurückzieht, als hätte sie sich an mir verbrannt.

Ich sehe sie an und spüre so viel Gutes. All diese Gefühle für sie sollten mir eine Warnung sein. Ein Hilferuf meiner zerrütteten Seele. Und als wäre es ein Reflex, versuche ich, so schnell es geht, diese Situation aufzulösen. Also verschränke ich erneut meine Arme.

Jetzt sollte ich das dringende Bedürfnis entwickeln, zu gehen, statt neben einer Person zu sitzen, die mich ansieht, als könnte sie direkt in meine Seele blicken. Als wüsste sie schon viel mehr über mich, als ich eigentlich selbst über mich zu glauben vermag. Als wüsste sie, was ich die letzten Monate im Geiste durchgemacht habe und was meine Psyche alles durchmachen muss.

Aber das Bedürfnis, zu gehen, kommt nicht auf. Ich bin gern hier – mit ihr.

»Ich bin froh, jetzt hier zu sein. Sonst hätte ich mir in diesem Moment den Tisch mit meinen Eltern teilen müssen«, erkläre ich scherzend. Obwohl, so scherzhaft ist das nicht.

Ava legt fragend ihren Kopf schief. »Und du willst nicht weil?«

Zum wiederholten Mal, seitdem ich Ava kenne, ignoriere ich die mahnende Stimme in meinem Inneren und spreche weiter, ohne ihrem Blick auszuweichen.

»Seitdem ich zurück bin, ist alles so steif. Ich hätte heute zeigen müssen, dass es mir gut geht, nur damit sich meine Mom keine Sorgen mehr um mich macht. Ich meine, dass muss sie auch so nicht. Ich bin schließlich zweiunddreißig und kein Kind mehr. Aber dennoch kann ich nicht leugnen, dass es mir nicht gut geht. Zumindest nicht so, wie es meine Mom gern hätte. Und um sie zufriedenzustellen, müsste ich lügen oder ihr etwas vorspielen. Und ich lüge nicht.«

»Auch wenn ich deine Mom nicht kenne, glaube ich nicht, dass sie erwartet, dass es dir so supergut geht. Aber es ist doch klar, dass sie sich Sorgen um dich macht. Nach dem, was du erlebt hast. Sie ist deine Mom. Es ist sozusagen ihr Job.«

»Aber es zehrt. Ihr leidender Blick.«

»Meine Mom ist da recht ähnlich. Aber im Grunde ist es nur die Art der mütterlichen Liebe. Das muss man hinnehmen. Ob du willst oder nicht. Du kannst dem nicht ausweichen.«

»Dabei versuche ich es.«

»Du wirst scheitern. Glaub mir. Spar dir die Energie, dem aus dem Weg zu gehen. Sei froh, dass es so ist. Das zeigt nur, dass du dich immer auf sie verlassen kannst. Dass du ihr die Welt bedeutest und sie für dich da ist, auch wenn du es gerade nicht willst. Du wirst deine Familie immer brauchen. Und irgendwann wirst du darauf zurückgreifen wollen.«

»Weise Worte.«

»Ich kann noch mehr als fotografieren«, sagt sie lachend.

Ich strecke meine Arme nach hinten aus und stütze mich auf. Lehne mich damit ein wenig zurück und blicke zu den langsam aufkeimenden Sternen.

»Wie bist du aufgewachsen, Ava?«

Sie sieht mich an. »Ich?«

»Ja, das interessiert mich.«

»Ziemlich wohlerzogen, würde ich sagen. Und mit viel Liebe. Meine Eltern sind toll, mein Bruder auch.«

»Erzähl mir mehr.«

»Mein Bruder und ich sind so.« Ava umgreift mit ihrem Mittelfinger ihren Zeigefinger. »Mein Vater, Peter, ist im Vorstand einer großen Automobilfirma. Meine Mom, Charlotte, ist Hausfrau mit vielen Hobbys und etwas sehr fürsorglich, was Liam und mich betrifft.«

»Automobilfirma?« Ich lege mir nachdenklich meinen

Zeigefinger ans Kinn, als mir mit einem Mal ein Licht aufgeht. »Dein Dad ist Peter Connor?«

»Mein Dad ist Peter Connor. Richtig.«

»Wow. Schau einer an.« Man kennt Peter Connor, den Vorstandsvorsitzenden der größten Automobilfirma des Landes einfach. Allein weil er in den Regionalzeitungen ziemlich präsent ist.

Ava stößt einen angestrengten Luftzug aus. »Ja, ich weiß.«

»Du kommst einem gar nicht so vor, wie ...«

Trotz der Dunkelheit, die sich immer weiter um uns schmiegt, sehe ich, wie Ava ihre Stirn in Falten legt. »Wie was?«

»Ein reiches Püppchen.«

»Meine Eltern haben weder mir noch Liam irgendwas in den Rachen geschoben. Ganz im Gegenteil. Es war harte Arbeit für meinen Dad, uns das Leben zu ermöglich, welches wir leben. Und genau das lehrte er uns jeden Tag. Wir bekommen und bekamen nie etwas geschenkt.«

Eindeutig, will ich sagen, tue es aber nicht.

Ich sehe, wie Ava ihre Arme verschränkt, nur um sie im selben Moment wieder auseinanderzuziehen. Dann steckt sie die Hände in ihre Taschen, bevor sie sich die Jeans reibt.

Ihr ist eindeutig kalt. »Du frierst.«

»Etwas.«

Auch wenn ich ewig mit Ava hier verweilen könnte, wird es Zeit zu gehen. Ihretwegen. »Dann lass uns gehen. Ich bring dich nach Hause.«

Ava und ich haben fast unsere Ruhe, als wir uns auf den Weg zu ihr machen, was ich in vollen Zügen genieße. Um diese Uhrzeit begegnen uns nur wenige Passanten.

Von hier sehen wir nicht nur die bunte Skyline Nashvilles, sondern auch die Reflexion vieler Gebäude im Fluss. Mir wird klar, dass ich schon zu lange nicht mehr an diesem Ort gewesen bin. Obwohl ich den Anblick der Skyline so mag und sie mich immer auf angenehme Weise beruhigt, fand ich die letzten Monate nicht her.

Ich blicke immer zu Ava rüber, achte kaum auf Minou, der vor uns herumtänzelt. Ava läuft neben mir. Das Licht der Stadt funkelt auf ihrer reinen Haut und lässt sie damit fast engelsgleich wirken.

Als sie ihre Lippen öffnet, erstarre ich für den Moment und schüttle mich wach. Während ich sie doch anfänglich so aus der Fassung brachte, ist sie es immer mehr, die mich angespannt zurücklässt.

»Wir müssen nur noch in die Nebenstraße einbiegen und dann sind wir auch schon da.« Gesagt. Getan.

Wir steuern auf ein rotes, massives Backsteingebäude zu. Avas Schritte verlangsamen sich, bis sie letztlich stillsteht und eine Hand ausstreckt.

»So. Hier wohne ich. Ich danke dir, dass du mich bis hierher begleitet hast.«

»Gern.«

Ava verschränkt ihre Finger ineinander und wirft dann ihren Daumen über die Schulter. »Falls du nichts weiter vorhast ... Hast du noch Lust mit reinzukommen? Ich könnte uns eine Pizza kommen lassen.«

»Ich habe heute nichts mehr vor.«

»Ist das ein Ja?«

»Ist es.«

Ava lächelt zufrieden und die kleine Stufe vor der Eingangstür hindert mich nicht daran, in den kalten Hausflur einzufahren.

»Geht's? Oder brauchst du ...« *Hilfe*, will sie sagen.

»Alles okay. Ich komme klar«, antworte ich ihr. »Wirklich.«

Als sich die Haustür hinter uns automatisch schließt, spüre ich, dass es im Treppenhaus fast genauso kalt ist wie draußen. Ich rufe Minou zu mir und folge Ava zu einer doppelflügligen Wohnungstür.

»Ich habe keinen Besuch erwartet. Also bitte erschrecke dich nicht. Wahrscheinlich bist du solch eine Unordnung nicht gewohnt.« Ava lächelt verlegen, als sie aufschließt.

»Oha.« Welches Chaos wird mich denn jetzt erwarten?

Ich fahre in den Flur.

Auf den ersten Blick erkenne ich kein Chaos, das mir auf den Magen schlagen könnte. »Deine Wohnung ist hübsch.«

»Dann solltest du das Wohnzimmer jetzt ignorieren.«

KAPITEL 10

Ava

Ich hätte vielleicht ein wenig mehr Ordnung machen oder Wyatt einfach wann anders zu mir einladen können. Denn wenn ich in Gedanken durch meine Wohnung gehe, sehe ich die Unordnung darin. Ich meine, es war schon mal schlimmer, aber dennoch ...

Ich ziehe den Schlüssel aus der Jackentasche und schließe die Haustür auf. Der Durchgang zum Treppenhaus ist ebenerdig, sodass Wyatt keine Probleme hat, hineinzufahren. Auch meine Wohnung befindet sich noch auf der Geraden, und nachdem ich den festen Teil der doppelflügligen Tür gelockert habe, kann Wyatt auch hier ohne Probleme hindurch fahren.

Sein erster Blick fällt auf die Decke und Wände meines Flurs, während mein Herz in unsagbare Höhe schießt. Die Wandleuchten und Hängelampen hat mein Bruder damals aus einem alten Haus ausgebaut, das sein Freund für sich und seine Frau neu saniert hat. Genauso wie manche leicht rostigen Eisenregale, die in der Wohnung hängen. Was andere für Schrott halten, sind für Liam kostbare Stücke, die mit nur wenig Geschick geschmackvoll aufgebessert werden können. Das mag ich ganz besonders an meinem Bruder. Er kann kaputte Dinge immer reparieren.

Von meinem Flur gehen an beiden Seiten Türen ab, die in andere Räume führen. Eine ist geschlossen und eine, rechts am Ende des Flures, geöffnet. Wyatt fährt durch den breiten Gang und wagt einen flüchtigen Blick an der offenen Tür vorbei. Dahinter verbirgt sich meine Küche, die Liam damals selbst geschreinert hat. Ich hoffe, Wyatt ignoriert die mit Geschirr befüllte Spüle. Die weiße Arbeitsplatte und die wenigen hellen Regalelemente stehen mit dem eichenfarbigen Holz und den verstärkten optischen Rissen in der Front wunderschön im Kontrast.

Hinter der gegenüberliegenden Tür befindet sich das Wohnzimmer.

»Deine Wohnung ist hübsch.«

»Dann solltest du das Wohnzimmer ignorieren.« Ich grinse gehemmt. Denn auf meiner Couch liegt ein großer Berg Klamotten, den ich vergessen habe, in die Waschmaschine zu stopfen.

Wyatt schmunzelt und wendet sich erst recht dem Wohnzimmer zu. Alles in dem Raum dürfte für andere zusammengewürfelt und zum Teil chaotisch wirken: das braune Sofa, der gelbe Couchtisch, die weiße Kommode neben den hohen Fenstern. Alles passt nicht zu der hellen Küche im Landhausstil. Und die schmutzige Wäsche macht den Eindruck meines Wohnzimmers bestimmt nicht gerade besser.

Ich laufe schnell an Wyatt vorbei, kralle mir den Berg Klamotten, eile damit ins Badezimmer und stopfe alles in die Waschmaschine, wie ich es schon vor einigen Stunden hätte tun sollen.

»Du kannst dich ruhig auf die Couch setzen«, sage ich.

»Danke«, erwidert Wyatt, wendet sich aber dem Rest meines Wohnzimmers zu. Er mustert die Bilder, die an meinen Wänden hängen oder auf der Anrichte und den Regalen ihren Platz gefunden haben.

Ich hingegen stehe ein wenig verloren mitten im Raum und beobachte ihn. Er starrt auf eine Fotografie, die ich passend für meine Wohnung fand. Sie zeigt einen Mann, der sich durch die langen Haare fährt und damit eine dicke Narbe auf seiner Schulter preisgibt. Arbeitsunfall.

Ich ziehe mir meine Jacke aus und lege sie über die Couchlehne. Auch Wyatt hat sich längst von seiner Jacke befreit und sie grob zusammengefaltet auf seine Beine gelegt.

»Möchtest du etwas trinken?«

Er schüttelt mit dem Kopf. »Nein, danke.«

Und wieder diese Stille zwischen uns, die mich noch verlorener macht, weil ich nicht ahnen kann, was Wyatt denkt. »Wie findest du es?«

»Was genau?«

»Keine Ahnung«, erwidere ich, nur um irgendwas zu sagen. Dennoch stehe ich jetzt als die größte Idiotin im Raum. »Mein Wohnzimmer vielleicht?«

»Eigentlich finde ich solch ein Durcheinander nicht ganz so gut. Es bringt normalerweise eine gewisse Unruhe in mir hoch.« Ein Stich in mein Herz. Und doch hoffe ich auf eine Wendung.

»Das klingt nach einem Aber?«

»Du machst es erträglich«, murmelt Wyatt so locker, dass es mir den Atem raubt.

»Erträglich, ja?« Ich versuche so beiläufig wie möglich zu klingen, was mir hörbar misslingt.

»Ja. Wie so vieles.« Er sagt das mit einer Leichtigkeit, die mir einen Moment lang die Sinne vernebelt.

»Das sehe ich mal als ein Kompliment an.«

Wir sitzen gemeinsam auf der Couch und ich zappe durch das Fernsehprogramm, obwohl ich mich kaum darauf konzentrieren kann. Dann öffne ich *Netflix* und schalte einfach meine momentane Lieblingsserie *Vikings* an. Vor uns auf dem Parkettboden liegt Minou. Und ich fühle mich gut dabei, denn irgendwie mag ich den Anblick, der den Anschein hat, als müsse es genauso sein.

Wärme durchflutet meine Brust und ich lehne mich auf dem Sofa zurück, während ich nach dem Flyer auf meinem Couchtisch greife und die Nummer des Lieferservices wähle. Dann bestelle ich, ohne Wyatt eine Sekunde aus den Augen zu lassen. Seine Mundwinkel tanzen nach oben und meine mit ihnen, als würde mein Körper langsam immer genau das tun, was seiner macht. Und je bewusster mir das wird, desto mehr fürchte ich mich davor. Denn das bedeutet, dass ich anfange, mich in Wyatt zu verlieben. Warum sollte ich das mir wohl Offensichtlichste leugnen? Dabei habe ich keine Ahnung, ob es ihm ähnlich geht. Ob er überhaupt den Kopf für so was hat.

KAPITEL 11

Wyatt

2 TAGE SPÄTER

Das Schicksal ist wirklich komisch. Ich weiß nicht, ob ich dafür dankbar sein soll, dass ich auf Ava getroffen bin, oder nicht. Denn mein Magen ist ganz schön durcheinander, seitdem sie regelmäßig in meiner Nähe ist.

Und dennoch, trotz der seltsamen Unsicherheit in mir, sitzt sie neben mir. In dieser Wohnung, auf dieser Couch. Ihr Blick schwebt immer wieder auf mir, während ich in den Fernseher starre. Das spüre ich ganz deutlich. Ich spüre *sie* ganz deutlich. Alles an ihr. Und statt mich heimlich zu beobachten, sollte sie eigentlich das Gleiche wie ich tun. In die Glotze starren. Schließlich hat sie sich den Film *The Dry* ausgesucht. Ich wusste gar nicht, dass Ava auf so ein Action-Drama steht.

Ich hatte bisher nie jemand Fremden hier. Aber ich sollte mir sowieso die Frage stellen, ob Ava wirklich noch so fremd ist. Mein Bauchgefühl sagt mir da jedenfalls etwas anderes.

Ich habe weder eine Ahnung, was sie denkt, wenn sie mich so ansieht, noch habe ich mir überlegt, was ich ihr sagen soll, damit sich die Situation löst. Das Einzige, was ich weiß, ist, dass mein Herz in ihrer Nähe ganz eindeutig anders schlägt. Aber ist das gut oder kann mir das irgendwann zum Verhängnis werden?

Während *The Dry* vor uns abläuft, gleiten Avas Blicke durch das Wohnzimmer und bleiben auf meinen Prothesen hängen, die an der Couch lehnen. Ich habe sie nach dem Training mit Elijah dort platziert, konnte es kaum abwarten, sie heute loszumachen. Sie übten das ganze Training über wieder Druck auf meine Stümpfe aus.

»Wyatt?«

»Mhm?« Ich sehe sie an.

In ihrem Gesicht eine verirrte Strähne, die aus ihrem Zopf geglitten ist und die ich ihr gern zurückschieben würde. Genauso wie an dem Tag, als sie im Park auf mich zukam.

Ich hebe schon die Hand, als ich mich daran erinnere, dass ich mich lieber zusammenreißen sollte. Ich kann es mir schließlich nicht einfach rausnehmen, sie auf irgendeine Weise zu berühren. Denn das im Park war schon eine Spur zu viel.

»Wie genau funktionieren die?«, möchte Ava wissen und nickt in Richtung der Prothesen.

Ich fixiere erst sie und dann die künstlichen Unterschenkel. »Das interessiert dich?«

Ava nickt.

»Gib mir mal eine.«

Sie hievt eine von ihnen, fast schon übervorsichtig, über die Lehne der Couch und reicht sie mir. Ich nehme sie an mich und stelle sie zwischen uns auf. »Also, wo fangen wir am besten an«, grüble ich. Dann beginne ich einfach. »Meine Stümpfe werden von einem Schaft aufgenommen, wodurch die Prothese mit meinem Körper verbunden wird. Das hier ist der Liner.« Ich zeige auf eine Stumpfbettung aus Silikon. »Er übernimmt Verbindungsfunktionen wie die Volumenanpassung, Druckverteilung, Abriebvermeidung oder den Haftkontakt. Der Liner ummantelt meine Stumpfhaut und kommt sozusagen direkt mit mir in Kontakt. Den muss man täglich per Hand reinigen und mindestens einmal pro Woche waschen. Wegen Bakterien und so.« Ich beobachte Ava und weiß nicht genau, ob sie mir so richtig folgen kann. »Das ist der Schaft, die eigentliche Verbindung von Stumpf und Prothese. Dieser wurde ganz individuell, und wird es noch immer, an mich angepasst. Und dennoch ... Ich habe Schwierigkeiten mit ihm.« Dann erkläre ich weiter. »Zwischen den einzelnen Prothesenpassteilen gibt es Verbindungselemente, mithilfe derer zum Beispiel die Höhe der Prothese individuell angepasst werden kann oder teilweise auch zusätzliche Funktionen erfüllt werden können.« Ich stoppe kurz und sehe zu Ava. »Zu ausführlich?«

Sie schüttelt mit dem Kopf und lächelt dabei. »Nein. Erzähl bitte weiter.«

»Okay. Im Wadenbereich ist die komplette Technik eingebaut. Wenn ich das Bein anlege, ist es genauso schlau wie die Impulse, die ich ihm gebe. Wenn ich mein Gewicht verlagere oder einen großen Schritt gehe. Die Technik im Wadenbereich muss regelmäßig aufgeladen werden, damit sie mir nicht versagt.«

»Darf ich?« Ava hebt ihre Hand und zögert einen Moment.

»Sicher. Fass sie ruhig überall an. Du kannst darin nichts kaputtmachen. Nicht, wenn du normal mit ihnen umgehst.« Und nach diesen Worten berühren ihre Fingerspitzen das

Material meiner Prothese. »Die sind im Moment die besten auf dem Markt. Mit denen kann ich laufen, Sport treiben und sogar schwimmen, wenn ich so richtig gelernt habe, mit ihnen umzugehen.«

»Immer, wenn du mit ihnen trainierst ...« Ava stoppt kurz. »Du zeigst dich mit ihnen. Versteckst sie nicht. Unter einer Hose oder so. Manche tun das.«

Ich muss kurz auflachen und forme einen absurden Vergleich, der dennoch kaum treffender sein könnte. »Wenn man ein Auto hat, das 150.000 Dollar wert ist, versteckt man es doch auch nicht in einer Garage, oder? Man zeigt es, fährt damit draußen herum.«

»Da hast du wohl recht.«

»Der Schaft ist nur noch etwas unangenehm. Vor allem am rechten Stumpf. Sind eben noch nicht perfekt eingestellt.«

»Und wie wirkt sich das aus?«

»Unangenehme Reibung und Druck.«

Ava sieht von meinen Stümpfen zu mir. Ich glaube, sie kann sich darunter einfach nichts vorstellen. Und mit meiner Annahme gehe ich richtig.

»Wie kann ich mir das vorstellen?«

»Das Ende ...« Ich zeige auf meine Bandagen. »Darunter ist es manchmal ziemlich rot und an schweren Tagen entzündet. Da bin ich froh, trotz der Liner, wenn ich die Teile wieder abnehmen kann.«

»Darf ich mal sehen?«

Ich zucke ein wenig zurück. »Du willst was sehen?«

»Deine Beine, ohne die Bandagen.«

»Du willst, dass ich die Bandagen abnehme?«

»Ich will, dass du die Bandagen abnimmst.«

»Ich weiß nicht, ob ...«

Ava legt ihren Kopf schief. »Ist heute so ein schwerer Tag?«

»Nein, heute ist ein guter. Also nicht der beste, aber ein guter.«

»Was zierst du dich dann so?«

Automatisch erinnere ich mich an den Tag, als Ava auf offener Straße mit mir zusammengeprallt ist und mir auch nicht ihr Bein zeigen wollte.

Wie war ihr Wortlaut? Weil ich ein Fremder bin. »Ich zeig Fremden nicht meine Stümpfe.«

»Sag, sträubst du dich immer so?«, äfft sie mich nach.

»Was ist wohl nun meine Antwort«, grinse ich.

»Du bist nicht ich, Wyatt. Außerdem bin ich keine Fremde. Nicht mehr.« Gut, damit hätte sich meine anfängliche Frage beantwortet. Ava ist keine Fremde mehr.

»Jetzt erst recht nicht mehr.« Also lege ich meine Bandagen ab und platziere sie neben mir. Ava hat nun freie Sicht auf die waagerecht gelegene Narbe, die wulstig ist, aber nicht mehr so rot wie noch vor einigen Wochen. Sie passt sich langsam meiner Hautfarbe an.

»Hier, am Ende der Stümpfe. Da drückt es noch immer.« Ich zeige auf die rotunterlegte Stelle, die schlimmer aussieht, als sie sich eigentlich anfühlt.

»Autsch.« Aus Instinkt berührt Ava mit den Fingerspitzen die rote Stelle. Dabei durchfährt mich wieder dieses warme, ungewöhnliche Gefühl und ich zucke kurz zusammen. Im selben Moment zieht Ava jedoch erschrocken ihre Hand zurück, als hätte sie etwas falsch gemacht. »Oh, das tut mir leid. Ich ... Ich sollte vorher nachdenken, bevor ...« Sie legt sich ihre Finger an die Lippen.

»Nein!«, erwidere ich schon beinah euphorisch und greife automatisch nach ihrer Hand. »Das ist absolut okay.

Ich habe nur nicht damit gerechnet. Und bis auf ein Arzt oder Elijah hat kaum jemand ...« Ava soll es ruhig wissen. »Es hat noch nie jemand diese Stelle berührt. Ich habe sie noch nie jemandem außer ihnen gezeigt. Sie ist alles andere als schön.« Nicht, dass ich mich daran stören oder an einer Art mangelhafter Selbstwahrnehmung leiden würde, aber man bindet den Menschen unschöne Sachen nicht auf die Nase.

»Alles ist ...« Ava stoppt kurz, als müsste sie nach dem passenden Wort suchen. »Schön.«

Ihre Blicke stechen dabei mitten in mein Gesicht. Als wären sie ihre Waffe, die dafür Sorge zu tragen hat, dass ich ihr vollkommen Glauben schenke. Und Ava hat Erfolg. Ihre Blicke zwingen mich, ihre zarten Worte aufzunehmen.

»Es ist alles richtig so, wie es ist«, sagt sie lauter, was mich zum Lächeln animiert.

Ava berührt rundherum die gerötete Stelle. Ich hatte tatsächlich angenommen, dass der Anblick sie abschrecken könnte. Dass sie wie bei einem Unfall nicht hin-, aber auch nicht wegsehen könnte. Dass sie versuchen würde, gespielt freundlich zu sein. Mein Magen kribbelt, als ich feststelle, dass all das nicht annähernd so ist. Und das erste Mal, seitdem es so ist, wie es ist, fühlt es sich tatsächlich normal an.

»Es war schon um einiges schlimmer«, sage ich, als Ava meine Narbe entlangfährt. »Aber die Prothesen müssen einfach besser eingestellt werden und ich muss mich noch besser daran gewöhnen.«

»Und dann wird es? Ich meine, wird es dann für dich angenehmer?«

»Ich hoffe. Dann würde es auf alle Fälle mehr Spaß machen, sie anzulegen. Ich würde es öfter tun. Das Training wäre einfacher. Und es würde vermutlich alles schneller gehen. Ich könnte endlich wieder laufen. Und wäre nicht mehr auf das Teil angewiesen.« Ich zeige auf den Rollstuhl.

»Stört er dich so sehr?«

»In so einigen Situationen ist es ganz schön umständlich. Man kommt nicht überall eigenständig hin. Und manchmal ... Ja, manchmal lässt er einen schwach wirken.« Das ist wohl das, was mich an der Tatsache, dass ich im Rollstuhl sitze, am meisten stört.

»Bist du nicht. Tut er nicht.«

»Ich weiß, dass ich das nicht bin, und doch ... Ich will einfach nicht mehr auf das Teil angewiesen sein. Ich will mir Optionen schaffen. Und wenn das passiert ist, ist der größte Schritt getan. Wortwörtlich.«

»Du bist oder wirkst nicht schwach. Du bist nur eindeutig zu ungeduldig«, stellt Ava fest. »Das ist alles.«

»Wärst du es nicht?«

»Ich bin nicht in deiner Situation. Ich weiß nicht, ob ich mir darüber überhaupt eine Meinung bilden darf.«

»Du hast hiermit die Freigabe, dir eine Meinung zu bilden. Also ... Wärst du nicht ungeduldig?«

»Ich habe deine Freigabe?«, grinst sie.

»Sag schon.«

»Vermutlich schon. Vermutlich wäre ich genauso ungeduldig. Aber Ungeduld ist im Grunde nichts Schlimmes. Es treibt einen an. Deswegen wird es nicht mehr lang dauern. Du wirst bald wieder laufen können, wenn du das wirklich willst, Wyatt. So richtig laufen, meine ich.«

Nach Avas fast schon prägenden Worten heben sich meine Mundwinkel und ihre tun es meinen gleich.

Und dann wird es mir klar. Es schießt mir ins Hirn wie das Wahrheitsserum aus *Kill Bill II*, mit dem man nichts mehr leugnen kann: Die Zeit mit Ava ist momentan dieses Fünkchen Licht, das ich brauche, um wieder auf die Beine zu kommen. Ihre positive Art schwappt von Tag zu Tag mehr auf mich über. Darum lasse ich ihre Nähe zu, die mir so guttut. Das ist der Grund für ihre permanente Präsenz in meine Gedanken.

Ich mag ihre Leichtigkeit, die sie in meinen Alltag bringt.

Wenn wir zusammen sind, herrscht zwar immer mal wieder gänzliche Stille zwischen uns, die aber nicht eigenartig erscheint. Es ist so leicht, mit ihr zu schweigen. Im Schweigen bin ich eindeutig besser als im Reden und Ava sieht mir das nicht nach. Sie akzeptiert.

Von meinem Bein fahren Avas Fingerspitzen auf die Innenseite meines Oberarmes, die ruhig an mir liegen, und berühren neben all den anderen Tattoos die einzelnen Striche, die sich darauf befinden.

»Einer für jeden, der unter meiner Führung gefallen ist.« Ich öffne mich und kann nicht glauben, dass mir das gerade über die Lippen kam. Ava formt ihre großen braunen Augen zu kleinen, schmalen Schlitzen. »Die Striche.«

»Oh.« Sie nimmt ihre Fingerspitzen nicht von dieser Stelle und mit jeder Berührung fühle ich mehr Heilung in meiner Seele. »Es muss schrecklich sein.«

»Jeder Strich ist schrecklich und einer zu viel, ja. Aber der letzte, den ich mir habe tätowieren lassen, war der schlimmste. Denn dieser gilt Matthew. Ich würde keinen weiteren Strich ertragen.«

Von dem Vorfall vor über zwei Jahren kann ich Ava nichts erzählen. Ich würde es nicht ertragen, wenn sie mich anders wahrnimmt.

Oder hätte sie auch dafür Verständnis?

»Also auf deine Frage, ob mir der Alltag bei der Army

fehlt. Ich habe darüber nachgedacht und nein. Er fehlt mir nicht.«

Ava nickt verständnisvoll. »Du hast Schuldgefühle, nicht wahr?«

»Mehr als das, obwohl ich weiß, dass ich sie nicht haben muss.«

»So was lässt sich nicht einfach abschütteln.«

»Lässt es nicht.«

Ava streicht mit dem Daumen weiter über die restlichen Tattoos, die unter meinem schwarzen Pullover, dessen Ärmel ich hochgekrempelt habe, freiliegen. Sie fährt über die Frau, die von der Sonne geküsst wird und Matts Seele hoffentlich in den Himmel begleitet hat. Ihn in Wärme hüllte. Dann zeichnet Ava das Ende des Maori-Tattoos nach, das von meiner Schulter bis zur Armbeuge verläuft.

Mein dämliches Gehirn schreit und tobt, aber all das interessiert meinen Körper nicht im Geringsten. Der steht mit jeder weiteren Berührung mehr unter Strom und macht meinem Hirn ganz deutlich bewusst, dass das Kapitel Ava zu meinem Glück erst begonnen hat.

»Du machst es aber leichter. Du und unsere Zeit.« Und dann spreche ich etwas aus, das eigentlich nur mir bestimmt sein sollte. »Ich kann da im Moment nicht drauf verzichten. Kannst du das verstehen?«

Von meinen Tattoos sieht Ava zurück in mein Gesicht. »Wyatt, das ...«

In ihrem Blick liegt so viel. So viel von allem, was ich gerade im Moment am nötigsten habe. So viel Frieden, Stärke und vor allem Hoffnung.

Zu alledem scheint es, als wäre sie überrascht über die Worte, die ich gewählt habe. Und ganz ehrlich? Ich bin es ebenfalls. Überrascht über das, was über meine Lippen gleitet.

»Dich stört es tatsächlich nicht, dass ich im Rollstuhl sitze, richtig?«

Wie in Trance antwortet sie mir. »Tut es nicht. Würde es nie.«

»Warum, Ava?«

»Weil das nun einmal du bist.«

»Aber das war ich nicht immer.«

»Das kann durchaus sein, aber ich kann nicht viel über den *alten* Wyatt sagen. Außer, ...« Ava stockt und wählt ihre Worte mit Bedacht. »Dass er mir auch etwas bedeuten würde, wenn ich mit ihm hier sitzen würde. Es würde nichts ändern.«

»Die ganze Zeit lässt du dich auf mich ein, Ava. Auf *uns*. Wenn man es genauer betrachtet, von Mal zu Mal immer intensiver.« Ich spreche nur das Offensichtliche aus. »Und ich will gar nicht leugnen, dass es mir genauso ergeht. Du permanent hier drin bist.« Ich tippe auf meine Schläfe. »Aber warum du? Warum lässt du dich auf uns ein? Wenn du doch ganz genau weißt, dass du etwas anderes, Einfacheres haben könntest. Jemand, dessen Leben einfach ist.«

Ava hält an ihrem Blick fest und verweilt mit ihrer Hand auf meinem Unterarm. »Weil sich das zwischen uns richtig anfühlt. Du dich gut anfühlst und ich gern in deiner Nähe bin. Das schon, seitdem ich das erste Bild von dir geschossen habe.« In Avas Wangen schießt eine leichte Röte, die ich mit meinen Fingern zu berühren beginne. Und endlich schiebe ich die Strähne hinter ihr Ohr.

»Nur deswegen?«

»Nur? Das ist Grundvoraussetzung für alles. Das, was zwischen uns ist, könnte ich mit keinem anderen haben.«

»Könntest du nicht?«

»Ich denke nicht, nein. Ich fühl mich richtig bei dir. In deiner Nähe.«

Mein Herz rast in der Brust, als müsse es vor irgendetwas in Deckung gehen und davon laufen. Aber im Grunde bin ich nur erleichtert, dass es Ava genauso geht wie mir.

Und spätestens jetzt sollte ich einsehen: Es ist mir egal, was um mich herum geschieht. Es ist mir egal, was ich noch bewältigen muss. Ich sollte mich erst mal um Ava und mich kümmern, denn das scheint die größte Priorität für mich zu haben. Und das größte Potenzial, dass es klappen kann. Aber vielleicht hoffe ich insgeheim auch einfach nur, dass mir Ava die Schmerzen in der Seele vollständig nehmen kann. Ich weiß, dass es völliger Quatsch ist, der absolut falsche Weg, all meine für sie unsichtbaren Lasten auf ihre Schultern zu legen. Schultern, die so zerbrechlich und stark zugleich wirken. Und es wäre unausweichlich, dass das passiert, denn anders funktioniert so was wie eine Beziehung nicht. Und trotz dieses Wissens klammere ich mich gedanklich an diese Frau, als wäre sie nach all den Monaten mein Heilmittel. Meine Chance. Mein Anker.

Während ich noch in meinen Gedanken gefangen bin, wirft mir Ava einen letzten Blick zu, der irgendwo zwischen verständnisvoll und undefinierbar liegt.

Und dann ist da dieser Moment. Ein Moment, der uns beide völlig unerwartet überkommt. Unsere Blicke verkeilen sich ineinander. Meiner gleitet zwischen ihren Augen und ihren starren Lippen hin und her, unfähig, etwas anderes zu tun.

Auch Ava mustert immer wieder meinen Mund, der vermutlich einer bewegungslosen Linie gleicht. Dabei schluckt sie ebenso schwer wie ich.

Erst als ich jede feine Pore ihres zarten Gesichts bewundert habe, versuche ich die ganze Situation irgendwie zu analysieren. Aber ich scheitere kläglich und lasse mich weiter von meinen Gefühlen leiten. Höre auf sie und gebe meine sonst sorgsam aufrechterhaltene Kontrolle ab.

Von einer Sekunde auf die nächste nähere ich mich Avas Lippen, bin tatsächlich gewillt, sie auf meinen zu spüren. Und das bestimmt nicht das erste Mal.

Ich habe mir schon einmal vorgestellt, wie es wäre, wenn ...

Und Gott im Himmel stehe mir bei, nicht meine Fassung zu verlieren, wenn es so weit ist und ich Ava endlich irgendwie fühlen kann. Ich bin gewappnet und bereit.

Es sind nur wenige Zentimeter und ich spüre schon ihren leicht hektischen Atem auf meinen Lippen. Dieser Augenblick setzt etwas frei, das ich noch niemals gefühlt habe. Auch wenn ich schon die eine oder andere Beziehung hinter mir habe, war dieses Gefühl nie vorhanden. Ein Verlangen, das vermutlich lang versteckt blieb. Ein Verlangen, von dem ich nicht weiß, ob ich es unterdrücken sollte, weil es einem den Boden unter den Füßen wegreißen kann, wenn es nicht gebändigt wird.

Nichtsdestotrotz berühren meine Lippen hauchzart ihre, bis mich der schrille Ton meiner Türklingel in die Realität zieht und den Nebel in meinem Verstand wegschiebt.

Als wäre ein Blitz zwischen unseren Gesichtern eingeschlagen, schrecken wir wenige Zentimeter zurück. Blinzeln einander wie aus einem Wahn heraus an, der uns eindeutig beide gefesselt hielt.

»Die Tür«, hauche ich.

In mir könnte es nicht mehr brodeln. Will mich das Schicksal, der Zufall oder was auch immer eigentlich komplett verarschen? Hätte dieser schrille Ton nicht eine Minute später ertönen können?

»Das war wohl die Klingel«, tut es mir Ava gleich.

Und dennoch übergehe ich dieses Wissen, dass gerade jemand an der Tür wartet, und lege Ava einen kurzen, sanften Kuss auf ihre Lippen. Als könnte ich damit wenigstens einen Teil meiner Sucht stillen, ehe ich mich in den Rollstuhl hieve und zur Tür fahre. Ich kann nicht sagen, ob es Ava gefallen hat oder ich sie überrumpelt habe. Aber in diesem Moment habe ich mir das genommen, was ich gebraucht habe. Nämlich sie. Ava. Und wenn es sich allein um eine sekündliche Sache gehandelt hat. Hätte es nicht geklingelt, dann hätte ich mir mehr genommen, das ist sicher.

Grenzt das an Egoismus?

Ich hätte ihre Wange mit meiner Hand berührt. Hätte meine Finger in ihrem Haar vergraben, nur um Ava noch intensiver an meine Lippen zu drücken …

Ich frage mich, wer uns unterbrochen hat. Ich erwarte keinen Besuch. Keinen weiteren. Ich drücke die Klinke hinunter.

Und als ich die Tür aufschiebe, werden lange blonde Haare von dem sanften Windzug, den sie mitgebracht hat, durch den Hausflur gewirbelt. Es ist Joy, die mir mit einem breiten Grinsen entgegenkommt.

»Was willst du hier?«, frage ich direkt.

Es passt mir nicht im Geringsten, dass sie jetzt auftaucht, und auch wenn ich Joy liebe, passt es mir nicht, dass gerade sie den Moment zwischen Ava und mir unterbrochen hat. Und Ava in der Wohnung sitzt. Ich kenne meine Schwester und ihre Art, Leute *kennenlernen zu wollen.*

»Dir auch einen wundervollen guten Abend. Darf ich

meinem Bruder nicht spontan einen Besuch abstatten?«

»Um ehrlich zu sein, ist es gerade mehr als schlecht.«

»Ist es immer, wenn es nach dir geht.«

»Aber heute stimmt es.«

Nichtsdestotrotz schleicht ihr schmaler Körper direkt an mir vorbei, ohne dass ich die Chance habe, das zu verhindern. Und mit wenigen Schritten stößt meine Schwester auf Ava. So ist Joy. Das imaginäre Pflaster wird mit einem Ruck abgezogen. Ich fahre ihr hinterher, aber meine Schwester nimmt mir die Möglichkeit, Ava auf sie vorzubereiten.

Als sie ins Wohnzimmer tritt und von Minou überfallen wird, überkommt sie ein überraschtes »Oh, hallo«. Sie sieht abwechselnd von Ava zu mir, während ihre Hände über Minous Fell gleiten. »Ah, ich verstehe. Tut mir leid. Ich wusste nicht, dass mein Bruder Besuch hat.«

»Bruder?« Ava wirkt überrascht. »Aah. Jetzt verstehe ich.«

Was versteht sie? Was versteht Ava?

»Es kommt nicht ganz so oft vor, dass ...«, murmelt Joy.

Mein Hund tänzelt überglücklich um meine Schwester herum, während ich sie unterbreche, ehe sie irgendeinen Blödsinn von sich geben kann. »Ava, das ist Joy. Meine kleine nervige Schwester.«

Ein böser Blick von Joy trifft mich hart ins Gesicht, ehe sie sich Ava widmet. »Es ist schön, dich kennenzulernen, nachdem man von Wyatt kaum etwas über dich erfährt.« Sind das tatsächlich ihre ersten Worte an Ava? Sie muss nicht wissen, dass ich mich mit anderen gezwungener Maßen über sie unterhalten habe.

Ava schaut irritiert. »Hey. Äh, also ... So viel gibt es über mich auch nicht zu sagen.«

»Ich glaube schon, dass ...«

»Joy, was ...« *Soll das*, will ich fragen. Aber ich reiße nur fragend meine Augen auf.

»Ich wollte dir eigentlich nur das hier vorbeibringen. Mom hat gekocht und mir das für dich mitgegeben. Und eigentlich dachte ich, wir könnten ein gemeinsames Abendessen daraus machen. Aber das hat sich wohl erledigt, wenn ich die Tortillas sehe.« Ich war so frei, uns welche liefern zu lassen, nachdem Ava zu mir kam.

»Stell es einfach in den Kühlschrank«, sage ich zu Joy und hoffe, dass sie bald gehen wird. Es ist gerade der ungünstigste Moment überhaupt. Ich spüre noch deutlich die leichte Berührung von Avas Lippen auf meinen. Und ja, vielleicht drängt mich ein Teil von mir dazu, genau dort anzuknüpfen. Aber nicht vor ihr, nicht vor meiner Schwester.

Als Joy getan hat, um was ich sie gebeten habe, kommt sie prompt zurück ins Wohnzimmer. Tatsächlich um meiner stummen Bitte nachzukommen und sich zu verabschieden.

Kurz bleibt sie im Rahmen der Wohnzimmertür stehen und dreht sich ein letztes Mal zu mir. »Wyatt ... Mom ... Also sie ...« Ich weiß, was mir meine Schwester sagen will, auch wenn sie so unentwegt daherstammelt. »Sie vermisst dich.«

»Bestell Mom liebe Grüße, wenn du sie siehst.« Ava hüstelt gekünstelt und ich weiß, auf was sie hinaus will. Also lasse ich mich unerwartet von dieser Geste breitschlagen. »Ich werde im Laufe der Woche mal bei ihr vorbeischauen.«

Joys überraschte Blicke gehen zwischen Ava und mir hin und her. »Wirst du?«

»Werd ich. Versprochen. Aber ich weiß noch nicht wann.«

»Wyatt, das ...«

»Bitte, Joy. Kein weiteres Wort.«

Sie sperrt sich den Mund zu und wirft grinsend den Schlüssel weg. »Schon verstanden. Kein weiteres Wort mehr. Dann macht's mal gut.«

Als Joy die Wohnung endlich verlässt, habe ich das Bedürfnis, mich für meine Schwester zu erklären. »Das war Joy.«

»Wow.« Ava wirkt überrascht. »Sie ist ...«

»Speziell.«

»Frisch.«

»Frisch?«

»Ja, sie …« Ava knabbert auf ihrer Unterlippe herum. »Das ist also Joy.«

»Ja, das ist Joy«, wiederhole ich abermals. »Du sagst das so, als hätte sie in deinem Kopf jemand anders sein sollen.«

»Es ist nur ...« Dann schlägt sie ihre Hand an die Stirn. »Gott, ich bin so bescheuert.« Ava wirft sich nach hinten und damit an die Lehne der Couch. Dann krallt sie sich ein Kissen und drückt es sich kurz in ihr Gesicht.

»Nur? Bescheuert? Rede mit mir.«

»Sie war im Park, vor wenigen Tagen. Als ich mit Aiden dort war, habe ich sie gesehen. Bei dir«, stammelt sie, doch ich verstehe nicht ein Wort.

»Stimmt. Aber was willst du mir damit sagen, Ava?«

Verlegen sieht sie zu mir. »Dass ich dachte, dass ...«

Dass sie was dachte?

Als ich weiter über ihr Gesagtes nachdenke und es auf unsere Situation lege, ergibt auf einmal alles einen Sinn. Ich muss grinsen. »Ahhhh. Ich kapiere. Du dachtest, sie wäre jede, außer meine Schwester?«

»Sozusagen.«

Dann lache ich auf, was Ava nur verlegener macht, obwohl es nicht annähernd meine Absicht ist. »Ich kann dich beruhigen. Es ist nur Joy. Meine kleine nervige Schwester.«

Nach wenigen Stunden entschied Ava zu gehen. Sie sollte jetzt zu Hause sein. Während ich mit einer Hand über Minous Kopf streichle, nehme ich mit der anderen mein Handy und beginne Ava eine Nachricht zu schreiben, die ich immer wieder lösche und korrigiere. Ich würde ihr gern sagen, wie schön es war, ihre Lippen auf meinen zu spüren, obwohl es sich nur um Millisekunden handelte. Ich würde sie gern fragen, ob es ihr genauso ergeht. Aber ich tue es nicht. Ich schreibe viel belanglosere Worte.

Ich: Schlaf gut, Ava.

Es dauert nicht wirklich lang, bis mein Smartphone vibriert.

Ava: Du auch, Wyatt. Es war schön heute. Bei dir. Das zwischen uns.

Sie ist so viel mutiger, als ich es vermutlich jemals sein werde. Denn ich lege das Handy beiseite, ohne jegliche Ahnung, was ich darauf antworten könnte. Weil keines meiner Worte genug für das wäre, was Ava ist. Und sie hat nun einmal alles verdient. Ich wünsche mir, dass ich ihr *alles* geben kann. Dass ich ihr das Leben geben kann, das sie haben soll.

Denn wenn nicht ...

Wenn ich ihr dieses Leben nicht bieten kann, dann ...

Ava wird immer mehr der Mittelpunkt in meinem Alltag, und wohin das führt, weiß man automatisch, wenn es beginnt. Sie wird mein Halt. Und wie soll man sich von diesem Halt lösen, wenn das eigene Überleben darauf angewiesen ist? Wie soll ich Ava jemals aus meinem Leben lassen, wenn das mit uns nicht funktionieren sollte? Jetzt, da sie so viel Platz darin findet. Es ist ein Ding der Unmöglichkeit, sie wieder gehen lassen zu wollen.

Außerdem will ich mich auf das einlassen, was mir das Schicksal mit ihr zu geben hat. Mit Mitte dreißig bin ich verdammt noch mal zu jung dafür, den Rest meines Lebens bloß irgendwie zu existieren. Und bei der Army habe ich nur existiert und kaum gelebt. Ich bin zu jung, um nicht jeden verdammten Tag, der mir bleibt, so zu leben, wie Ava es mir seit einiger Zeit vormacht.

Und nach dieser Einsicht finde ich Worte, die ich Ava senden kann.

Nicht gerade perfekte Worte. Aber wenigstens Worte, die ein wenig an das herankommen, was sie verdient hat.

Ich: Du schreibst, als wäre es vorbei. Aber irgendwie fängt es gerade erst an. Es IST schön.

Mit diesem intensiven Gefühl in meiner Brust schlafe ich ein. Das erste Mal seit Langem mit positiven Gedanken an morgen.

Am nächsten Morgen geht mein Griff direkt zu meinem Handy, um Ava eine Nachricht zu tippen. Weil sie das

Erste ist, an was ich momentan denke, wenn ich aufwache.

Ich: Guten Morgen

Es kommt keine Nachricht zurück und ich ahnte es bereits. Ich meine, warum sollte Ava früh morgens um sechs Uhr wach sein? Auch wenn es wieder Matt war, der mich diese Nacht kaum schlafen ließ, war die Situation erträglich. Weil sich Ava vor ihn gedrängt hat und sie nun einmal real ist.

Denn alles mit Ava lässt mich wieder leben. Und das nicht einfach so dahin, sondern so lebendig und ruhig wie noch nie. Nur eines hasse ich daran: Dass mich Matthew nicht so sehen kann. *Oder kann er es vielleicht doch?* Ich würde gern an diesem Gedanken festhalten.

Als mein Handy vibriert, glaube ich kurz, dass es Ava sein könnte, die mir antwortet. Aber es ist Joy, die schon immer eine Frühaufsteherin war.

Eine Sache, die uns auf jeden Fall verbindet …

Joy: Bin in dreißig Minuten da. Passt das oder störe ich? ;-)

Ich: Ich bin allein. Passt.

Joy: Perfekt. Ich bringe Frühstück mit.

Ich habe mich schon darauf vorbereitet, dass Joy mich über Ava ausfragen wird. Aber bisher kein Ton. Das, was sie jedoch macht, während ich in meinen Bagel beiße, ist noch viel schlimmer. Sie sitzt neben mir und starrt mich die ganze Zeit von der Seite an.

»Was ist, Joy?«, frage ich genervt.

»Sie ist süß«, antwortet sie und natürlich ist mir klar, wen sie meint.

Ich wische mir die Krümel aus den Mundwinkeln und lehne mich ein wenig zurück. »Nicht nur das ...«

In Joys Gesicht legt sich ein fettes Grinsen, das mich nur genervter stimmt. »Was ist sie denn noch?«

»Ava ist ...« Ich drehe mich zu meiner Schwester. Ihr Grinsen wird breiter, ihre blauen Augen größer, weil sie kurz davor ist, das zu bekommen, was sie will. Informationen über Ava. »Halt einfach die Klappe, Joy.«

Und wie schon am Tag zuvor, schließt sie ihren Mund und wirft den Schlüssel weg. Dann hebt sie unschuldig ihre Hände in die Höhe. Dennoch redet sie weiter. »Sie ist echt hübsch.«

»Durchaus«, antworte ich knapp.

»Und sie wirkt sehr nett.«

»Das ist sie.«

Nun beginnt die Fragestunde. Ich weiß, dass Joy mit ihren Fragen nicht hinterm Berg halten kann.

»Was macht sie denn? Beruflich meine ich.«

»Sie hat das Fotostudio in der Cumberlandstreet.«

»Oh. Wow. Ich weiß, welches du meinst. Da hängen echt krasse Bilder aus.«

»Sie hat viel Talent, ja.«

»Vor allem darin, harte Menschen weichzukochen. Auf gute Weise«, stichelt sie.

»Joy ...«, stöhne ich.

»Ja, was? Ist doch so.« Sie stoppt kurz. »Ist sie ... also seid ihr ...?« *Zusammen*, schließe ich aus ihrem Gestammel.

»Gute Frage.« Und das ist es wirklich. Ich glaube nicht, dass wir das sind. Oder vielleicht doch? Wir haben es nicht festgesetzt. Aber muss man das aussprechen, oder weiß man das einfach? Und wie kann es sein, dass ich mit über dreißig Jahren nicht weiß, wo ich mit einer Frau stehe?

»Komm, sag schon. Es ist doch nichts dabei, wenn einem ein Mensch guttut, Wyatt. Und Minou scheint sie ebenfalls ganz gern zu haben.«

Es stimmt, was Joy von sich gibt. Dennoch sollten Ava und ich erst mal herausfinden, wie weit das mit uns gehen kann und wo genau wir stehen. Und die Anziehungskraft, die sie auf mich ausstrahlt, sollte ich erst mal beiseiteschieben und mich der Sache rational widmen. Aber bisher sieht alles ziemlich vielversprechend aus.

Ava

Es ist wieder die Sonne, die mich in der Nase kitzelt und durch meine geschlossenen Lider scheint. Aber heute bin ich alles andere als genervt, dass der Tag recht früh startet.

Ich blinzle zum Nachttisch, nehme mein Smartphone in die Hand, weil mir Wyatts letzte Nachricht direkt in den Kopf steigt und ich sie unbedingt noch mal lesen muss. Einfach um sicherzugehen, dass es kein Traum war. Die Worte lösen noch immer ein enormes Bauchkribbeln in mir aus und gleichzeitig habe ich ein breites Grinsen in meinem Gesicht. *Du schreibst, als wäre es vorbei. Aber irgendwie fängt es gerade erst an. Es IST schön.*

Ich öffne unseren Verlauf und sehe, dass bereits die nächste Nachricht von ihm darauf wartet, von mir gelesen zu werden.

Wyatt: Guten Morgen

Die Nachricht kam vor zwei Stunden rein.

Dieses Kribbeln, das man von den Zehen bis zu den Haarwurzeln fühlt, habe ich tatsächlich noch nie verspürt. Allein wenn ich an Wyatt denke, ist mein Körper ziemlich high. Nur mit dem Unterschied, dass dieses Highsein alles andere als gefährlich für mich ist. Deswegen könnte ich mich im Moment kaum glücklicher schätzen.

In letzter Zeit denke ich viel zu oft an ihn und daran, wie

gut sich seine bloße Anwesenheit anfühlt. Sein dunkles Lachen und sein schiefes Grinsen, wenn er mich aufzieht. Seine Gedanken, die meinen so ähnlich sind und gleichzeitig so unterschiedlich. Geht das überhaupt? Wyatt wandert immer wieder ungefragt durch meinen Kopf. Und mit einem Mal bin ich mir unsicher, ob ich so an ihn denken sollte. Ob er genauso denkt und fühlt.

Auf der einen Seite sehe ich eigentlich den besten Beweis vor mir. Seine Nachrichten. Auf der anderen Seite dachte ich vor wenigen Stunden noch: Was ist schon ein Kuss? Manchmal geschieht so etwas einfach aus der Situation heraus.

Ob er mich noch mal küssen würde? Freiwillig?

Denk an was anderes, Ava. Sei nicht so kitschig.

Aber es ist schwer, meine Gedanken loszuwerden. Denn ich bin gern kitschig. Was Liebe angeht. Ich mag das, was ich mir vorstelle und wie ich es mir vorstelle. Und Wyatt erfüllt immer mehr meiner Fantasien, die mich manchmal wie eine riesige Welle übermannen.

Während ich lächelnd darüber nachdenke, dass ich eventuell sein erster Gedanke heute Morgen war, werde ich von einem Klingeln aus dieser Vorstellung geholt. Ich eile zur Wohnungstür und nehme den Hörer ab. Dann spreche ich ein fragendes und verschlafenes »Hallo« hinein.

Sekundenlang geschieht nichts.

»Komm raus.«

»Was? Wer ist denn da?«

Doch ich bekomme keine Antwort. Wenn ich mich recht an die Klänge der Stimme erinnere, könnte es die von Wyatt sein. Aber was will er vor meiner Haustür? Wir haben uns nicht verabredet.

Ich nehme mir den Übergangsmantel vom Kleiderständer. Dann sehe ich in den Garderobenspiegel, der mir das Elend des heutigen Morgens zeigt: Meine Haare stehen mir teilweise zu Berge, als hätte ich gegen ein Monster gekämpft und nur knapp gewonnen. Ich binde sie eilig zusammen, sodass ich mich selbst ein wenig lieber anschauen kann.

Dann erinnere mich an die gestrige Berührung unserer Lippen und mit einem Mal beschleunigt sich mein Herzschlag enorm. Ich mag seine Offensive und hatte gestern das Gefühl, dass er nicht mit sich gerungen hat, ob er mich küssen sollte oder nicht. Es überkam ihn einfach. So wie mich. Noch erleichterter war ich, als sich gestern herausstellte, dass die blonde Frau aus dem Park Wyatts Schwester ist. Ich mag sie. Jetzt mag ich sie.

Ich verlasse die Wohnung und laufe direkt zur Haustür. Und siehe da, es ist tatsächlich Wyatt, der mit Minou da steht und zu mir aufblickt. Sein Hund tänzelt um meine Beine und begrüßt mich freundlich. Und auch Wyatt lächelt mich an.

Sollte ich ihn küssen? Ich würde gern ...

Aber ich tue es nicht.

»Nicht dass ich mich nicht freuen würde. Aber was machst du denn hier?« Ich lehne mich an den Türrahmen und lasse eine Hand über Minous Fell fahren.

»Dich abholen ...«

»Mich abholen? Waren wir verabredet?«

»Müssen wir das immer sein?«

Ich mag seine Beharrlichkeit, mich immer wieder zu überraschen. Was ist da die letzten Tage zwischen uns passiert? Wie kann Wyatt auf einmal so weich wirken?

Wyatt

Durch Ava beginne ich alte Züge meines damaligen Ichs wiederzuentdecken. Als würde ich in die Zeit vor Matthews Tod katapultiert werden. Zumindest immer mal. So entdecke ich auch ein gewisses Verlangen in mir. Vor allem seit gestern Abend ...

Ava schafft es immer wieder aufs Neue, all meine Prinzipien über den Haufen zu werfen. Ich habe nie eine Frau überrascht. Habe noch nie eine Frau einfach so aufgesucht, um dann mit ihr Zeit zu verbringen.

Meine Zunge, die die letzten Wochen so gehemmt schien, löst sich, sobald Ava in meiner Nähe ist. Als hätte sie einfach diese unüberwindbare Mauer durchbrochen. Vielleicht sind es aber auch ihre unaufdringliche, ruhige Art und ihre Worte, die angenehm auf mein hartes Gemüt wirken.

Ava behandelt mich zum einen nicht wie ein gebrochenes Wesen, zum anderen sieht sie mich, wie ich wirklich bin. Sie sieht nicht den beinamputierten Kerl in mir. Sondern Wyatt. Einfach nur Wyatt.

Manchmal fühlt es sich an, als kenne ich sie schon eine Weile und nicht erst wenige Wochen.

Am liebsten würde ich ihr sagen, wie wunderschön sie ist. In ihrem Mantel und der lockeren Jogginghose, in der zwei Avas ohne Probleme Platz finden würden. Die Haare in einem wild zusammengebundenen Dutt, aus dem einzelne Strähnen über ihr Gesicht fallen. Ich habe keine

Ahnung, warum in mir soeben der Wunsch aufkommt, Ava würde genauso einmal bei mir schlafen. Aber solang ich meine Panikattacken nicht unter Kontrolle habe, sie immer noch präsent sind, kann ich Ava nicht bei mir lassen. Zumindest nicht über Nacht. Das werde ich ihr irgendwann erklären müssen, dass wir, egal wohin das mit uns führt, Zeit brauchen werden.

Heute Morgen und nachdem ich den gestrigen Tag Revue passieren lassen konnte, habe ich mich das erste Mal damit beschäftigt, was passieren könnte, wenn Ava diejenige welche sein könnte. Aber dann, im gleichen Moment, habe ich mir verboten, weiter darüber nachzudenken. Denn dann müsste ich mich mit weiteren Gedanken auseinandersetzen – ihren Wünschen und ihren Vorstellungen von der Zukunft. Würden sie meinen ähneln?

Hat sie die üblichen wie Haus und Kind – eines davon kann ich ihr ganz sicher nicht geben – oder denkt sie in jeglicher Hinsicht wie ich? Man sollte in einer Beziehung, oder was auch immer, keine Kompromisse eingehen müssen.

Heute Morgen ist mir klargeworden, dass ich erst mal herausfinden muss, wohin es mit Ava führt. Schließlich weiß ich noch nicht einmal, wie sie über unseren Kuss von gestern denkt. Ich habe keine Ahnung, wie sie über mich oder über uns denkt.

Seitdem ich Ava sagte, dass ich sie abhole, liegen ihre Augen sanft und dunkel auf mir. Und damit gibt sie mir den Mut weiterzusprechen. Sollte sie mir eine Abfuhr erteilen, würde ich vielleicht das erste Mal im Leben direkt mit Minou nach Hause gehen und mich so lange verkriechen, bis Gras über die Sache gewachsen ist.

»Du siehst ziemlich ... verpeilt aus, Ava.« *Schön*. Sie ist *schön* verpeilt.

»Du wunderst dich darüber nicht, oder? Wyatt, die Sonne ist noch nicht einmal richtig aufgegangen und ich bin wenige Minuten vor deinem Kommen erst wach geworden.« Sie streift sich einige verirrte Strähnen hinter ihr Ohr. »Also, Wyatt. Du wolltest mich abholen?«

»Ich dachte, ein morgendlicher Spaziergang könnte uns beiden ganz guttun.«

Ava sieht kritisch zu mir hinunter. »Okay. Gebt mir wenigstens zehn Minuten, um mir etwas anderes anzuziehen.«

Ich lächle und rufe Minou zu mir, der Avas Nähe ebenfalls immer mehr genießt. »Die bekommst du.«

Man sollte meinen, dass sich mein Körper in Avas Nähe endlich einmal einkriegen müsste. Es ist schließlich nichts Neues mehr, dass sie neben mir sitzt. Aber meine Gedanken spielen in ihrer Gegenwart immer noch verrückt.

Der Himmel ist klarer als vorhin, die Steinmauer unter uns ist kühl. Die Strahlen der Sonne schimmern auf Avas Haaren, die sich mittlerweile fast gänzlich aus ihrer improvisierten Hochsteckfrisur gelöst haben. Gott steh mir bei, dass ich die Kontrolle behalte und diese Frau nicht einfach an mich ziehe und sie bitte, sich von mir küssen zu lassen. Aber ich glaube nicht an Gott, also habe ich im Moment keinen, der mir beistehen könnte. Der mir helfen könnte. Demnach bin ich auf mich allein gestellt, bin selbst meinen Gefühlen überlassen und damit eindeutig zu schwach, mein Verlangen zu ignorieren.

Wir lauschen den sanften Wellen des Rivers, als ich meine Lippen öffne. »Ava?«

Sie zieht die Ärmel der Jacke über ihre Fingerknöchel und sieht zu mir. »Wyatt?«

»Ich habe das dringende Bedürfnis, etwas auszuprobieren.« Und das seit gestern Abend.

Auf ihrer Stirn bildet sich eine Furche, weil sie keine Ahnung hat, was in mir vorgeht. »Okay?«

»Darf ich es ausprobieren? An dir.«

»Sicher. Wenn ich dabei ganz bleibe«, scherzt sie.

Ich drehe mich ein wenig zu ihr, sehe ihr auf die Lippen, dann in die Augen, ehe meine Hand durch ihr Haar fährt und sich darin mit Absicht verfängt. Mein Mund nähert sich ihrem und spätestens jetzt weiß ich, dass Ava ahnt, was ich vorhabe.

Bitte halt mich nicht auf, Ava. Bitte.

Ich spüre ihren Atem, der so viel ruhiger und auch viel intensiver als gestern Abend scheint. Dann ist mein Wille, mich zurückzuhalten, völlig gebrochen.

Auf der einen Seite war da die ganze Zeit mein Verstand, der mich von Avas Mund fernhielt. Auf der anderen Seite war da dieses unbändige Verlangen, dem ich jetzt nachgebe. Wie oft habe ich mir schon ausgemalt, ihre Lippen mit meinen zu berühren? So richtig, meine ich. Nicht nur, dass ich sie streife, sondern dass jeder Millimeter von ihren auf meinen liegt. Wie oft habe ich mir vorgestellt, wie sie schmecken könnten?

Verfluchte unzählige Male.

Jeder von diesen vergangenen Gedanken wandert in jenem Moment wieder in meinem Kopf umher.

Ava beugt sich wenige Zentimeter zu mir nach vorn, krallt sich in meinen Pullover. Und dann ist sie es, die die Distanz zwischen uns überbrückt und darauf wartet, dass ich ihre Annäherung, die ich soeben ins Leben rief, erwidere. *Himmel noch eins, wie könnte ich nicht?*

Spätestens jetzt ist klar: Ich werde alles dafür tun, dass Ava Platz in meinem Leben finden wird. Weil ich mich vollends und unwiderruflich in diese Frau mit den rehbraunen Augen verliebt habe.

Als ihre Lippen auf meinen liegen, spüre ich, wie ein Stöhnen meiner Kehle entflieht. Als hätte ich mein Leben lang auf nichts anderes gewartet. Als hätte ich mein Leben lang über sämtliche Umwege genau hierher finden müssen.

Meine Hand gleitet aus ihrem Haar, berührt ihre Wange und wandert in ihren Nacken. Dann küsse ich sie fordernd, drängend und sanft zugleich, nur um im nächsten Moment etwas Abstand zwischen uns zu bringen und zu analysieren, was in Ava vorgeht.

»Wolltest du das ausprobieren?«, haucht sie mir atemlos an die Lippen. Ihre Hände lassen vom Stoff meines Pullovers nicht ab, was ich nur gutheißen kann.

Meine Hand verweilt in ihrem Nacken. »Wollte ich«, murmle ich. »Weil ich einfach ganz genau wissen muss, was da sein kann. Oder ist. Ich musste einfach schlauer aus uns werden.«

»Und bist du es nun?« Ava sieht abwechselnd zwischen meinem Mund und meinen Augen hin und her.

»Auf jeden Fall.« Meine Mimik bleibt vermutlich starr.

»Und?«

»Wir können definitiv keine Freunde sein. Das verstehst du sicherlich, oder?« Ich nehme ihre Hand, die sich in meinen Pullover krallt, in meine.

Avas Griff lockert sich merklich, was ich damit sicher nicht beabsichtigt habe. »Können wir nicht?«

»Nein, können wir nicht.«

Unsicherheit drängt sich in ihren Blick. Und das völlig zu

Unrecht. »Warum nicht?«

»Weil sich da einfach etwas Besseres als eine Freundschaft entwickelt hat und ich nicht dahin zurückwill. Wenn wir da überhaupt jemals gewesen sind. Vielleicht haben wir diesen Part auch einfach übersprungen. Nur Freunde zu bleiben, reicht mir nicht«, antworte ich ehrlich und schiebe Ava eine Strähne aus dem Gesicht. »Bist du okay damit?«

Nach einer gefühlt endlos langen Stille und einem Lächeln auf Avas Gesicht antwortet sie mir endlich. »Ich bin okay damit.«

»Du bist okay damit«, wiederhole ich flüsternd, mit gewisser Erleichterung in den Stimmbändern.

»Weil ich es will. Und obwohl wir beide das irgendwie wollen, sträubt sich in dir noch immer etwas. Ich kann es ganz deutlich wahrnehmen. Du kämpfst und da frage ich mich: Warum kämpfst du noch immer dagegen an, Wyatt? Gegen uns.«

»Weil ich es gewohnt bin, zu kämpfen, und ich mich erst mal dran gewöhnen muss, das abzulegen.«

»Dann mach mal etwas für dich Ungewohntes.«

Nämlich auf etwas anders zu hören als meinen Verstand, der sich nicht entscheiden kann. Mal ist er für das mit Ava, mal nicht. Mal schreit er: *Zerr sie an dich* und mal *drück sie von dir*. Aber jetzt spricht mein Herz eine ganz eigene Sprache und die ist eindeutig.

Es zwingt mich dazu, mich ihr wieder zu nähern. Denn nun sind wir hier, an dem für mich schönsten Ort der Welt. Kaum jemand kreuzt unseren Weg, sodass ich mich eigentlich nicht zurücknehmen müsste. Ich könnte sie wieder an mich ziehen und sie küssen.

Ehe ich meinem Verstand die nötige Zeit gebe, gegen das Uns anzukämpfen, vergrabe ich meine Hand erneut in ihrem Haar. Ava blickt zu mir auf und ist wie Wachs unter meiner Berührung. Ich muss mich dem Verlangen eigentlich nur noch hingeben.

Unsere Lippen nähern sich und dann küsse ich sie. Genauso wie es mir mein Blut befiehlt. Genauso wie es mir mein Herz die ganze Zeit vorheult. Und dass mich mein Hund dabei beobachtet, wie nahe ich Ava komme, irritiert mich kein Stück. Gut, vielleicht ein bisschen. Aber ich bin ganz gut im Ausblenden.

Ich küsse Ava, als wäre sie meine Erlösung nach all den Strapazen der letzten Monate.

Als sie ihre Arme um meinen Nacken legt, sich weiter an mich presst und befreit in meinen Mund raunt, steht mein ganzer Körper unter Strom. Auf eine gute Weise.

Wenn ich stoppe, um zu Atem zu kommen, ist es letztendlich wieder Ava, die die kleine Distanz zwischen uns überbrückt, indem sie ihren Mund auf meinen drückt. Immer und immer wieder und ich weiß, wir würden den ganzen Tag nichts anderes mehr tun. Jetzt, wo das Eis zwischen uns geschmolzen ist.

Und ja. Jetzt weiß ich ... Ava bedeutet Heilung, Segen und Glück zugleich. Wie könnte ich nur mit ihr befreundet sein? Es würde mir nicht annähernd genügen.

KAPITEL 12

Ava

Es ist berauschend, wenn Wyatt und ich uns so nahekommen. Es ist wie eine Sucht, der man nachgeben muss, wenn er mich küsst.

Den ganzen Tag tun wir kaum etwas anderes, als uns immer wieder zu berühren. Auf so viele verschiedene Weisen. Als uns klar wurde, wohin uns der heutige Tag führt, hatten wir wohl beide das dringende Bedürfnis, uns gemeinsam irgendwo zu verkriechen, sodass wir nun in seiner Wohnung gelandet sind. Und um ehrlich zu sein, war ich so in der Unwirklichkeit gefangen, dass ich mich kaum erinnere, wie wir hierhergekommen sind. Alles in mir fliegt und hämmert auf die schönste Art, die man sich vorstellen kann.

Ich sitze neben Wyatt, unter uns seine Couch, und klebe förmlich an ihm. Bevor er mich erneut küsst, streicht er mir eine Strähne aus dem Gesicht und ich liebe es immer mehr, wenn er das tut. »Was denkst du gerade?«

Ich bringe ein wenig mehr Abstand zwischen uns. »Um ehrlich zu sein, gar nichts.«

Damit entlocke ich ihm unerwarteterweise ein Lächeln, bevor er mir einen weiteren leidenschaftlichen Kuss gibt. Sanft umspielt er meine Zunge mit seiner und saugt liebevoll an meiner Unterlippe. Mir wird klar, dass ich von jetzt an niemals genug von diesen Berührungen bekommen werde. Weil ich mich ziemlich wahrscheinlich in Wyatt verliebt habe. Und dass unsere Zungen so perfekt miteinander harmonieren, macht diese Erkenntnis nur realer. Unsere Herzen schlagen im Einklang. Ich spüre es ganz deutlich.

Meine Hände lösen die Verflechtung unserer Finger und wandern über seinen Nacken, über sein kurzgeschorenes Haar. Ich kann nicht glauben, dass das gerade passiert, und ich kann kaum glauben, wie verdammt glücklich ein Mensch werden kann. So glücklich, wie ich es bin.

Wyatt

Noch nie hat es in dieser Wohnung so gut gerochen wie eben. Und ich bin mir sicher, dass es Ava ist, die diesen angenehmen Duft versprüht. Fruchtig-blumig. Für andere vielleicht zu süß, aber ich rieche ihn gern an ihr. Ein Hauch von Pfirsich und Lavendel. Vermischt mit einer Prise Vanille.

Minou hat sich ins Schlafzimmer verkrochen. Vermutlich, weil er die Leidenschaft zwischen Ava und mir nicht weiter mit ansehen konnte.

Jegliche Mauer in meinem Inneren ist zerstört, denn ich bin genauso frei im Geist, wie Ava es ist.

Nachdem wir ewig gelegen haben, sitzt Ava nun rittlings auf mir. Sanft fährt sie unter mein Shirt und berührt jeden unbedeckten Zentimeter meiner Arme.

Meine warmen Lippen gleiten zur Haut an ihrem Hals. Ich schiebe ihren Pullover ein wenig über ihre Schulter, als ihre Hände unter mein T-Shirt finden und an meinem Bauch und meiner Taille entlanggleiten. Über ihren Rücken lasse ich meine Finger hinabwandern, die gefühlt eins mit ihrer Haut werden. Ein heißer Schauer läuft über meinen Körper, und als sich Ava noch dichter an mich presst, lege ich aufs Neue meine Lippen auf ihre Mundwinkel.

Zwischendurch sehen wir uns für kleine Augenblicke an. Stumm. Wortlos. Ehe unsere Lippen wieder zueinanderfinden. Wieder und wieder. Und von mir aus so oft und so lange es uns möglich ist.

Ava

Den ganzen Tag haben wir uns in Wyatts Wohnung eingeschlossen. Ich liege auf seiner Brust und immer wieder nimmt er meine Hand in seine, spielt mit meinen Fingerspitzen. Verteilt sogar sanfte Küsse auf ihnen. Mit jedem Kuss entsteht ein Inferno in meinem Magen, das unaufhaltsam scheint. Wie wilde Schmetterlinge, die alles mit sich reißen und gar nicht daran denken, mit ihrem Geflatter aufzuhören.

Manchmal sieht Wyatt auf mich herab. Das spüre ich deutlich. Von diesen perfekten Augen durchleuchtet zu werden, macht mich ganz schön nervös und bringt meinen Puls dazu, unaufhaltsam loszurasen. Ich kann mich schlecht von seinem Braun lösen, wenn ich einmal darauf treffe. Tag für Tag verliere ich mich mehr darin.

Soeben gleitet mein Blick durch sein Wohnzimmer. Wenn ich mich in seiner Wohnung umsehe, fällt mir immer wieder auf, dass sie suboptimal für Wyatts Situation ist. Das kleine Bad, in dem bereits tiefe Kratzer an dem Fliesenspiegel zu erkennen sind, ist der beste Beweis dafür, dass Wyatt in dieser Wohnung eigentlich nichts verloren hat.

Kratzer, die hundertprozentig von seinem Rollstuhl stammen.

Er bräuchte eine komplett barrierefreie Wohnung, in der er ungehemmt leben kann.

Trotz all der Gedanken in meinem Kopf wage ich es nicht, sie auszusprechen. Wyatt wird diese Situation selbst erkennen und das Problem vielleicht irgendwann selbst, aber hoffentlich mit meiner Hilfe, lösen.

Und von seiner derzeitigen Wohnsituation komme ich auf den Auslöser für alles.

Ich streiche über sein Soldatentattoo am Arm. »Wyatt?«

Dann fahre ich zu seiner Brust und spüre die beiden kleinen metallischen Gegenstände, die um seinen Hals hängen. Seine Erkennungsmarken.

Ich glaube zu wissen, wem die zweite gehört …

Er hat die Augen geschlossen und scheint meine Berührungen zu genießen und auch in sich aufzusaugen. »Mhm.«

»Erzähl mir davon. Von der Army. Wenn es okay für dich ist.«

Wyatt

Ich öffne meine Augen und reagiere prompt auf Avas Bitte. »Was möchtest du denn wissen? Ich werde dir alles erzählen, Ava.« Weil es anders nicht zwischen uns funktionieren kann.

Ich sehe, wie sich ein sanftes und dankbares Schmunzeln auf ihre Lippen legt. »Was ist dir *genau* passiert? Dir und … Matt.«

Ich habe Ava zwar erzählt, dass mich zwei Schüsse in die Beine getroffen haben, ich Matt verlor, aber nicht, in welcher Situation dies geschehen ist.

Wo fange ich bloß an?

»Als wir in Afghanistan stationiert waren, war es eigentlich unsere Hauptaufgabe, die Taliban zurückzudrängen. Aber ab und an wurden wir zu einer Evakuierung gerufen. So wie an jenem Tag, als ...« Ich muss nicht näher darauf eingehen, wie mir Avas Blick verrät. »Zwei Familien sollten in Sicherheit gebracht werden, da die Vermutung im Raum stand, dass sich in diesem Ort islamistische Terroristen aufhielten. Während dieses Einsatzes haben wir unsere Umgebung beobachtet. Aber auch wir wurden beobachtet. Es entwickelte sich ein Feuergefecht und wir alle, meine Kameraden und ich, steckten mittendrin.« Nun beginne ich alles in mir zurückzurufen, was ich seit Monaten wunderbar verdrängen konnte. Ich zwicke mir kurz in die Nasenwurzel. »Matt wurde in diesem Schusswechsel getroffen.

Als das geschah, überkam mich das erste Mal in meinem Leben so ein komisches, angsteinflößendes Gefühl. Meine ganze Welt wurde erschüttert, obwohl …« Ich schlucke schwer. »Es nicht mich traf. Dann sah ich seine klaffende Wunde und stürzte ohne Sinn und Verstand zu ihm. Matthew wurde in den Hals geschossen, an diese eine verdammte Stelle, die nicht geschützt war. Ich habe versucht die Blutung mit meinen Händen zu stillen. Aus Reflex. Aber dann …«

»Wurdest du angeschossen.« Avas Stimme war nur ein Flüstern.

»Wurde ich angeschossen«, wiederhole ich.

Ich ziehe mein Handy aus der Hosentasche, entsperre es und tippe auf die Galerie. Dann suche ich das letzte gemeinsame Bild von Matthew und mir heraus. Wir, kurz vor unserer Abreise nach Afghanistan, in Uniform. Lachend in die Kamera blickend. Arm in Arm. Sein brauner Teint übertraf meinen bei Weitem, obwohl ich nicht gerade blass wirke.

»Das ist Matthew.« Ich drehe mein Handy so, dass Ava unser Bild sehen kann.

Ava antwortet nichts darauf, schaut nur ununterbrochen auf ihn.

»Ich sah den Tod in seinen Augen und wusste, dass, egal was ich tue … Dass einfach alles zu spät sein würde. Ich verlor mich in den Gedanken und spürte mit einem Mal einen schlimmen Schmerz in den Beinen. Dann wurde alles taub und irgendwann vor meinen Augen alles schwarz. Das Nächste, an das ich mich erinnere, ist, dass ich im Krankenhaus aufgewacht bin. Mein Instinkt verriet mir, dass Matthew tot sein musste, und in jenem Moment wünschte ich mir, ich wäre es auch gewesen.« Das war noch nicht alles.

»Als ich richtig zu mir kam, erklärte der Doc, dass sie mir die Beine amputieren mussten. Der Blutverlust und die Verletzungen waren zu stark.«

Avas Hand gleitet an meine Wange, dann küsst sie mich. Dieser Kuss ist jedoch anders als die zuvor. Darauf ausgelegt, mich zu heilen und mir den Schmerz zu nehmen – oder es wenigstens zu versuchen. »Wie hast du ... Was war das für ein Gefühl, dass deine Beine ...«

»Ganz ehrlich? Es war ein Schock, doch etwas war in dieser Zeit schlimmer.« Ich stoppe kurz und reibe mir meine Schläfe, als wäre ich von fiesen Kopfschmerzen überfahren worden. Dann ziehe ich einmal scharf die Luft ein und stoße den Atemzug wieder aus. »Das Wissen um Matthews Tod.« Ich atme erneut bewusst auffällig. »Ich würde alle meine Gliedmaßen geben, wenn er wieder hier sein könnte.«

»Wyatt«, haucht Ava. »Es tut mir so leid.«

Ich nehme ihre Hand in meine und übe sanften Druck aus. Weil ich es in diesem Moment brauche. Weil ich meinem Verstand immer wieder klarmachen muss, dass Ava wirklich real ist und nicht irgendeiner meiner Träume, der bald verpuffen wird. Und ich danke dem Schicksal, das mich vor Avas Laden geführt und mir damit diese unvergleichliche Frau geschenkt hat. »Die Phantomschmerzen, die immer unregelmäßiger kommen, zeigen mir wieder und wieder das Ausmaß eines solchen Verlusts.« Ich zeige flüchtig auf meine Stümpfe. »Und doch würde ich alles geben, nur um Matt wieder bei mir zu wissen.«

»Wyatt ...« Sie küsst mich wieder. Dann öffnen sich ihre Lippen zu einer nächsten Frage und noch nie ging mir alles so einfach über die Lippen wie jetzt. »Wie fühlt sich das an? Die Phantomschmerzen?«

»Ich habe das Gefühl, die Beine würden immer kürzer und der Fuß wäre hier.« Ich zeige dorthin, wo meine Wade wäre. »Das ist normal. Der Kopf spielt einem einen Streich und das Hirn muss ebenfalls erst lernen, dass es die Beine nicht mehr gibt, die schließlich über Jahre hinweg da waren. Ich war fast den ganzen Krankenhausaufenthalt über mit Schmerzmitteln vollgepumpt, weil es sonst kaum zu ertragen war. Die ersten beiden Nächte im Krankenhaus waren der Horror, da ich immer wieder Halluzinationen hatte. Ich habe Feinde gesehen, oder Matthew. Oder ...« Ich stocke und spreche nun über den abwegigsten Traum, den ich bisher nur Dr. Kruger anvertraut hatte. »Joy.«

Ava zuckt ein wenig zurück. »Joy?«

»Es ist seltsam und ich habe bis auf mit Dr. Kruger noch nie darüber gesprochen, aber ich sehe Joy mit einem Scharfschützengewehr in den Händen. Sie zielt auf mich. Dieser Anblick macht mich wahnsinnig.«

»Das ist ja schrecklich. Warum macht deine Vorstellung das?«

»Dr. Kruger meint, dass in Kriegssituationen selbst das Vertrauen zu den engsten Verbündeten leiden kann. Aber Joy ist meine Schwester und daher ist es so extrem abwegig, dass sie mir irgendwas antun könnte. Ich weiß nicht, warum mein Hirn so was produziert.«

»Ich wünsche mir für dich, dass das aufhört.«

»Ich wünsche es mir auch, nur habe ich das Gefühl, mir kein Fünkchen mehr wünschen zu dürfen. Ich bin am Leben, weißt du. Ist das nicht genug? Denn eine Minute länger ohne Erste Hilfe und ich wäre tot gewesen. Ich bin nicht in der Lage, mir noch mehr wünschen zu dürfen.«

»Wie hast du überlebt, Wyatt?«

»Einer von der Truppe hat mir mit einem Tourniquet –

so etwas wie ein Gürtel – beide Beine abgebunden, um die Blutung zu stoppen.« Ich ziehe meine kurze Stoffhose weiter hoch. »Er hat die Beine so fest abgeschnürt, dass ich sogar diese Narben davongetragen habe. Aber er hat mir damit das Leben gerettet.« Ich zeige ihr die Narben, die sich in einem Halbkreis um meine Stümpfe ziehen. Ava berührt sie und dieses Mal zucke ich nicht weg. »Als es dann möglich war, haben meine Kameraden Hilfe gerufen. Ab da wurde ich bewusstlos.« Ich fasse alles noch einmal für Ava zusammen. »Es haben mir viele Sachen das Leben gerettet. Ich hätte anders daliegen können, sodass man mich woanders hätte treffen können. Hätte mein Kamerad nicht geschaltet und mir die Beine abgebunden, wäre ich ebenfalls tot. Elendig verblutet. Wäre das Soldatenlager nicht so nah am Gefecht gewesen, wäre ich auch gestorben. Das nächste Krankenhaus, das die Not-Operation durchführte, war ebenfalls nicht weit weg. Also Ava, darf ich mir da mehr wünschen, nach all dem Glück, das ich eigentlich hatte?«

Sie legt ihre Hand an meine Wange und berührt mit ihren Fingerspitzen meine Lippen. »Darfst du. Du darfst dir nach all den Grausamkeiten Glück wünschen. Das ist das Mindeste, nach dem, was du durchgemacht hast.«

Ava

Es ist so grausam, was Wyatt geschehen ist, und noch bitterer ist die Tatsache: So ist es. Das Leben. Das Leben, das so ablaufen kann, wenn man sich für die Army entscheidet. Deswegen frage ich mich erneut: Weiß man wirklich, auf was man sich da einlässt, wenn man sich für diesen Weg entscheidet? Ich kann es mir nicht vorstellen.

Als der Abspann von *Greenland* vor uns runterläuft und wir einige Minuten kaum ein Wort miteinander gesprochen haben, nehme ich meinen ganzen Mut zusammen. Wyatt spielt mit einigen meiner Haarsträhnen, wickelt sie um seinen Zeigefinger. Also ziehe ich einmal scharf die Luft ein und frage ihn etwas, das mir sehr wichtig ist und mir schon die ganze Zeit auf der Zunge liegt. Jetzt, wo er so ehrlich mit mir gewesen ist, finde ich den Moment mehr als passend, ebenso auf ihn zuzugehen. Nicht nur, weil es einen weiteren Schritt für uns bedeuten könnte, sondern weil ich mir von Herzen wünsche, dass er *Ja* sagen würde.

»Ich will dich gern etwas fragen, Wyatt. Du musst aber nicht.«

Er sieht fragend zu mir hinunter. »Ich muss was nicht?«

»Du musst das nicht tun. Das, was ich dich jetzt fragen werde.«

»Okay? Dann frag mal los.«

Ich ziehe noch mal die Luft ein, als könne es mir noch etwas mehr Mut bringen, richte mich etwas auf und beginne. Ich habe bereits Hope gefragt, ob es in Ordnung geht, und da sie nichts dagegen hat ...

»Mein Bruder und seine Verlobte heiraten nächstes Wochenende. Und ich darf eine Begleitung mitbringen. Da dachte ich ...«

Wyatts Mimik erstarrt und ich erkenne kalte Züge, die er am Anfang unseres Kennenlernens besaß und die sich nach und nach verflüchtigten. »Dass du mich mitnehmen könntest«, beendet Wyatt und wirkt alles andere als begeistert.

»Mhm. Hättest du vielleicht Lust, mich zu begleiten?«

Er fährt sich mit der flachen Hand über sein kurzgeschorenes Haar. »Puh ...« Dann stößt er angestrengt einen tiefen Atemzug aus. »Ava, ich weiß nicht, ob das die richtige Veranstaltung für jemanden wie mich ist.«

Ich bringe noch ein Stück mehr Distanz zwischen uns. Stemme mich ein wenig von seinem Oberkörper auf, auf dem ich schon eine Weile liege. »Für jemanden wie dich?«

»Na ja, ...«, stammelt er und beginnt meine Finger mit seinen zu verflechten. »Dieses ganze Wochenende, das voller Liebe und Glück sein wird. Ich weiß nicht, ob das wirklich der richtige Ort für mich sein wird.«

In meinen Magen krabbelt ein fieses Gefühl hinauf und lässt für die Schmetterlinge keinen Platz mehr. »Oh, okay. Ich dachte nur, jetzt wo ... Also ...«

Wyatt sieht mich entschuldigend an und unterbricht mich. »Es tut mir wirklich leid, Ava.«

Aus Reflex schüttle ich meinen Kopf. »Nein. Das muss es nicht, Wyatt. Es ist absolut okay. Ich hab schließlich gesagt, du musst nicht.«

Dennoch habe ich mir einen anderen Ausgang erhofft. Sogar mehr als das. Und obwohl wir einander immer die Wahrheit sagen, lüge ich jetzt. Aus dem nagenden Gefühl in meinem Bauch wird ein harter Ball, der mir soeben etwas ganz anderes erzählt, als dass es *okay* sei. Nach unserem Tag heute glaubte ich für den Moment, Wyatt wäre so weit. So weit, sich auf mich einzulassen.

Aber vermutlich bin ich eindeutig über das Ziel hinausgeschossen. Ich meine, was sind diese wenigen Stunden, die wenigen Tage?

Er braucht einfach mehr Zeit und ich werde weiter warten, werde ihm diese Zeit geben und erneut seine Entscheidung akzeptieren. Nichtsdestotrotz habe ich das dringende Bedürfnis, allein zu sein. Also versuche ich mich unauffällig von Wyatt loszulösen, um wenige Minuten später nach Hause zu gehen. Ohne dass er Verdacht schöpft, dass ich irgendwie verletzt sein könnte. Schließlich will ich nicht, dass Wyatt nur meinetwegen etwas tut, was er selbst nicht möchte. Nur dass er mich in einer für mich sehr wichtigen Sache abgewiesen hat, tut dennoch etwas weh. Etwas zu sehr.

Wyatt

Elijah reißt seine Augen voller Unverständnis auf. »Und du hast einfach *Nein* gesagt?«

Ich habe Elijah erzählt, worum mich Ava gebeten hat. Sie auf die Hochzeit ihres Bruders zu begleiten. Nachdem sie gegangen war, bildete sich in meinem Magen ein harter Klumpen, von dem ich niemals geahnt hätte, dass er entstehen könnte. Vor allem nicht nach diesem Hoch am gestrigen Tag, das unsere Beziehung eigentlich besiegelt hat. *Oder doch nicht?*

Aber ich war enttäuscht. Enttäuscht von mir selbst.

»Nicht direkt Nein«, antworte ich. Denn ein *Nein* habe ich nicht über meine Lippen gebracht.

»Was soll das heißen?«

»Ich sagte ihr, dass ich nicht glaube, dass so eine Veranstaltung etwas für mich ist.«

»Du bist so ein Vollidiot, Wyatt.«

Ich schrecke kurz zurück. »Was?«

»Du stehst doch auf die Kleine.« Ich werfe Elijah einen bösen Blick zu. Er soll aufhören sie *Kleine* zu nennen. Sie ist keine Fremde. Nicht mehr. »Du stehst auf Ava«, korrigiert er sich, als könne er meine Gedanken lesen.

Ich zucke mit meinen Schultern. »Was tut das zur Sache?«

»Eine Menge. Ihr scheint es verdammt wichtig gewesen zu sein, dass du sie begleitest. Es ist die Hochzeit ihres Bruders. Dich da mitzunehmen … Das hätte alles offiziell gemacht.«

»Ist es doch so schon.«

Elijah zieht eine Braue in die Höhe. »Ist es das wirklich?«

Und dann beginne ich mir immer wieder diese Frage in den Kopf zu jagen. *Eigentlich haben wir nichts offiziell gemacht gestern. Meine Zusage hätte es für uns vielleicht wirklich offiziell gemacht. Vielleicht glaubt Ava nun, in der Luft zu hängen. Aber das will ich nicht. Ganz und gar nicht.*

Ich stöhne laut auf. »Elijah, ich hab keine Ahnung, wie man das macht.«

»Wie man was macht?«

»Wie man sich auf eine Frau einlässt, geschweige denn eine Beziehung eingeht«, nun korrigiere ich mich. »Wie man eine vernünftige Beziehung führt ... All sowas eben. Meine momentane Situation ist nicht gerade prädestiniert für eine intakte, zukunftsorientierte Beziehung. Wir müssen uns Zeit geben. Ich mir.« Ich zeige auf meine Beine. »Da ist die Hochzeit, die nächste Woche stattfindet, nicht gerade die beste Idee.«

»Hör auf das jetzt als Ausrede zu nutzen. Als würde es sie interessieren, dass du in einem Rollstuhl sitzt oder auf Prothesen läufst.«

»Das tut es auch nicht. Das weiß ich selbst.«

»Ava hat dich zu einer Veranstaltung eingeladen, die ziemlich wichtig für sie ist. Wenn ich das bereits gecheckt habe, solltest du das längst getan haben. Sie wollte, dass du sie begleitest. Zu einer für sie sehr wichtigen Sache. Du hast einfach nicht zugesagt. Somit baumelt sie irgendwo zwischen Unsicherheit und Angst.«

Elijah hilft mir nicht gerade dabei, den Zwiespalt in mir zu überwinden. »Ich weiß, Elijah. Ich weiß, dass der Rollstuhl nichts ist, was Ava abschrecken könnte. Aber ich würde ihr dennoch irgendwie im Weg stehen. Ich hab keine Ahnung, ob diese Location für jemanden wie mich ausgelegt ist. So viele werden da nicht im Rollstuhl rumfahren. Dann wird auf einer Hochzeit auch getanzt. Es wird nicht nur am Tisch gesessen. Wie soll ich das in diesem Teil machen? Wenn ich allein an den Flug denke, Elijah. Wenn ich mit dem Ding hier verreisen will …« Ich zeige auf den Rollstuhl. »… muss ich sämtliches Zeug mit in Betracht ziehen. Du weißt, was ich meine.«

Natürlich weiß es Elijah, allein durch seinen Job. Je nach Airline kann die Lagerung meines Rollstuhls variieren. Im schlimmsten Fall bekomme ich das Teil, auf das ich angewiesen bin, in einem grauenhaften Zustand zurück. Und das ist keine Übertreibung. Kann man das Flugzeug nicht allein besteigen, ist es möglich, dass ich auf eine Hebeassistenz angewiesen bin … Demütigender geht es wohl kaum.

Noch ein Grund mehr, endlich mit den Prothesen laufen und Treppensteigen zu lernen!

»Ava akzeptiert und schluckt ganz schön viel, Wyatt, findest du nicht? Sie hat dich eingeladen, obwohl sie um deine Situation weiß. Sie beweist ganz schön viel Geduld und Einfühlungsvermögen. Mut.«

Ich schlucke schwer. Sehe zu Minou, der uns womöglich bei dem Gespräch belauscht und beobachtet. Mein Hund blickt wie Elijah mit gewissem Unverständnis zu mir auf.

»Ich weiß.«

»Glaubst du nicht, es wäre an der Zeit, dich dafür erkenntlich zu zeigen und dich ihrem Wunsch ein wenig mehr zu fügen? Vielleicht ist das alles gar nicht so schwer, wie du glaubst. Vielleicht ist es extrem einfach und du lässt dir die Chance auf ein geiles Wochenende mit ihr entgehen, weil du glaubst, es wäre nicht der richtige Zeitpunkt und der Rollstuhl stünde dir im Weg. Dabei stehst du dir selbst gerade im Weg, Wyatt. Es wird vielleicht Zeit, dass du ihr auch einmal etwas mehr entgegenkommst und es wenigstens versuchst. Gib ihr irgendwas von dir, sonst funktioniert das nicht.«

KAPITEL 13

Wyatt

1 WOCHE SPÄTER

Ava liegt in meinen Armen. Ich spüre ihren warmen Atem auf meinem Handgelenk, als ich ihren Oberarm mit den Fingerspitzen auf und ab fahre.

Dass sie bei mir ist, ist schon fast Routine geworden und für mich auch irgendwie unerlässlich. Minou freut sich mit jedem Tag, der verstreicht, mehr auf Ava und mir geht es recht ähnlich.

Ich mag das Weiche ihrer Haut. Ihr sanftes Haar, dessen Strähnen ich immer wieder erneut um meinen Zeigefinger wickle. Des Öfteren fixiere ich ihre Lippen, kurz davor, sie zu küssen.

Ich verfolge jede Bewegung ihres Mundes wie ein kranker Süchtiger. Mit Abstand sind ihre Lippen die schönsten, die ich jemals gesehen habe. Sie wecken die lustvollsten Vorstellungen in mir, von denen ich nicht einmal weiß, ob ich sie überhaupt richtig ausführen könnte.

Ich wüsste nicht, wann mich mal eine Frau so extrem angezogen hat. Klar, meine Prioritäten lagen in den letzten Jahren wo anders und niemals hätte ich mich auf eine feste

Sache eingelassen. Aber jetzt steht mir, was das betrifft, die Army nicht mehr im Weg. Nur ich bin mir im Weg. Und das ganz eindeutig.

Die Hochzeit ihres Bruders kam zwischen Ava und mir nicht noch einmal zur Sprache. Es scheint, als hätte sie es direkt akzeptiert. Und eigentlich mag ich das ja auch, wenn man meine Entscheidung einfach hinnimmt, ohne dass ich mich rechtfertigen muss.

Es ist aber nicht so, als läge mir da nicht was auf der Zunge, als hätte ich mir nicht Gedanken darüber gemacht. Ich muss mich dringend bei ihr entschuldigen. Zumindest sagt mir das mein angespanntes Inneres, der zwickende Magen. Wenn ich an die kurze Enttäuschung in ihren Augen zurückdenke, sticht mir die Erinnerung immer wieder ins Herz. Nicht nur meine Augen sind der Spiegel meiner Seele ...

Für den Bruchteil einer Sekunde öffne ich den Mund, streife mir mit der Zunge über die Unterlippe und beginne bereits das erste Wort in meinen Gedanken zu formen. Aber es kommt nicht ein Ton aus meinen Stimmbändern, weil ich kühler Idiot wieder den Schwanz einziehe.

Und als wüsste Ava, dass mir etwas auf den Lippen liegt, sieht sie zu mir auf. »Ist irgendwas? Dein Herz rast ...«

Das hat mich also verraten. Mein bescheuertes Herz.

Ich muss lächeln und sehe kurz an die Decke, sammle mich. Wie kann es sein, dass ich bei Ava kein Wort rausbekomme?

»Ava ...« Ich ziehe die Luft scharf ein. »Ich weiß, dass ich nicht einfach bin. Ich bin nicht der typische ...« Ich weiß gar nicht, wie ich genau sagen soll.

»Gefühlsmensch«, unterbricht sie mich und ein sanftes Schmunzeln legt sich auf ihre Lippen.

»Das trifft es recht gut«, stelle ich fest.

»Sag ich ja.« Ava sagt das nicht vorwurfsvoll, sondern als würde es einfach zu mir gehören.

»Aber ich will, dass du weißt, dass ...« Du lieber Himmel. Ich stelle mich an. »Ich mag dich wirklich und es gibt wenige Menschen in meinem Leben, die das bisher zu hören bekommen haben. Und glaub mir, wenn ich dir sage, dass sich diese Worte aus meinem Mund total ungewohnt anfühlen. Als würden sie nicht so recht zu mir gehören.«

Ava stützt ihr Kinn auf meine Brust. »Dann wähle Worte, die zu dir gehören, Wyatt.«

Worte, die zu mir gehören?

»Die werden aber nicht genug sein«, wird mir schnell klar.

»Warum lässt du nicht mich entscheiden, ob sie mir genug sein werden?«

Ihr die Entscheidung überlassen?

»Also, was würdest du in dieser Situation gern sagen?«, fragt sie.

Ich werfe jedes Wort aus meinem Gehirn, das ich mir zurechtgelegt habe. Wörter, die um einiges sanfter klingen würden als das, was ich jetzt hier versuche. »Auch wenn es nicht oft über mich kommen wird, will ich, dass du weißt, dass ich es zwischen uns mehr als gut finde. So wie es eben läuft. Dass ich beginne das wirklich zu brauchen.« Und jetzt bete ich. Ich bete innerlich, dass es genug ist für Ava. Für den Moment wenigstens.

»Diese Worte sind genug, Wyatt.«

Ich kann sie nur verwundert ansehen. »Sind sie?«

»Sind sie. Wie kannst du annehmen, dass sie es nicht sind?«

»Weil ...« Ich schüttle fragend mit dem Kopf. »Warum

gibst du dich damit zufrieden?«

»Ich gebe mich nicht damit *zufrieden.*« Ava setzt zufrieden in händische Anführungszeichen. »Das ist genau das, was ich will, Wyatt. Ich will nicht, dass du nur etwas sagst oder tust, weil du glaubst, dass man ...« Ava stoppt. »Dass ich es von dir erwarte oder hören will. Denn das tue ich nicht. Ganz und gar nicht. Tu das, was du in diesem Moment für richtig hältst. Es wird mir ausreichen. Immer. Es wird immer genug sein.«

»Ava ...« Ich lege meine Hand in ihren Nacken und ziehe ihr Gesicht an meins. Dann küsse ich sie.

Mir wird eines immer klarer. Mit jedem Tag, den ich mit Ava verbringe. Ich habe wirklich keine Lust mehr, wertvolle Zeit zu verschwenden. Vor allem, weil ich weiß, wie endlich das Leben sein kann.

»So wie du bist. So wie ich bin. Und nicht anders. Versprich es mir, Wyatt«, haucht sie mir an die Lippen.

Wenn die Worte über ihren Mund gleiten, klingt alles so logisch. So unfassbar logisch. »Versprochen.«

»Jetzt küss mich noch mal. Denn das ist etwas, was du wirklich tun musst. Wozu ich dich zwingen werde. Immer und immer wieder.«

»Das hat nur nichts mit Zwang zu tun, wenn man es von selbst will und dem freiwillig nachgeht.«

»Worauf wartest du dann?«

Und dann fährt meine Hand durch ihr Haar und findet an ihrem Hinterkopf Halt, ehe ich sie wieder an mich ziehe. Ich liebe es, wie Ava schmeckt. Ich liebe es, wie Ava riecht. Und ja, wahrscheinlich liebe ich diese Frau genauso, wie sie auf mir liegt und immer mehr Präsenz in meinem Alltag hat. Das wahrscheinlich streiche ich. Ich liebe diese Frau und irgendwann ist mein verkorkstes Ich bereit, es ihr zu sagen. Denn über *mögen* bin ich bei Ava schon längst hinaus. Das würde nicht annähernd das widerspiegeln, was ich fühle. Und das schon von Anfang an.

Während Ava und ich vorhaben, die nächsten Stunden in unserer heilen Blase zu existieren, werden wir mit einem Mal in die Realität gezerrt.

TU DAS, WAS DU IN
DIESEM MOMENT FÜR
richtig HÄLTST.
ES WIRD MIR AUSREICHEN.
Immer.
ES WIRD IMMER *genug* SEIN.

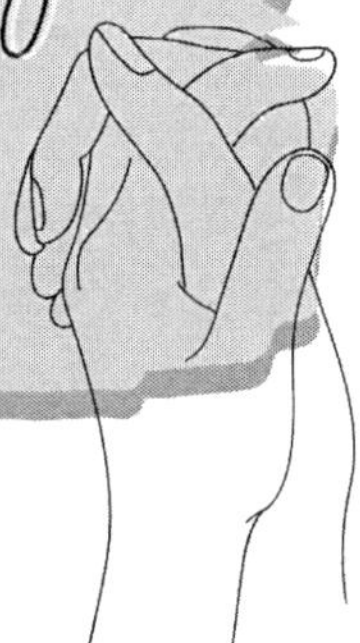

Ava

Wyatt stöhnt auf. »Ich verwette meinen Arsch, dass es Joy ist.«

»Sie scheint dich eben zu vermissen«, schmunzle ich.

Ich hieve mich hoch und eile zur Haustür, damit Wyatt sich nicht extra in den Rollstuhl heben muss. Minou springt ebenfalls auf und folgt mir. »Ich mache auf.«

Und Wyatt soll recht behalten. Es sind die hellblauen Augen von Joy, die mich überrascht ansehen. »Oh. Ava. Du bist wieder hier. Ich wusste nicht, dass du wieder da sein würdest. Es ist verdammt ungewohnt.« Sie widmet sich direkt Minou, der schwanzwedelnd und hechelnd um sie herumtänzelt.

Ich trete ein Stück zurück. »Keine Ursache. Komm rein.«

»Ist es wirklich okay?«

»Das fragst du sonst auch nie«, schallt es aus dem Wohnzimmer.

Ich lächle nur. »Es ist absolut in Ordnung.« Ich würde Liam auch niemals von Wyatt wegschicken lassen.

Nachdem sie ihre Schuhe auf dem Läufer abgestreift hat, gehen wir ins Wohnzimmer. Wyatt ist von der liegenden Position in die sitzende gewechselt. Seine Schwester umarmt ihn zur Begrüßung, was mir wieder einmal zeigt, wie harmonisch ihr Verhältnis ist.

»Na, Soldier. Ich war ja etwas arg überrascht, als mir Mom heute Morgen erzählt hat, dass du tatsächlich bei ihnen warst.«

»Ich hab dir doch gesagt, dass ich mich bei unseren Eltern blicken lasse. Auch wenn es nur kurz war.«

Wyatt hat mir nur flüchtig von dem Besuch bei seinen Eltern erzählt.

»Ich habe nicht so recht daran geglaubt.«

Wyatt legt seinen Kopf schief. »Wann habe ich mal ein Versprechen gebrochen, Joy? Außerdem musste ich dort etwas abholen.«

Sie hebt abwehrend die Hände in die Luft. »Schon gut. Hab's verstanden.«

»Wie dem auch sei. Ich denke, Minou braucht mal eine kleine Runde. Bleibst du bei Joy, Ava?«

»Ja, natürlich. Ich ...« Ich sehe zu Joy. »Wir können dich aber auch begleiten.«

»Lieb, aber nicht nötig.« Wyatt drückt mir einen unerwarteten Kuss auf die Wange, ehe er sich in seinen Rollstuhl stemmt, sich Minou schnappt und aus seiner Wohnung verschwindet. Ich habe das Gefühl, Wyatt wollte mich bewusst mit seiner Schwester allein lassen. Was nicht weiter schlimm ist. Jedoch würde ich schon gern wissen, was er sich davon erhofft.

Wir hätten doch alle zusammen ...

Mein angefangener Gedankengang wird von Joy unterbrochen, indem sie an mich gerichtete Worte ausspricht.

»Es ist nicht immer leicht, Wyatt das zu geben, was er braucht«, beginnt sie und lässt mich irritiert in ihr Gesicht blicken. »Ich würde ihm sagen, wie schrecklich leid es mir tut, was er durchmachen musste. Aber dann erinnere ich mich, dass Wyatt das nie wollen würde. Er glaubt, es wäre eine Situation der Schwäche. Er ist noch viel zu sehr Soldat. Dabei würde ihm eine Umarmung guttun.« Joy hält kurz inne. »Ich erzähle dir das, weil ich froh bin, Ava. Froh, dass du das kannst. Ihn umarmen und für ihn da sein. Bei dir lässt er es zu.«

Mir fehlen die Worte, wenn ich sie ansehe und realisiere, wie ehrlich sie gerade mit mir umgeht, obwohl wir uns im Grunde kaum kennen.

»Er hat sich in den letzten Wochen verändert. Es scheint, als wäre mein Bruder wieder mehr Mensch geworden. Und ich habe keine Ahnung, wie ich dir dafür danken soll.«

Ich schüttle nur mit dem Kopf. »Ich tue nichts, Joy.«

»Und doch so viel mehr, als du selbst ahnst. Weißt du, was noch immer in mir brennt?«

»Erzähl es mir.«

»Ich hasse mich dafür. Ehrlich. Aber ich bin erleichtert, dass Wyatt nicht mehr in den Krieg zieht. Weil er ...« Joy schluckt schwer. »So wie es jetzt ist, nicht mehr darf.« Sie spielt auf seine Beine an. »Schlimm, nicht?«

»Um ehrlich zu sein, finde ich es verständlich.«

»Tust du?« Als könne sie mein Verständnis nicht glauben, reißt sie ihre Augen auf.

»Er ist dein Bruder. Wenn ich mir vorstelle, dass Liam ...« Ich stocke, nehme einen tiefen Atemzug. »Ich will es mir gar nicht vorstellen. Niemals.«

»Dann tu es auch nicht, Ava. Es ist fürchterlich, nicht zu wissen, ob der eigene Bruder wieder nach Hause kommen wird, oder wie Matt ...« Sie stockt, sichtlich erschrocken.

»Wyatt hat mir von ihm erzählt«, beruhige ich sie.

Entgeistert öffnet sie ihre schmalen Lippen. »Hat er?«

Ich nicke.

»Ava ... Du ...« Sie stammelt irgendetwas vor sich hin, das ich nicht verstehen kann. Bis sie es wiederholt. Nachdrücklich und prägnant. »Du bedeutest ihm alles.«

Mein Herz rast, als Joy dies ausspricht. Sie hat keine Ahnung, was das in mir auslöst und wie viel Bedeutung ich solchen Worten schenke. Dazu kommt, dass ich keine Ahnung habe, wie ich damit umgehen soll. Wie viel Wert ich auf ihr Gesagtes legen kann.

Mir ist bewusst, dass Wyatt für alles noch etwas Zeit braucht. Deswegen hat der schwere Stein in meinem Magen, der sich nach seiner Absage gebildet hatte, auch an Gewicht verloren. Es ist okay und ich verstehe, dass er im Moment noch nicht bereit dafür ist.

Er ist längst mit Minou wieder zurück, während Joy und ich es uns auf der Couch bequem gemacht haben. Nun sitzt er neben mir.

Er drückt mir den zweiten Kuss in Anwesenheit seiner Schwester auf, was die ganze Sache zwischen uns irgendwie zu etwas Festem macht. Zumindest glaube ich das.

Wiederum sagte er, er mag es so, wie es zwischen uns läuft. Meint er damit das Undefinierbare?

Joy klopft sich auf die Schenkel. »Nun gut. Ich werde mich wieder aus dem Staub machen.« Sie steht von der Couch auf, beugt sich anschließend zu mir hinunter, dann umarmt sie mich unerwartet.

»Danke für alles, Ava«, haucht sie mir ins Ohr.

Ich sehe fragend in den Raum, weil ich keine Ahnung habe, was genau sie meint. »Keine Ursache?«

Dann umarmt sie Wyatt zum Abschied. Bevor sie geht, dreht sie sich noch mal schwungvoll zu uns, was ihre blonden Haare um ihre Schultern legt. »Ich hab noch was vergessen. Wyatt weiß es bereits. Aber für den Fall, dass es noch nicht weitergegeben wurde: Dieses Wochenende, also übermorgen, lade ich euch zu mir ein. Ich dachte, es kann ganz schön werden, wenn wir im kleinen Kreis sind. Wir machen ein kleines Lagerfeuer, rösten Marshmallows ... Es wären ein paar Freunde von mir mit dabei. Und ihr eben. Also, wenn du Lust hast, kannst du natürlich auch sehr gern mitkommen.«

»Das ist wirklich sehr lieb, Joy, und ich würde auch gern kommen. Aber ich bin an diesem Wochenende in Newport.«

»In Newport?«

»Mein Bruder heiratet. Mein Flug geht morgen früh.« Wenn ich an das kommende Wochenende denke, bin ich in absoluter Vorfreude.

»Das klingt toll. Dabei hatte ich gehofft, du könntest Wyatt eine Antwort rauskitzeln. Er hat sie mir bis heute nicht gegeben.« Sie sieht zu ihm.

»Ich komme nicht, Joy«, erklärt er.

»Als hätte ich das nicht bereits geahnt«, zwinkert sie, ohne vorwurfsvoll zu klingen.

»Dann holen wir das einfach nach? Mit euch beiden?«

Ich drehe mich zu Wyatt, der für uns antwortet. »Machen wir, irgendwann einmal. Versprochen.«

Ich muss lächeln. »Ich wünsche dir viel Spaß.«

»Ich wünsche euch noch einen wundervollen Abend.«

»Danke und bis bald.«

»Ganz bald.«

»Ganz bald«, wiederhole ich und ein Schmunzeln kommt mir über die Lippen.

»Jetzt zisch ab, Joy«, drängelt Wyatt.

Sie hebt abwehrend ihre Hände in die Höhe. »Schon gut.«

Und mit diesen Worten verlässt sie Wyatts Wohnung. Ich sehe zu ihm und freue mich auf die wenigen Stunden, die uns jetzt noch bleiben, ehe wir uns ab morgen vier Tage nicht sehen werden.

»So. Wir hier. Allein. Was machen wir jetzt?«, murmle ich. »Was möchtest du tun?«

Wyatt taxiert mich mit einem Blick, der sich nicht deuten lässt, und beißt sich auf die Unterlippe, dann zieht er sie ein. »Kommst du mal bitte kurz mit?« Ohne auf meine Antwort zu warten, hievt er sich bereits in seinen Rollstuhl.

»Wohin denn?«

»Komm einfach mal mit.« Es ist sein ungezwungenes Lächeln, das mich dazu bringt, ihm, ohne weiter nachzufragen, zu folgen.

Wir gehen durch den Flur, bis wir schließlich an einer geschlossenen Tür ankommen, hinter der ich noch nie gewesen bin. Wyatt öffnet sie.

Ein Bett, ein Kleiderschrank - sein Schlafzimmer. Überschaubar und gemütlich. »Was wollen wir hier?« Ich spüre die Furche zwischen meinen Brauen, als ich zu ihm hinabsehe.

Er zieht angestrengt die Luft ein, als wolle er dadurch kurz Mut schöpfen. Aber Mut für was?

»Ava.« Wyatt nimmt meine Hand, kreist mit seinem Daumen über meinen Handrücken, dann drückt er sie kurz.

»Ja?« Meine Skepsis ist kaum zu überhören.

»Der Grund, aus dem ich überhaupt noch am Leben bin, ist ein Zusammenprall aus zig gleichzeitig stattfindenden Zufällen gewesen. Gute, wie auch schlechte. Für die Menschen, die es betrifft, schwer zu ertragen. Das Ungeplante reißt uns manchmal aus den Angeln, verändert unser ganzes Leben.« Er schluckt schwer. »Und doch können wir nichts dagegen unternehmen. Wir können nur für die Zeit dankbar sein, die uns bleibt. Jede Sekunde davon irgendwie zu genießen versuchen. Und erst wenn es so weit ist, dass der Tod für einen kurzen Moment an die Tür klopft – und, Ava, ich weiß, dass er es bei mir tat – merke ich, wie verflucht endlich das Leben ist.«

»Ich bin sehr froh, dass du am Leben bist, Wyatt. Ich möchte mich gar nicht hineindenken, was wäre wenn ...« Er lächelt mich an. »Aber warum sagst du mir das?«

»Weil ich keine einzige Sekunde in meinem Leben mehr verschwenden will. Ich auch mal über meinen Schatten springen muss.«

»Ich verstehe nicht ...«

Er zeigt auf sein Bett, auf dem ein dunkelgrauer Anzug liegt. Es wirft mir nur weitere Fragezeichen auf.

»Wenn du noch möchtest, würde ich dich gern nach Newport begleiten.«

Meine Augen reißen sich ungläubig auf und mir verschlägt es für viele einzelne Momente die Sprache. »Würdest du?«

Er nickt. »Würde ich.«

»O mein Gott. Ich würde mich wahnsinnig freuen, wenn ...« Ich halte kurz inne. »Du weißt aber, dass ich nicht will, dass du dich zu irgendwas zwingst, was dir im Grunde unangenehm ist.«

»Ist es nicht. Es ist kein unangenehmer Gedanke für mich, mit dir dort hinzufliegen.«

»Ist es nicht? Aber warum hast du dann erst abgesagt?«

»Im Grunde habe ich nicht abgesagt. Ich hab nur nicht gleich zugesagt.«

»Und was hat dich dann dazu bewegt, mich zu begleiten?«

»Der Gedanke, dass es mit dir vermutlich ganz gut werden könnte.«

»Könnte ...« Spielerisch ziehe ich eine Braue in die Höhe.

»Weil es ganz gut werden wird, Ava«, korrigiert er. »Jetzt lass mich nicht so in der Luft hängen. Darf ich dich noch begleiten oder ...«

Ich kichere und lass mich auf seinen Schoß fallen. Dann lege ich meine Hände um seinen Nacken. »Natürlich will ich noch, dass du mich begleitest. Unbedingt sogar.«

Ich schlage ihm mit der Faust auf die Brust, weil ich einfach nicht glauben kann, dass er damit bis jetzt gewartet hat.

Er reibt sich die betroffene Stelle. »Hey. Wofür war das?«

Dann boxe ich ihn erneut.

»Und wofür war das?«

Ich zucke mit den Schultern. »Das bringt Glück.«

»Glück?«

»Ja, Glück.«

»Ava, Kleeblätter bringen Glück. Deine Foltertechnik hier nicht.«

Ich erwidere nichts, küsse ihn aber.

KAPITEL 14

Ava

Ich zupfe leicht an Wyatts Kapuze. Dabei versuche ich gar nicht mehr zu ignorieren, wie nah wir uns immer wieder kommen. Weder er noch ich haben bisher definiert, was das zwischen uns ist. Aber dass er mich auf die Hochzeit begleitet, all die Komplikationen auf sich nimmt, spricht doch dafür, dass wir irgendwie zusammen sind.

Wyatt ist wirklich mit mir hier. Er ahnt nicht annähernd, wie viel mir das bedeutet.

Ein weiteres Ticket für ihn zu besorgen, war keine Hürde. Das Glück war eindeutig auf unserer Seite. Denn jetzt befinden wir uns bereits gemeinsam am Gate und warten darauf, dass wir endlich ins Flugzeug dürfen.

Doch ein paar Minuten müssen bis dahin noch verstreichen. Ich setze mich auf Wyatts Schoß, streiche mit den Fingerspitzen über seine Schmetterlingsnarbe. Dann sieht er mich verträumt an und beginnt mit meinen Haarsträhnen zu spielen. Es ist schon fast zur Angewohnheit geworden, dass er das tut.

»In wenigen Stunden lerne ich also deinen Bruder kennen«,

murmelt er.

»Du wirst ihn mögen.«

»Daran habe ich keinen Zweifel. Und trotzdem. Erzähl mir ein bisschen was von ihm.«

Ich lege meinen Finger ans Kinn. »Mhm, wo fange ich da an ...« Ich überlege kurz. »Liam ist wunderbar. Er war immer der typische große Bruder. Und ja, vermutlich fehlt mir das. Es war eigentlich gar nicht so schlecht, dass Liam und ich zusammen in einem Haus wohnten, auch wenn wir uns gegenseitig ab und zu genervt haben. Mehrmals die Woche ging ich runter oder er kam hoch, um geschwisterlichen Smalltalk zu halten, der sich manchmal über Stunden hinzog und mit haufenweise Wein und Bier endete. Manchmal saßen wir auf der Couch und haben jeder ein Buch gelesen oder einen Film angesehen. Wir haben, bis auf gewisse Ausnahmen, einen recht ähnlichen Geschmack, was Bücher und Filme angeht. Das nicht mehr teilen zu können, fehlt. All das fehlt mir. Ich freue mich wahnsinnig für ihn und Hope. Und für den kleinen Sam. Aber das ändert nichts daran, dass er mir fehlt. Dass mir alle fehlen.«

»Verständlich.«

Wyatt streichelt meine Wange, als hinter ihm bekannte Gesichter näher kommen und uns aus der Zweisamkeit holen. Es ist Daniel, der beste Freund meines Bruders seit der Schulzeit. Neben ihm seine Frau Stella und drei weitere Freunde von Liam. Noah, Logan und Jacob. Jacob und Logan sind unzertrennliche Brüder, die wohl ihren Lebensweg für immer gemeinsam bestreiten werden.

Über die Jahre sind Liams Freunde auch irgendwie meine geworden. Wir sind nicht die dicksten, aber dennoch stehen sie für mich ein, wenn es nötig sein sollte. Vielleicht auch ein spezieller Ehrenkodex unter Freunden, auf die

Schwester des jeweils anderen achtzugeben.

Ich wusste, dass wir alle gemeinsam zur Hochzeit reisen würden. Deswegen bin ich auch nicht sonderlich überrascht, dass sie alle nun vor mir stehen. Wyatt habe ich flüchtig darauf vorbereitet.

Ich stemme mich auf und begrüße sie. Umarme jeden von ihnen.

»Wyatt, das sind Daniel, Noah, Logan und Jacob. Alles Freunde von meinem Bruder und mir.«

»Hey, Wyatt. Cool, dich kennenzulernen. Wir haben nur noch kein Sterbenswörtchen von dir gehört.«

Wie auch? Wir sehen uns kaum und außerdem wusste ich bis heute nicht wirklich, was Wyatt und ich sind.

Jeder begrüßt Wyatt herzlich und ich kann ihm ansehen, dass er es alles andere als schlimm findet. Das zeigt mir etwas für mich Relevantes: Wyatt kommt immer mehr in meinem Leben an.

Mein Herz wirbelt in meinem Brustkorb, als der Flieger auf dem Asphalt aufsetzt und ich wenige Minuten von Hope und Liam entfernt bin.

Meine Finger umschließen aufgeregt Wyatts Hand, die er an seine Lippen zieht und einen einzelnen Kuss darauf vergibt.

In diesem Augenblick könnte ich kaum glücklicher sein. Zum einen sehe ich Hope mit ihrer Kugel und Liam wieder, zum anderen habe ich Wyatt an meiner Seite. Hope schrieb mir, dass sie am Flughafen bei der Gepäckausgabe warten würden.

Dort angekommen, muss ich kaum nach ihren Gesichtern Ausschau halten, denn Hope hat ihren Arm in die Höhe gestreckt und winkt mir ausgelassen zu. Liam steht mit Sam vor seinen Beinen neben ihr.

»Da sind sie«, murmle ich überglücklich.

Die wenigen Meter, die uns trennen, überbrücke ich schnellstmöglich, indem ich Hope entgegenstürme und in meine Arme schließe, als hätten wir uns Jahre nicht mehr gesehen.

Sie drückt mich fester an sich. »Du bist hier.«

»Wie könnte es anders sein?« Meine Stimme zittert und ich schlucke schwer, weil sich so langsam die Tränen in meinen Augen sammeln. Vor purer Freude.

Dann löse ich mich von ihr, ziehe Liam an mich, der mich fest an seine Brust presst. »Hey, Ava.« Er platziert einen Kuss auf meinem Scheitel.

»Liam«, seufze ich, ehe ich mich hinunter zu Sam bücke und auch ihn an mich ziehe.

»Ane Ava.« *Tante Ava.*

»Hallo, mein Schatz. Wie geht es dir?«

Sam nickt ausgelassen und schmiegt sich noch einmal an mich.

Ohne viel Zeit verstreichen zu lassen, drehe ich mich zu Wyatt um, der bereits wartend hinter mir in seinem Rollstuhl sitzt. Hope und Liam sollen ihn endlich kennenlernen und den Grund sehen, der mich vollends glücklich stimmt. »Hope, Liam, das ist Wyatt.« Wyatt, den ich gestern doch den beiden anmelden durfte.

Ein stumpfes Lächeln formt sich auf seinen Lippen, als er ihnen zunickt. Es wirkt kühl, aber ich weiß, dass es gar nicht so gemeint ist. Er braucht einfach etwas, und wenn er sich dann einmal geöffnet hat, wird man merken, wie kostbar es gewesen ist, darauf zu warten. Geduldig zu sein. Mit dieser Eigenschaft ist er bei Hope ganz richtig. Auch sie konnte sich lange Zeit nicht wirklich von der Vergangenheit lösen. Aber als sie es dann getan hat, stand ihr nichts mehr im Weg zum ganz großen Glück.

Mein Bruder begrüßt Wyatt anständig. »Hey. Wir freuen uns, dich kennenzulernen. Ganz ehrlich.« Er reicht ihm die Hand und Wyatt erwidert die Geste.

»Geht mir genauso. Hey.«

Hope tut es ihm gleich, nur dass sie sich auf seine Höhe bückt und ihn, wie mich, in die Arme schließt, als gehöre er schon immer zu mir. Zu uns. Zu unserer Familie.

Hinter mir kommen Liams Freunde hervor und lassen sich ebenso herzlich in Empfang nehmen. Ich spüre Liams Glücksgefühl und die Freude, dass alle, die er bei seiner Hochzeit dabei haben wollte, gekommen sind. Sie den langen Weg auf sich genommen haben.

Unsere Eltern reisen morgen separat an und werden damit das erste Mal auf Wyatt treffen.

Meine Mom wird etwas verblüfft sein, da ich weder sie noch Dad in Kenntnis gesetzt habe, dass ich zu Liams Hochzeit eine Begleitung mitbringe. Ich glaube, dieses Wochenende wird ziemlich aufregend. Für uns alle.

Wyatt

Ich bin aus allen Wolken gefallen, als ich erkannt habe, wer uns erwartete. Hope ist die Frau aus Avas Laden. Die Frau, die sehr präsent dort aushängt. Nur mit dem Unterschied, dass sie eindeutig schwanger ist. Ihr Bauch ist nicht mehr zu leugnen und offensichtlich.

Ich bin verwundert, wie einfach der Flug für mich über die Bühne gegangen ist, auch wenn ich mich die wenigen Stufen auf meinen Platz tatsächlich heben lassen musste. Das Gefühl war erträglich.

Während wir uns zum Parkplatz des Flughafens begeben, ziehe ich Ava am Handgelenk ein wenig zu mir hinunter und flüstere etwas in ihr Ohr. »Hope ist die Frau auf deinen Fotos im Laden.« Keine Frage. Eine Feststellung.

Sie nickt. »Richtig.«

»Warum hast du nie etwas davon erwähnt?«, murmle ich.

Auf ihren Lippen liegt ein schiefes Grinsen. »Du hast nicht danach gefragt, wer genau sie ist.«

Ava richtet sich auf und zuckt mit den Schultern.

Hope und Liam wirken recht freundlich und ich fühle mich tatsächlich direkt wohl. Es ist nicht dieses unangenehme Gefühl des Nichtkennens, das zwischen uns steht. Das erleichtert mir die Situation.

Liam wirkt gestanden und sich seiner selbst absolut sicher. Hope hingegen ... Ich spüre, dass etwas auf ihren Schultern lastet. Ob man es mir ebenfalls anmerkt?

Wir biegen auf eine Schotterstraße ab. Kommen in dem Zuhause von Hope und Liam an. Unterkommen werden wir aber in der Location, wo die Hochzeit stattfinden wird. Zumindest so, wie ich verstanden habe.

Ich bin ziemlich beeindruckt, wie die beiden leben, mit Sam, der Ava eindeutig zu lieben scheint. Der Anblick, wie sie den kleinen Kerl in die Arme schließt, ist bedrückend und schön zugleich.

Ob sie sich selbst einmal Kinder wünscht?

Optisch hat das Haus von Liam und Hope einen Hang zur Verspieltheit. Das Satteldach ist deutlich in die Tiefe gezogen und eine überdachte Veranda umfasst die gesamte Breite der Fassade.

Mit dem nächsten Step sind wir schon im Wohnzimmer, das angenehm holzig riecht. Liam hat eine Rampe bereitgestellt, die mir das Überqueren der Treppenstufen zur Terrasse ohne Probleme ermöglicht.

Ava hat es ihm oder Hope also erzählt ...

Warum sollte sie auch nicht?

Untypisch entspannt atme ich einmal kräftig ein und erleichtert wieder aus. Meine Blicke gehen durch die großen Panoramafenster und legen sich in den Wald, der nur wenige Schritte von uns entfernt ist.

Sofort stürmt mir ein schwarzer Labrador entgegen, der mich aufgeregt anschnüffelt und um den Rollstuhl herumtänzelt. »Oh. Hey.« Automatisch fährt meine Hand über das dunkle Fell. Ich denke an Minou, der bei meiner Schwester untergebracht ist und vermutlich ein Hunde-Spa-Wochenende in vollen Zügen genießt.

»Das ist Barcley.« Es ist Hopes Stimme, die neben mir ertönt.

»Ich wusste gar nicht, dass ...«, beginne ich und werde von Ava unterbrochen.

»Ich habe es vergessen zu erwähnen.« Ava kniet sich zu Barcley hinunter und wuschelt durch sein Fell. »Wie konnte ich dich nur vergessen, mein Guter?« Dann sieht sie nach oben und trifft damit direkt auf Liam, der breit grinst. »Ich kann nicht glauben, dass ihr übermorgen heiraten werdet.«

Er zieht Hope an sich. »Wir schon. Es ist im Grunde doch eigentlich nur ein kleiner Teil von dem, was wir sind. Und trotzdem wird es höchste Zeit. Vor der Kleinen ist es einfach der perfekte Zeitpunkt.« Er legt seine Hand an Hopes Bauch.

»Und was wir in der Zukunft sein werden«, ergänzt Hope und küsst Liam.

Ich erkenne in Avas Blick, der diese Situation beobachtet, so viel Gutes. Freude, ehrliches Glück, Liebe.

»Kann ich die Tage noch irgendwas tun?«, fragt sie.

»Ich wollte morgen zwei Kuchen backen und die Location dekorieren.«

»Das kann ich doch machen, oder? Also das Kuchenbacken.«

»Das wäre mir eine große Hilfe. Denk aber daran, dass die Leute auch ein Stück haben wollen. Er darf nicht so süß sein.« Hope hebt mahnend einen Finger in die Höhe und lächelt dabei.

Ava legt ihren Kopf schief. »Schon klar.«

»Ansonsten bist du, glaube ich, zur Hochzeit selbst völlig eingespannt.«

»Für die Fotos.« Ava klatscht fröhlich in die Hände. »Ich habe alles dabei und sie werden wunderschön. Versprochen.«

»Daran besteht nicht der geringste Zweifel«, lacht Hope. »Liam fährt euch gleich zur Location. Da könnt ihr dann erst mal einchecken und dann sehen wir uns zum Abendbrot wieder, okay?«

Wir halten im Innenhof einer grandiosen Location, die selbst mir den Atem nimmt. Es wirkt wie ein kleines Schloss, erbaut aus braun-roten Backsteinen, die fast schon etwas Mystisches mit sich bringen. Ich hieve mich aus Liams SUV in den Rollstuhl.

Wir befinden uns abseits von Newport. Vor uns erstreckt sich nicht nur eine Weite von saftig grünem Rasen, man hat auch eine grandiose Sicht auf das Meer. Die unberührten, gepflegten und rollenden Grasflächen werden durch malerische Blumen ergänzt. Ich staune nicht schlecht, als sich mein Blick auf die Wasseroberfläche richtet und uns die Sonne entgegenscheint.

Ava hüpft aus dem Wagen und sieht sich ebenfalls um. »Es ist traumhaft schön hier.«

»Ist es. Es ist perfekt«, antwortet Liam. »Da drüben wird die freie Trauung stattfinden.« Er zeigt auf den Rasen, den ich eben noch so bewundert habe. »Das Wetter soll uns in die Karten spielen.«

»Und die Aussicht«, füge ich an.

»Das stimmt. Die Aussicht auf das Meer ist wirklich berauschend. Aber die Location hat so viel mehr zu bieten: eine einzigartige Mischung aus Schönheit, Weltklasse-Küche und professionell ausgebildetem Personal. Auch die über zwanzig Zimmer geben den Gästen zur Hochzeit einen atemberaubenden Blick auf das Meer. Es wird wie der Himmel auf Erden sein. Das verspreche ich euch.«

Ava kichert. »Entschuldige meinen Bruder, aber wenn es um ihn, Hope und die Hochzeit geht, wird er immer so ...«

»Kitschig«, beantwortet Liam selbst.

Ich hingegen schmunzle nur und lasse weiter das Ambiente auf mich wirken. Und das, obwohl es noch nicht wirklich festlich aussieht.

»Morgen kommen die Tische, Stühle und all die Dekoration, die wir bestellt haben. Hope würde sehr gern alles selbst organisieren und dekorieren, aber ihr Zustand lässt es nicht zu. Nicht mehr.«

»Dafür sind wir ja da«, erwidert Ava.

»Das wollte ich hören«, lacht Liam. »Aber erst mal zu eurem Zimmer. Das ist der Schlüssel. Wenn ihr dahinten durch den Haupteingang geht, ist es gleich rechts die vierte Tür. Richtet euch ein, während ich hier warte und noch einiges abkläre.«

»Okay.« Ava ergreift den Schlüssel und gemeinsam machen wir uns auf den Weg.

»Ich hoffe, es ist okay, dass wir zusammen ... Also, dass wir uns ...«

»Ein Zimmer teilen?«

»Genau.«

»Ich könnte mir nichts Schöneres vorstellen, Ava.« Und trotz der ehrlichen Worte hallen gewisse Ängste in mir wider. Es hat schon Jahre keiner mehr neben mir geschlafen. Seitdem die Sache vor zwei Jahren geschehen ist, habe ich das nicht zugelassen. Auch bei Ava wollte ich das gern noch etwas weiter herauszögern. Zumindest so lange, bis ich mit Dr. Kruger noch mehr an meinen nächtlichen Panikattacken gearbeitet habe. Aber es ist nun einmal eine

Tatsache, dass ich mir nichts Schöneres vorstellen kann, als abends neben Ava einzuschlafen und morgens mit ihr aufzuwachen. Ich liebe den Gedanken daran.

»Kannst du nicht?«

»Nicht an diesem Wochenende, nein.«

Ava

Wie verliebt kann man eigentlich sein? Ich wusste ja, dass meine Gefühle an diesem Wochenende Achterbahn fahren würden, aber jetzt, da Wyatt mit mir hier ist, weiß ich gar nicht, wohin mit all diesen Emotionen.

Nachdem wir gestern in unserem Zimmer eingecheckt haben, kurz die Zweisamkeit genossen und ich mir zwei, drei oder vielleicht vier Küsse gestohlen habe, sind wir zurück zu Liam und haben ihm geholfen, die ersten dekorativen Vorbereitungen zu treffen.

Ich bin für den Kuchen zuständig, habe mich in Liams und Hopes Küche zurückgezogen und schlage die Sahne auf.

Wyatt schleicht sich von hinten an mich heran und fährt mir sanft in die Beine, sodass ich einknicke und auf seinem Schoß lande. Aus Reflex lege ich meine Hände um seinen Nacken, ehe ich den Halt verliere.

»Ich wusste gar nicht, dass du backen kannst ...«, raunt er mir an die Lippen, als er mir überraschenderweise näher ist als vermutlich beabsichtigt.

»Na ja ...«, stammle ich. »Ich glaube, ich bin ganz gut im Backen. Zumindest besser als im Kochen.«

Er lässt mich nicht aus den Augen, nimmt sich jedoch einen Löffel, tunkt ihn in die Sahneschüssel und schiebt ihn sich anschließend in den Mund. Spielerisch zieht er eine Grimasse. »Das ist zuckersüß, Ava. Und ich meine so richtig süß.«

Ich weiche ein wenig mit dem Oberkörper zurück. »Das muss süß sein.«

»Aber nicht, dass alle, die davon essen, einen Zuckerschock erleiden.«

»Ist sie so süß?«

»Noch süßer.«

Ich stecke den Zeigefinger in die Sahne und probiere selbst. »Genau richtig.«

Dann merke ich, wie Wyatts dunkler Blick nachdenklich auf mir liegt.

»Gefällt es dir hier?«, muss ich wissen.

Einer seiner Mundwinkel hebt sich merklich in die Höhe. »Tut es. Es war richtig, mitzukommen. Und außerdem ...«

»Außerdem?«, hinterfrage ich.

»Du bist glücklich.«

Nun bin ich diejenige, die lächelt. »Das bin ich. Es hat zwar gedauert, mich daran zu gewöhnen, dass Liam und Hope ans andere Ende des Landes gezogen sind. Ich kann auch nicht leugnen, dass noch immer eine gewisse Schwere in meiner Brust liegt, die nicht vollends verschwinden möchte, wenn ich daran denke, dass uns so viele Meilen trennen. Aber ich gewöhne mich immer mehr daran. Jeder Mensch entwickelt sich eben. Jeder Mensch bleibt oder zieht weiter. Liam ist weitergezogen, und das aus den wohl verständlichsten und wundervollsten Gründen überhaupt. Aus Liebe.«

»Ich wusste gar nicht, dass du so poetisch sein kannst.«

Ich verdrehe die Augen. »Halt die Klappe.«

»Okay«, raunt mir Wyatt an den Mund, bevor er seinen auf meinen presst. Nicht mit Druck, nicht mit Drang, sondern leicht und vorsichtig. Seine Hand legt sich an meine Wange und erst dann verstärkt sich der Druck auf meine Lippen, ehe er wieder sanfter wird.

Wyatt bringt ein wenig Abstand zwischen uns. »Ava, ich ...«, beginnt er, wird jedoch im selben Moment von einem bekannten Gesicht unterbrochen.

Tolles Timing.

Ich hätte zu gern gewusst, was Wyatt sagen wollte. Doch dann kam Hopes Dad in die Küche. In seiner Hand einen Tortentopper voller Cupcakes.

»Oh. Hallo«, begrüßt er uns. »Ich wollte nicht stören.«

Leicht irritiert stehe ich von Wyatts Schoß auf, gehe auf Hopes Dad zu und begrüße ihn. »Hallo, Mr. Green.«

»Nenn mich doch endlich Thomas. Wie geht es dir, Ava?«

»Wunderbar. Darf ich Ihnen ... äh ...« Ich korrigiere mich. »Dir Wyatt vorstellen, ... Er ist mein …«, stammle ich. »Mein ...«

Wyatt kommt auf uns zugerollt und reicht Thomas die Hand. »Hallo, Mr. Green. Ich bin Wyatt und Avas Freund.«

Avas Freund.

Ich stehe verloren in der Küche, keine Ahnung, wie ich auf diese Aussage reagieren soll. Also grinse ich nur bescheuert vor mich hin.

Avas Freund. Das klingt gut.

Thomas sieht zwischen Wyatt und mir hin und her, als sich ein Lachen auf seinen Lippen formt. »Schön dich kennenzulernen, mein Sohn! Auch für dich bin ich Thomas. Einfach nur Thomas.«

Hinter ihm tritt Thomas' Freund hervor, ein schwarzer Mann mittleren Alters, der mir nicht unbekannt ist. Auch er ist mit Cupcakes ausgestattet. Bevor er sie auf der Küchenzeile abstellt, hinterlässt er einen Kuss auf Thomas' Wange. Dann kommt er uns wenige Schritte entgegen. Vor mir wirkt er riesig. Mindestens eineinhalb Köpfe größer als ich.

»Hallo.«

Paul reicht mir seine Hand und zieht mich an sich, ehe er Wyatt begrüßt. »Hallo, ihr beiden. Schön, dass ihr da seid.«

Das ist es wirklich. Schön, dass ich da bin. Mit Wyatt.

Und dass soeben meine Eltern um die Ecke kommen, Wyatt endlich kennenlernen und ihn – da habe ich keine Zweifel – genauso lieben werden wie ich, rundet mein Glück einfach nur ab.

KAPITEL 15

Ava

Heute ist der große Tag angebrochen.

Isa, Hopes Kindheitsfreundin, nimmt das Brautkleid von der Zimmertür und bringt es zu uns. Ich bin mindestens genauso nervös wie Hope, die soeben in ihr Hochzeitskleid steigt. Es ist elfenbeinfarben, hat einen verspielten Touch und ist an Ärmeln, Dekolleté und Rücken mit einer wunderschönen Tattoospitze versehen. So steht sie vor uns. Wie ein Engel, der bereit für das i-Tüpfelchen seines Glücks ist.

»Du bist wunderschön, Hope«, spreche ich, weil sie es wirklich ist. Mit jedem Klick auf den Auslöser fange ich diese Tatsache ein.

»Sehe ich genauso«, erwidert Isa und streift ihre offenen blonden Haare nach hinten.

Ich halte den Moment mit der Kamera fest.

»Vielen Dank euch beiden. Aber Ava?«

Von meinem Kameradisplay sehe ich zu ihr auf. »Ja?«

»Bevor der Tag heute so richtig Fahrt aufnimmt, kommen wir erst mal zu dir.«

Ich sehe sie irritiert an. »Was meinst du damit?«

»Erzähl mal. Was ist da zwischen dir und Wyatt?«

»O ja. Das würde mich auch interessieren«, kichert Isa. »Der ist echt heiß.«

Ich zische nur und grinse, fange aber auch zu stammeln an. »Zwischen mir und Wyatt?«

»Du magst ihn ...«, spricht Hope das Offensichtliche aus.

»Natürlich tue ich das. Ich mag ihn sogar sehr. Wie tief es aber von seiner Seite aus geht, ist noch schlecht zu sagen. Also, er braucht einfach Zeit, weil ...«

Aber Hope unterbricht mich, ehe ich ausreden kann. »Warum sagst du so was? Wyatt mag dich. Genauso sehr wie du ihn. Das sieht man.«

»Sieht man das?«

»Ava, er ist hier. Mit dir. Auf einer Hochzeit. Aber was ich eigentlich wissen will: Hat er Potenzial, zu deinem Herzensmenschen zu werden?«

Ich brauche nicht lange zu überlegen. »Auf jeden Fall. In jeglicher Hinsicht.«

»Das freut mich sehr für dich. Noch glücklicher wäre ich, wenn du bei ihm ankommen kannst, Ava.« Das hoffe ich für mich selbst auch und ich glaube, wir sind auf einem perfekten Weg dahin.

Hope streichelt ihren Bauch, in dem ihre kleine Tochter heranwächst. Ihr Hochzeitskleid bringt ihre Schwangerschaft perfekt zur Geltung.

»Es ist bald so weit«, murmle ich, aber Hopes Miene verdunkelt sich leicht.

Ich gehe auf sie zu und berühre ihren Arm. Auch Isa wirkt ein wenig verwundert, als spüre sie ebenfalls, dass Hope etwas auf der Seele liegt. »Ist alles okay? Bist du nicht glücklich?«

»Ich bin sehr glücklich, Ava. Ich liebe Liam.«

»Aber?«, spreche ich aus, was ich ganz deutlich in ihren Worten hören konnte.

»Es ist verrückt, aber ich musste an Sam denken. Sam und ...«

»Mila«, antworte ich für sie. Sam, ihr Verlobter, und Mila, ihre verstorbene Tochter.

»Meine Mila«, flüstert sie und wischt sich eine Träne aus dem Gesicht.

»So verrückt ist das gar nicht«, flüstere ich einfühlsam.

Hope sieht zwischen Isa und mir hin und her. »Nicht? Ich habe mir die letzten Tage vorgestellt, wie es wäre, wenn ...«

Dann ist es Isa, die die Worte mit Bedacht wählt, was nicht ganz ihre Stärke ist. Aber heute gelingt es ihr gut. »Wenn Sam am Altar auf dich warten würde? Sam und Mila.« Isa stoppt kurz. »Nein, Hope, das ist nicht verrückt. Sam war deine erste große Liebe und wurde dir vom Schicksal auf grausame Art und Weise einfach genommen. Es wäre alles anders gekommen, wenn dir all das nicht passiert wäre. Und in irgendeinem Paralleluniversum seid ihr auch glücklich verheiratet. Mila tänzelt um euch herum und ihr ...«

Mit einem ehrlichen Lächeln stimme ich Isa zu, denn auch ich glaube wirklich daran.

»Aber ich könnte mir keinen perfekteren Mann an meiner Seite vorstellen als Liam und ich liebe unsere Kinder.« Sie streichelt über ihren Bauch. »Ich könnte mir kein besseres Leben für uns wünschen.«

»Das wissen wir, Hope«, sage ich.

»Ist das aber nicht völlig wirr? Ich muss so oft an Sam denken. An Mila.«

»Liam ist dein großes Glück nach all den tiefen Rückschlägen des Lebens. Sam und Mila werden immer präsent sein. In euer beider Leben. Und das weiß Liam. Und er würde sich niemals wünschen, dass du sie hintanstellst, Hope. Nie«, versuche ich ihre wirren Gedanken zu lösen.

»Das klingt, als wäre er meine zweite Wahl.«

»Nein, Hope. Er ist die erste Wahl in einem Leben nach tiefen Rückschlagen«, wiederhole ich.

Hopes Augen werden weich und füllen sich nur mehr mit Tränen. Dann zieht sie Isa und mich in ihre Arme. »Danke, Ava. Danke, Isa.«

»Für was denn?«, murmle ich.

»Dass ihr immer etwas in mir gesehen habt, das ich eine lange Zeit nicht sehen konnte. Du, Ava, hast damals in Nashville mein Leben wieder lebenswert gemacht. Liam und du ... Mit dir fing aber alles an. Und Isa, du hast mir die Tritte in meinen Hintern verpasst, die ich so dringend nötig hatte.« Hope beginnt nach ihren letzten Worten zu kichern. Isa und ich tun es ihr gleich.

Dann streichelt Hope meine Wange. »Wenn Wyatt nicht erkennt, wie wundervoll du bist, ist er mehr als blind, Ava.«

Und als Hope das sagt, lächle ich leicht und wünsche mir gleichzeitig etwas. Denn ich hätte mit Wyatt gern das, was Liam und Hope haben.

Nach all den Emotionen, die auf uns drei einprasseln, gewähren Isa und ich Hope noch einen Moment allein, ehe sie an den Altar treten wird.

Bevor ich den Raum verlasse, wende ich mich noch einmal an Hope. »Geht es dir gut?«

»Jetzt geht es mir sogar mehr als gut, Ava.«

Dann trete ich aus ihrem Zimmer, ziehe die Tür hinter mir zu und starre mit einem Mal in die schönsten Augen dieser Welt.

Allein sein Anblick wirft mich komplett aus der Bahn. Sein kurz rasiertes, dunkles Haar, das Funkeln seiner Augen, als hätte er irgendetwas geplant, und das Grübchen auf seiner Wange. Ich mag es, wie edel er in seinem grauen Anzug wirkt, und dennoch bevorzuge ich den Wyatt, der in einem seiner kuscheligen Pullover steckt.

Nicht zum ersten Mal wird mir klar: Wyatt ist absolut perfekt. Für mich.

Natürlich könnte er der Eine für mich sein. Die Vorstellung zumindest fühlt sich gut an und richtig – in jeglicher Hinsicht.

Wyatt

»Du und meine Schwester also? Ist das was Ernstes?«

Ernst – ein so verschieden definierbarer Begriff.

Liam bindet sich die Krawatte und eigentlich habe ich keine Ahnung, was genau ich in einem Raum mit diesem für mich noch immer fremden Menschen soll. Aber er hat mich gefragt, ob wir uns gemeinsam fertig machen wollen, daher dachte ich: Warum nicht? Mich mit ihm zu verstehen, wäre schon einmal die halbe Miete für Ava. Es ist ihr wichtig, das weiß ich.

»Wenn ich das wüsste, dann würde mich die Frau vermutlich nicht immer so aufgewühlt zurücklassen«, erwidere ich ehrlich, weil ich das Gefühl habe, dass ich es ihm gegenüber sein sollte. Ich würde es nicht anders von Joys Bekanntschaft erwarten. »Dann wüsste ich, wie ich dran bin und was das zwischen uns ist.«

»Was das zwischen euch ist ...« Liam schmunzelt. »Das siehst du nicht?«

»Du etwa? Also ich meine, ob das so richtig ernst zwischen uns ist.«

»Ava ist meine Schwester. Auch wenn uns jetzt zig Meilen trennen, werde ich sie immer lesen können.«

»Dann hilf mir. Was siehst du? Ich kann Avas Gedanken nicht annähernd lesen, obwohl meine Wahrnehmung immer recht gut war.«

»Das musst du auch nicht - ihre Gedanken lesen, Wyatt.

Mach einfach die Augen auf. Dann erkennst du es selbst.«

Ich fasse es nicht. »Warum müsst ihr alle so in Rätseln sprechen?« Doch statt weiterzureden, grinst Liam nur in den Spiegel und beobachtet mich durch selbigen.

»Du machst Ava glücklich. Nur das ist wichtig. Für mich. Für meine Familie.«

Und dass wir glücklich sind, ist doch eigentlich allein das, was zählt, oder?

Als ich die Tür hinter mir zuziehe, um Liam die Ruhe zu lassen, die ein Bräutigam vor seiner Trauung wohl benötigt, höre ich, wie sich die gegenüberliegende öffnet. Ava drängt sich in ihrem bodenlangen, marineblauen Kleid durch einen Spalt.

Als sich unsere Blicke treffen, kann ich meine Sicht nicht von dieser Frau abwenden. Dieser unfassbar schönen Frau, die in den letzten Wochen mein Leben ordentlich aus den Fugen gehauen hat. Und doch irgendwie in vernünftige Bahnen lenkte. So kurios es auch klingen mag.

»Wyatt.« Mein Name aus ihrem Mund klingt so sanft, unterstrichen mit dem Lächeln, das ich von Tag zu Tag mehr mag. »Was machst du hier draußen?«

Wie sie vor mir steht, in diesem leicht glitzernden Abendkleid, das ihre Proportionen perfekt umschmeichelt, nimmt mir kurz die Spucke. Also bleibt mir nichts anderes übrig, als schwer zu schlucken. »Das Gleiche wie du vermutlich. Dein Bruder ist da drin und ich wollte ihm einen Moment lassen.«

»Ich wusste gar nicht, dass ihr euch zusammen fertig macht. Aber ja, dann tust du wirklich das Gleiche wie ich.

Aus den gleichen Beweggründen.« Sie wirft ihren Daumen über die Schulter und kichert. »Hope ist da drin.«

Für einen kurzen Moment ist es still zwischen uns und wir beide wirken fast verloren auf diesem breiten Gang, von dem einige Zimmer abgehen.

»Du siehst gut aus«, unterbricht Ava die Stille und zieht ihre kleine Handtasche fester an sich.

»Danke«, ist das Einzige, das aus meinen Lippen fährt.

Sag ihr, wie schön sie ist, so wie sie gerade dir gestanden hat, was sie denkt. Tu es, du elender Volltrottel!

Mein Hirn rebelliert, aber ich starre Ava nur weiter an. So lange bis sie ihre großen braunen Augen in schmale Schlitze legt. »Ist alles in Ordnung oder warum schaust du so?«

Ich schüttle mich wieder ins Hier und Jetzt zurück. »Alles bestens. Es ist nur ...« Ich sammle mich und balle meine Hände zu Fäusten. »Du bringst mich gerade ziemlich aus der Fassung.«

»Ich bring dich aus der Fassung?« Ava kichert. »Mit was denn?«

»Hast du mal in den Spiegel gesehen?«

Ava legt ihren Kopf ein wenig schief, dann schluckt sie schwer. »Du wirkst nicht gerade wie jemand, der schnell aus der Fassung zu bringen ist. Vor allem nicht mit so was.« Sie zeigt auf ihr Kleid, das sie vermutlich für absolut unscheinbar hält. An ihr hingegen ist es ...

Sie ist einfach wunderschön.

»Wenn jemand anderes darin stecken würde, wäre es mir auch ziemlich gleichgültig«, antworte ich ehrlich.

Ava sieht mich an, als würden ihr meine Worte die Welt bedeuten.

»Aber wenn ich deiner Meinung nach nicht wie jemand

wirke, der so einfach aus der Fassung zu bringen ist, wie wirke ich denn dann?«, frage ich sie, als ich ihre Aussage im Kopf wieder und wieder durchgehe.

Sie strafft ihre Schultern. »Na ja, zum einen hast du immer einen fokussierten Blickkontakt und scheinst jeden damit in den Boden schieben zu wollen.«

»In den Boden schieben zu wollen?« Ich muss lachen.

»Lach nicht«, fordert sie, also verkneife ich es mir und versuche, so ernst wie möglich zu bleiben. Aber diese Situation ist zu schön, um so streng zu sein. »Manchmal bist du etwas steifer in der Haltung, als man es gewohnt ist. Aber nichts, was auf einen Menschen hindeutet, den jemand aus der Fassung bringen könnte.«

»Weiter.«

Ava kommt wenige Schritte auf mich zu. »Ich weiß, dass du, Wyatt, jemand bist, der die Dinge gern unter Kontrolle hat.«

»Aber ich muss einsehen, dass Kontrolle nicht immer möglich ist. Manches verselbstständigt sich ungewollt.«

»Manches verselbstständigt sich. Richtig.«

»Das mit dir zum Beispiel. Es ist nicht so, als hätte ich das geplant.« Ich fahre ein wenig auf sie zu und erkenne eine gewisse Nervosität in Avas Augen, die vermutlich ebenso in meinen rebelliert.

»Das mit mir?«

»Das mit dir. Das mit uns.« Ich ziehe meine Unterlippe ein. »Es gibt, glaube ich, nichts, was mich sonst so aus der Bahn hauen könnte. Das schaffst nur du, Ava. Du bist wunderschön.«

Ich bin so verliebt in diese Frau. Wie schwer, lässt sich schlecht feststellen. Doch es reicht, dass sich meine Gefühle seit Tagen, wenn nicht sogar Wochen, verselbstständigen und ich sie einfach nicht mehr unter Kontrolle habe.

»Oh, wow. Das ...«, stottert sie. »Kam jetzt überraschend.« Ihr schießt die Röte in die Wangen.

»Du wirst rot.«

»Wie soll ich das auch verhindern? Das hat einfach noch niemand zu mir gesagt und ich habe damit nicht gerechnet.«

»Dich hat noch niemand drauf hingewiesen, dass du schön bist?«

»Nicht, wenn er sich dadurch nicht mehr erhofft hat. Also, wenn ...«

»Ich verstehe schon«, unterbreche ich sie. »Da musst du bei mir keine Sorge haben.« Dafür habe ich ihr bereits viel zu lange gezeigt, wie zurückhaltend ich in *dieser* Sache sein kann. Vermutlich, weil ich auch einfach nicht weiß, wie es tatsächlich werden könnte, wenn sie und ich ... Jedoch ist es nicht so, als hätte ich mir darüber nicht schon meine Gedanken gemacht. Die Vorstellungen versuche ich immer schnell beiseitezuschieben, bevor sich etwas an Ort und Stelle regt, das vorerst ruhig bleiben soll.

»Ich weiß«, schmunzelt sie. »Wie dem auch sei. Lass uns gehen. Ich denke, wir können bestimmt noch bei dem einen oder anderen mithelfen.« Und mit einem Schlag löst Ava die Situation, die zwischen uns doch ein wenig zu knistern begann.

Sie läuft vor mir und ich stupse sie mit dem Rollstuhl sanft an, ziehe sie am Handgelenk auf meinen Schoß.

Ein kleines Quietschen entflieht ihren Lippen.

Ihr unverkennbarer süßer Duft steigt mir in die Nase und die Kombination aus alldem scheint in mir eine Kurzschlussreaktion auszulösen. Eine *wunderschöne* Kurzschlussreaktion.

Und dann kann ich nicht anders. Ich nehme ihr Gesicht zwischen meine Hände, unterbreche sie in dem, was sie zu sagen versucht, und küsse sie.

Für den Bruchteil einer Sekunde verselbstständigen sich unsere Körper und mitten auf dem Flur pressen wir uns immer enger aneinander. Bedenkenlos fahre ich über die unbedeckte Haut an Avas Rücken, bevor ich zu ihrem Gesicht zurückwandere. Ihre Wangen sind warm, glühen bereits leicht. Ihre Lippen finden so zaghaft und gleichzeitig drängend meine, dass ich mich völlig darin verliere. Dabei muss ich mir eingestehen, dass, wenn es nach mir geht, ich niemals etwas anderes möchte, als Ava nahe zu sein.

Es ist zu spät, denn ich bin der Frau mehr als verfallen. Und mit dieser Einsicht presse ich meinen Mund erneut auf ihren. Das schöne Gesicht in meinen Händen zeigt mir, wie real Ava für mich ist. Wie greifbar nah ein perfektes Leben mit ihr ist. Ich erlaube mir für einen Moment, dieses Gefühl zu genießen. Avas warme, weiche Lippen schaffen es, mich aus dieser irrsinnigen Realität zu holen, in der ich nur als gebrochener Soldat existiere. Diese Verbindung zwischen Ava und mir war mir von Anfang an schleierhaft, dennoch ist sie einfach da, als existiere sie schon Jahre.

Auch wenn das hier nicht mein erster Kuss ist, auch nicht mit Ava, ist es mit Sicherheit der erste, der es schafft, mich das Gefühl von *Ankommen* empfinden zu lassen.

Als könnte ich mit meinen eigenen Beinen über die hügeligste Wüstenlandschaft stolzieren, und das ohne Probleme, ohne Mühe. Vielleicht hatte ich Ava schon leidenschaftlicher oder fordernder geküsst, doch dieser Kuss ist anders. Ruhiger, sanfter. Weil ich es so brauche und ich einfach davon ausgehe, dass es Ava ebenfalls so geht. Als wären wir aufgewirbelte Sandstürme, die ein wenig Ruhe gut vertragen könnten, küssen wir uns sanft.

Dieser Kuss ist eine Berührung zwischen zwei Menschen, die es nicht mehr schaffen, das, was sie fühlen, mit Worten zu sagen. Wobei ich sowieso schon schlecht sagen kann, was ich fühle. Und dann kommt es erneut zwischen uns, dieses Prickeln, das so unausweichlich erscheint. Alles wird intensiver, alles bestimmter.

Ich vergrabe eine Hand in ihren Haaren, die sie sicherlich mühevoll zurechtgemacht hatte. Gleichzeitig bewegt sie ihren Mund und saugt an meiner Unterlippe. Sie berührt sie mit ihrer Zunge. Ava schlingt ihre Hände um meinen Nacken. Ihre Zunge findet schon fast automatisch den Weg in meinen Mund, und auch wenn mein Verstand klare Signale senden würde, warum das hier keine gute Idee sein sollte, würde ich es nicht schaffen, Abstand zwischen uns zu bringen. Ich will es ganz einfach nicht mehr.

Denn ich bin dieser Frau im höchsten Maße verfallen.

Ava

Es war verdammt schwer, voneinander loszukommen, und ich schwöre, wenn keine Trauung auf uns gewartet hätte, wäre ich mit Wyatt in unserem Zimmer verschwunden. Zwischen uns knisterte es so richtig.

Ich sollte mich voll und ganz auf die Zeremonie konzentrieren, die in wenigen Minuten stattfinden wird. Aber allein meine Hand in Wyatts lässt das kaum zu.

Ich bin so sehr auf diesen Mann fixiert, dass ich gar nicht weiß, was genau um mich geschieht. Was mit mir geschehen ist.

Doch jetzt wird es Zeit, sich auf meinen heutigen Job zu stürzen. Liams wegen. Hopes wegen. Und damit tue ich das, was ich am besten kann. Fotografieren und die Menschen vor mir perfekt in Szene setzen.

Also lasse ich Wyatts Hand los, schenke ihm ein Lächeln und stehe auf. Dann gleitet sie schon in den Raum: Hope. Schöner denn je. Auf ihr liegt der Blick meines Bruders, den ich sofort einfange. Und ich weiß, er kann in diesem Moment sein Glück kaum fassen. Bevor Thomas Hope an Liam übergibt, kommt Sam noch mal auf seine Mom zugerannt und drückt sich fest an sie. Sie nimmt ihn auf ihre Arme und gibt ihm einen letzten Kuss, bevor sie ihre Hand in Liams legt.

In dieser Bewegung und in ihrem Blick liegt so viel Liebe, die uns alle in ihren Bann zieht. Ich versuche, jeden

Moment davon einzufangen.

»Ich liebe dich, Hope«, flüstert er ihr zu, ich kann es auf seinen Lippen lesen. Sie erwidert es erneut mit einem Kuss.

Und dann beginnt die Trauung, die Besiegelung der Liebe zwischen Hope und meinem Bruder. Zwei Menschen, die mir die Welt bedeuten. Ich blicke zu Wyatt und sehe ihn an. Auch er bedeutet mir von Tag zu Tag mehr. Und ja, langsam dreht sich alles um ihn. Und es fühlt sich verdammt gut an.

Wyatt

Ich betrachte die tanzende Menge und beobachte Ava, die es mir gleichtut. Sie hat sich eine fotografische Pause gegönnt, die ihr mehr als zusteht, und genießt nun auf andere Weise den Tag. Sie lächelt und bewegt sich auf ihrem Stuhl zur Musik.

Damit überkommt es mich.

»Tanz mit mir, Ava«, spreche ich und reiche ihr meine Hand. Mir ist durchaus bewusst, dass wir nicht so tanzen können wie die anderen Gäste. Und dennoch, mein Gefühl sagt mir, dass Ava nicht ablehnen wird.

Sie sieht mich an, mit großen, leuchtenden Augen, als hätte sie genau auf diese Worte gewartet.

»Unfassbar gern.«

Sie steht von ihrem Stuhl auf, windet sich an den Tischen vor uns vorbei und ich rolle ihr nach. Als wir uns zwischen all den tanzenden Menschen befinden, dreht sie sich zu mir um. Und als hätten wir es schon einige Male gemacht, setzt sie sich auf meinen Schoß und lässt sich von mir hin und her wiegen.

Ihre Arme legen sich um meinen Nacken und damit zieht sie sich etwas näher an mich. Ihr rehbrauner Blick schwebt zwischen meinen Augen und meinen Lippen. Also küsse ich sie und Ava kommt mir noch etwas näher.

»Was denkst du gerade?« Ich streife ihr eine Strähne aus dem Gesicht und streichle mit der Fingerspitze ihre Wange.

»Dass das schön ist.«

Ich lege meine Augen in leichte Schlitze. »Was genau?«

»Das mit uns.«

Ich lächle. »Find ich auch.«

Dann küsst sie mich. Wie so oft an diesem Tag. Und ich würde Ava gern ganz genau beschreiben, was ich fühle. Schließlich sind es nur drei kleine Worte und jeder Depp kann eigentlich schon sehen, was in mir vorgeht. Und jeder Idiot kann erkennen, wie Ava fühlt. Und doch bekomme ich nicht ein Wort raus, wenn sie vor mir steht. Es ist bitter. Für sie. Für mich. Mehr für mich als für sie.

Dabei bin ich mir so sicher in dieser Sache. Ich sehe klarer, als ich es jemals getan habe: Bei Gott, ich liebe Ava. Ich liebe ihr Wesen. Ich liebe das, was sie ist. Ich liebe sie mit jeder verdammten Faser meines kaputten Körpers, der in ihrer Nähe alles andere als kaputt zu sein scheint.

Warum kann ich es ihr einfach nicht sagen?

Während Ava erneut auf Fotofang geht, spüre ich Hopes Blicke auf mir, die sich gerade auf Avas Platz setzt. »Du und Ava also? Es war kaum zu übersehen.«

»Ava und ich. Auf jeden Fall. Sie tut mir gut.«

»Kann ich verstehen.«

Das überrascht mich. »Kannst du?«

»Wenn du gebrochen bist, Wyatt, dann sind die Connors ein ganz guter Gips. Sie halten dich zusammen. Und wenn dein Bruch verheilt ist, schubsen sie dich regelrecht ins Leben zurück. Ob du willst oder nicht. Und Ava ist noch weitaus hartnäckiger als ihr Bruder. Glaub mir.«

Ich sehe fragend zu Hope. »Wer sagt dir, dass ich gebrochen bin?«

»Wenn du nach allem, was du durchgemacht hast – und man kann erahnen, was du durchmachen musstest – nicht gebrochen bist, wärst du ein emotionsloser Snob. Und das bist du nicht. Sonst wärst du nicht mit Ava hier. Hier bei uns.«

»Klingt logisch«, erwidere ich grinsend.

»Außerdem weiß ich, wie es ist, kaputt zu sein. Liam hat mich schließlich repariert. Irgendwie. Ich bin froh, ihn zu haben. Sogar mehr als das.« Hope stoppt und sieht zu Ava. »Und sie? Ava fehlt mir. Und Liam fehlt sie auch.«

»Warum dann Newport, Hope? Warum nicht Nashville?«

»Weil hier mein Zuhause ist. Unser Zuhause. Auch wenn es lange Zeit nicht so schien, dass ich wieder heimkommen würde.«

»Wie meinst du das?«

»Nun ja. Ich habe Liam und Ava in einer sehr schweren Lebenssituation kennen und lieben gelernt. Ich war vor alldem hier ebenfalls in einer sehr glücklichen Beziehung. Sam und ich ...« Hope schließt für einen Moment ihre Lider. »Wir waren schon lange zusammen und glücklich. Doch eines Nachts geschah ein Unfall. Sam war tot, ebenfalls unsere ungeborene Tochter.« Das ist sie also. Die Last, die ich direkt an ihr sehen konnte. Vermutlich wird man, wenn man selbst schlimme Dinge durchmacht, sensibler.

»Das tut mir sehr leid, Hope. Du musst auch nicht jetzt, nicht hier, darüber sprechen. Das ...«

»Danke, aber das ist nichts, was man verschweigen muss. Egal was ist, welcher Tag ist. Das wäre eher, als würde ich sie vergessen. Und ihnen nicht den Respekt erweisen, der den beiden gebührt. Sie sollen ebenfalls hier sein. Hier bei mir. Und nicht über sie zu reden, ist dem Vergessen gleichgestellt.«

Hat Hope recht damit?

Ich rede kaum über Matthew …

»Wie konntest du das überstehen? Ich meine ...«

»Ava und Liam haben mich in jener Zeit aufgefangen. Sie waren mein Anker.« Hope beginnt und stoppt im selben Atemzug. »Das war nicht leicht für die beiden, weißt du. Und dennoch haben sie es irgendwie geschafft, mich ins Leben zurückzuholen. Sam war mein Verlobter. Alles war perfekt und ich hatte mehr, als ich mir jemals zu träumen gewagt habe. Bis irgendwann der 17. November anbrach und sich mein Leben verändert hat. Ich für den Moment alles verloren habe.« Hopes Lippen zittern ein wenig. »Die Narben in meinem Gesicht stammen von dem Unfall. Es sind alles Male, die mich immer an diesen fürchterlichen Tag erinnern werden. An dem Tag hatte ich nicht nur Sam und Mila verloren. Sondern auch jegliche Liebe zu allem, was mich an die beiden erinnerte. Bis Liam kam und sich wortwörtlich in mein Leben schob. Ganz ruhig und mit ziemlich viel Feingefühl.« Ich unterbreche Hope.

»Wie Ava.«

»So sind die Connors. Sie drängen dich nicht. Zu nichts.«

Hopes grausame Vergangenheit geht mir unter die Haut.

»Ich dachte wirklich, ich könnte nie wieder so tief lieben, wie ich einst geliebt habe, und ich hatte so unfassbare Angst, all das wieder durchmachen zu müssen. Denn ich wusste, ich würde so was kein zweites Mal überleben. Deswegen bin ich aus Newport weggegangen. Um mein Leben wieder auf die Reihe zu kriegen. Dann traf ich erst auf Ava. Durch sie auf Liam. Beide haben mein Leben wieder bunt gemacht.« Hope stoppt für einen Moment. »Und Liam hat ab dem ersten Tag unseres Kennenlernens alles so viel erträglicher für mich gemacht. Ich muss zugeben, dass die

Gefühle und die Geschehnisse meiner Vergangenheit noch immer schmerzen. Und es wäre vermutlich auch schlimm, wenn dem nicht so wäre. Dieses Haus war damals Sams Projekt. Glaub mir. Alles schien unmöglich zu sein. Allein. Wenn ich in das ehemals gemeinsame Schlafzimmer von Sam und mir gegangen bin, lief es mir immer eiskalt den Rücken hinunter. Meine Gedanken waren ... Schrecklich. Aber mit Liam war alles einfacher.«

»Und jetzt seid ihr verheiratet.«

»Und jetzt sind wir verheiratet«, erwidert sie glücklich. »Du bist bei Ava gut aufgehoben. Denn bei ihr kannst du fühlen, durchdrehen, verzweifeln. Sie wird dich nicht verlassen, wenn du es nicht willst.« Ich sehe zu Ava, die ausgelassen mit ihrem Neffen Sam tanzt und ihn in die Luft wirbelt. All ihre Aufmerksamkeit ist auf ihn gelegt. Sie strahlt und leuchtet. »Sie hat so viel Liebe zu geben und wird sicher eine wunderbare Frau werden. Eine noch viel tollere Mom.« Ich sehe abrupt zu Hope und reiße die Augen auf, weil mir ihre Worte einen unfassbaren Stich versetzen. *Mom* ...

Denn das, was ich fühle, und das, was ich soeben auf der Tanzfläche sehe, beißt sich gerade mehr als alles andere in mein Hirn.

Dabei hat Hope doch eigentlich nur recht. Ava würde eine tolle Mom abgeben. Irgendwann einmal.

Die Worte der Braut hallen in meinen Gedanken auf und ab, während ich sie mit Ava tanzen sehe. Sam springt um sie herum und Ava hebt ihn immer wieder glückselig an sich. Während mich der Kleine gedanklich immer wieder nach Afghanistan zerrt, wirkt Ava glücklich. Ich schlucke schwer, immer und immer wieder.

Es muss aufhören, dass du in jedem Kind ihn *siehst.*

Welch schwaches Mantra.

Avas Eltern sitzen vor mir, und statt mich auf ihre Erzählungen zu konzentrieren, und so meine Chance zu nutzen, Avas Familie besser kennenzulernen, höre ich nur mit halbem Ohr zu. Die andere Hälfte lauscht Ava und ihrem befreiten Lachen. Und wieder frage ich mich, ob ich Ava jemals das geben könnte, was sie sich wünscht. Ob es für uns jemals eine Zukunft geben kann, die sie sich vorstellt. Denn Kompromisse eingehen sollte keiner.

Hättest du dir das nicht etwas früher überlegen können, die wichtigen Dinge des Lebens zu hinterfragen?

Ich war vermutlich noch nie gespaltener in meinen Gedanken und Worten. Meine Gedanken, die das sehen, was sie sehen. Eine überglückliche Ava, die mich ebenso glücklich macht. Und dann sind da Hopes Worte, dass Ava mich niemals verlassen und eine wundervolle Mom sein würde. Nur liegt ein riesengroßes Problem zwischen mir und dieser Wahrheit, die Hope ausgesprochen hat. Ich werde nie als Dad funktionieren, wie es Ava als Mom würde. Und wir sind nun einmal in einem Alter, in dem man mit so was durchaus plant und damit rechnen kann. Ava wird irgendwann Kinder wollen und ich werde in jedem Kind nur *ihn* sehen. Den kleinen Jungen, dem ich das Leben nehmen musste.

Also: Kann ich Ava in der Zukunft wirklich gerecht werden?

»Du starrst sie an, Wyatt.« Es ist Hope, die mich anpufft und von der ich nicht mitbekommen habe, dass sie auf einmal neben mir sitzt.

»Sie ist ja auch wunderschön. Hätte ich sie vor dem hier kennengelernt …« Ich zeige auf meine Beine. »Dann wäre sie mein Grund gewesen, den Krieg zu überleben.«

»Und so hattest du keinen Grund?«

»Nein. Nur Glück.«

»Es ist schön, dass Ava und du … Dass ihr euch gefunden habt. Sie hat nur das Beste verdient.«

»Das hat sie.«

Aber bin ich das Beste für sie?

KAPITEL 16

Wyatt

Avas Part ist bereits seit einigen Stunden erfüllt und so langsam bricht die Nacht herein. Ava lehnt mit ihrem Kopf auf meiner Schulter. Ich habe alle meine Bedenken zur Seite geschoben, denn wenigstens heute soll es auch in meinem Geist nur so von Glückseligkeiten wimmeln. Wenigstens heute. Wenigstens hier. Schließlich sind Hochzeiten dafür da, glücklich zu sein.

»Wollen wir gehen? Liam und Hope sind längst nicht mehr da. Und ich finde, wir könnten auch gehen.« Avas Augen leuchten, was mich zum Grinsen bringt.

»Sicher. Wenn du gehen willst, lass uns gehen.« Ich trinke den letzten Schluck meines Biers und rolle mich vom Tisch weg.

Unser Zimmer ist nicht weit von der eigentlichen Feier entfernt. Vielleicht hundert Meter. Kurz vor unserer Tür packe ich Ava am Handgelenk und ziehe sie auf mich. Ihr entweicht ein Kichern, das sie zu unterdrücken versucht. Der heutige Tag bringt so viele gute Gefühle in mir hoch, dass ich mich ihnen völlig hingebe. Ich packe Ava fester und mit ihr auf meinem Schoß fahre ich in unser Zimmer.

»Was hast du vor?« Fragend hebt sie eine Braue.

Doch ich antworte nicht. Lächle nur. Dann hieve ich uns beide auf das Bett, denn es ist nicht so, als hätte ich die Stärke in meinem Oberkörper jemals verloren.

Ich ziehe Ava erneut auf mich, sodass sie rittlings auf mir sitzt. Sie sieht mich noch einmal kurz an, bevor sich ihre Lider schließen und sie mich küsst. Mit langsamen Bewegungen reibt sie sich an meinem Oberkörper, während ich anfange, ihren Hals mit meinen Lippen zu erkunden. So wie schon einige Male zuvor. Nur nehme ich mir jetzt weitaus mehr Zeit dafür. Meine Küsse wandern hinab, bis sie auf ihrem Schlüsselbein stoppen. Bevor ich weitermache, bringe ich kurz Distanz zwischen uns, sehe in ihr Gesicht und streiche ihr eine Strähne hinters Ohr.

Heute, an diesem perfekten Ort, zwischen all diesen perfekten Momenten, würde ich gern alles mit Ava tun, was mir möglich erscheint. Nur möchte ich ehrlich zu ihr sein.

»Ava, ich ...«, stammle ich.

Sie weiß sofort, auf was ich hinaus will. Weil sie mich immer besser lesen kann. »Ich weiß, wir müssen nicht, wenn du nicht willst.«

»Nicht wollen«, grinse ich. Denn am liebsten wären meine Hände direkt unter ihr Kleid gewandert. »Das meine ich nicht. Ums Nichtwollen geht es nicht.«

Ihre Hände legen sich auf meine Wange und gleiten zu meinem Nacken. »Was ist es dann?«

»Ich habe nicht mehr die Kraft, ...« Ich halte kurz inne. »Mich zurückzuhalten.«

Ava verstummt kurz und hebt einen ihrer Mundwinkel. »Dann tu es nicht.«

»Das sagst du so einfach. Ava, wenn das jetzt weiter geht, dann gibt es kein Zurück mehr. Dann ist es zu spät. Und du und ich ... Wir müssen funktionieren. *Ich* muss genug für dich sein.«

Nun ist sie diejenige, die eine Antwort für sich behält. Mich nur innig und intensiv küsst. Fordernd.

Ich lege meine Hände um ihre Gelenke, stoppe sie erneut. Dann streichle ich ihre Wange und blicke ihr in die Augen. »Ich hab nicht einmal, seitdem ich meine Beine ...« Ich will einfach, dass sie das weiß. »Es ist aber nicht so, als hätte ich das Szenario nicht schon längst in Gedanken durchgespielt. Dass wir ...« Ich will Ava darauf vorbereiten und gleichzeitig mich selbst. Denn meine Vorstellungen haben mir eindeutig gezeigt, dass bei mir noch alles funktioniert, wie es funktionieren soll. Dass ich diese Gedanken nun ausleben könnte, bringt mich fast in Rage.

Ava antwortet, indem sie mir näher kommt und wenige Küsse auf meinen Lippen verteilt. »Das ist okay. Stopp einfach, wenn du Zeit brauchst, in Ordnung?«

»Okay«, hauche ich. »Sollte es aber funktionieren, dann weiß ich nicht, ob ich davon genug bekommen werde.«

Sie lächelt an meine Lippen. »Auch das ist in Ordnung.«

Ich kann nur hoffen, dass sie ihre Worte so meint, wie sie sagt. Denn mit dem unbändigen Verlangen in mir und ihrem Verständnis kann ich mich nicht mehr zurückhalten. Mit einer Hand wandere ich unter ihr Kleid, das bereits zu ihren Oberschenkeln hochgerutscht ist. Ich taste mich zu ihrem Rücken vor und sie wölbt sich mir entgegen. Auf Avas Körper legt sich eine spürbare, erregende Gänsehaut. Genau dort, wo ich sie mit meinen Fingern berühre.

Avas Hände wandern meinen Oberkörper entlang, ehe sie ungeduldig die Knöpfe meines Hemdes öffnet. Ich winde mich aus dem Stoff heraus, schmeiße ihn weg und bewege mich wieder auf ihre Lippen zu, während diese wunderschöne Frau meine nackte Brust, meine Schultern, jedes meiner Tattoos und meinen Bauch erkundet.

Nun entfährt mir ein Stöhnen, während Ava gefühlt jeden Zentimeter meines Oberkörpers küsst.

Ich bewege sie wieder nach oben, indem ich ihr Gesicht in meine Hände lege. Habe das dringende Bedürfnis, sie aus ihrem Kleid zu holen. Also öffne ich den Reißverschluss an ihrem Rücken und streife die Träger über ihre Schultern. Ich verteile Küsse auf ihrer nackten Haut, bis ich zu ihren Brüsten komme, die noch immer von ihrem BH verdeckt werden. Als könnte er mich abhalten. Ich sehe sofort, dass er vorne zu öffnen ist. Während ich ihn von ihrem Körper schiebe, blicke ich in Avas Augen, um sicher zu sein, dass ich es darf und sie es genauso sehr will wie ich. Noch immer.

Und ja, ihre Blicke sprechen Bände, denn sie will.

Ich werfe den BH zur Seite und Ava zieht sich ihr Kleid über den Kopf, sodass sie nur noch mit einem Slip bekleidet auf mir sitzt.

Wieder küsse ich sie, gleite hinab und begebe mich tiefer. Zu einer der Stellen, von denen ich ahne, dass ich ihr dort einen erstickten Laut entlocken kann.

Gott, wie schön kann eine Frau sein? Diese Frage verlangt nach mehr. Ich kann nicht anders, als mit meinen Fingern über ihren Slip zu streicheln.

Ein weiteres Seufzen. Verzweifeltes Wimmern. Nur für mich eine weitere Bestätigung, dass ich weiter gehen darf. Ich schiebe den Stoff beiseite und überlasse Ava vollkommen meinen Fingern.

Ava

Wyatts Berührungen bringen mich schon, seitdem wir das erste Mal aufeinandertrafen, in Wallung.

Seine Mundwinkel tanzen nach oben, während seine Lippen an meinen liegen. Als wüsste er ganz genau, was er da tut, berührt er mich unter dem Stoff meines Slips. Mein Körper bebt und ich gebe mich seinen Fingern hin, die tadellos meine Mitte massieren und mich immer weiter in Richtung Höhepunkt bewegen.

Ich drücke seinen Kopf an meine Brüste, lege meinen in den Nacken, schließe die Augen und genieße. Gott, ich hatte schon Jahre lang keinen Sex mehr. Umso sensibler scheine ich. Ich lege meine Stirn an seine, kralle mich fester in seine Schultern.

»Komm für mich …«, haucht er an meine Lippen und bei Gott, als würden seine Worte Einfluss auf meinen Körper haben, tut er genau das. Meine Hände krallen sich in Wyatts Nacken und ich drücke mich an ihn heran, ehe mich die erste Welle überkommt und ich mich seinen Fingern entgegenschiebe.

»Verflucht …«, stöhne ich.

Wyatt löst seine Finger von meiner Mitte, nimmt mein Gesicht in seine Hände und sieht mich so intensiv an, als wolle er sichergehen, dass ich ihn ganz genau verstehe. »Glaube nicht, dass ich fertig mit dir bin. Mit uns.« Nach dieser Drohung bündelt er seine Kraft in den Armen und legt mich mit dem Rücken auf das Bett, beugt sich anschließend über mich. Er entledigt sich seiner kurzen Hose, bevor er mich wieder auf sich zieht und ich seine Härte unter mir spüre. Ohne Zeit verstreichen zu lassen, setze ich mich auf sie, was ihm ein lautes, unerwartetes Stöhnen entlockt.

Er krallt sich in mein Haar, schließt die Augen und vergisst sich. Ich genieße die sanften Stöße, als ich mich auf Wyatt bewege und er tiefer in mich eindringt. Und ich liebe die Art, wie Wyatt meinen ganzen Körper berührt und dafür sorgt, dass sich die winzigen Härchen auf meinen Oberarmen aufstellen. Niemals hätte ich geglaubt, dass jemand wie er – der so hart wirkt – so einfühlsam sein könnte.

Sein Atem trifft auf meine Haut und mein Herz schlägt mir bis zum Hals. Wyatt küsst mich zartfühlend und gleichzeitig drängend.

Seine Finger schieben sich in mein Haar und krallen sich in meinen Hinterkopf, während ich mich immer schneller auf ihm bewege.

»Ich will dich so sehr«, murmelt er und nimmt einen meiner Nippel in den Mund, was mich in meiner Bewegung nur antreibt. Von Sekunde zu Sekunde merke ich, wie ich das brauche. Wie sehr ich ihn brauche und wie mein Herz sich danach gesehnt hat. Ich lege mein Gesicht an seinen Hals, inhaliere seinen Duft und vergesse mich. Und dabei scheint es, als müsste es genauso zwischen uns laufen. Frei und voller Liebe.

Wyatt

Ich kann nicht fassen, was gerade passiert und wie verflucht einfach es ist – trotz meiner Umstände. Ich habe Ava gesagt, sollte es funktionieren, würde ich nicht genug davon bekommen, und genauso ist es. Ava bewegt sich auf mir, als wäre das hier nicht unser erstes Mal. Und mit jeder Sekunde verliere ich mich mehr in ihr. In uns.

Sie presst sich immer wieder an mich und seufzt bei jeder Bewegung. Sie will mich genauso sehr wie ich sie und diese Erkenntnis bringt mich dazu, meine Hüfte fester zu bewegen.

Mit einem Satz packe ich sie, genieße es, maximal mit ihr zu verschmelzen. Ich seufze in ihre Mundhöhle, schwelge in der bittersüßen Folter, nach der ich mich schon so lange verzehre.

Meine Hände liegen auf ihrer Hüfte und gleiten ihren Rücken hinauf. Ihre Wirbelsäule drückt sich immer wieder spürbar durch ihre Haut. Ich werde noch härter, was Ava deutlich zu spüren scheint. Ein Stöhnen folgt und noch eins. Ich packe sie nun noch fester, merke wie meine Fingerkuppen in ihre Haut drücken und verfalle nur stärker in den Rausch des Verlangens. Ein heißer Schauer läuft über meinen Rücken. Ich lege erneut meine Hand auf ihre sensible Mitte und bin mir sicher, dass ich Ava noch mal dazu bekomme, sich unaufhaltsam dem Höhepunkt zu nähern.

»O mein Gott, Wyatt.« Und ich soll recht behalten.

Ich spüre, wie sie auf mir erbebt und unter meiner Hand zittert. Mit ihr komme auch ich und fühle mich das erste Mal seit Monaten frei und angekommen. Angekommen in einem Leben, das im Grunde nie für mich bestimmt war und sich dennoch so richtig anfühlt. Wofür ich dankbar bin. Ehrlich dankbar. Und ich genieße jeden einzelnen Moment.

Nachdem Ava erschöpft ihre Stirn auf meiner Schulter ablegt, küsse ich ihr Ohr, einen Teil ihres Halses. Sie hebt ihren Kopf, sieht mich an und legt ihre Hände an meinen Nacken. Mein Daumen streicht über ihre Unterlippe, ehe ich zärtliche Küsse auf ihrem Kinn verteile. Ich arbeite mich ein letztes Mal zu ihrem Hals vor, bevor ich sie an der Hüfte packe und sanft von meiner abflachenden Härte schiebe. Vorsichtig, als bestünde sie aus dünnem Glas, lege ich sie neben mich. Dann ziehe ich Ava in meine Arme und gebe ihr einen Kuss auf den Scheitel. Es dauert nicht lang, bis sie einschläft und mich damit ebenfalls in den Schlaf zwingt. Und da die letzten Nächte zusammen so gut liefen und ich nicht mit irgendwelchen Schüben erwachte, bin ich positiv gestimmt, dass dem erneut so sein wird.

Matthew. Joy. Joy. Matthew. Ava. Der Krieg. Das Kind. Die Schreie. Meine Gefühle. Meine Beine. Ich auf Beinen. Rennend. Lachend. Mit Matthew an meiner Seite. Und Joy mit dem Scharfschützengewehr. Ava.

So viele wirre Bilder. Schöne sowie schlimme. Matthew. Matthew. Matthew. Der kleine Junge.

Ein Rütteln zerrt mich in die Realität zurück, von der ich gerade nicht weiß, ob ich wirklich in sie zurückwill. Auch wenn Ava dort auf mich wartet. Matthew zu sehen, der gesund scheint, und mir einzubilden, er wäre real, gibt mir so viel. Die Rückkehr ins Hier und Jetzt bricht mich immer wieder. Und so kann ich nicht anders, als mich der Realität hinzugeben. Ich reiße die Augen auf, sehe direkt in Avas Braun, das ihre Besorgnis widerspiegelt.

»Wyatt«, flüstert sie und legt ihre Hand an meine Wange.

Aus Reflex schiebe ich sie weg – ruppiger, als ich es eigentlich beabsichtige. Ich schwitze und weiß, dass ich wieder einen meiner Schübe durchmache.

Dabei waren die letzten Nächte frei davon. Naiv zu glauben, sie losgeworden zu sein.

Dann hieve ich mich auf und schlage meine Hände vor das Gesicht, sodass Ava meine Trauer und die damit verbundene Schwäche nicht sehen kann. Dennoch überkommt es mich, eine Träne kämpft sich durch meine Finger, die meinen Handrücken hinunterläuft.

»Wyatt.« Sie wiederholt meinen Namen. Einfühlsam und ruhig. Dabei scheint sie kein Wort von mir zu erwarten. Sie legt ihre Arme um meinen Hals und zieht mich an ihre nackte Haut, die pure Wärme ausstrahlt. Und mit dieser Umarmung weicht ein großer Teil des Drucks, der sich seit Monaten in meinen Kopf festgesetzt hat. Dank Ava mindert er sich spürbar.

Gerade geht es mir nicht gut. Aber für den Moment bin ich okay. Okay, wenn sie mich einfach hält. So lange bis sich meine Gedanken beruhigt haben, ich die Augen schließen kann und wieder einschlafe. Und das mit dem Wissen, dass ich dieses Mal nicht auf Matthew treffen werde. Denn er besucht mich niemals zwei Mal in der Nacht.

Ava

Ich kann nicht mehr einschlafen. Also beobachte ich Wyatt. Nun habe ich das volle Ausmaß kennengelernt. Diesen Schmerz, dieser Verlust, diese Angst.

Weiß ich wirklich alles über seine Verluste, seine Ängste?

Ich will für ihn da sein und hoffe so sehr, dass Wyatt es zulassen kann. Dass er uns zulassen kann und nicht in der Gefangenschaft seiner Trauer erstickt.

Als die Sonne langsam aufgeht, warte ich noch immer, dass er aufwacht.

»Du starrst mich an, Ava«, murmelt er mit geschlossenen Augen.

Ich erschrecke, weil ich nicht damit gerechnet habe, dass er schon wach sein könnte. »Entschuldige, ich ...«

Er hievt sich auf und öffnet kurz seine Augen, nur um einen flüchtigen Kuss auf meinen Lippen zu hinterlassen.

»Wie geht es dir?«, muss ich wissen.

Er streicht sich über seine Haare. »Besser.«

Dann schiebt er die Unsicherheit, die die letzten Stunden in meiner Magengegend verweilte, mit wenigen Berührungen beiseite. Und auch wenn ich erschöpft bin, weil ich die ganze Nacht wach war und mir nichts Besseres in den Sinn kam, als Wyatt zu beobachten, lasse ich jeden seiner Griffe zu.

Er schiebt seine Hand über meine Brust, die nur mit einem Hauch von Decke bedeckt ist, und ich tue es ihm gleich. Dann zieht er mich schon fast ungeduldig an sich.

Als ich zu ihm aufsehe, tanzen seine Mundwinkel in die Höhe. Meine mit ihnen. Er drückt mich ein wenig von sich und beugt sich anschließend über mich. Sein Verlangen bringt ihn dazu, sich zwischen meine Beine zu drängen, ehe er mit seinen Lippen über mein Dekolleté fährt.

»Ich habs dir gesagt.«

»Was genau?«, schmunzle ich.

»Wenn das funktioniert, dann werde ich nicht genug davon bekommen. Niemals.«

Als Wyatts Hände meine Brüste massieren, halte ich die Luft an. Mein Körper bebt wieder einmal, während er mit seinen Lippen weiter hinabgleitet und meine Mitte sanft zu liebkosen beginnt. Ich schließe die Augen und genieße. Wir vergessen für den Moment, was letzte Nacht geschehen ist. Knüpfen an dem davor an. Denn als er wieder zu mir aufsieht und seine Lippen auf meine treffen, stößt er im selben Moment in mich. Drängend. Ich genieße die immer heftiger werdenden Stöße.

Wyatt haucht mir meinen Namen ins Ohr. Sein Atem trifft auf meine Haut und mein Herz schlägt mir bis zum Hals. Meine Finger suchen Halt an seinen Schultern und seinem Nacken, was ihn antreibt, schneller zu werden.

Als ich unter ihm komme und er auf mir, sacken wir ineinander.

»Ich mag das«, raunt er mir ins Ohr.

Ich lächle nur, als Wyatt sich von mir runterrollt. Nicht mehr imstande, irgendwas zu erwidern.

Ich habe meine Lider geschlossen und spüre seine Blicke ganz deutlich auf mir. Er starrt mich an, was mein Inneres veranlasst, seine Blicke zu erwidern.

Ich lege meine Hand auf seine Wange und stehle mir zwei kleine Küsse.

»Werde *ich* immer genug für dich sein, Ava?«

Die Frage und wie er das Wort *ich* betont, trifft mich völlig unerwartet. »Aber natürlich. Warum zweifelst du daran?«

Während vor wenigen Sekunden noch pure Begierde in seinem Braun lag, ist dort nun etwas, das ich vorher nie so sah.

»Die letzte Nacht war …«, beginnt er, bevor eine drückende Stille zwischen uns herrscht.

Für mich war die letzte Nacht neu, die sekündlich in meinen Erinnerungen auf und ab wandert. Aber nichts, was mich von Wyatt fernhalten könnte. Ich weiß, er bekommt das hin. Wir bekommen das hin.

Dann ertönt seine raue Stimme. »Ich könnte auch verstehen, wenn du das zukünftig sein lassen willst.« Ich weiß sofort, auf was er hinaus will.

»Nein!«, erwidere ich und hoffe, Wyatt erkennt die Bestimmtheit in meiner Stimme. »Ich will bei dir sein. Egal, was ist. Und am liebsten jede Nacht und jeden Tag.«

»Egal, was ist?«, hinterfragt er.

»Völlig egal. Nach letzter Nacht werde ich nicht diejenige sein, die das zwischen uns irgendwie beenden wird. Das könnte ich nicht. Niemals.«

»Ich bin mir nicht sicher, ob du weißt, was du da sagst. Das wird nicht einfach aufhören. Sie werden wiederkommen, diese Attacken. Und das war nur ein leichter Schub, Ava.«

»Na und? Du bekommst das hin. Wir bekommen das hin. Ich war … Nie glücklicher. Ich war nie glücklicher, Wyatt.«

Ich meine jedes Wort ernst. Ich bin bereit, alles für Wyatt zu tun. Ihm alles zu geben, was er braucht. Dennoch sehe ich in seinen Augen irgendetwas Blasses, das mir den Atem nimmt.

»Ich bin mir einfach nicht sicher, ob ich dir das Leben schenken kann, das du verdienst.«

Ich schüttle ungläubig den Kopf. »Aber das habe ich doch längst. Ich war nie glücklicher«, wiederhole ich.

Aber er erwidert nichts darauf und damit bleibt ein Schweigen zwischen uns zurück.

Hatten wir nicht gerade das größte Hoch unseres Daseins?

Wyatt

Ich muss wissen, wie die Zukunft mit Ava und mir aussehen kann. Ich muss wissen, was sie bereit wäre, für eine Zukunft mit mir zu geben, ohne sich dabei selbst zu verlieren. Ein Leben, das sicher so ganz anders werden würde, wenn wir uns für immer aufeinander eichen würden.

Sie malt Kreise auf meine Brust, als mein Atem immer wieder gegen ihr Haar prescht.

Es gibt eine grundlegende Sache, die geklärt werden muss, bevor es tiefer mit uns wird. Eine lebensbedeutende Sache, die Paare spalten kann. Denn hier gibt es keine Kompromisse. »Willst du eigentlich Kinder, Ava?«

Immer öfter frage ich mich: Wenn Ava wüsste, was ich vor über zwei Jahren getan habe, würde sie mich noch immer so ansehen? So verliebt, so sanft. Oder würde sie mich mit verachtenden Blicken strafen? Es wäre ihr keineswegs zu verübeln und dennoch habe ich Panik, es herauszufinden. Sie wird vermutlich niemals erfahren, dass ich ein Kind erschossen habe. Denn niemand außer Dr. Kruger weiß davon.

Sie sieht leicht perplex über meine Frage zu mir auf. »Äh ...« Ava blinzelt mehrmals. »So genau habe ich noch nie darüber nachgedacht. Also schon daran gedacht, aber keine Pläne geschmiedet.«

Bitte sag, dass es dir nicht wichtig ist.

Bitte sag, dass ich genug sein werde und du nichts weiter brauchst. Bitte.

»Aber ich denke schon, dass ich einmal Kinder möchte. Irgendwann einmal und auch nur, wenn es von allen Seiten her passt.«

Ich schließe meine Augen und lasse ihre Antwort gegen mein Herz prallen, das gewillt ist, jede gefallene Mauer wieder mühsam aufzubauen.

Denn es ist nicht die Antwort, die ich mir erhofft habe. Ich werde Ava niemals das Leben geben können, das sie sich wünscht. Und damit spiele ich nicht auf meine Beine an. Wie soll ein Kindsmörder ihr jemals Kinder schenken können, ohne bei deren Anblick durchzudrehen und ohne sich immer an *diese* Situation zu erinnern? Ich konnte es nicht einmal bei Sam ausblenden. Und dass dieses Ereignis immer präsenter in meinem Denken wird, gefällt mir ganz und gar nicht. Ich kann daran zerbrechen, dessen bin ich mir mehr als sicher.

Was das heißt, weiß ich sehr genau ... Aber was habe ich eigentlich anderes erwartet? All das Glück der letzten Tage musste ja irgendwie einbrechen. Und ich werde keine Kompromisse dahingehend eingehen können.

KAPITEL 17

Ava

3 TAGE SPÄTER

Ich habe nun drei volle Tage gewartet, aber Wyatt meldet sich nicht bei mir. Ich weiß nicht, was passiert ist, warum er in alte Muster verfällt. Es schien alles okay zu sein zwischen uns. Sogar mehr als das. Wir schienen beide glücklich und ganz zu sein.

Deswegen suche ich ihn jetzt auf. Denn seit Tagen ist er weder im Park noch bei sich zu Hause anzutreffen. Also suche ich die Halle auf, in der er manchmal trainiert und von der er mir schon oft genug erzählt hat. Denn ich muss wissen, was los ist. Auch wenn es mir nicht gefallen sollte.

Es gibt in Nashville zwar mehrere Fitnesscenter, aber nur eines, das sich auf Sportmedizin spezialisiert hat. Nun stehe ich direkt davor, ziehe die Tür auf und trete hinein. Ich sehe viele, die die unterschiedlichsten Dinge trainieren, aber nur einen Wyatt, der mit Elijah auf seinen Prothesen trainiert.

Ich fixiere ihn und sein erschrockener Gesichtsausdruck zeigt mir, dass er nicht mit meiner Anwesenheit gerechnet hat.

Während mich Minou herzlich begrüßt, werde ich von Wyatt mit abweisenden Blicken gestraft.

»Ava. Was tust du hier?« Seine Stimme klingt schroff.

»Hey, Ava«, murmelt Elijah.

Ich nicke ihm nur abwesend zu.

»Was ich hier tue, Wyatt?« Ich bin perplex über seine Frage und den Klang seiner Stimme. »Was ist los? Du meldest dich nicht. Reagierst nicht auf meine Nachrichten.«

Habe ich irgendwas falsch gemacht, was ich einfach nicht gemerkt habe? Wir reden doch sonst auch über alles, warum jetzt nicht?

Ich ignoriere, dass mich Elijah ansieht.

»Ich weiß«, antwortet Wyatt.

»Warum? Was ist passiert? Verfall nicht in alte Muster. Bitte. Verschließ dich nicht wieder. Weise mich nicht ab.«

»Tu ich nicht. Ich verschließe mich nicht.« Wyatt zieht scharf die Luft ein. Dann sieht er zu Elijah, ehe er zu mir blickt. »Komm. Wir sollten uns wo anders unterhalten.«

Wyatt setzt sich in den Rollstuhl, nimmt seine Prothesen ab und stellt sie an die Seite. Dann fährt er in die gegengesetzte Richtung.

Ich folge ihm und ahne, dass ich nur zerbrochen aus dieser Situation gehen werde.

Wenige Meter weiter geht es durch eine Tür in einen leeren Nebenraum, der mit Trainingsutensilien bestückt ist, die mir aber vollkommen egal sind, denn mein Herz schlägt mir bis zum Hals. All meine Sinne liegen auf Wyatt.

Ich verschränke meine Arme vor der Brust, lehne mich an die Tür und spüre eine abweisende Kälte, die es noch nie zwischen Wyatt und mir gegeben hat. »Also. Rede mit mir. Warum meldest du dich nicht mehr bei mir?«

Er zieht die Luft ein, ohne mich anzusehen. »Weil es zwischen uns so nicht funktionieren kann, Ava. Das ist mir nach der Hochzeit klargeworden.«

Ich falle aus allen Wolken. »Bitte was?«

Bis vor wenigen Tagen hatten wir uns einander in jeder Situation vollständig hingegeben. Und doch habe ich geahnt, dass etwas in dieser Richtung dahinterstecken würde. Warum sollte er sonst Abstand zwischen uns bringen? Dennoch wirkt alles völlig unklar und absolut unverständlich. Was ist auf einmal geschehen, dass Wyatt so denkt?

Ich habe mir, bevor ich hierhergekommen bin, geschworen, die Kontrolle zu behalten, statt Tränen der Verzweiflung zu vergießen. Ein schmerzhaftes Kneifen in mein Handgelenk hilft mir dabei, meine Beherrschung nicht zu verlieren. Gleichzeitig ist es wie ein Befreiungsschlag.

»Warum?«, will ich nur wissen. Und ich glaube, ich habe nach unserer Zeit eine ehrliche Antwort verdient.

»Weil wir viel zu unterschiedlich sind, Ava. Unterschiedliche Dinge wollen. Lebensverändernde Dinge, bei denen Kompromisse sinnlos sind, weil es dann eben später in die Brüche gehen würde. Also lässt man es lieber gleich.«

»Welche Dinge?«

»Das ist nicht wichtig.«

»Wenn du mich so abspeist und sie der Grund dafür sind, dass du das, was wir hatten, einfach wegwirfst, finde ich es mehr als wichtig.«

»Es fühlt sich einfach nicht mehr richtig zwischen uns an. Kannst du das nicht irgendwie akzeptieren?«

Ich schnaube die Luft in meiner Lunge aus und schaffe es für den Bruchteil einer Sekunde nicht mehr, Wyatt anzusehen.

»Nicht mehr richtig«, wiederhole ich ungläubig. Dass er

mir mit diesen Worten einen tiefen Stich in mein Herz versetzt, versuche ich zu ignorieren.

Ich dachte, wir wären einen Schritt weiter, nachdem wir in Newport waren, aber Wyatt ...

Wyatt macht alles kaputt, weil er einfach nicht aus seiner Haut kann. Denn ich ahne, dass noch mehr dahintersteckt. Ich kann seine Entscheidung doch nicht einfach so hinnehmen …

Wyatt

Ava hat nur das Beste verdient ... Hopes Worte. *Ava hat nur das Beste verdient.*

Nachdem wir zurück nach Nashville kamen, machte ich mir ununterbrochen Gedanken. Eigentlich schon im Flugzeug. Mir wurde wieder bewusst, wie vergänglich Liebe sein kann. Wie schnell man anders fühlen kann. Wie schnell Ava anders fühlen wird, wenn ihr klar wird, dass ich niemand bin, mit dem man Kinder haben kann. Oder dieses typische Familienleben, das sie sich insgeheim doch wünscht.

Ich bin bereit, jeden Schmerz zu ertragen, solang Ava glücklich ist. Und ja, sie hat nur das Beste verdient und sie wird irgendwann glücklich sein, nur eben nicht mit mir. Irgendwann wird sie dankbar dafür sein. Und ich bin bereit, meinen eigenen Schmerz zu ertragen, damit sie das Leben erhält, das sie verdient.

Und dann beginne ich das wohl momentan Schwerste zu tun, das ich überhaupt bewältigen muss. Ich versuche zu ignorieren, wie nah ich Ava in den letzten Wochen gekommen bin. Für sie. Für ein wunderschönes Leben, das sie mit mir niemals haben kann. Jedoch macht ihre Anwesenheit mein Vorhaben nicht gerade einfacher. Sie lächelt mich traurig an, als ich ihr sage, dass sich das zwischen uns nicht mehr richtig anfühlt. Dabei hat sich für mich nie etwas schöner angefühlt als die Zeit mit ihr. Ich war nie lebendiger.

Du kannst so widerlich gut lügen …

Ava war sich so sicher mit uns. Sie ist sich sicher mit mir. Warum kann ich das nicht auch sein? Sie ist alles, was ein Mann sich wünschen kann.

Ein Mann, der nicht in deiner Situation steckt.

Ava ist positiv. So positiv, so rein, so hell.

Und ich nicht. Deswegen muss ich sie gehen lassen.

Und was würde ihr besser dabei helfen, als auf den Wyatt zu treffen, der nach seinem letzten Einsatz zurückkam? Kühl. Emotionslos. Gleichgültig. Nur um nichts an sich ranzulassen, das ihn zerstören könnte.

Avas Gesichtsausdruck spricht Bände. »Nicht mehr richtig.«

»Ich werde dir nie das geben können, was das Beste für dich ist, Ava.«

»Was das Beste …« Ein Zischen. »Um was geht es hier, Wyatt?«

»Es geht um alles. Alles, was du bist, alles, was ich bin. Ich sollte mich jetzt um mein Leben kümmern. Ich sollte auf mein Leben klarkommen, ehe ich mich auf ein weiteres einlasse.«

»Und das können wir nicht zusammen? Ich kann dir dabei helfen …«

Dann unterbreche ich sie lautstark. »Du willst mich retten, Ava! Hör endlich auf damit. Hör endlich auf, mich retten zu wollen.«

»Ich ... ich soll aufhören? Das kann ich nicht.«

»Also gibst du es zu!«

»Es ist kein Geheimnis, dass ich mich um dich schere. Dass ich mir ein schönes Leben für dich wünsche, Wyatt. Ein Leben, in dem ich auch eine bedeutende Rolle spiele.«

»Aber ich bin nicht eines deiner Projekte, Ava. Ich bin

kein Foto, das du schön in Szene setzen kannst.«

Avas Stimme wird leiser. »Darauf bin ich auch nicht aus.«

»Auf was bist du dann aus?«

»Darauf, dass du uns eine Chance gibst. Dass du mir eine Chance gibst, Platz in deinem Leben zu finden. Dauerhaft.«

Mir stockt der Atem bei ihren Worten. Weil ich erkenne, wie unbedingt sie das will. Und unter anderen Umständen …

»Warum willst du das? Warum willst du das alles?« Dabei zeige ich auf meine Beine. Beine, die nicht vorhanden sind.

»Ist das nicht offensichtlich?«

»Sag es mir.«

»Weil ich weiß, dass ich mit dir glücklich werden kann. Weil ich dich ...« Ava schluckt schwer. »Weil ich dich liebe, Wyatt.«

Mit einem Schlag bleibt meine Welt stehen. Ich wusste, dass Ava viele Gefühle für mich hat. So wie ich für sie. Diese gebündelten Emotionen aber zu hören, ist eine ganz andere Stufe, die es mir so schwer macht, meinen Plan weiter zu verfolgen. Ava hat keine Ahnung, was mir ihre Worte bedeuten, und sie hat keine Ahnung, dass ich aus den gleichen Gefühlen heraus handle. Anders handle.

»Weil du mich liebst ...«, ein trauriges Lachen entfährt mir. »Dann stehen wir vor einem Problem, Ava ...«

»Das da wäre?«

Ich wusste, dass sie mich irgendwo finden würde, um ein klärendes Gespräch zu führen. Weil sie stark ist, mutig. Im Gegensatz zu mir. Deswegen spielte ich dieses Szenario schon so oft durch. Und nun spreche ich die nächste Lüge aus, die ich so oft einstudierte. »Mir geht es nicht so. Weil ich dich nicht liebe, ich nicht glücklich mit dir werden kann.«

Sie schüttelt mit dem Kopf. »Du lügst.« Und wie ich lüge.

»Nein, Ava. Auch wenn du glaubst, glücklich mit mir werden zu können, ich würde niemals glücklich mir dir werden. Nie. Schon allein, weil du nicht gut für mich bist.« Und hier ist sie. Die wohl größte Lüge meines verdammten Lebens. Denn Ava ist das Wohltuendste, das ich je erleben durfte. Ich hingegen …

»Nicht gut.« Ava schluckt schwer und mir reißt der Anblick mein verdammtes Herz aus der Brust. »Du könntest es mit mir nicht? Glücklich werden ...«

»Es ist zu viel von dir in meinem Leben. Ich könnte nicht mit dir glücklich werden. Und man sollte sich damit nicht zufriedengeben. Man sollte sich nicht mit weniger, als man verdient, zufriedengeben.« Du hast so viel mehr verdient, Ava. Nur bin ich Meister darin, meine Gedanken anders zu verpacken, als ich sie eigentlich meine. Ava sollte sich nicht mit mir zufriedengeben. Nicht mit weniger, als sie wirklich verdient.

»Nicht mit weniger zufriedengeben. Das ändert natürlich die Sachlage. Das, was du gerade sagst, ändert alles.« Avas Blick wirkt leer.

»Tut es. Und ich bin keines deiner Sozialprojekte, das du aufbauen und integrieren kannst. Hast du das verstanden?« Ich kann nicht annähernd glauben, was mir soeben über die Lippen gefahren ist, und dass ich jetzt auch noch nachtrete, weil ich ganz genau weiß, wie ich Ava treffen kann, macht mich selbst schwach. Ihre erschütterte Mimik lässt mein Blut gefrieren. Ich hasse mich für all diese Worte, aber ich weiß, dass Ava sonst niemals von mir loskommen wird.

»Sozialprojekte? Das, was ich tagtäglich tue? Du glaubst also, sie alle wären eine Art *Projekt* für mich?« Und mit meinen Worten zerbreche ich sie. Ich wollte weit gehen, aber nicht so weit.

»Ava, ich ...«

»So denkst du also wirklich über das, was ich mache, ja? Und das die ganze Zeit schon? O mein Gott.« Sie fährt durch ihre Haare, verirrt sich darin. Zieht an ihnen. »Ich habe verstanden. Wie konnte ich nur so unfassbar dumm sein?«

Ava wendet sich von mir ab, genauso, wie ich es die letzten Tage gedanklich durchgespielt hatte. Nur hatte ich keine Ahnung, wie schmerzhaft dieser Anblick in Wirklichkeit sein würde, wie sehr ich selbst daran zerbreche.

Aber mein Schmerz für ihr Glück. Immer.

Dass ich das angreife, was sie neben mir noch liebt, war nicht annähernd geplant, geschweige denn gewollt.

»Ava, warte ...«

»Nein«, antwortet sie schroff über ihre Schulter. »Ich habe es verstanden. Ich werde dich ab sofort in Ruhe lassen, Wyatt. Du wirst nichts mehr von mir hören. Und das ist nicht so dahergesagt. Das ist mein Versprechen an dich.« Und Ava hält ihre Versprechen immer.

Mit diesen Worten reißt sie die Tür auf und geht. Nicht nur aus dem Raum, nicht nur aus der Halle. Sie verschwindet aus meinem Leben. Und es fährt mir eiskalt den Rücken hinunter.

KAPITEL 18

Ava

WENIGE TAGE SPÄTER

Noch nie ging es mir so elend wie in den letzten Tagen, in denen ich einsehen musste, dass ich mir das zwischen Wyatt und mir nur eingebildet habe. Sonst hätte er uns nicht einfach so abgeschrieben.

Und was er über meine Arbeit gesagt hat … War irgendwas an ihm ehrlich?

Der Schmerz in der Brust ist so groß, dass meine Gefühle definitiv wahr sind. Ich wünsche mir im Augenblick nur, dass Wyatt nie in meinem Leben aufgekreuzt wäre. Dass er nicht vor meinem Laden gestanden oder ich ihn nicht so angesprochen hätte. Ich wünsche mir, dass ich seine Einladung zum Kaffee abgelehnt hätte, statt naiv darauf einzugehen. Er ist wie Schießpulver, das explodierte und mein Herz in Stücke riss.

Wyatt brachte mich dazu, alles zu hinterfragen. Und ich hätte niemals gedacht, dass ich einmal an diesen Punkt im Leben komme. Diesen Punkt, an dem ich sogar meine Leidenschaft zu hinterfragen beginne.

Sind alle wirklich nur Projekte für mich? Vielleicht um

mir selbst ein besseres Gefühl zu geben? Die Gedanken, die in mir hallen, sind so grausam. Was ist, wenn das wahr ist?

Und dass gerade Wyatt derjenige ist, der mir all den seelischen Schmerz zufügt und mich dazu gebracht hat, alles infrage zu stellen, macht mir die Situation nur noch schwerer. Niemals hätte ich geglaubt, dass er dazu imstande ist, und doch zielte er auf mein Herz und meine Seele, und das ganz bewusst. Er redete meine Arbeit nieder, die mehr als das ist. Die mein Leben ist. Mein Leben war, denn heute, binnen weniger Tage ist sie es nicht mehr. Und er redete mich als Person nieder.

Ich sage alle Termine ab, bis ich mir darüber klar geworden bin, ob Wyatt mit dem recht hat, was er sagte. *Projekte …*

Ich ziehe meine Hand aus der Hosentasche und wähle eine mir bekannte Nummer. Es klingelt wenige Male, ehe sie rangeht.

»Hope.« Meine Stimme bricht.

»Was ist los, Ava?«

»Es ist … Ich musste dich einfach nur hören.«

»Erzähl es mir bitte. Ist etwas zwischen dir und Wyatt passiert?«

»Da war nie etwas. Zumindest nicht das, was ich glaubte, was es sein könnte.« Eine Träne läuft mir über das Gesicht und wird von meiner Lippe aufgefangen.

»Erzähl mir, was passiert ist.«

»Er glaubt, er sei eines meiner *Sozialprojekte.* Alles, was ich tue, sei ein *Sozialprojekt.*« Ich schluchze unaufhaltsam ins Telefon. »Er liebt mich nicht, Hope.« Und diese Tatsache macht alles so viel schlimmer.

»Was?« Hope klingt erschrocken.

»Du hast schon richtig gehört.«

»Das ist Blödsinn. Ich habe euch gesehen, Ava. Ich habe ihn gesehen.«

»Es ist aber wahr. Er sagte mir, er könne niemals glücklich mit mir werden. Ich sei nicht genug.«

»Nein. Ava.« Nun ist es Hopes Stimme, die bricht. »Warum tut er das?«

»Es ist egal, warum er das tut. Das Schlimmste an dieser Sache ist: Er spielt das, was ich tue, runter. Er spielt mich runter. Hat bewusst nachgetreten.«

»Ava, es tut mir so unfassbar leid.«

Mein Kehlkopf schwillt an und ich bekomme kaum noch ein Wort raus. »Hope, danke, aber ich muss wieder auflegen. Es ist ...«

»Ich verstehe. Bitte melde dich, ja? Lass dich das nicht allein durchmachen.«

»Okay.« Dabei ist gar nichts okay.

Liam und Hope fehlen mir im Moment so sehr. Ich fühle mich allein wie nie und bin meinen Gedanken schutzlos ausgeliefert. Und dass mir selbst meine Fotografien keine Freude mehr machen, zerbricht mich. Sie waren immer für mich da. Immer, wenn es die Menschen nicht konnten.

Wyatt

Gott stehe mir bei, diese Zeit der Trauer zu überleben. Meine Hand gleitet über Minous Fell, der neben mir liegt. Und dennoch: Sie fehlt mir und ständig frage ich mich, ob meine Entscheidung richtig war. Und immer wieder komme ich zu dem gleichen Ergebnis: ja.

Ava muss leben, lieben, lachen.

Es ging nicht anders. Ich musste ihr zeigen, was für ein Arschloch ich sein kann, wenn ich nur will.

»Das war die richtige Entscheidung, oder Partner?« Minou scheint meine Meinung nicht zu teilen, denn er sieht mich nur mit jämmerlich traurigem Blick an.

Aber anders hätte sie nicht von mir lassen können. Sie wird es überstehen, dessen bin ich mir sicher. Liebe kann vergänglich sein. Und Ava wird das selbst auch merken. Sie ist stark. Viel stärker, als ich es je sein könnte. Und doch muss auch ich über Ava hinwegkommen. Nur bin ich mir nicht mehr sicher, ob das möglich sein wird.

Wie soll man seine erste große Liebe aus dem Herzen verbannen?

Zur Ablenkung treffe ich mich am späteren Abend mit Elijah im Hailys.

Ich dachte wirklich, es wäre eine gute Idee gewesen, hierherzukommen. Aber da er mich besser kennt, als mir selbst lieb ist, weiß er direkt, dass etwas nicht stimmt.

»Los, erzähl schon, was ist passiert?« Er nippt an seinem Bier und sieht mich eindringlich an.

»Was soll sein?«

Es vibriert in meiner Hosentasche und für einen kurzen Augenblick erwische ich mich dabei, wie ich mir wünsche, dass die Nachricht von *ihr* stammen würde. Aber es ist Joy. Ich habe ihr gestern Abend erzählt, was geschehen ist.

Joy: Wo bist du?

Ich: Hailys

Joy: Dachte ich mir. Bin gleich da.

»Wyatt, wollen wir wirklich dieses Spiel spielen? Spuck's schon aus. Ist etwas mit Ava?« Er reißt seine Augen auf.

»Hundert Punkte. Wir sind nicht mehr zusammen. Wenn wir das überhaupt jemals gewesen sind.«

Er zuckt ein wenig zurück. »Wie kann das sein, Wyatt? Du wirktest nie glücklicher.« Ich war auch niemals glücklicher. »Ich vielleicht, aber sie ...«

»Sie? Sie war doch total verschossen in dich.«

Ich sage nichts darauf. Kann das, was geschehen ist und was geschehen wäre, nicht noch öfter durchspielen, als ich es ohnehin tue. Einige Minuten ist es still zwischen uns. Nur die Geräusche der anderen Gäste, die ebenfalls ihren Kummer ertränken wollen, sind zu hören.

Plötzlich platzt es aus mir heraus. »Wie soll unser Leben aussehen, mhm? Ich im Rollstuhl, nicht mal in der Lage, ihr überhaupt ...«

Überhaupt Kinder zu schenken, weil ich ein verkorkster Soldat bin, der in jedem Kind dieses *Kind sehen wird.*

Ja, so sehen meine Gedanken aus. Immer wenn ich ein Kind vor mir sehe. Immer wenn ich Sam um Ava habe tänzeln sehen, sind in mir nicht nur Schuldgefühle ausgebrochen. Mein Schutzinstinkt schlug Alarm. Ich hatte Angst um Ava, die Sam auslöste. Dabei ist er nur ein Kind. Ein harmloses Kind.

Es sind die Hände meiner Schwester, die sich auf meine Schultern legen. Sie drückt sich an mich. »Hey, Soldier.« Der Ton mitleidig. Wie ich das hasse.

Ava hatte *nie* …

»Joy.«

Sie setzt sich neben Elijah, streift ihre Jacke von der Schulter und holt einen der Kellner zu sich. »Einen halbtrockenen Weißwein. Egal welchen. Hauptsache halbtrocken.«

Und dann ist es Elijah, der erneut redet. »Statt Ava abzusägen, die dir ja wirklich …« Elijah stoppt und zeigt mit der flachen Hand auf mich. »Ich meine, schau dich an …« Er stoppt erneut. »Sie hat dir gutgetan. Du hättest vielleicht auch andere Wege gehen können, als sie von dir zu stoßen.«

»Das sagst gerade du, als absoluter Beziehungsexperte. Weil du ja voll in einer Beziehung steckst und …« Elijah verschränkt seine Arme vor der Brust und starrt nur auf sein Bier. Unfähig mir in die Augen zu sehen. Ebenso Joy, die mit ihren blonden Haaren spielt und sie immer wieder um den Zeigefinger wickelt. Sie wird sichtlich rot.

Und dann wird es mir klar und ich frage mich, wie ich so blind sein konnte.

»O mein Gott.« Ich erstarre bei dem Gedanken, dass ich recht behalten könnten. »Ernsthaft?«

»Was?«, stellt sich Joy dumm und zuckt mit den Schultern.

»Ihr beiden also?« Mein Blick geht zu Elijah, der mich noch immer nicht ansieht, und dann wieder zu Joy.

»Was meinst du?« Elijah klingt betont ahnungslos.

Meine Schwester gleicht nun wirklich einer Tomate. »Joy, meine Beobachtungsgabe hat mich nicht vollständig verlassen. Elijah ist derjenige? Ist das echt euer Ernst?«

»Wenn du nur bei deinen eigenen Dingen so beobachten könntest«, erwidert sie.

Ich lege meine Augen in schmale Schlitze. »Was soll das bitte heißen?«

»Dann wüsstest du, dass du mit Ava den wohl größten Fehler deines Lebens gemacht hast.«

»Mich auf sie einzulassen?«

»Sie gehen zu lassen, Wyatt.«

»Ihr habt ja keine Ahnung ... Von mir aus seid zusammen. Ihr habt meinen Segen. Ganz ehrlich. Aber mischt euch nicht in meine Angelegenheiten mit Ava ein. Niemals, hört ihr?«

Joy hebt abwehrend ihre Hände in die Luft.

Und trotz meiner pampigen Antwort erwarte ich eine kleine Erklärung. »Wie ist das zwischen euch passiert? Vor allem wann?«

»Na ja ...« Joy sieht Elijah an und er sie.

»Ich habe sie doch an dem einen Abend mal heimgefahren. Sie hat mich noch auf einen späten Kaffee bei sich eingeladen. Da hat wohl irgendwas gefunkt.«

»Gefunkt ist gut«, lacht Joy.

»Wie dem auch sei ...«, grinst er. »Seitdem sehen wir uns recht oft, treffen uns.«

»Ihr datet euch«, wird mir klar.

»Wir daten uns«, bestätigt Elijah. »Und sind zusammen. Jetzt wohl offiziell.«

»Wie lange wolltet ihr das für euch behalten?«

»Ehrlich gesagt, wussten wir nicht wie lang. Weil wir dich nicht irgendwie verärgern wollten«, antwortet Joy.

»Mich verärgern? Wie kommt ihr denn auf so was? Ihr seid doch alt genug.«

»Du nimmst es uns also nicht übel?«

»Nein, wie gesagt. Ihr habt meinen Segen. Elijah ist ein vernünftiger Kerl. Ich könnte wohl kaum beruhigter sein.«

Meine Antwort entspannt Joy und sie lacht zufrieden. »Danke.« Dann nimmt sie seine Hand in ihre und sie besiegeln ihr Glück.

Ein Glück, das ich mit Ava verloren habe.

Ava

Ich kehre das Parkett meines Studios, als die Klingel hinter mir ertönt. Meinen Laden ganz zu schließen, hatte ich nicht über mich gebracht. Noch nicht. Mechanisch drehe ich mich um und lange blonde Haare stechen mir in die Augen. »Joy, was machst du hier?«

Ich sehe es ihr sofort an. Denn in ihrem Gesicht liegt ein trauriges Lächeln. »Ich wollte nach dir sehen. Sehen, wie es dir geht.«

»Mir geht es gut«, lüge ich und versuche, so neutral wie möglich zu klingen.

Wyatt hat ihr also davon erzählt. Aber was genau hat er ihr erzählt? Hat er ihr ebenfalls gesagt, dass er mit mir niemals glücklich werden kann?

»Mhm.« Ich ahne, dass mir Joy meine Lüge nicht abnimmt. »Du hast keine Termine heute?«

»Keine Termine. Für die kommende Zeit nicht, nein.«

Joy wirkt interessiert. »Warum, hast du Urlaub?«

»Nein. Eine fotografische Auszeit oder wie man es nennen will.«

Sie mustert mich irritiert. »Für wie lang?«

Ich zucke nur mit den Schultern. »Wir werden sehen.«

»Wir kennen uns nicht wirklich gut. Aber das klingt mir danach, als würdest du deinen Job soeben gedanklich an den Nagel hängen wollen.«

Ich stoße einen genervten Atemzug aus, weil ich mich

vor ihr nicht rechtfertigen muss. »Joy, bist du wirklich nur hier, um nach mir zu sehen oder um mich auszufragen?«

»Ava.« Sie sieht mich schockiert an und streift mit ihrer Hand durch die Haare.

»Wie du schon sagtest ... Wir kennen uns nicht wirklich.«

»Warum? Warum tust du das? Warum hörst du auf?« Sie scheint meine Aussage absolut zu überhören.

»Weil es vermutlich nicht mehr das Richtige für mich ist.«

»Was soll das bedeuten?« Sie zeigt mit ihren Händen durch den Raum. »Hat das irgendwas mit Wyatt zu tun?«

»Nein«, lüge ich.

»Ava.«

»Joy.«

Und nachdem ich ihren Namen mit gewisser Wut ausgesprochen habe, herrscht zwischen uns gänzliche Stille. Minutenlang. Ich kehre und mein dummes Herz kann es einfach nicht lassen, die Chance zu ergreifen.

»Wie geht es ihm? Ich meine ...« Mein Verstand setzt ein und tut genau das richtige. »Nein. Stopp. Ich will es nicht wissen.«

»Willst du nicht?«

»Ich darf nicht. Es würde mir vermutlich ... Ich will es nicht wissen. Und ich denke, es wäre besser, wenn du jetzt gehst. Alles, was mich an ihn erinnert ...« Meine Stimme bricht. »Ich kann es nicht in meinem Leben haben.«

»Ava.« Ihr trauriger Blick geht mir durch Mark und Bein.

»Bitte Joy. Ich habe dich wirklich gern, aber mach es mir nicht noch schwerer.«

Nur zögerlich dreht sie sich um und verlässt meinen Laden, in dem ich mich noch nie verlorener fühlte. Dabei sollten mir diese vier Wände eigentlich das Gefühl von

Zuhause geben. Aber im Moment hasse ich alles hier drin.

Ich blicke auf eines der Bilder, das vor mir auf dem Boden steht und vor Kurzem im Schaufenster zu sehen war. Ein Soldat mit einem amputierten Arm.

Ohne Verstand packe ich es und schlage den Rahmen immer und immer wieder gegen die gemauerte Wand, bis das Glas bricht. Und mit jedem Schlag laufen mehr Tränen über meine Wangen. Noch mehr Verzweiflung steigt in mir auf. Wie konnte mir Wyatt das nur antun? Wie konnte er zulassen, dass ich mein ganzes Leben hinterfrage? Dass ich mich hinterfrage? Warum gerade er?

Wyatt

Ich versuche, so zu tun, als wäre mir alles egal. Aber das, was mir Joy erzählt, haut mich aus allen Bahnen meines Lebens.

»Was soll das heißen, Ava nimmt im Moment eine Auszeit?«

»Dass sie im Moment und in den letzten Tagen nicht ein Bild geschossen hat. Was ist zwischen euch passiert, Wyatt? Was ist passiert, dass sie so innerlich zerstört hat, dass sie nicht einmal dem nachgeht, was sie liebt und wofür sie im Grunde genommen lebt?«

Minou fährt unter meine Hand, während ich wie in Trance den Kopf schüttle. »Das wollte ich nicht.« Dabei spreche ich mehr zu mir selbst als zu meiner Schwester. Ich wollte doch nicht, dass Ava die Freude an dem verliert, was sie am besten kann. Ich wollte nur, dass sie das Band zu mir verliert. »Joy, das musst du mir glauben. Ich wollte das nicht.«

»Was ist passiert?«, fragt sie nachdrücklich.

»Ich habe ...«, stammle ich. »Sie sollte nur von mir loskommen.«

»Was hast du getan, Wyatt?«

»Vermutlich das Schlimmste, was ich hätte tun können.« Meine Stimme ein verfluchtes Zittern.

»Dann bring das wieder in Ordnung. Hast du verstanden? Dich selbst in der Hölle zu lassen, ist das eine. Jemanden, dem du etwas bedeutest, mit dahin zu nehmen, das andere. Sieh zu, dass du das in Ordnung bringst!« Selten habe ich meine Schwester so wütend erlebt. Aber ja, sie hat recht.

Ich nicke nur, weil ich gerade zu nichts anderem imstande bin. Weil ich nicht glauben kann, dass ich Ava zerstört habe.

Ich bin sowas von am Arsch. Ich bin sowas von durch. Weil mir immer klarer wird, was ich angerichtet habe. Ich wollte sie schützen und doch habe ich sie nicht einmal gefragt, was sie eigentlich möchte. Ich habe entschieden. Für sie. Für uns.

Nie habe ich mich für selbstbezogen gehalten. Doch auch das ist Egoismus: Ich habe es gut gemeint und dennoch kam nichts Gutes dabei rum. Ich wollte doch niemals, dass sie ihr Leben hinterfragt oder ihre Leidenschaft an den Nagel hängt.

KAPITEL 19

Wyatt

Ich bin bereits den dritten Tag in Folge mit Minou vor ihrem Laden, um Ava abzufangen. Aber sie ist auch heute nicht da. *Früher konnte sie nicht einen Tag ohne.*

Also begebe ich mich vor Avas Haus und versuche sie dort zu sehen. Ihr wenigstens zu erklären, was in mir vorging, als ich sie von mir gestoßen habe.

Auf so eine üble Art und Weise ...

Ich sollte ihr sagen, warum ich mich entschieden habe, das zu tun, und ich sollte ihr endlich alles preisgeben, was mich so zerrüttet hat. Meine Gedankenstränge, meine komplette Vergangenheit – ausnahmslos.

Dann taucht Ava endlich auf. Ich beobachte sie aus der Ferne, sehe selbst von hier die Trauer in ihren Augen, als sie ihr Haus verlässt, um mit Kopfhörern in ihren Ohren loszulaufen. Ich habe sie noch nie zuvor laufen sehen. Aber bis sie wiederkommt, werde ich auf sie warten, um endlich mit ihr reden zu können.

Ein einziges Mal mutig sein, was sie betrifft.

Als sie nach vielen Minuten zurückkommt, sichtlich ausgepowert, rolle ich schnell vor ihre Haustür. Minou folgt mir und ich hoffe, dass er mir helfen kann. Denn er hat ihr schließlich nichts getan.

Ava schreckt zurück, als ich direkt vor ihr bin, und ist völlig außer Atem.

»Wyatt, was ...« Ihr Blick wird mit einem Mal kühl. »Verschwinde.«

Kein *Hallo*, kein *Wie geht's*.

Warum sollte sie auch. Also übergehe ich das ebenfalls. »Ava, du fotografierst nicht mehr?«

Sie drängt sich an mir vorbei, sperrt die Haustür auf und ignoriert fast Minou, der vor ihr steht und sie anhechelt. »Bist du deswegen gekommen?«

»Warum machst du keine Bilder mehr, Ava?«

Sie drückt ihre Tür auf. »Ich glaube nicht, dass dich das etwas angeht. Dich geht nichts mehr in meinem Leben irgendetwas an. Nie wieder, hörst du?« Ihre Stimme wird mit jedem Wort lauter.

»Tut es wohl. Vor allem wenn ich der Grund dafür bin. Hat es etwas damit zu tun, was ich gesagt habe?«

»Vielleicht hat es mich dazu gebracht, meine Arbeit aus neutraler Sicht zu betrachten und zu hinterfragen. Es aus einem anderen Blickwinkel zu sehen, was ich da mache. Was und vor allem warum ich das wirklich tue.«

»Ava, das wollte ich nicht. Das, was du mit deiner Fotografie anstellst ... Das ist gut. Es tut gut. Es zeigt das Gute auf dieser Welt. Ich wollte dir nicht das Gefühl geben, dass das schlecht ist, was du machst. Nie hatte ich die Absicht, dass du meinetwegen deinen Job und das, was du liebst, an den Nagel hängst.«

»Hör auf, dich selbst so wichtig zu nehmen. Hör auf

damit, Wyatt, und geh einfach.« Nachdem ihre Wut aus den Stimmbändern gewichen ist, schiebt sie ein zerbrochenes »Bitte« nach.

Was ich zu antworten habe, ist für Ava belanglos. Denn sie schiebt ihre Haustür hinter sich zu und mich damit aus ihrem Leben.

Noch nie habe ich Ava so dunkel erlebt. Wo ist das Leuchten ihrer Augen hin? Bin ich tatsächlich der, der Schuld daran trägt, dass es verschwunden ist? Habe ich Ava zerstört?

Das lag niemals in meiner Absicht. Nie.

Ich hatte vor, mich bei ihr zu entschuldigen. Dabei wusste ich, wie aussichtslos meine Situation, wie unrealistisch meine Hoffnung war. Und Ava hat mir noch mal eindeutig klargemacht, dass ich in ihrem Leben nichts mehr zu suchen habe. Aber habe ich nicht genau das gewollt?

Hast du … nur nicht unter diesen Umständen. Du hattest eine glückliche Ava im Kopf. Eine Ava, die ein glückliches Leben führt und positiv durch die Straßen Nashvilles wandert. Du hast keine Ava formen wollen, die all das, was sie ausmacht, beiseiteschiebt und zum Gegenteil mutiert.

Kann Liebe wirklich die Finsternis in einem hervorholen?

Doch wer könnte ihr diese Bitterkeit nach meinen letzten Worten verübeln?

Niemand.

Denn ich habe ihr mit meinen Äußerungen alles genommen. Ich habe ihr die Leidenschaft genommen. Habe in ihr Zweifel keimen lassen, ohne darüber nachzudenken, was ich damit anrichten könnte. Dabei hatte ich unser Gespräch immer wieder durchgespielt und fast einstudiert, ehe wir es führten. Jeder Ausgang war eine glückliche Ava. Keine kühle und zerstörte.

Hätte sie sich eben nicht so an dem Rahmen ihrer Haustür festgekrallt, weiß ich, dass Ava vor mir zerbrochen wäre. Gott, ich habe Ava zerbrochen. Was bin ich eigentlich für ein verdammter Mistkerl?

Ich muss das wieder in Ordnung bringen.

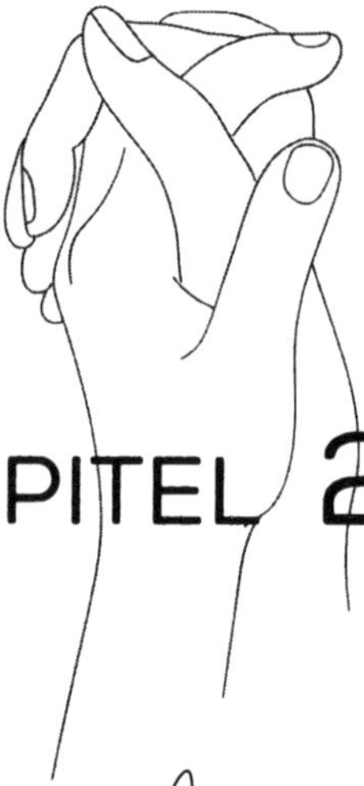

KAPITEL 20

Ava

Wenige Stunden nachdem ich Wyatt die Tür vor der Nase zugeschmissen habe, sehe auf mein Handy, das ich schon eine Zeit lang nicht mehr in den Händen hielt.

Darauf sind einige Benachrichtigungen, von denen ich nicht weiß, ob ich sie öffnen will. Und dennoch tue ich es.

Wyatt: Ava, es tut mir leid. Ich wollte nicht, dass es annähernd so weit kommt.

Wyatt: Ich habe die Dunkelheit in deinen Augen gesehen, als du mich weggeschickt hast …

Wyatt: Lass mich nicht der Grund dafür sein, dass du zu leuchten aufhörst. Lass niemanden der Grund dafür sein. Du darfst dein Leuchten nicht verlieren.

Wyatt: Deine Welt ist doch schon immer kunterbunt gewesen, lass nicht zu, dass das aufhört.

Was bildet er sich eigentlich ein ...

So oder so ähnlich sehen all seine Nachrichten der vergangenen Tage aus und doch schlägt, trotz all dem Schmerz, den mir Wyatt zugefügt hat, mein Herz schneller und drängt mich dazu, ihn sehen zu wollen.

Aber was würde das bringen? Nur noch mehr Schmerz, Ava.

Den Schmerz ein einziges Mal von meiner Seele nehmen zu können, wäre etwas, wofür ich jede dieser Nachrichten opfern würde. Ich schaue die Texte noch wenige Sekunden lang an, ehe ich das Handy zurück auf den Couchtisch lege.

Ich war seit Tagen nicht mehr im Studio. Warum auch? Noch nie fühlte ich mich dort unwohler.

Obwohl mir von Anfang an klar war, wohin das mit Wyatt hätte führen können, habe ich nicht bedacht, dass meine Gefühle für ihn nach seinem Auftauchen vor meinem Wohnhaus derart wieder entflammen würden. Eine sinnliche Sehnsucht, die nur dann entstehen kann, wenn die letzte Erinnerung ein einziger Rausch ist, der meine Sinne zerbersten lässt.

Verdammt, ich will nicht an ihn denken!

Ich muss raus aus meinen vier Wänden. Also mache ich mich auf den Weg ins ChocoMakesHappy.

Dort bestelle ich mir eine Hot-Chocolate. Und sehe verloren und traurig auf das Handy, weil ich nicht imstande bin, seine Nachrichten zu löschen. Nur um ihn komplett aus meinem Leben zu verbannen.

»Ava?« Ich blicke auf, und als könnte mein Handy zaubern, jagt es mir Wyatt herbei, der mich mit diesem vertrauten Braun ansieht. Ein Braun, das ich so liebe und jetzt eigentlich verdammen sollte, weil es mich zerstört.

Soll das etwa ein verdammter Scherz sein? Was soll das?

»Was machst *du* hier? Verfolgst du mich etwa?«, zische ich. Kaum hörbar.

Immer härtere Wut fährt in mir hoch, direkt in meine Kehle. Ich kann langsam nicht mehr klar denken. Warum ist Wyatt so verflucht hartnäckig und kann mich nicht einfach in Ruhe lassen? Schließlich wollte er, dass ich aus seinem Leben verschwinde, dennoch taucht er gefühlt ununterbrochen in meinem auf.

In der Sekunde, in der ich in dieses mir nur allzu bekannte Gesicht mit dieser schmetterlingsähnlichen Narbe schaue, blende ich alles um mich herum aus. Allein die aufkeimende Wut auf ihn bleibt und ... die Liebe.

Wyatt wirkt erschöpft.

Der schwarze Stoff seines Shirts spannt leicht an den Oberarmen. Wie gern ich seine Tattoos berühren würde. So wie bei ihm. So wie in Newport, als wir das erste Mal miteinander schliefen.

Ein leichtes, kaum wahrnehmbares Herzklopfen und eine undefinierbare Wärme breiten sich in meiner Brust aus, während ich ihm in die weit aufgerissenen Augen sehe. Doch je länger ich wie versteinert dasitze, desto deutlicher wird ein anderes Klopfen. *Wut und Unverständnis.*

Jede Träne, die ich seinetwegen vergossen habe, türmt sich in meinen Gedanken auf. Und auch jede, die ich wegen ihm noch vergießen werde. Obwohl Wyatt absichtlich vor mir sitzt, scheint er sprachlos zu sein. Er schließt den Mund, nur um ihn gleich wieder zu öffnen, als suche er nach den richtigen Worten. Aber es gibt keine. Zumindest keine, die diese Situation irgendwie besser machen können.

Denn dieser Mensch hat hier rein gar nichts mehr verloren. Nicht mit mir im ChocoMakesHappy und erst recht nicht in meinem Leben.

»Ava«, keucht er erneut, als gäbe es nur meinen Namen in seinem Wortschatz. Und bei dem Klang läuft es mir eiskalt den Rücken hinunter.

Wyatt

Noch nie fühlte ich mich leerer. Sie reagiert auf keine meiner Nachrichten. *Jetzt weißt du, wie sie sich gefühlt haben muss, als du nicht eine ihrer Nachrichten beantwortet hast.* Meine Phantomschmerzen sind leichter zu kontrollieren als die Gefühle für Ava.

So, wie sie mich ignoriert, ist es, als hätte es unsere Zeit niemals gegeben. Die Küsse, die Nähe, das Wir, was ich zerstört habe. Und das mit voller Absicht. Ava tut im Grunde nur das, was sie mir versprochen hat. Um was ich sie gebeten habe. Warum kann ich sie jetzt nicht einfach gehen lassen?

Wenn ich dachte, das Fehlen meiner Beine und Matthews Tod hätten eine Leere in meinem Leben verursacht, ist das nichts gegen Avas Abwesenheit. Wenn ich mit Elijah im Park trainiere, hoffe ich, sie zu sehen. Aber dem ist nicht so. Ebenso suche ich verdächtig oft das ChocoMakes-Happy auf, weil ich weiß, wie gern sie die Hot-Chocolate dort trinkt. Ich hoffe, dass sie sich eine holen wird und ich gerade dort sein werde, wenn sie es ist. Aber auch das geschah die letzten Tage nicht.

Doch dann sehe ich sie. Fast ferngesteuert fahre ich zu ihr an den Tisch, während sie mit trauriger Miene auf ihr Handy starrt.

»Ava?«, flüstere ich. Das Raue meiner Stimme verfliegt.

»Was machst *du* hier? Verfolgst du mich etwa?«

»Ava«, murmle ich erneut.

»Was willst du? Du verfolgst mich.« Ihre Stimme – wütend.

»Vielleicht«, antworte ich und lege ein vorsichtiges Lächeln in mein Gesicht.

»Das ist verrückt.«

»Und da dachtest du am Anfang, du wärst die Verrückte von uns beiden.«

»Wyatt, was willst du?« Als könnte nur diese Frage aus ihrem Mund gleiten. Nur ist es jetzt kein Vorwurf, der in ihrer Stimme ertönt. Denn sie schreit vor Erschöpfung.

»Ich ... ich. Ava, du fehlst mir und mein Gewissen ...«

Ihre harte Miene wirkt weicher und dennoch so leer. »Hör auf das zu sagen, ich bitte dich. Du hast nicht das Recht, jetzt ...«

»Aber es ist die Wahrheit. Habe ich nicht das Recht, die Wahrheit zu sagen?«, unterbreche ich sie.

Sie schüttelt den Kopf. »Es ist nicht mehr relevant.«

»Sag das nicht, bitte.«

»Doch, Wyatt. Du hast mich dazu gebracht, meine Leidenschaft, mein Leben, und das, was ich alltäglich tue, das, was ich bin, zu hinterfragen. Jeder hätte es gekonnt und mich hätte es nicht gestört. Aber von dir zu hören, wie du das, was ich tue, wirklich siehst, hat mehr als mein Herz aus der Brust gesprengt. Zu sagen, du könntest mit mir nicht glücklich werden ...« Ava stoppt kurz, nachdem sie eine meiner größten Lügen wiederholt hat. »Du hast mich zerstört.«

»Ava, es ist mit mir durchgegangen. Ich wollte nie, dass du das hinterfragst, was du tust, oder es nur in Erwägung ziehst, es sein zu lassen. Das, was du tust, ist gut. Sogar mehr als das. Du tust damit etwas Gutes. Menschen wie ...« Ich schlucke schwer. »Menschen, wie ich fühlen sich besser.

Und sie sehen sich auf deinen Fotografien so, wie sie sind. Das ist gut, Ava! Hinterfrage das nie wieder. Vor allem nicht, wenn ich ... Bitte.«

»Ich sollte gehen.«

Ich versuche sie am Handgelenk am Aufstehen zu hindern. Doch sie entzieht sich meiner Berührung. »Ava, lass es mich bitte erklären. Gib mir die Chance, mich richtig zu erklären.«

»Hör auf, Wyatt. Hör auf etwas einzufordern und dir herauszunehmen, wozu du nicht berechtigt bist. Du hast mich von dir gestoßen. Nicht andersrum.«

»Und es war ein Fehler.«

»Ich war die letzten Wochen und Monate wirklich geduldig. Ich habe alles geschluckt und ich habe alles ... Ich wäre bereit für alles gewesen. Aber jetzt. Ich kann dir das nicht verzeihen. Und man sollte sich nicht mit weniger zufriedengeben, als man selbst verdient. Nicht wahr?«

Das sitzt. Meine Worte schallen aus Avas Mund und ziehen mir den Boden unter den Füßen weg. Und dennoch muss sie meine Beweggründe erfahren. Sie muss. »Ich musste es dazu kommen lassen, dass wir uns ... Dass wir getrennte Wege gehen.«

»Mit welchem Hintergedanken du es gemacht hast, spielt keine Rolle mehr«, wiederholt sie. »Ich dachte, wir ... Wir ...« Avas Stimme bebt. »Alles hat seinen Wert verloren. Meine Fotografien. Wir. Es hat keinen Wert mehr. Also lass es einfach. Ich liebe dich, Wyatt. Lass mir Zeit, diese Liebe zu überstehen. Gib mir Freiraum, dich zu überstehen.«

»Du liebst mich ... Noch immer.«

»Natürlich tue ich das. Sonst würde es nicht so wehtun. Aber Liebe ist nicht alles.«

»Sie ist das Wichtigste«, appelliere ich an ihr Inneres.

»Du hast mich auch aus Liebe von dir gestoßen, oder etwa nicht?«

Ihr ist es also klar? Ich lächle traurig. Ihr war vermutlich von Anfang an klar, warum ich diesen Schritt getan habe. Doch diese Tatsache bricht mich nur noch mehr. Es beweist: Ava ist der einzige Mensch, der wirklich weiß, wie es in mir aussieht. Was mich zerstört und was mich flickt. Und ich habe sie von mir gestoßen. Weil ich geglaubt habe … Keine Ahnung, was ich geglaubt habe. Alles ist nur noch ein Haufen Verwirrung, die ich selbst gestiftet habe.

»Ava ...«, hauche ich.

»Hast du?«

»Habe ich. Weil ich nur das Beste für dich wollte. Nur das Beste.«

»Du hast mir aber das Beste genommen, Wyatt.« Sie stoppt. »Dich. Uns. Und ich werde nie wieder darauf vertrauen können, dass das zwischen uns funktionieren kann.«

»Ava ...«

»Bitte gib mir nun die Chance, uns zu überleben, denn allein das ist fair. Ich kann jetzt auch nicht mit dir reden.« Sie packt ihre Sachen zusammen, legt etwas Geld auf den Tisch und steht auf. »Such mich nicht noch einmal auf.«

In diesem kurzen Moment, in dem sich unsere Blicke treffen, sehe ich die Traurigkeit in ihren Augen. Wie zutiefst verletzt sie ist. Dann wird ihre Miene wieder hart. Ava wendet sich von mir ab. Alles, was ich noch wahrnehme, ist ihre kalte Stimme. »Verschwinde aus meinem Leben. Das hast du gewollt und ich will es jetzt auch.«

Das sitzt erneut und treibt mir einen immensen Druck in den Kopf.

Ohne ein weiteres Wort läuft sie aus dem Café, ohne einen Blick zurück. Ich halte inne und sehe ihr dabei zu, wie sie erneut verschwindet. Und trotz dieser erschreckenden Niederlage darf das hier nicht das Ende bedeuten. Ich muss Ava doch irgendwie klarmachen können, dass ich ein Teil ihres Lebens sein will. So wie sie es einst in meinem Leben sein wollte. Dass ich jetzt weiß, dass ich den größten Fehler meines Lebens gemacht habe.

Ava,

bitte gib mir die Chance, mich zu erklären.

Ein normales, unkompliziertes Leben. Das habe ich mir für dich gewünscht. Ganz ehrlich. Ein Leben, das geprägt von wundervollen Momenten ist. Mit einer großen Portion Gelassenheit und Positivität. Und ich bin weder ballastfrei noch unkompliziert. Ich könnte dir niemals eine vernünftige Familie bieten. Oder Kinder. Und darin liegt wohl der größte Knackpunkt. Kinder, Ava. Du willst sie. Und ich würde auch wollen, aber ich kann nicht. Warum? Es ist … Gib mir die Chance, es dir persönlich zu erklären, damit du es verstehst.

Ich kann nichts beginnen oder fortführen, was zum Scheitern verurteilt ist. Früher oder später. Und dennoch fehlst du mir. Dennoch war alles so falsch, was ich angerichtet habe. Dein Lachen, deine Anwesenheit. Du fehlst mir auf jede erdenkliche Art und Weise. Die gemeinsame Zeit fehlt mir. War ich in meinem Leben jemals glücklicher und positiver gestimmt? Nein. Ganz eindeutig nein. Seitdem du nicht mehr bei mir bist, ist alles so … dunkel und leer. Du warst das Licht am Ende eines dunklen Pfades, der Leben heißt. Ein Licht, das ich mir selbst genommen habe.

Ava, ich liebe dich. Es wäre längst an der Zeit gewesen, dir das persönlich zu sagen. Und glaub mir, wenn ich dir sage, dass ich es in so vielen

Momenten sagen wollte, aber es einfach nicht konnte, weil ich mir selbst im Weg stand.

Und dann habe ich es komplett zerstört und ich komme über meine eigene Dummheit einfach nicht hinweg.

Ich bin bereit, alles für diese Liebe zu geben. Alles, was du willst, auch das, was ich gerade nicht kann. Ich weiß jetzt, dass ich vielleicht einfach nur hätte versuchen müssen, mich auf den Gedanken Familie einzulassen.

Bitte Ava, komm zurück zu mir.

Wyatt

Ich habe nach allem, was ich angerichtet habe, nun die Kraft, ihn ihr zu geben. Nicht persönlich. Aber ich visiere ihr Wohnhaus an, öffne den Briefkasten, stecke den Brief hinein und hoffe, dass sie mir die Chance geben wird, mich damit ein wenig zu erklären.

Ava

Seine Zeilen lassen meine Augen brennen.

Wie konnte er mich wegen einer Sache, die noch nicht einmal irgendwie Bestandteil von uns war, von sich stoßen?

Er fragte mich einst, ob er genug sei. Und als ich mit Ja antwortete, meinte ich es so. Er war genug und wäre immer genug für mich gewesen.

Die Tränen, die ich wegen Wyatt vergossen habe, sind unzählbar. Man sollte meinen, dass man irgendwann einmal tränenleer wäre, aber dem ist nicht annähernd so.

Ich weine wieder, weil ich weiß, dass seine Zeilen nichts ändern werden. Deswegen nehme ich mein Handy in die Hand und beginne ihm eine Nachricht zu tippen.

Ich: Ich habe deinen Brief erhalten, Wyatt. Und ich kann mir vorstellen, was in dir vorgeht. Ich habe so weit nicht gedacht – an Kinder. Für mich zählten nur wir. Erst mal. Du warst alles. Dieser eine Wunsch und genau das, was ich wollte. Du warst genug. Wärst immer genug gewesen. Doch du hast mir ganz eindeutig gezeigt, dass es für mich keinen Platz in deinem Leben geben kann, und die Art, wie du mir das gezeigt hast ... Was du bereit warst zu tun, damit ich aus deinem Leben verschwinde …

Dass ich dich jemals wieder in mein Leben lassen kann, ist aussichtslos, weil du mein Herz zerschmet-

tert hast. Du hast, ohne mich zu fragen, eine grundlegende Entscheidung für mich getroffen. Nämlich gegen das UNS, was ich niemals infrage gestellt hätte, hättest du nicht alles, was mir etwas bedeutet, auf null reduziert. Es ist kein Vorwurf und irgendwie kann ich verstehen, dass du es getan hast. Jedoch nicht für mich, sondern für dich. Aber bitte verstehe auch: Ich habe dir ein Versprechen gegeben. Und ich breche nie eins. Bitte gib mir die Chance, das zu überstehen. Uns zu überstehen. Nach dem, was du angerichtet hast, ist es das Mindeste, das ich verlangen darf, oder? Lass mich bitte in Ruhe. Schreib mir nicht mehr, such mich nicht mehr auf. Lass mir die Chance, uns zu überstehen. Bitte.

KAPITEL 21

Wyatt

… Lass mich bitte in Ruhe. Schreib mir nicht mehr, such mich nicht mehr auf. Lass mir die Chance, uns zu überstehen. Bitte.

Wie soll ich ohne Ava weiterleben?

Der Whiskey und ich sind in den letzten Tagen ziemlich gute Freunde geworden. Er hilft mir, für den Moment zu vergessen. Nicht Ava, aber er beginnt immer intensiver meine Gefühle für sie zu ersticken.

Ich bin geliefert und komplett am Boden. Und dass es meine eigene Schuld ist, macht diese Sache noch weitaus unerträglicher. Ich hätte in diesem Moment so glücklich sein können. Mit ihr an meiner Seite. Wenn ich nur von Anfang an ehrlich zu ihr gewesen wäre.

Besser kann ich diesen Moment nicht beschreiben. Diesen Moment, in dem mein Kopf höllisch schmerzt und ich mich trotzdem mit einem gequälten Stöhnen an der alten Küchenzeile nach oben zu ziehen versuche, um langsam wieder in den Rollstuhl zu kommen. Das nur, weil ich im Rausch wortwörtlich aus dem Teil gekippt bin.

Ich drücke den Pullover, der mir von ihr geblieben ist, an meine Brust, als würde ich Ava in den Armen halten. Ich halte dieses Stück Stoff fest, als wäre sie noch immer bei mir. Als hätte ich sie nicht von mir gestoßen. Selbst Minou kann diesen Schmerz nicht lindern. Niemand kann das.

Mir fehlen ihre Berührungen, an Stellen, die sich vor unserer Zeit fremd anfühlten. Es wurde fast tägliche Routine, dass sie meine Beine, zumindest das, was von ihnen noch da ist, berührte, und das, ohne mir das Gefühl zu vermitteln, sie wären mein Handicap. Ava gab mir stets das Gefühl, als würden sie zu mir gehören. So und nicht anders. Als wäre es schon immer so gewesen. Als wäre ich kein Krüppel. Es ist schon wirklich eigenartig, wie das Leben spielt. Da trifft man auf diesen einen Menschen und verbockt es bis ins Kleinste, weil man glaubt, das sei der richtige Weg. Wenn man dann merkt, dass es der falsche war, ist es zu spät.

Noch fester kralle ich mich in den Pullover, bis meine Finger schließlich rot werden. Und dann beginne ich mich meinen verdammten Gefühlen zu überlassen. Gefühle, die so nicht sein sollten. Gefühle, die so stark sind, dass der Whiskey sie nicht ertränken kann. Wütend schmeiße ich den Pullover an die gegenüberliegende Wand, die so kahl und trist wirkt, dass es mir fast den Atem nimmt. So wie alles in dieser verfluchten Wohnung, die nicht annähernd etwas von mir repräsentiert. Sie trägt mehr von Ava in sich als von mir.

Ihr Duft ist noch überall …

Dann fahre ich ins Wohnzimmer.

Ich mache weiter mit dem, was gerade am logischsten erscheint. Etwas, das mir Ava ungewollt mit auf den Weg gegeben hat, bevor wir unseren ersten Kaffee zusammen tranken.

Man vergisst eine Ava Connor nicht. Vielleicht für den Moment unter viel Alkoholeinfluss oder so. Aber im normalen Zustand vergisst man mich nicht.

Auf dem Regal vor mir befindet sich der nächste Whiskey. Der Whiskey meines Vaters, den ich sonst immer verabscheute. Und dennoch fülle ich ihn in ein Glas, mehr als ich wohl sollte, und kippe ihn hinter. Dann den nächsten und wieder einen, bis die Gedanken an Ava verblassen.

Und irgendwann denke ich erneut an die Frau, die mich jedes Mal so ansah, als würde sich ihre Welt nur um mich drehen. Als wäre ich ihre Welt und bei Gott, wie konnte ich nur glauben, es sei besser, sie gehen zu lassen – auf so eine üble, kalkulierte Art und Weise. Dieser Gedanke wiegt noch schwerer in meiner Magengegend, sodass ich den Vorgang mit dem Whiskey wiederhole. Immer und immer wieder.

Ich habe keine Ahnung, wie viel Zeit vergangen ist. Aber durch meinen Flur ertönt mein Name. »Wyatt?«

Elijah.

»Mhm?«, erwidere ich, was Elijah vermutlich nicht einmal hören kann. Ich ziehe mir meine Decke über den Kopf, ehe er in mein Schlafzimmer stürmt. Es war fatal, ihm den Zweitschlüssel gegeben zu haben ...

»Wie kann es sein, dass du noch pennst? Du hast unser Training verpasst. Das zweite Mal in dieser Woche.«

Es ist mir egal, würde ich nun antworten. Aber ich bin eindeutig zu schwach.

»Und warum riechst du wie eine ganze Schnapsbrennerei?

Was ist denn los mit dir?«

»Verschwinde, Elijah.« Ich werfe mein Kissen nach ihm.

»Wyatt.«

Mein Schädel erträgt nicht ein Wort und dennoch werde ich lauter. »Du sollst abhauen!« Ich werfe das nächste Kissen.

»Du kannst den ganzen Inhalt deiner Wohnung nach mir werfen. Ich werde so einiges, aber ganz sicher nicht verschwinden und dich mit dem Chaos in dir alleinlassen.«

»Es ist nicht meine Wohnung. Aber tu, was du willst, was du nicht lassen kannst …«

Elijah setzte sich auf meine Bettkante, und obwohl ich die Augen nicht öffne und noch immer den Kater meines Lebens habe, spüre ich seine Blicke auf mir. »Du willst sie zurück, Wyatt? So?«

Ich erwidere nichts, obwohl ich es so gern bejahen würde. Aber es ist sinnlos. Ava hat abgeschlossen oder ist gerade mitten in der Abschließ-Phase. Und ich sollte das auch tun.

»Du solltest dich erst mal wieder in den Griff bekommen. Du hast ihr genug angetan. Das hier macht es nicht besser.«

»Du hast keine Ahnung. Es ist hinten wie vorne absolut zu spät. Ava schließt in diesem Moment mit mir ab. Und wer kann ihr das verübeln?« Ich drücke mein Gesicht ins Kissen.

Elijah schnaubt angestrengt aus. »Weißt du, was ich immer so sehr an dir geschätzt habe? Was uns vermutlich auch zu Freunden gemacht hat?«

Ich blinzle zu ihm auf. »Was?«

»Deinen Ehrgeiz. Du kämpfst für alles, was du willst und deiner Meinung nach brauchst. Und jetzt bietet sich eine

Hürde auf emotionaler Ebene und du lässt dich gehen, statt so zu reagieren, wie du es seit dem letzten Einsatz immer getan hast. Du willst Ava zurück? Dann kämpf genauso um sie wie darum, wieder gehen zu können. Du hast spät gecheckt, was das zwischen euch ist. Lass nicht noch mehr Zeit verstreichen, indem du sie gehen lässt. Irgendjemand wird ebenso erkennen, was für ein außergewöhnliches Wesen Ava in sich trägt. Er wird sich wie du in dieses Wesen verlieben. Dann wird es zu spät sein.« Elijah steht auf und ich hebe erneut gequält meine Lider. Allein der Gedanke, dass Ava mit jemand anderem … Mein Magen wird zu einem harten Ball. »Was ich damit sagen will ... Bekomm deinen Arsch hoch und kämpfe um sie, Wyatt.« Dann verzieht er sein Gesicht. »Und verflucht, geh duschen. Du stinkst.«

Dann reißt er mein Fenster auf und verschwindet mit Minou aus dem Schlafzimmer.

Ich hieve mich in den Rollstuhl und fahre durch den Flur ins Bad, wo mir der Spiegel das Ausmaß der letzten Tage zeigt.

Nachdem ich mir kaltes Wasser ins Gesicht gedrückt und die Zähne geputzt habe, schiebe ich mich ins Wohnzimmer.

Ich bin überrascht, dass Elijah auf meiner Couch sitzt. Die Vermutung lag nahe, dass er gegangen ist. Stattdessen scheint er den Alkoholgeruch eliminiert zu haben, indem er alle Fenster der Wohnung aufriss. Eine angenehme Frische zieht durch diese vier Wände, die mich klarer denken lässt, trotz meiner permanent auflebenden Kopfschmerzen.

Süffisant lächelt er mich an. »Wieder erwacht?«

»Was tust du noch hier?«, will ich wissen.

»Zum einen habe ich Minou seine Runde gegeben und zum anderen ... Dich nicht dir selbst überlassen.«

Eigentlich habe ich seine gut gemeinte Geste nicht verdient. Vor allem nicht, nachdem ich ihn mit allem beworfen habe, was ich heute Morgen finden konnte. »Elijah ...« Ich will mich bei ihm bedanken, aber er blickt mich bereits an, als wüsste er, was in mir vorgeht.

»Keine Ursache. Aber verrate mir, was du nun vorhast.«

Nachdem ein großer Teil des Alkohols, der meine Gefühle fast übertüncht hatte, aus meinem Körper entkommen ist, wird mir eines klar: »Ich will sie zurück, Elijah. Und das mehr als meine Beine.«

Er streift sich durch seine dunklen Haare und setzt ein dämliches Grinsen auf, von dem ich nicht weiß, was es zu bedeuten hat. »Dann sollten wir uns mal etwas einfallen lassen.«

»Wir?«

»Ja. Ich denke nach, während du heute deinen Trainingsrückstand aufholst.«

Ava

Die letzten Tage waren schlimm. Wyatt hat nach seinem Besuch im ChocoMakesHappy nur mehr aufgewühlt, als wirklich gut für mich ist. Er wollte, dass ich aus seinem Leben verschwinde. Aber jetzt will er, dass ich bleibe? Sein Gefühlschaos verpasst mir nur ein Schleudertrauma.

Aiden versucht schon eine Weile mich aufzuheitern. Aber es gelingt ihm nicht. Stumm laufen wir nebeneinander her. Ich wüsste auch nicht, worüber ich mit ihm reden sollte, was meine jetzige Situation annähernd besser machen könnte. Ich kann nur auf die Zeit hoffen. Denn heißt es nicht: Zeit heilt alle Wunden? Vielleicht auch meine.

Nach einem langen Spaziergang biegen wir um die letzte Kurve, als mein Körper in absolute Schockstarre verfällt. Ich blicke zu meinem Wohnhaus und hinauf zu den Fenstern meines Ateliers. Mit einem Schlag glaube ich, in einer Dauerschleife eines Albtraums festzuhängen, der nicht enden will. Der mich und mein Leben, meine Einstellung ziemlich auf die Probe zu stellen versucht.

Das kann doch nicht wahr sein. Das kann das Leben nicht ernst meinen. Das darf einfach nur ein Albtraum sein. Bis mir klar wird, dass es das nicht ist, sondern die pure Realität, erstarre ich noch fester.

Rauch!

»O mein Gott.« Ein jämmerliches Flüstern, das meinen Stimmbändern entflieht.

Es brennt. Mein Atelier brennt. Meine Vergangenheit. Das Letzte, was mir geblieben ist, brennt!

Alle Räume bilden sich in meinen Gedanken ab. Alles, was sich darin befindet, und all meine wunderschönen besonderen Werke, die ich einmalig aufbereitet habe. Alles darin machte mich zu dem, was ich bin, oder zu dem, was ich einmal war.

Ohne darüber nachzudenken, stürme ich los, um zu retten, was noch zu retten ist, werde jedoch von zwei kräftigen Armen zurückgezogen.

»Ava, bist du völlig verrückt?«, schreit Aiden und drückt mich mit aller Macht an sich.

Aus Reflex versuche ich mich dem Druck seiner Arme zu entziehen. »Lass mich los, Aiden! Die Bilder, meine Bilder. Mein Atelier.«

»Ava, nein! Das ist viel zu gefährlich.«

Ich wehre mich weiter gegen seine Umklammerung. »Lass mich los. Sofort. Da oben ist alles drin, Aiden. Verstehst du nicht? Alles!« Über meine Wangen rollen die bittersten Tränen, die ich jemals geweint habe. »Lass mich bitte los. Meine Bilder.«

»Nein, Ava! Nein.«

Ich sacke zu Boden und spüre, wie mich Aidens Arme umschließen und er mich nur noch fester an seine Brust drückt. Er streichelt über meinen Kopf, während ich mich vollends verliere. Und dann höre ich sie schon. Die Sirenen, die immer tiefer in meinen Gehörgang eintreten und mir damit jegliche Hoffnung auf das Gute im Leben nehmen.

»Psst, Ava. Psst. Alles wird gut, Ava.« Glaubt er wirklich, dass seine Worte zu mir durchdringen?

»Nichts wird gut«, wimmere ich.

Es bringt auch nichts, dass Aiden mich hin und her wiegt. Sein Versuch, mich zu beruhigen, ist aussichtslos.

Wie kann er das nur annehmen? Wie kann Aiden glauben, dass irgendwas wieder gut werden würde? Denn ich war noch nie tiefer am Boden. Will mich das Schicksal eigentlich wirklich komplett verarschen? Mein Atelier bedeutet mir alles. Auch wenn ich die letzten Tage und Wochen nicht ein Bild geschossen habe, war es mein Rückzugsort aus einem Leben ohne Wyatt. Es war *mein*.

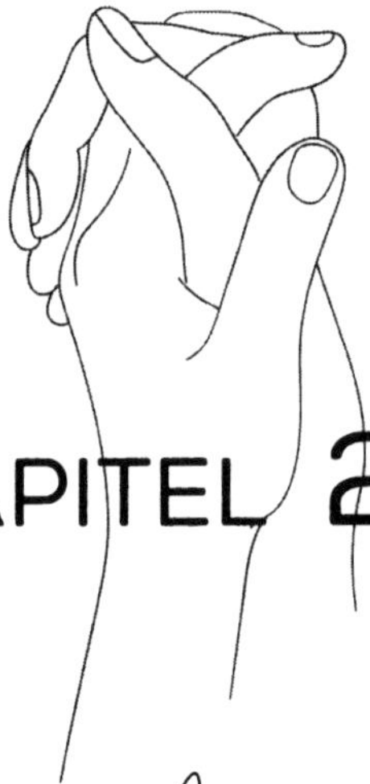

KAPITEL 22

Ava

Ich habe die Tage nicht gezählt, die vergangen sind, seitdem das Atelier abgebrannt ist. Ich will mir den Tag auch nicht im Kalender anstreichen, der mich immer an diesen schlimmen Moment erinnern wird. Ich will ihn am liebsten vergessen. Aber der Anblick meines Wohnhauses macht es mir unmöglich.

Deswegen bin ich die meiste Zeit im Studio. Nicht gerade der beste Ort für mich, aber besser als zu Hause zu sein und immer die leichten Gerüche des Rußes einzuatmen, die mir zeigen, wie real alles ist.

Während ich an meiner Theke stehe und verzweifelt ins Nichts starre, räumt Aiden alles, was aus dem Atelier noch zu retten war, in einen kleinen Abstellraum. Momentan kann ich nichts davon in meiner Wohnung sehen.

Ich wähle eine mir vertraute Nummer. Liam. Ich muss seine Stimme hören. Liam.

Als er mich mit meinem Namen begrüßt, kämpfe ich mit den Tränen und meine Stimme bricht.

»Ava, wir bekommen das wieder hin«, ist das Erste, was er über seine Lippen kommen lässt.

»Ich weiß, es ist nur ...«, stammle ich.

»Ich nehme morgen den Flieger und habe mir die kommenden Tage Urlaub genommen. Wir bauen dein Atelier wieder auf. Versprochen.«

Nun schießen sie aus mir heraus, die bisher unterdrückten Tränen. »Liam. Eure Tochter kann jederzeit auf die Welt kommen. Bitte komm nicht.«

»Aber …«

»Ich bekomme das mit Aiden hin«, schluchze ich. »Wirklich. Aber bitte bleib bei deiner Familie.«

»Du bist doch auch meine Familie.« Ich habe Liams Einfühlungsvermögen und seine Art, ein Bruder zu sein, schon immer geliebt. Aber Fakt ist: Er muss bei seiner Familie bleiben.

»Ich weiß, aber ... Bitte nicht. Komm, wenn Zeit dafür ist.«

Als ich die letzten Worte ausspreche, klingelt die Tür hinter mir und ich drehe mich mit dem Hörer in der Hand um. Es ist jemand, den ich absolut nicht gebrauchen kann. Nämlich Joy.

»Liam, ich muss auflegen. Ich rufe dich bald zurück, ja?«

»Bitte tu das, Ava. Ich bin da. Versprochen.«

»Ich weiß.« Und wie ich das weiß, denn Liam würde mich niemals verlassen. Auch wenn er sonst wie weit weg wohnt. Wenigstens dieser Tatsache bin ich mir noch sicher.

Nachdem wir uns verabschiedet haben, rufe ich Aiden zu mir. Er kommt um die Ecke und erkennt direkt den Grund für meine aufkommende Panik.

»Aiden, bitte schick sie weg. Sie sollen mich alle in Ruhe lassen.« Neue Tränen laufen durch mein Gesicht. Ich ziehe mir ein Taschentuch aus der Hosentasche und tupfe sie mir flüchtig ab.

Aiden tritt auf sie zu, aber Joy lässt sich nicht so einfach abwimmeln wie erhofft. »Ava, du siehst fürchterlich aus. Bitte sag mir, was passiert ist. Ist es wegen Wyatt?«

»Meine Welt dreht sich nicht nur um ihn.« Meine Stimme klingt lauter als erwartet. Ungewohnt schroff.

»Aiden ...«, bitte ich erneut.

Sanft bittet er Joy, zu gehen, greift an ihren Rücken und schiebt sie aus meinem Studio.

Wyatt

Mein Shirt ist schweißdurchtränkt und meine Muskeln brennen. Aber ich mag es, wenn mein Körper an seine Grenzen gehen muss. Denn das zeigt mir, dass es vorangeht. Ich stehe auf meinen Prothesen und beginne die erste Treppenstufe an der Hallentür zu nehmen, dann die zweite. Bei der Dritten komme ich an mein Limit.

Es bringt nichts, irgendetwas zu überstürzen, ermahne ich mich. Also gehe ich zurück, auf den ebenen Asphalt.

Ich laufe einige Schritte, als ich Joy mit blasser Miene auf Elijah und mich zukommen sehe.

»Joy, ist alles in Ordnung?«, frage ich sie. Denn meine Schwester sieht nicht wirklich gesund aus.

»Nein, Wyatt. Du hast es noch nicht gehört oder mitbekommen, oder?«

Ich blicke irritiert zu ihr hinab. Denn wenn ich auf den Prothesen stehe, ist Joy einige Zentimeter kleiner als ich. »Was denn? Was soll ich mitbekommen haben?«

»Ava«, stammelt sie nur.

Sofort klingeln bei mir alle Alarmglocken und ich verspüre einen Druck in meinem Magen. Ein Druck, der mich immer wieder erkennen lässt, wie falsch mein Handeln Ava gegenüber war. »Ist ihr etwas passiert?«

»Nicht direkt. Also ...«

»Joy, sag schon«, drängle ich und halte mich mit einer Hand am Treppengeländer fest.

»Ihr Atelier.«

»Was ist damit, Joy ...« Was soll mit Avas Atelier sein?

»Ich war gerade im Laden und da war Ava.« Meine Schwester senkt den Blick zu Boden. »Sie sieht fürchterlich aus. Ich habe noch nie erlebt, dass …«

»Joy ... Komm endlich auf den Punkt«, drängle ich. Was ist denn bitte hier los, dass Joy kaum Worte findet?

»Ich wollte nach ihr sehen, weil ich …«, stammelt sic weiter. »Ich habe keine Ahnung, was ich vorhatte. Aber sie hat mich weggeschickt. Mich wegschicken lassen. Von so einem Typ namens Aiden.«

»Ja, okay. Was ist dann passiert?«

»Aiden hat mich gebeten, zu gehen und sie in Ruhe zu lassen, weil sie wichtigere Probleme hätte. Und zwar, dass ...« Joy schluckt schwer. »Ihr Atelier. Es ist wortwörtlich in Flammen aufgegangen, Wyatt, und jetzt muss Ava wohl ...«

In mir rotiert alles und mein Körper beginnt schwach zu werden, sich aller Energie zu entladen. »Was? Das ist ein schlechter Scherz.«

Joy schüttelt mit dem Kopf und nimmt ihre blonden Spitzen zwischen die Finger. »Nein, leider nicht.«

»Es waren ihre Bilder darin«, murmle ich mehr zu mir. Sie sprach von besonderen Bildern, für die die Gesellschaft noch nicht bereit wäre und die die Gesellschaft nun niemals zu Gesicht bekommen wird. Bilder, die in erste Linie allein für sie bestimmt waren, weil sie ihr so viel gaben.

Konnte sie vielleicht einen Teil retten?

»Wichtig ist in erste Linie, dass Ava nichts passiert ist«, bringt sich Elijah ein.

»Du verstehst das nicht. Das waren ganz besondere Bilder«, entgegne ich.

Ich würde es Joy und Elijah gern näher erklären, aber ich war ja noch nie dort gewesen. Aber immer wenn Ava davon sprach, leuchteten ihre Augen. Man spürte die Verbindung zu ihrem Raum und die wirkliche Liebe zu ihrer Arbeit, die sie tagtäglich vollführte.

Arbeit, die du runtergeredet hast ...

Mein elendes Gewissen.

Im Studio machte sie ihren Job, aber das Atelier war ihr sichtlich heilig.

Ava erzählte mir, dass es ihr Ort ist. Oder war. So wie die Steinmauer meiner ist. Was würde ich tun, wenn es die Steinmauer am River nicht mehr geben würde? Den Ort, an dem ich die Zeit mit Matt und Ava verbrachte? Den Ort, der mir Ablenkung und Heilung zugleich ist?

Ich setze mich in den Rollstuhl und nehme mir die Prothesen ab. »Elijah, ich muss zu ihr.«

Er hat ehrliches Verständnis. »Ja, natürlich. Geh.«

Ava hat mich ganz eindeutig aus ihrem Leben ausgeschlossen, wenn sie nicht einmal nach so einer Katastrophe Kontakt zu mir aufnimmt.

Auch wenn sie mir jede Kontaktaufnahme verboten hat, suche ich sie zu Hause auf, um mir vom Ausmaß des Brandes ein Bild zu machen. Und tatsächlich, man sieht den Ruß an den oberen Fenstern. Teilweise wirkt das Gebäude einsturzgefährdet.

Ava trägt mit Aiden einige Möbel aus dem Haus, die eindeutig völlig verkohlt sind. Darunter Bilderrahmen. Dieser Anblick zerreißt mein Herz in Stücke.

Avas Haut ist blasser als ich sie in Erinnerung habe. Ihr

Körper wirkt schwach.

Ich nehme all meinen Verstand aus mir und rolle zu ihr.

Als hätte sie gespürt, dass ich mich nähere, dreht sie sich zu mir und sieht mir ohne jegliche Regung ins Gesicht. Nachdem sie mich einige Sekunden nur angestarrt hat, kommt wieder Leben in sie.

»Wyatt, was willst du hier?« Ihre Worte klingen schroff und sie zuckt zusammen, als wäre sie von ihrer eigenen Stimme überrascht.

»Ich dachte, du könntest vielleicht Hilfe gebrauchen.«

»Bitte geh.«

»Ava, warum hast du mir das nicht erzählt?« Ich zeige auf ihr Wohnhaus. »Lass mich dir helfen ...«

Ava atmet schwer aus und ihre nächsten Worte klingen immer abgezehrter. »Warum sollte ich dir das sagen, Wyatt? Damit du recht behältst?«

Verständnislos blicke ich sie an. »Recht behalten? Mit was?«

»Dass das Leben nicht nur kunterbunt ist.«

Ich schlucke schwer. »Was soll das bedeuten?«

»Dass ich falsch lag und dass vermutlich alles ein Zeichen ist. Und dass ich nicht mehr an etwas festhalten werde, das sowieso zum Scheitern verurteilt ist.«

Aiden beobachtet Ava dabei, wie sie diese Worte ausspricht, und ist selbst sichtlich erschrocken darüber.

»Nein, Ava ...«

»Wyatt, hör auf. Ich habe keine Ahnung, warum du hier bist. Hör endlich auf damit, mich aufzusuchen oder mich aufsuchen zu lassen. Ich bin das erste Mal in meinem Leben Realist. Es tut weh, mir das einzugestehen, aber es ist die Wahrheit. Ich muss mich erst mal neu ordnen. Danach ist aber Fakt, dass ich nie wieder eine Kamera in die Hand nehmen werde.« Während sie diesen Entschluss laut ausspricht, laufen Ava die Tränen über das Gesicht. »Und es ist Fakt, dass auch wir uns nie wiedersehen werden, Wyatt. Zumindest nicht beabsichtigt. Dass das Atelier abgebrannt ist, hatte seine Gründe von ... Was weiß ich, von wem ... Aber es ist ein Zeichen, neu anzufangen. In allem. Was muss ich tun, damit du aus meinem Leben verschwindest, nachdem ich dir mehrmals gesagt habe, dass du gehen sollst?«

Während ich versuche, auf Avas Worte klarzukommen, ist es Aiden, der reagiert.

»Wyatt, du solltest vielleicht ...« Er erkennt genau wie ich, dass Ava kurz vor einem Zusammenbruch steht. Und dass ich ihr nicht helfen darf, zerstört mich.

Ich hebe die Hand und weiß Bescheid. »Ich gehe.«

Wie dumm von mir, hier aufzutauchen, weil ich die Hoffnung hatte, dass sich Avas Wut auf mich in den letzten Tagen gelegt haben könnte. Von der weichen Ausstrahlung, die sie einst hatte, ist nichts mehr übrig.

Ava

Ich sehe es deutlich: Meine Worte lassen ihn schwach werden. Tränen steigen in seine Augen. Wyatts verbittertes Lachen geht mir durch Mark und Bein. Aber für mich ist es in diesem Moment nur logisch. Er kann mir nicht all diese grausamen Dinge an den Kopf werfen und Wochen später, in der wohl schlimmsten Situation meines Lebens glauben, dass ich ihm vergeben könnte und mir von ihm helfen lasse.

Ich dachte wirklich, ich könnte es. Ich glaubte fest daran, dass Wyatt der Eine für mich ist. Aber das ist er nicht. Diese Einsicht war schwer.

Meine Schultern beben und ich bekomme kaum noch Luft. Diese Worte, die ich Wyatt entgegen gespuckt habe, schmerzten höllisch. Aber sie sind richtig, auch wenn sie sich vollkommen falsch anfühlen. Morgen, übermorgen oder in ein paar Wochen werde ich sie als richtig empfinden. Ich kann Wyatt und sein Wesen nicht noch einmal in mein Leben lassen, ohne daran kaputt zu gehen, weil er irgendwann wieder an uns zweifeln wird. Er würde mich wieder von sich stoßen.

Ich frage mich, wie man jemanden so sehr lieben kann, dass man selbst zulässt, dass er einem das Herz aus der Brust schlägt. Und das nur, weil man sich gar nicht wehren wollte.

KAPITEL 23

Wyatt

2 MONATE SPÄTER

Ich habe es akzeptiert. Es hat zwar bis vor wenigen Tagen angedauert, aber auch mein Leben muss irgendwie weitergehen. Es ist schwer, etwas loszulassen, was man so sehr liebt. Und es schmerzt. Aber ich muss es um unserer beider willen tun, denn ich darf niemals vergessen: Schließlich wollte ich es so.

Nur fühlt sich die Einsicht nicht annähernd okay an.

Mit Minou an meiner Seite fahre ich durch den Park. Er schnüffelt seine Umgebung ab, als sich mit einem Mal seine Ohren spitzen und er wie wildgeworden geradeaus rennt.

»Minou«, schreie ich, aber der Hund hat jegliche Erziehung verloren. Wieder rufe ich nach ihm und rolle ihm instinktiv nach.

Ohne auf entgegenkommende Menschen Rücksicht zu nehmen, drehe ich schneller an den Rädern des Rollstuhls, bis ich zum Glück Minous Bellen hören kann.

Als ich erkenne, zu wem er geeilt ist, setzt mein Herz einen Schlag aus. Schweratmend komme ich vor der Frau, die ich noch immer so sehr liebe, zum Stehen.

»Ava.« Ich habe sie nach unserem letzten Zusammentreffen vor ihrem Haus nicht mehr gesehen. Für einen kurzen Moment schließe ich die Augen, um meine Herzfrequenz auf ein normales Level zu bringen. Denn was ihre Gegenwart noch immer in mir auslöst, hat sich keineswegs geändert.

Ava lässt ihre Hände über Minous Fell gleiten. Dabei bemerke ich endlich wieder ein Lächeln auf ihren Lippen. Auch wenn es nicht mir gewidmet ist.

»Hey«, erwidert sie.

Neben ihr steht Aiden, dem ich zunicke.

Ava muss ewig nicht mehr im Park gewesen sein. Obwohl ich regelmäßig nach ihr Ausschau gehalten habe, war sie niemals hier. Auch wenn es schwerfiel, habe ich mich an ihren Wunsch gehalten und sie in den letzten zwei Monaten nicht kontaktiert. Ich konnte nur hoffen, dass sie heilen würde. Irgendwie. Dass ihr vielleicht Aiden den Halt geben kann, den ich ihr selbst gern gegeben hätte.

Ava wirkt stabiler und stärker als das letzte Mal, als wir aufeinandertrafen.

»Ava«, wiederhole ich und ihr Name ist nur ein Flüstern aus meiner Kehle.

Ihre Haare sind etwas länger geworden, ihr Blick leuchtender.

»Ich lass euch allein und warte da vorn, ja?« Aiden drückt ihr einen Kuss auf die Wange, als wolle er ihr damit Stärke zusprechen. Dabei hat er wohl keine Ahnung, dass sie so was gar nicht nötig hat. Egal, was Ava im Leben passieren würde, sie ist stark genug, es zu bewältigen. Dessen bin ich mir sicher, auch wenn es beim letzten Mal nicht so schien. Dass sie so unerschütterlich und mit diesem Lächeln auf den Lippen vor mir steht, beweist es.

Sekundenlang starren wir uns an.

»Wie geht es dir?«, frage ich sie.

Sie schluckt schwer und es ist das erste Mal seit Monaten, dass in ihrer Stimme keine Wut mitschwingt. Keine Erschöpfung. »Ich denke, ich bin okay.«

»Das ist gut.«

»Wie geht es dir?«, will sie wissen.

»Um ehrlich zu sein ...« Ich schüttle den Kopf. Ich habe mir geschworen, Ava nie wieder anzulügen, wenn sich irgendwann die Chance ergeben sollte, wieder mit ihr ins Gespräch zu kommen. Und auch jetzt werde ich nicht sagen, dass ich okay bin, wenn ich in Wirklichkeit überhaupt nicht okay bin. Ohne sie.

Also wechsle ich zu einem anderen Thema und bin mehr als dankbar, dass sie mich gewähren lässt. »Dein Atelier ... Ist es ...«

»Es wird Schritt für Schritt wieder. Ich weiß zwar nicht, ob daraus wieder ein Atelier werden wird, aber wichtig ist erst mal, dass es *bewohnbar* ist.«

»Das freut mich zu hören. Ich würde dir wünschen, dass du es wieder zu einem Atelier machen kannst«, sage ich ehrlich. Denn Ava ohne die Fotografie ist einfach unvorstellbar für mich. Es gehört zu ihr wie die Luft zum Atmen.

»Danke, aber ich sollte jetzt gehen. Aiden ...« Sie nickt in seine Richtung.

»Okay, sicher«, stammle ich, obwohl ich nicht annähernd möchte, dass sie schon wieder aus meinem Leben verschwindet. »Es war schön, dich wiedergesehen zu haben.« Und wie schön es war. Gott, ich liebe diese Frau so sehr, dass es mir soeben alles nimmt.

Sie nickt und beißt sich auf die Innenseiten ihrer Lippen. »Mach's gut, Wyatt.«

»Du auch.« Dann beugt sie sich zu Minou hinunter und verabschiedet sich von ihm. Ich glaube, mein Partner vermisst sie auch.

Sie hievt sich auf und windet sich an Minou und mir vorbei. Dabei habe ich das dringende Bedürfnis, ihr noch etwas zu sagen. Also wende ich meinen Rollstuhl in ihre Richtung.

»Ava?« Sie dreht sich mir nicht entgegen, bleibt nur auf der Stelle stehen. »Es hat sich nicht den Hauch geändert.« Ava wirkt starr. Erst nach wenigen Sekunden läuft sie weiter und ich weiß, dass sie verstanden hat.

Dass sie weiß, dass sich an meinen Gefühlen nichts geändert hat. Dann sehe ich dieser Frau, die mir nach all den Wochen noch immer die Welt bedeutet, hinterher und mir wird klar: Es wird Zeit, mir noch ein letztes Mal den Arsch aufzureißen und mir das Beste, das in meinem Leben je passiert ist, wieder zurückzuholen. Nachdem ich es von mir gestoßen habe.

Ich liebe Ava. Und dieser Zufallsmoment hat es mir bewiesen. Ich will nicht ohne sie leben.

Ava

Ich bin gerade dabei, die Bilder in meinem Schaufenster abzuhängen, als eine bekannte Blondine davor steht. Joy lächelt mich an und betritt im selben Moment den Laden. Hektisch sehe mich um, ob sie in Begleitung ist. Aber das ist sie nicht.

Sie hebt ihre Hand und winkt mir verhalten zu. »Hey, Ava.«

»Hey«, stammle ich.

»Wie geht es dir?«

»Ich denke gut.«

»Das höre ich gern.« Ihre Stimme ist sanft.

Auch wenn ich ihre Beweggründe für den Besuch in meinem Studio nicht erahnen kann, muss ich etwas loswerden. »Wo du schon einmal hier bist«, beginne ich. »Ich wollte mich bei dir entschuldigen. Ich war, als das mit meinem Atelier geschehen ist, nicht ganz ich selbst. Bin es vermutlich noch immer nicht ... Aber ich war ziemlich schroff zu dir.«

»Du musst dich nicht entschuldigen. Für nichts, Ava.«

Ich hebe einen meiner Mundwinkel. »Danke.«

Und dann merke ich, wie etwas auf ihren Lippen liegt. »Ich weiß durch Wyatt, dass du deine Fotografie an den Nagel gehängt hast. Aber darf ich dich dennoch um einen Gefallen bitten?«

Ich antworte ihr nicht, sehe sie nur kritisch an und richte meine Brille auf der Nase.

»Ich benötige ganz dringend Bewerbungsbilder. Eigentlich schon gestern.«

Ich schließe meine Lider. »Joy, da bin ich die Falsche.« Seit Monaten habe ich keine Kamera in der Hand gehabt. Noch nicht einmal die Hochzeitsbilder habe ich bearbeitet und Liam und Hope zukommen lassen.

Mein Gewissen meldet sich bei dem Gedanken spürbar.

»Okay. Schade.« Ihr Blick spricht Bände.

»Es gibt sicher noch andere Fotografen, die das machen können. Auf die Schnelle.«

»Aber ich habe das Recht auf die Beste«, versucht sie mir zu schmeicheln. Aber das ist das Letzte, was ich gebrauchen kann. Nichtsdestotrotz könnte ich …

»Das bin ich nicht. Nicht mehr.« Dann springe ich über meinen Schatten. Was sind schon Bewerbungsbilder? »Aber wenn du dich mit einfachen Fotos zufriedengibst … Dann kann ich schnell welche machen. Es ist wie Fahrradfahren.« Dabei weiß ich, wie komisch es sich anfühlen wird, nach Monaten meine Kamera herauszuwühlen und wieder auf den Auslöser zu drücken, auch wenn es bloß Bewerbungsbilder sind.

»Würdest du das tun?«

»Es geht ja schnell. Sieh es als meine Entschuldigung dafür, wie ich mich dir gegenüber verhalten habe, obwohl du ja eigentlich nichts für irgendwas konntest.«

Joy fällt mir um den Hals, als hätte ich ihr soeben ein neues Lebenshighlight beschert. »Danke schön!«

»Dann komm mal mit. Du siehst aus, als wärst du bereit.«

Joy sieht an sich herab. »Das bin ich.«

»Es dauert aber etwas, um alles aufzubauen.«

»Danke. Dann schreibe ich Elijah kurz, dass ich hier bin

und er mich nur hier abholen muss.«

»Elijah?«, frage ich verwirrt.

Sie blickt fast schon erschrocken zu mir auf. »Ja, also Elijah und ich, wir sind ... Wir ...«

»Zusammen?«, beende ich und hebe eine meiner Brauen.

»Genau.«

»Das freut mich für dich, Joy. Ich habe nicht gewusst, dass ...«

»Wir haben es beide anfangs auch nicht gewusst«, schmunzelt sie.

»Was sagt …« Ich stoppe kurz. »Wyatt dazu?« Seinen Namen über meine Lippen zu lassen, ist ziemlich merkwürdig. Weil er mit so vielen guten und so vielen schlechten Erinnerungen gepaart ist.

»Für ihn ist es okay. Ich denke, er macht sich darüber kaum Gedanken. Er hat recht viel um die Ohren.«

Ich wage nicht, nachzufragen, wie es Wyatt geht. Er sah so gut aus, als ich ihm im Park begegnet bin. So gesund und frei von all seinen Lasten. Egal, was es ist, ich freue mich für ihn, wenn es ihn glücklich macht. Vielleicht findet er irgendwann eine Frau, die …

Die Vorstellung, dass er mit einer anderen das Glück haben könnte, was wir hätten haben können, brennt in meiner Brust. Aber nach all seinen grauenhaften Erlebnissen, nach all seinen Verlusten hat er es verdient, glücklich zu werden. Auch wenn ich es nicht …

Ich drücke mir alle Gedanken an ihn aus dem Kopf. Denn ich bin nicht mehr wütend. Manchmal heilt die Zeit doch gewisse Wunden. Nicht alle, aber ein paar. Denn man sagte mir mal: Wut gibt einem nie die Ruhe, die man sich wünscht.

Wyatt

Es war Zufall und Plan zugleich.

Joy sollte die Bewerbungsbilder als Vorwand nehmen, um mit Ava Zeit verbringen zu können. Zeit, die sie ablenken sollte, damit Elijah, wenn er Joy abholt, Gelegenheit hat, Avas Terminplaner auf der Theke durchzusehen.

Dass ich es in diesem Moment nicht selbst tun kann, macht mich völlig nervös und schlägt sich auf Minou nieder.

Wenn mich Ava in ihrem Studio sehen würde, wäre es wieder vorbei und all meine – langsam sind es unsere Pläne – dahin. Ich warte zu Hause auf Joy und Elijah, und als sie endlich klingeln und durch die Wohnungstür treten, bin ich angespannt.

»Und?«, frage ich.

»Also, ihr Terminkalender ist die kommenden Tage und Wochen so gut wie leer.«

Erster Schlag ins Gesicht. »Okay?«

»Aber sie ist vermutlich übermorgen im Nash-Atelier. Ich hab rausgefunden, dass da eine kleine Ausstellung eines bekannten Fotografen stattfindet. Ich vermute, dass sie dort sein wird. Der Eintrag war mit dem Wort *INSPIRATION* versehen. Riesengroß.«

»Okay, das klingt zumindest nach einem Anhaltspunkt.«

»Kannst du denn damit etwas anfangen? Was genau ist dein Plan?«, will Elijah wissen.

»Erst mal hoffe ich, dass sie wirklich dort hingehen wird und ich da auf sie treffen kann. Dann werde ich mich anstrengen müssen, wenn ich Ava zurückhaben will. Ich muss mir schon den Arsch aufreißen, damit sie überhaupt mit mir redet. Da bedarf es mehr, als sie dort aufzusuchen und sie erneut zu einem Wir zu *zwingen*.«

»Deine Ansicht gefällt mir, Soldier. Sag mir, was ich tun kann«, erwidert Joy hibbelig.

»Es ist so ... Ich habe da eine Idee. Aber ich weiß nicht, ob das annähernd funktionieren wird. Zum einen müssen wir noch jemanden mit einbeziehen. Einfach um sicherzugehen, dass Ava diese Ausstellung auch wirklich besuchen wird. Dann müssen wir zusehen, dass wir dort noch so kurzfristig einen freien Raum oder so was finden. Aber so, dass es Ava nicht mitbekommt. Da bin ich wohl auf die Hilfe der anderen Person angewiesen. Und ich bin ehrlich, ich habe keine Ahnung, wie ich ihn finden soll und vor allem wie ich ihn dazu überreden soll, gerade mir zu helfen.«

KAPITEL 24

Wyatt

Das Schicksal, der Zufall oder was auch immer meint es gut mit mir. Ich fühle mich zwar wie ein Stalker, aber ich beobachtete seit Tagen regelmäßig Avas Zuhause. Es zerreißt mir das Herz, wenn ich sehe, wie viel vermutlich noch im oberen Bereich des Hauses zu tun ist. Die Handwerker gehen bei Ava täglich ein und aus.

Dann tritt der eigentliche Grund für mein Hiersein vor das Gebäude, gerade dabei, Ava einen Besuch abzustatten.

»Aiden«, rufe ich und rolle ihm eilig entgegen.

»Wyatt? Ich glaube nicht, dass du hier sein solltest.« Er wirft einen vorsichtigen Blick zu Avas Haustür.

»Ich brauch deine Hilfe«, komme ich auf den Punkt.

Er zeigt mit dem Finger auf sich. »Meine Hilfe? Warum sollte ich dir helfen?«

»Weil ich sonst ... Ich brauche sie einfach. Bitte.« Es klingt schon fast jämmerlich.

Dann zieht Aiden scharf die Luft ein. »Ich gebe es nicht gern zu, aber ich glaube, das beruht irgendwie auf Gegenseitigkeit.«

»Tut es das?«, frage ich überrascht.

»Ava muss wieder geflickt werden, und zwar von dem, der sie zerrissen hat. Ich will endlich wieder meine beste Freundin zurück.« Mein Atem stockt, ich schlucke schwer. »Also, wie kann ich helfen?«

Ich atme erleichtert aus. »Danke, Aiden.«

Ohne Aidens, Joys und Elijahs Hilfe wäre das niemals möglich gewesen: Ich bin im Nash-Atelier und werde in wenigen Minuten auf Ava treffen. Ich kann nur hoffen, dass sie den Braten nicht schon riecht und die Flucht ergreift.

Heute ist eigentlich der Tag, an dem sie mit Aiden die Ausstellung besuchen würde. Nur wird sie etwas anderes erwarten.

Wenn ich heute ihr Herz nicht ein wenig für mich öffnen kann, dann muss ich einsehen, dass ich sie für immer verloren habe. Nichtsdestotrotz hoffe ich, dass sich meine Hartnäckigkeit lohnen wird. Falls nicht, werde ich es akzeptieren, ihre Entscheidung vor allem respektieren müssen. Aber ich darf nichts unversucht lassen. Wenn ich irgendwann ins Gras beiße, will ich nicht mit dem Bedauern gehen, dass ich nicht alles versucht hätte.

Ich bete das erste Mal für mich selbst, dass sich der heutige Tag und all die Mühe lohnen werden. Mein innerliches Flehen wird durch das Ächzen einer schweren Stahltür unterbrochen. *Das müssen sie sein.*

Dann durchfluten Avas sanfte Klänge den leicht beleuchteten Raum. »Warum ist noch niemand da? Sind wir zu früh?«

»Nein. Ich glaube nicht, dass wir zu früh sind. Wir sind nie zu früh.« Aidens Stimme.

»Okay. Dann gehen wir mal auf Inspirationssuche, was?« In ihrer Stimme liegt der Klang von Hoffnung.

Ich muss die Chance packen und Ava erzählen, warum ich so gehandelt habe, wie ich es habe. Ich muss mich erklären und ihr von dem belastenden Teil meiner Vergangenheit erzählen, den sie noch nicht kennt. Der Teil, der all meine Zweifel ins Rollen gebracht hat. Der Teil, der mit einem kleinen Jungen zusammenhängt, und mit einer Tat, die mein Leben und meine Sichtweise grundlegend veränderte.

Ich hoffe, sie wird mich ein wenig verstehen können.

Ab jetzt heißt es: Mutig sein und für das kämpfen, was das Wichtigste überhaupt ist. Ava.

Ava

Heute ist der Tag, auf den ich lange Zeit hingefiebert habe. Eine Ausstellung, auf die ich mich vermutlich mehr gefreut hätte, wenn die letzten Wochen nicht so anstrengend für mich gewesen wären.

Als mir Aiden die Stahltür zum Ausstellungsbereich öffnet, trete ich hinein und bin überrascht, dass wir gefühlt die Einzigen sind. Ich höre keine Stimmen. Die Werke des Fotografen sind immer sehr gefragt, sodass ich mich wundere, dass noch niemand hier sein soll.

Doch anstatt auf fremde Fotografien zu treffen, erkenne ich Bilder, die mir mehr als nur bekannt sind. Mir sticht direkt Hope ins Auge. Ich erschrecke beinahe an diesem Anblick, fühle mich in eine fremde Welt versetzt.

Was zur Hölle ist hier los?

»Aiden. Was soll das? Das ist Hope.«

Aiden zuckt mit den Schultern, hebt abwehrend die Hand. »Ist sie das?«

»Stell dich nicht so doof. Das ist ebenfalls ...«

Als ich mich umdrehe, ist Aiden verschwunden und hinterlässt nur das schließende Geräusch der schweren Tür. »Aiden!«

Ich schüttle verwundert und mehr als misstrauisch den Kopf. Wäre das hier ein Film, würde ich sehr wahrscheinlich in weniger als fünf Minuten von einem irren Stalker attackiert werden.

Als ich mich genauer umsehe, merke ich, dass noch mehr meiner Bilder aushängen. Bilder, die allein auf meinen Sticks oder auf meinem Laptop verweilten und mir so viel bedeuten. Fotografien, die aufgemacht im Atelier hingen, als es noch eines war.

Ich laufe von Hope zu Aiden, der gerade sein Shirt zerreißt. Dann springt mir das wohl schönste Bild in die Augen. Obwohl ich es gar nicht mehr so schön finden sollte. Ich hätte es längst überall löschen sollen. Oder verbrennen. Denn darauf zu sehen ist Wyatt. Wie ich ihn mitten im Kampf im Park eingefangen habe.

Er ist so wunderschön … So perfekt …

Auf meinen Lippen bildet sich ein flüchtiges Lächeln, das ich sofort zu ersticken versuche. Auf meinen Armen eine angenehme Gänsehaut.

»Was soll das a…«, frage ich mich, als schließlich mein Name aus einer dunklen Ecke ertönt.

»Ava.« Diese drei Buchstaben ertönen ganz deutlich hinter mir, und als ich mich umdrehe, sehe ich, wie das Foto vor mir auf einmal lebendig wird.

Beim Klang *seiner* Stimme durchfährt ein Schauer meinen ganzen Körper. Mir kommen sofort die Tränen.

»Wyatt!« Ich schlage mir die Hand vor den Mund, überwältigt von dem Anblick, als er aus dem Schatten tritt. »O mein Gott!«

Wyatt läuft.

Er läuft gleichmäßig auf seinen Prothesen, als hätte er nie etwas anderes getan. »Du stehst. Du läufst.« Nur ein Flüstern.

»Ich stehe und laufe, ja.«

Schon fast fließend kommt er auf mich zu, was mich veranlasst, eine Träne nach der anderen zu verlieren. Ich habe es ihm so gewünscht.

Und dann steht er wenige Zentimeter vor mir. Der Mann, der mir bereits mehrmals das Herz gebrochen hat. Es ist die leise Stimme der Vernunft, die mich davor warnt, hierzubleiben. Die mich eigentlich dazu zwingt, abzuhauen.

Doch als ich in *sein* Gesicht sehe, erstarre ich. Von einer Sekunde auf die andere. Eine kleine Vorwarnung wäre wirklich nicht schlecht gewesen. Denn nun stehe ich vollkommen unvorbereitet vor ihm, während sich meine Finger in meine Jacke krallen.

»Ich habe in den letzten Wochen gekämpft, Ava.« Wie könnte man das nicht sehen? Die Fortschritte, die er seit unserer Zeit beim Gehen gemacht hat, sind enorm.

»Das sehe ich. Und anscheinend hast du gewonnen«, schluchze ich.

Wyatt lächelt. »Nicht nur hierfür.« Er sieht an seinen Beinen hinab. »Sondern gegen mich selbst und dafür, dass ich endlich wieder auf die Beine komme. Aber jetzt, wo ich stehe, gehe ich in den nächsten Kampf. Ich werde um dich kämpfen. Um uns.«

»Wyatt ...« Meine Töne ersticken.

»Und ich werde erst aufgeben, wenn du wieder bei mir bist. An meiner Seite. Dort, wo du hingehörst.«

»Wo ich hingehöre?« Ich schlucke schwer.

»Ganz genau. Denn du gehörst in mein Leben, so wie ich in deins. Und ich würde mich am liebsten selbst ohrfeigen, weil ich das so spät begriffen habe. Oder es einfach von mir geschoben habe und nicht einsehen wollte. Ohrfeigen dafür, dass wir schon so viele Wochen, die wir gemeinsam hätten verbringen können, verloren haben.«

In meinem Denken überschlägt sich alles und das erste Mal seit Monaten bin ich bereit. Bereit, mit Wyatt zu sprechen. Ihm zumindest zuzuhören.

»Aber du sagtest, dass du mit mir niemals glücklich werden könntest.«

»Das war gelogen.«

»Gelogen?« Ich schlucke schwer.

»Gelogen.«

»Aber warum?«

»Weil ich geglaubt habe, dass es für dich der beste Weg wäre.«

»Und was hat deine Meinung nun geändert?«

»Meine Entscheidung hat alles durcheinandergebracht. Nicht nur dein Leben, sondern auch meins. Ich hätte niemals für dich entscheiden dürfen. Hätte mit allem ehrlich sein sollen. Hätte dir *alles* erzählen müssen. Ich habe mich die ganze Zeit gefragt, was gewesen wäre, wenn ich nicht gelogen hätte. Wenn ich es einfach darauf hätte ankommen lassen, was genau aus uns wird. Wenn ich von Anfang an mit offenen Karten gespielt hätte. Gerade wenn man das Thema Zukunft und Familie betrachtet. Wenn ich dich nach der Hochzeit deines Bruders in meine Gedanken mit einbezogen hätte, dir meine Ängste offenbart hätte.«

»Wyatt ...« Nur sein Name kommt mir über die Lippen, zu mehr bin ich nicht in der Lage.

»Ich hätte dir sagen sollen, was in mir vorgeht. Hätte einfach ehrlich sein sollen, dann ...«, wiederholt er.

Ich unterbreche ihn. »Ehrlich mit was, Wyatt?« Ich verstehe nicht, auf was er anspielt, und schüttle fragend meinen Kopf.

»Ich …«

»Was geht in dir vor?«, bitte ich ihn mir zu sagen. Denn auch wenn wir nicht mehr zusammen sind, muss ich wissen, was zu der jetzigen Situation geführt hat. Was belastet Wyatt so sehr, dass er sich von jetzt auf gleich von mir distanziert hat? Der Gedanke an Familie und Kinder, ja. Aber warum? Was gab ihm den Anlass, zu glauben, ich würde etwas, das noch gar nicht relevant ist, vor ihn und das Uns stellen?

»Ich kann nur hoffen, dass du mich, nach dem, was ich dir gleich erzählen werde, nicht verabscheuen wirst.« Wyatt schluckt schwer. »Bitte verabscheue mich nicht, Ava. Bitte nicht du.«

Ich werde immer unsicherer in dieser Situation, weil ich mich frage, was Wyatt gemacht haben soll, das ihn glauben lässt, ich könnte ihn verabscheuen. Selbst die letzten Monate war ich vielleicht verdammt wütend auf ihn, verletzt. Aber niemals habe ich ihn verabscheut. Nicht einen Moment lang. Dafür ist Wyatt ein zu guter Mensch. Auch wenn er mir mein Herz in Einzelteile zerlegt hatte.

»Ava, bevor ich beginne, möchte ich ehrlich zu dir sein. So wie ich es immer hätte sein sollen.« Er zieht scharf die Luft ein. »Ich kann dir nicht versprechen, dass ich alles immer kunterbunt sehen werde. Aber ich kann dir versprechen, dass ich durch dich mehr Farbe in meine Gedanken lasse als jemals zuvor. Die Vorstellung, ohne dich leben zu müssen, ist grausamer als die Erinnerungen an das hier.« Er zeigt auf seine Beine. »Mit dir an meiner Seite werden selbst meine Schuldgefühle erträglich. Matts Tod scheint erträglich.«

»Wyatt, ich ...«

»Die einzige Farbe, die ich jemals sehen konnte, war das Armygrün meiner Uniform. Durch dich wurde mir klar, wie bunt die Welt da draußen sein kann.«

Ich sehe Wyatt nur an, der bereits meine Hände in seine genommen hat, und kann das starke Herzklopfen in meiner

Brust keineswegs ignorieren. Seine braunen Augen halten meine fest, brennen sich in meine Seele, bis ich nur noch diese Augen in dem großen Raum erkenne. Ein warmer Schauer durchströmt mein Inneres. Nichtsdestotrotz will ich wegrennen, und doch rührt sich mein Körper nicht. Ich erkenne, dass Wyatt ein harter Brocken auf den Schultern liegt, und als er seine Lippen öffnet und im selben Moment wieder schließt, zeigt mir das nur, dass er nicht weiß, wie er weiterreden soll. Wie er mir etwas erklären soll, von dem ich keine Ahnung habe, was es sein kann.

Doch dann spricht er nach einem letzten scharfen Atemzug endlich aus, was ihm die Ruhe nimmt.

»Ich habe die letzten Monate so gehofft, dass du für einen Moment zulassen würdest, dass ich mit dir reden darf. Auch wenn dadurch nichts rückgängig zu machen ist, hast du es verdient, meine Beweggründe zu erfahren. Du sollst wissen, warum ich diesen Schritt gegangen bin und dir in der Halle sagte, dass das mit uns nicht funktionieren kann. Ich habe dir den Brief geschrieben.« Den Brief, den ich mir bis heute viel zu oft durchgelesen habe. »Darin schrieb ich, dass ich mir wünsche, dass du mir im Nachhinein die Chance geben würdest, dir zu erklären, warum das Thema Kinder …« Er stockt kurz. »Schwierig ist.«

»Warum ist es für dich schwierig, Wyatt?«, frage ich ruhig.

»Es ist …« Er zieht erneut scharf die Luft ein. Und ich spüre ein leichtes Zittern an ihm, das ich zuvor noch nie wahrgenommen habe. Dann schließt er seine Augen. »Vor über zweieinhalb Jahren, da habe ich etwas Fürchterliches getan.« Wyatt stoppt, blickt mir in meine Augen. »Tun müssen, um das Leben meiner Kameraden zu retten.« Meine Mimik friert spürbar ein. »Ich musste einen Jungen erschießen. Er war nicht älter als acht oder neun.«

Spürbar reiße ich meine Augen auf, meine Kehle wird trocken. »Wyatt …« Ich entziehe mich seiner Berührung und lege mir meine Hand erschrocken vor den Mund.

»Es ist eine Sache, einen Erwachsenen zu erschießen, weil er dir oder deinen Kameraden nach dem Leben trachtet. Aber es ist unverzeihlich, wenn man ein Kind erschießt. Ich sehe ihn überall, Ava. Nicht mehr so regelmäßig wie früher, aber dennoch viel zu oft, als dass ich mit dem Gedanken spielen könnte, irgendwann selbst …« Wyatt stoppt erneut, und er muss nicht weiterreden. Während ich die ganze Zeit wie erstarrt wirke, finde ich schon sehr bald zu mir selbst zurück und löse mich von Wyatts letzter Berührung.

Ich hebe meinen Zeigefinger in die Höhe, um ihm zu sagen, dass ich eine Sekunde benötige, und versuche das Zittern meiner Stimme zu bändigen. »Ich muss gehen.« Weil ich erst mal auf das Grauen klarkommen muss, das Wyatt passiert ist. Das er durchmachen musste.

Ich wende mich von ihm ab, schiebe die Stahltür auf und stürme nach draußen. Lasse ihn allein hinter mir zurück und spüre seine Blicke deutlich auf mir, ehe sich die Tür zwischen uns zuschlägt.

Ich inhaliere die frische Luft, um zu mir zu kommen, bevor ich zu weinen beginne.

Wyatt

Ava ist einfach verschwunden. Abgehauen. Gegangen. Hat mich hier stehen lassen.

Verfluchte Scheiße.

Aber ich musste es ihr doch sagen. Wie hätte ich ihr das letzte Teilchen meiner Vergangenheit, das ich so unfassbar gern auslöschen würde, weiter verheimlich können, wenn ich diese Frau doch zurückhaben will. Ava muss alles über mich wissen. Meine Gründe erfahren, um vielleicht ein wenig besser zu verstehen.

Doch dass sie gegangen ist, ist Antwort genug.

Sie wird dich verabscheuen, für das, was du getan hast … Wie könnte sie auch anders …

Dabei war ich noch nicht fertig, habe ihr längst nicht alles gesagt, was auf meiner Seele brennt und ich früher nicht über meine Lippen kommen ließ. Als ich mich gerade dazu entschließe, kehrtzumachen, und mich gedanklich schon in der Wohnung befinde, um mich darin einzusperren, bevor mein Schädel explodiert, ertönt mein Name. Mein Name aus ihren Stimmbändern. »Wyatt.«

Ist sie eine Halluzination oder kommt sie gerade wirklich zurück?

»Ava«, stammle ich. »Du bist wieder hier.«

»Natürlich bin ich wieder hier. Ich habe nur etwas frische Luft gebraucht. Das kam gerade alles sehr unerwartet. Und ich musste kurz durchatmen. Das tue ich die letzten

Wochen sehr oft.« Ava hält Distanz zwischen uns. »Durchatmen.«

Ich nicke. »Frische Luft ist gut. Durchatmen ist gut.«

»Ich wollte dich damit nicht allein lassen. Aber ich musste das wenigstens kurz verarbeiten, sofern das möglich ist.« Ihr Blick wirkt traurig.

»Es ist dein gutes Recht. Ich kann verstehen, wenn du mich ver-«

»Nein, Wyatt! Ich verabscheue dich nicht. Das könnte ich niemals.« Um das zu unterstreichen, schüttelt Ava mit ihrem Kopf.

Ich spüre innerliche Erleichterung, und dennoch lässt es mich verzweifeln, nicht zu wissen, was genau in Ava vorgeht. Ich weiß nicht, wie sie mich nun sieht.

»Ist das also der Grund? Der wahre Grund, warum du mich von dir gestoßen hast.«

»Der einzig wahre.«

Ava lächelt traurig. »Es tut mir unfassbar leid, vor welche Entscheidung dich das Leben gestellt hat. Aber ich könnte dich dafür niemals verabscheuen.«

»Du ahnst nicht, was mir diese Worte bedeuten.«

Ein leichtes und fast schon trauriges Schmunzeln gleitet über ihre Lippen. Und dann muss ich es endlich loswerden. »Wenn du es zulässt, möchte ich gern mit dir gemeinsam herausfinden, wer ich bin. Wer ich ohne die Army sein und wo ich mich wiederfinden kann. Fakt ist, dass ich mich neben dir, an deiner Seite, wiederfinden will. Und wenn Minou mir damals nicht den Ruck gegeben hätte, dir zu folgen, nachdem wir auf der Straße zusammengeprallt sind, wäre mir das Schönste und Beste dieser Welt entgangen. Und da du nun alles weißt, bitte ich dich, gib uns nicht auf. Gib mich nicht auf.«

Ava schließt ihre Augen und kommt ohne Umschweife auf den Punkt. »Du hast mir so oft das Herz gebrochen, dass ich dachte, ich hätte die Fähigkeit zu lieben verlernt! Ich konnte nicht mal mehr meinen Job lieben, Wyatt.«

»Es tut mir so unfassbar leid.«

Ava lehnt sich an die Tür und verschränkt die Arme vor der Brust. »Was glaubst du denn, was aus uns geworden wäre? Aus dir, aus mir?«

»Ich wüsste, was aus mir geworden wäre. Für dich möchte ich nicht sprechen. Nicht schon wieder. Aber ich wäre vermutlich glücklich.«

»Und das bist du jetzt nicht?«

Über meine Lippen fährt ein trauriges Lächeln. »Wie könnte ich ohne dich glücklich sein, Ava?«

»Es klang damals so realistisch, so glaubwürdig, dass du ohne mich glücklicher wärst.«

»Ich bin der mit der Macke, nicht du.«

Das weiche Schmunzeln, das in ihrem Gesicht spielt, verblasst.

»Du hast mich ausgeschlossen, mich gehen lassen, mich nicht festgehalten, mich zweifeln lassen.«

»Und das war der größte Fehler meines Lebens, Ava.«

»Ich hatte dir gesagt, dass ich dir das nicht verzeihen kann.«

»Ich weiß.«

Sie kaut auf der Innenseite ihrer Wange, sieht abwechselnd zu Boden und in mein Gesicht. »Aber da wusste ich noch nicht, dass es Schlimmeres auf dieser Welt gibt.«

Ich sehe verwundert zu ihr. »Schlimmeres?«

Ich bin mehr als dankbar, dass Ava ein klärendes Gespräch zwischen uns zulässt. Mir war bis jetzt nicht annähernd bewusst, wie stark ich den Klang ihrer Stimme vermisst habe.

»Mein Atelier ... Als es vor mir in Flammen aufging ... Es war schlimmer, als es deine Worte jemals sein könnten.«

»Es tut mir so leid, dass du es nicht retten konntest. Dass du das durchmachen musstest.«

Sie nickt unverstellt. »Du liebst mich, richtig?«

»Mehr als alles andere, Ava.« Ich nehme einen tiefen Atemzug, ehe ich weiterspreche. »Du hast mir da mal von einer Welle erzählt. Das, was du fühlst, wenn du fotografierst.«

»Ja, das weiß ich noch.«

»Die Welle fühle ich, wenn ich dich ansehe. Jetzt, in diesem Moment. Ich habe gesagt, du kannst mich nicht retten. Aber in Wirklichkeit hast du es längst getan. Schon an dem Tag, als wir vor deinem Laden aufeinandertrafen.«

Und mit jedem ehrlichen Wort meinerseits tritt Ava einen Hauch näher an mich. Sie durchquert den Raum mit kleinen Schritten und ich komme ihr auf halber Strecke entgegen. Wir treffen uns in der Mitte. Das matte Licht umspielt ihre Haut, lässt sie bräunlicher wirken, als der Teint tatsächlich ist. Ich sehe auf Ava herab, weil es mir die Prothesen möglich machen. Sie würden es mir möglich machen, Ava an meine Brust zu ziehen. Aber ich wage es nicht. Weil es mir nicht zusteht.

Nichtsdestotrotz muss ich eine wichtige Sache, die ich so eine lange Zeit mit mir herumgetragen habe, loswerden. Eine Sache, die ich nie richtig verstand, mir durch Ava aber so logisch erscheint. »Es gibt viele Weisheiten, die man mir predigte. Immer und immer wieder. Nun verstehe ich sie, Ava.«

»Wie meinst du das?« Ich nehme ihre Hand in meine, und als sie sie mir nicht wegreißt, glaube ich, Segen und Glück zugleich zu berühren.

Unsere größte Schwäche liegt im Aufgeben. Die Hartnäckigen gewinnen die Schlachten. Mut ist der Preis, den das Leben verlangt, wenn es Frieden mit dir schließen soll.

»Mein Großvater sagte einst: *Alle Träume können wahr werden, wenn wir den Mut haben, ihnen zu folgen.* Es ist mein größter Traum, der Mann an deiner Seite zu sein.« Ich halte kurz inne, sammle mich. »Mein Dad predigte uns oft: *Es ist nicht von Bedeutung, wie langsam du gehst, solange du nicht stehen bleibst.* Mit dir bleibe ich nicht stehen. Wir kamen vielleicht anfangs nicht sonderlich schnell voran. Aber mit dir gehe ich über jede Grenze hinaus. Auch über jene, die zu überschreiten mir immer unmöglich schien. Womit wir bei meiner nächsten Weisheit wären: *Alles, was du dir vorstellen kannst, ist real.* Du bist real, Ava. Eine Vorstellung und doch realer als alles andere zuvor.«

»Wyatt ...«, haucht sie und beißt sich auf ihre Unterlippe.

»Lass mich bitte ausreden«, unterbreche ich sie sanft.

Sie nickt und ich spiele noch immer nicht annähernd mit dem Gedanken, ihre Hand loszulassen. Nach all den Monaten Ava endlich wieder berühren zu dürfen, ist alles für mich. Alles, was ich mir gewünscht habe.

»*Die Hartnäckigen gewinnen die Schlachten.* Wir sind die größte Schlacht, die ich jemals austragen musste. *Mut ist der Preis, den das Leben verlangt, wenn es Frieden mit dir schließen soll.* Mit mir selbst und allem anderen will ich Frieden schließen und habe endlich den Mut dazu. Dank dir! Damit will ich sagen: Du hast mich gerettet, Ava. In jeglicher Hinsicht. Alles führt auf dich zurück. Alles.«

Ava kullert eine Träne über die Wange, die ich mit meinem Daumen wegstreiche. Dann ziehe ich sie an mich, küsse ihren Scheitel, weil sie es zulässt. Nach all den Monaten lässt Ava endlich meine Nähe zu. Dabei ist ihr vermutlich nicht bewusst, dass ich sie so viel mehr brauche als sie mich.

Ihre Arme schlingen sich um meinen Oberkörper. »Ich wusste, dass du mich nicht vergessen würdest.«

»Niemals, Ava, dafür bist du viel zu sehr hier drin.«

Ich schiebe sie ein wenig zurück, greife auf die linke Seite meiner Burst.

Ava beißt sich wieder auf die Unterlippe und weint nur noch mehr. Und trotz ihrer Tränen fühlt es sich an, als wäre alles, was die letzten Monate zwischen uns stand, gebrochen. »Tu das nie wieder, Wyatt. Mich einfach von dir stoßen.«

»Nie wieder.« Und das ist ein ewiges Versprechen an sie, aber vor allem an mich selbst.

Nachdem wir eine Zeit lang Arm in Arm verweilt haben, lächelt sie mich zaghaft an. »Es ist so unglaublich.«

»Was von alledem genau?«

»Dass du läufst, Wyatt. Dass du richtig läufst, als wäre es nie anders gewesen.« Ungläubig schüttelt sie ihren Kopf. »Ich will nicht noch einen einzigen Schritt von dir verpassen.«

Ich schmunzle, weil ich selbst nicht weiß, wie ich das geschafft habe. »Wirst du nicht. Nicht einen einzigen. Versprochen. Aber versprichst du mir auch etwas?«

Da ist er wieder. Der kritische Blick, der mir die letzten Wochen so sehr fehlte. »Was?«

Ich greife hinter mich auf den Tisch. Und hänge Ava ihre Spiegelreflex um den Hals, die Aiden heimlich hierhergebracht hat. »Hör niemals damit auf. Verliere niemals die Leidenschaft dafür.«

Sie ergreift zögerlich die Kamera. »Wyatt, woher hast du ...«

»Ich hatte Hilfe.«

Sie legt ihren Kopf schief und ich kann ihr ansehen, dass sie es sofort ahnt. »Aiden.«

Ich nicke, lege meine Hand an ihre Wange, die sich sogleich an meine Finger schmiegt, und dränge Ava ein wenig zu ihrem Glück. »Versprich es mir.«

»Ich weiß nicht, ob …«

»Ava«, setze ich nachdrücklich hinzu. »Du darfst nicht damit aufhören. Niemals. Deswegen die Bilder hier. Sie sollen dir zeigen, wer du wirklich bist und dass es genau das ist, was dich ausmacht. Dafür liebe ich dich.«

»Dafür liebst du mich.« Sie reißt ihre Augen weit auf, als würde sie gerade ein Gespenst vor sich sehen. »Du hast es gesagt.« Nur ein Flüstern, das wohl mehr ihr selbst als mir gilt.

»Es wurde auch längst Zeit.«

Und dann drückt Ava unerwartet auf den Auslöser und blendet mich mit dem Blitz.

»Um diesen Moment festzuhalten«, murmelt sie. Ihre Sicht liegt auf dem Display. Fast so routiniert, als hätte sie die letzten Monate nicht damit vergeudet, keine Bilder zu schießen. Die von Joy einmal abgesehen. »Du siehst so gut aus auf den Prothesen. So in freier Wildbahn. Ohne Elijah an deiner Seite.«

Dann ziehe ich sie wieder an mich.

»Als ich auf dich traf, Ava, da wusste ich, dass ich damit klarkommen werde. Dass ich mit meinen fehlenden Beinen klarkommen werde. Und weißt du warum?«

»Sag es mir.«

»Weil du mich als vollwertiger Mensch siehst.«

Und dann ist da dieser Augenblick, den ich mir in den letzten Monaten nur vorstellen konnte, an den ich mich nur erinnern durfte.

Ava stellt sich auf die Zehenspitzen und küsst mich. Ihre Hand legt sie in meinen Nacken und zieht mich sanft und bestimmt zu sich hinunter. »Ich liebe dich.«

Mein Schmunzeln an ihren Lippen verrät viel. Am meisten jedoch, dass es mir genauso geht und ich mein Glück nicht fassen kann.

Ich vergesse alles um mich herum. Es ist nur noch Ava da, die mich ansieht, als wäre ich immer noch alles für sie. Trotz alledem, was sie nun über mich weiß.

So bleiben wir stehen, keiner sagt etwas, keiner rührt sich, bis wir die einzigen Menschen auf Erden zu sein scheinen, losgelöst von Raum und Zeit, und ich nur noch ihren Duft wahrnehme, der mir so sehr gefehlt hat.

Ich werde es Ava ab heute so oft sagen, wie es mir möglich ist: Das mit uns passt wie in einem Bilderbuch, wie in Hollywood, wie der sicherste Fall dieser Welt.

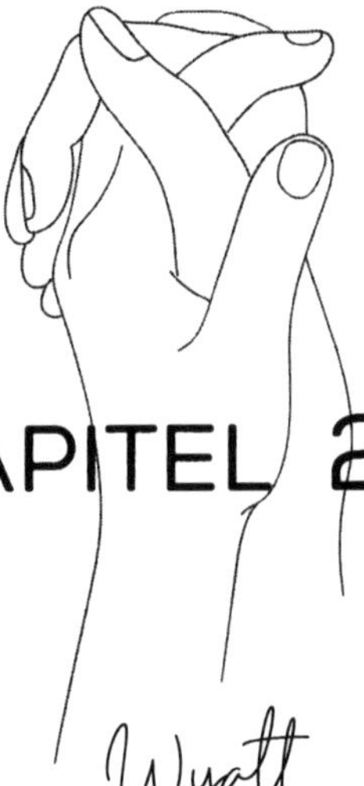

KAPITEL 25

Wyatt

WENIGE TAGE SPÄTER

Es wird Zeit zu heilen. Endgültig.

Und das kann mir nur gelingen, wenn ich einen Abschluss finde. Jetzt, da ich weiß, dass ich eine Zukunft mit Ava habe, in die ich mich fallen lassen kann.

Du Glückspilz …

Also schreibe ich diese Zeilen auf meine Weise. Allein für mich.

Matt … Bruder …

In den letzten Wochen, wenn nicht sogar Monaten, bin ich ein Fan vom Briefeschreiben geworden.

Ich lächle traurig auf die Zeilen, weil meine vergangenen Briefe meistens mit tiefem Schmerz verbunden waren.

Du fehlst, wirst es immer. Aber ich will dir sagen, und ich hoffe, dass, egal, wo du bist, du es vielleicht sehen kannst.

Ich bin glücklich.

Gott, Matthew. Ava ist wundervoll. Du hättest sie gemocht. Und sie dich. Sie gibt mir alles, was ich brauche, sieht mich, wie ich bin.

Du bist unvergessen, unsere Zeit ist unvergessen und ich will, dass du weißt, dass ich überlebt habe. Damit meine ich nicht das Leben an sich. Ich meine, dass ich deinen Tod und diese grausame Erfahrung von vor zweieinhalb Jahren überlebt habe. Dank Ava. Auch wenn du mir damals sagtest, dass es richtig war, abzudrücken, konnte ich mit dem Gedanken daran kaum leben. Aber jetzt bin ich auf dem Weg des Okayseins. Es wird noch dauern, aber es wird werden. Weil ich sie habe und sie mir so viel gibt.

Ich liebe sie so wahnsinnig und hoffe, ich kann ihr zeigen, wer du warst. Denn du bist noch immer präsent und wirst es immer sein. Du warst mein Verbündeter. Wir gegen den Rest der Welt. So war es immer.

Nach dem letzten Einsatz, Matt, kämpfte ich allein gegen das Leben. Jetzt kämpfe ich nicht mehr. Ich heile und lebe, Matthew!

Auf dich – für immer!

Zierliche Arme gleiten über meine Schulter zu meiner Brust hinunter. Es ist Ava, die einen Kuss auf meiner Wange hinterlässt, als ich diese Zeilen in einem Umschlag versiegle und in meine Schublade schiebe.

»Was tust du da?«, fragt sie sanft.

»Ich beginne einen neuen Abschnitt«, antworte ich ehrlich.

»Muss ich mir Sorgen machen?«, fragt Ava, kurz davor, genau das zu tun.

Ich ziehe sie auf meinen Schoß. Unsere Blicke verkeilen sich und Ava lächelt mich an. Wir pressen unsere Lippen aufeinander und dann beginne ich, sie ununterbrochen zu mustern. »Nie wieder, Ava.« Ich hauche ihr einen Kuss auf die Lippen. »Ich liebe dich. Du bist alles. Warst es, seitdem wir das erste Mal aufeinandergetroffen sind. Vergiss das nie.«

Sie lächelt. »Werd ich nicht.«

»Lass uns nur irgendwie die verlorene Zeit wieder aufholen«, bitte ich.

Ich umfasse Avas Taille und beobachte sie in jeder ihrer noch so kleinsten Mimik und Gestik. Ihre Arme legen sich automatisch um meinen Hals.

»Wie denn?«, lächelt sie.

Ich hebe sie unter dem Po hoch, was ihr ein Kichern entlockt, und finde mich auf meinen Prothesen wieder.

»Indem wir zum Beispiel nicht schlafen. Das wäre doch eine Option, nicht?«

Ein weiteres ehrliches Lachen entrinnt ihrer Kehle, die ich zu küssen beginne. »Klingt gut.«

Ich gehe mit ihr ins Schlafzimmer und lasse uns auf das Bett fallen.

Sanft streiche ich ihr eine Strähne aus dem Gesicht und schiebe den Zeigefinger über ihren Kieferknochen. »Ich bin glücklich.«

Sie schmunzelt und berührt meine Lippen mit ihren. »Ich bin es auch, Wyatt.«

Es kreisen so viele Gedanken in meinem Kopf herum,

die Ava sofort zu bemerken scheint. »Was geht in dir vor?«

»Es wäre schön, wenn Matt mitbekommen hätte, dass ich zu lieben fähig bin.«

Das Strahlen ihrer Lippen wird zu einem traurigen Lächeln.

»Ich habe keine Ahnung, wie der Krieg funktioniert. Aber ich für meinen Teil bin froh.« Die letzten Worte flüstert sie.

»Froh?«

»Froh, dass du dich menschlich verhalten hast. Dass du keine Maschine bist. Dass du fühlst. Ich bin froh, dass du fühlst, Wyatt. Und ich denke, Matt wird das ebenso gesehen haben. Auch wenn ich ihn nie kennengelernt habe.«

Mein Gott, diese Frau nimmt unbewusst gerade alles von meiner Seele, was sie niederdrückt. Also lege ich Avas Gesicht in meine Hände und küsse sie. Immer und immer wieder.

KAPITEL 26

Wyatt

WENIGE WOCHEN SPÄTER

Ich sitze wie jeden Dienstag bei Dr. Kruger. Neben mir Minou, der mich beobachtet. Mein Therapeut stellte mir neue Fragen, Fragen zu Ava, zu meinem jetzigen Leben und vergleicht meine derzeitige Situation mit meinem früheren Zustand. Dass es mir besser geht, ist offensichtlich. Die permanent auflebende Furche zwischen meinen Augenbrauen ist langsam kaum noch sichtbar. Allein ihretwegen.

Dr. Kruger ist kurz davor, die Sitzung zu beenden, als ich ihn stoppe. »Dr. Kruger?«

»Ja?« Seine tiefe Stimme, die immer etwas Beruhigendes ausstrahlt, ertönt.

»Sie haben mir noch nicht die Frage gestellt, was ich nach meiner Rehabilitation machen will.«

Dr. Kruger grinst und schiebt sich seine Brille von der Stirn auf die Nase. »Gut. Was willst du tun, wenn deine Therapie abgeschlossen ist, Wyatt?«

»Ich habe mich an ein Vet-Center gewendet. Sie geben jemandem wie mir die Chance, meinesgleichen zu helfen und zu unterstützen. Soldaten, die das Gleiche oder Ähnliches durchgemacht haben wie ich. Es fühlt sich gut an, an dieser Stelle helfen zu können. Weil man sich selbst oft nicht eingestehen kann, dass der Schmerz tiefer sitzt als angenommen.«

»Welche Aufgaben übernimmst du dann dort?«

»Keine therapeutischen«, lache ich. »Ich mache parallel eine Ausbildung zum Physiotherapeuten. Dann bin ich in der Lage, mit meinen Kameraden zu trainieren, damit sie mit ihrem Handicap klarkommen werden.« So wie Elijah es mit mir monatelang tat. »Aber noch viel wichtiger ist, was ich eigentlich nach meiner Rehabilitation machen will.«

»Und was ist das, Wyatt?«

Vor Monaten hätte ich nicht annähernd gewagt, daran zu glauben, aber: »Ich will Familie. Eine eigene kleine Familie. Mit Ava, der Frau, die ich liebe. Und ich kann nur hoffen, dass sie das auch will. Irgendwann einmal.« Weil ich auf dem besten Weg bin, zu verarbeiten. Und irgendwann werde ich bereit dafür sein.

Dr. Kruger kräuselt seine Lippen und lächelt. »Das war unsere letzte Sitzung, Wyatt.«

Ich sehe irritiert zu ihm auf, während meine Hand über Minous Fell gleitet. »Was?«

»Du hast schon richtig gehört. Lebe dein Leben, genau so, wie du es mir soeben beschrieben hast. Es wird Situationen geben, die dich zurückwerfen, und ich werde immer hier sein, wenn es notwendig wird. Aber ich glaube, du bist nicht nur auf dem richtigen Weg. Du hast es geschafft, dich selbst neu zu finden und zu Kräften zu kommen.«

Dr. Kruger hat irgendwie recht. Ich habe mich seit dem letzten Einsatz gefragt, was mein Leben noch hergeben kann. Was ich tun kann, damit mein Leben lebenswerter wird. Nun sehe ich die ganzen Optionen, die ich habe. Ich muss eigentlich nur zugreifen, denn ich führe ganz sicher kein unbedeutenderes Leben, nur weil ich keine Beine mehr habe. Langsam fühlt sich meine Situation normal an. Nicht nur akzeptabel, sondern als müsse alles genau so sein.

KAPITEL 27

Wyatt

12 WOCHEN SPÄTER

»Bist du wirklich bereit?«, fragt mich Ava mit hochgezogener Braue.

»Die Frage sollte ich lieber dir stellen, oder?« Denn ich habe für den heutigen Tag sehr lange mit Elijah trainiert, weil ich es ernst meine. Avas Atelier endlich zu sehen, motivierte mich in den letzten Wochen, wenn nicht sogar Monaten.

»Also, ich bin zwar sehr aufgeregt, weil ich nicht weiß, wie du es finden wirst, aber gleichzeitig bin ich unglaublich erleichtert, dass du endlich mein Atelier sehen wirst. Das ist längst überfällig, nachdem es eigentlich vollkommen zerstört war.«

Ich nehme ihre Hand in meine und küsse ihre Fingerspitzen. »Dann zeig es mir endlich.«

Wir laufen die Treppen hoch und ich bin erstaunt, wie gut es mir gelingt, jede der Stufen zu nehmen. Als Ava die doppelflüglige Tür öffnet, die mit weißen Gardinen behängt ist, treten wir direkt in den Flur. Ohne großartig zu warten, führt sie mich einen Raum weiter, der links abgeht.

An den Wänden stehen einige fotografische Accessoires. Farbige Hintergründe, Leuchten, Schirme und Hocker.

Minou schnüffelt ungestört überall herum, weil auch er das erste Mal hier ist.

»Jetzt zeige ich dir erst mal den Entwicklungsraum. Da erfahre ich, ob das, was ich da tue, auch wirklich gut genug ist.« Wir laufen weiter und Ava öffnet eine leicht verklemmte Holztür.

Obwohl ich nicht genau weiß, wie all ihre wunderschönen Bilder entstehen und welche Arbeit dahintersteckt, bin ich immer wieder verblüfft von dem, was sie in ihren jungen Jahren aufgebaut hat.

Der letzte Raum, der viel natürliches Licht bietet, ist das Herzstück ihrer Atelierswohnung. Die großen Fenster zur Nordseite, die das Zimmer gleichmäßig ausleuchten, aber kein direktes Sonnenlicht zulassen, das uns blenden könnte, scheinen perfekt.

»Warum ist hier noch alles mit Tüchern behängt?«

Sie zuckt mit ihren Schultern und grinst breit. »Überraschungseffekt vielleicht?«

Bevor sie die Stoffe von den Bildern zieht, hält Ava sich kurz die Kehle und schluckt schwer. Als hätte sie einen dicken Kloß im Hals.

»Alles okay?« Ich streichle ihren Oberarm.

»Ja, alles okay. Es ist nur …«

»Ist dir nicht gut?«

»Nicht wirklich. Aber jetzt will ich dir unbedingt die Fotografien zeigen.« Schwungvoll zieht Ava die Tücher von den Rahmen und mir werden einnehmende Bilder gezeigt. Beeindruckt reiße ich die Augen auf. Es ist nicht nur Aiden, den ich vereinzelt sehe, oder Avas Kunden, die ich in den letzten Monaten durch sie kennengelernt habe. Es sind auch viele Bilder von mir in einigen der schwarzen Rahmen. Sogar in Situationen, an die ich mich kaum erinnern kann.

»Wow.« Ich staune nicht schlecht, als ich sehe, was Ava aus mir gemacht hat. Was sie aus dem Atelier gemacht hat, auch wenn ich keinen Vergleich zu vorher habe.

»Ava, das ist wirklich verdammt gut. Und du wolltest das alles hinschmeißen?«

»Vergessen wir das«, schmunzelt sie verlegen.

Ich sehe mich weiter um und bin einfach nur beeindruckt, sodass ich mich Ava zudrehe und ihre Hände in meine nehme.

»Du hast mich damals gefragt, im ChocoMakesHappy, warum ich es nicht lassen kann, dich so anzustarren.«

»Ja, daran erinnere ich mich. Das hat mich völlig nervös gemacht.«

»Weil du mich schon ab dem ersten Treffen völlig eingenommen hast, Ava. Und ich nicht glauben konnte, dass es jemanden wie dich gibt. Es war unwirklich und ich musste sichergehen, dass du real bist. Und diese Bilder hier.« Ich zeige auf diese besonderen Werke. »Sie geben so vieles von dir preis. Dinge, die nur du in dir trägst. Kein anderer. Wunderbare, einzigartige Dinge. Du siehst die Menschen, egal welchen Makel sie haben, genauso wie sie sind. Dich schreckt nichts ab und du gibst einem das Gefühl, als müsse man selbst genau so sein, wie man eben gerade vor dir steht. Mit Handicaps und Narben. Als wäre man nur so bedingungslos perfekt.«

»Wyatt ...«, haucht sie und lächelt.

»Nein, Ava. Lass mich bitte ausreden.« Ich ziehe scharf die Luft ein. »Du wirst sicher verstehen, dass ich dich nie wieder gehen lassen könnte. Jetzt, da ich weiß, dass alles zwischen uns wahr ist. Dass du real bist, hat mich gerettet. Du hast mich gerettet, Ava, auf jede erdenkliche Art und Weise. Und deswegen liebe ich dich. Ich bin auf das Uns angewiesen. Mehr als du glaubst.«

Ich greife in ihr Haar und ziehe sie an mich, um sie zu küssen. Sie raunt meinen Namen und schlingt ihre Arme um meinen Hals. Bevor die elektrisierende Spannung zwischen uns hier, in Avas wohltuendem Raum, noch überkocht und wir gegenseitig auf uns stürzen wie zwei verliebte Teenager, löse ich mich ein wenig von ihr.

»Jetzt tust du mir aber mal einen klitzekleinen Gefallen«, flüstere ich an ihre Lippen.

»Sicher«, antwortet sie und öffnet ihre Lider, während ich etwas aus meiner Hosentasche hervorziehe. Etwas, das ihr definitiv bekannt ist.

Sie fixiert es und reißt erschrocken ihre Augen auf.

»Pinkel hier drauf.« Ich halte ihr einen Schwangerschaftstest vor die Nase. Ich bin mir mehr als sicher, dass in Ava ein kleines Wir heranwächst. Ich verwette mein ganzes Glück darauf, dass dem so ist!

Sie jedoch lächelt schief und glaubt, ich würde scherzen. »Bitte was? Wie kommst du denn auf so was?« Und dann wird es auch ihr schlagartig klar und ist für sie gar nicht mehr ganz so abwegig. Ihre Mimik wird hart.

Sie schlägt sich die Hand an die Stirn. »O mein Gott, meine Übelkeit. Dieses komische Unwohlsein«, flüstert sie mehr zu sich selbst als zu mir.

»Nicht nur das«, erwidere ich grinsend.

Ava schluckt schwer und greift bedächtig nach dem Test, um dann kurz darauf im Badezimmer des Ateliers zu verschwinden.

Fünf Minuten können verflixt lang sein.

Dann ertönt endlich der erlösende Schrei aus Avas Stimmbändern, der nur von der geschlossenen Tür gedämmt wird.

Sie reißt die Badtür auf und läuft völlig verpeilt an mir vorbei. In ihrer Hand der Test. »O mein Gott.«

Sie ist schwanger. Eindeutig.

»O mein Gott«, wiederholt sie.

»Das hast du schon gesagt«, schmunzle ich.

In ihren Augen liegt die pure Panik. »Wie konnte das passieren?«

Ava verschränkt ihre Arme, schüttelt ungläubig den Kopf.

Als ich auf sie zugehen möchte, hält sie weiterhin die Distanz zwischen uns aufrecht. Dann läuft sie in ihrem Atelier auf und ab. Greift sich panisch an die Stirn, nur um im gleichen Moment wieder den Kopf zu schütteln.

»Wie konnte das passieren?«, fragt sie hektisch. »Wir waren unvorsichtig, Wyatt.« Mit diesen Worten steigen ihr die Tränen in die Augen, welche ihr über die Wange laufen und die sie mit der Handfläche beiseitewischt.

Ich hingegen kann nur grinsen und nehme ihr den Schwangerschaftstest ab. »Das waren wir ganz eindeutig.«

»Warum lächelst du da, mhm? Wir sollten gemeinsam in Panik verfallen. Also dreh durch, Wyatt.«

»Das tu ich ganz gewiss nicht. Du wolltest doch irgendwann mal Kinder«, erinnere ich sie.

Nervös streift sie sich mit der Hand durchs Haar, das in den letzten Monaten etwas länger geworden ist. »Ja, aber doch nicht ungeplant.« Sie zeigt auf den Test. »Und es ist ungeplant, weil wir unvorsichtig waren.«

Ich sehe das erste Mal auf den Test. *Schwanger.*

Dann sieht Ava fragend zu mir. »Aber warte mal. Woher wusstest du, dass ich vielleicht schwanger sein könnte?«

Ich verstumme und grinse nur weiter vor mich hin. »Wie, Wyatt?«

Und dann verrate ich es ihr. »Na ja, deine Übelkeit schien schon seltsam zu sein. Außerdem …«

»Außerdem was?«

»Hast du mal auf deine Brüste gesehen? Die waren noch nie so prall, sie verschlingen meine Hände, wenn wir ...«

Ava öffnet ihren Mund. »Wenn wir das tun, was uns in diese Situation befördert hat.« Sie drückt sich die Hand wieder an die Stirn, als könnte das etwas an der Situation ändern. »O mein Gott.«

Meine Hände umgreifen Avas Schulter. Ich zwinge sie, mich anzusehen und zu verstehen. »Jetzt beruhig dich, Ava.«

Aber sie wird nur lauter, weil sie glaubt, dass ich nicht verstanden habe. »Wyatt, wir bekommen ein Baby.«

»Aber es kommt nicht mehr heute an.«

»Wie kannst du so ruhig bleiben?«

»Warum sollte ich in Panik verfallen, wenn ich wohl glücklicher kaum sein kann?«

»Bitte was?«, wiederholt sie ungläubig. »Du hast doch einen Knall. Du hast mich damals genau deswegen ... Allein der Gedanken daran hat dir ...«

Ich wünschte, Ava könnte sich nicht mehr an den größten Fehler meines Lebens erinnern.

Ich presse sie an meine Brust. »Damals wusste ich doch nicht, wie leicht das alles werden würde.«

»Was? Leicht?«, stammelt sie leise.

»Du machst alles leicht für mich.«

»So was.« Ava hält sich den Bauch und ich spüre, wie einige ihrer Tränen durch den Stoff meines Pullovers dringen. »Das muss doch akribisch geplant sein. Das ist wichtig, so was zu planen.«

Ich nehme ihr Gesicht in meine Hände und küsse die Träne auf ihrer Nasenspitze weg, die vor lauter Angst und Sorge aus ihren Augen rinnt. »Das Wichtigste ist doch geplant. Wir, Ava. Wir sind doch geplant.«

Mehr denn je. Ich bin vor wenigen Wochen offiziell bei Ava eingezogen. Wir stecken zwar in kleinen Umbaumaßnahmen, um es noch rollstuhlfreundlicher zu machen – da ich doch nicht ganz auf ihn verzichten werde – aber Liam, der in wenigen Tagen zu Besuch kommt, unterstützt uns dabei.

Er wird begeistert sein, wenn er erfährt, dass Sam und Milly einen Cousin oder eine Cousine bekommen werden.

Meine Freundin wirkt so zerbrechlich in jenem Moment. »Ich glaube, ich dreh durch.«

Ich schmunzle und halte sie weiter fest. »Wer hätte gedacht, dass ich entspannter mit der Situation umgehe als du«, scherze ich.

»Du bist zum Scherzen aufgelegt? Warte bitte, denn ich brauche kurz einen Moment, um darüber lachen zu können.«

»Nimm ihn dir. Aber mit mir.« Ich hauche ihr einen Kuss auf die Stirn.

»Versprich mir einfach, dass du bei mir bleiben wirst. Egal wie alt und verschrumpelt ich mal sein werde«, murmelt sie in meinen Pullover.

Sie hat ja keine Ahnung. »Du nimmst mir da jetzt etwas vorweg, Ava.«

»Was meinst du?« Ihre Augen sind tränenunterlaufen.

»Ich habe mir keine richtigen Worte zurechtgelegt, keine romantischen Gesten. Aber ich kann dir nur sagen, dass es noch nie eine Zeit in meinem Leben gab, die so voll Glück war. Noch nie war ich erfüllter, noch nie lebendiger. Ich liebe dich, Ava Connor. Dich und das Leben, welches ich mit dir führen darf, weil du mir verrückterweise eine zweite Chance gegeben hast. Eine Chance, die ich nie wieder über Bord hauen werde. Eine Chance, die mir so vieles ermöglicht und die ich voll und ganz ausschöpfen will. Durch dich habe ich den wirklich wahren Sinn im Leben gefunden. Du hast mir klargemacht, dass ich so viel mehr bin als ein Soldat, der keiner mehr sein kann. Durch dich bin ich auf einen neuen Weg gelangt. Ich will alles, was möglich ist, mit dir, Ava.« Und dann gebe ich ihr Einblick in meine Gedanken der letzten Wochen. In Gedanken, die immer wieder aufploppen, wenn ich sie ansehe. »Ein Haus mit einem riesigen Atelier, das du mit deinen wunderschönen Fotografien verhängen sollst. Ich möchte einen Garten, der von unseren tobenden Kindern beschallt wird. Und da ich schon vor einigen Tagen ahnte, dass das mit den Kindern recht schnell passieren wird ...« Ich stoppe kurz und ziehe die Luft tief in meine Lunge. »Ich werde mich nicht hinknien, weil es verdammt schwer werden würde, auf diesen Teilen wieder hochzukommen.« Ich sehe auf meine Prothesen hinab. »Aber ich bitte dich dennoch von ganzem Herzen.« Und dann sehe ich nach unten, ziehe diese kleine, marineblaue Schachtel aus meiner Hosentasche und halte sie Ava vor ihr engelsgleiches Gesicht. Ihre ohnehin großen Augen werden von Moment zu Moment größer, als ihr klar wird, was sich zwischen meinen Fingern befindet. »Heirate mich, Ava. Heirate mich und werde meine Frau. Bleib bei mir, bis dass der Tod uns scheidet. Denn ich werde dich auf keinen Fall verlassen.« Ava sieht zwischen der Schachtel und mir hin und her. Sie schluckt schwer und öffnet sie, nimmt den Ring an sich. Mir wird heiß, weil sich Ava für meine Verhältnisse viel zu viel Zeit nimmt, um dieses kleine Stück Silber zu begutachten. Dann blickt sie nur immer wieder überrascht zwischen dem Ring und mir hin und her. So lange, bis sich ein ehrliches Lächeln auf ihren Lippen formt.

»Ja, Wyatt.«

Der Kloß in meinem Hals löst sich und lässt zu, dass ich wieder normal atmen kann. Ich umfasse ihre Hüfte und verstärke den Druck in meinen Fingern. Ihr rollt eine kleine Träne über die Wange.

»Ja?«

»Ja. Natürlich.«

Ich nehme ihr den Ring ab und stecke ihn an ihren Finger. »Damit machst du mir die größte Freude, die …«, beginne ich, als mich Ava unterbricht. Sie legt mir ihren Zeigefinger an die Lippen und erstickt damit jegliches Wort.

»Ich liebe dich, Wyatt.«

Es war keineswegs geplant und doch könnte ich glücklicher nicht sein. Ich weiß gerade gar nicht, wohin mit dieser Flut an Emotionen. Mein Herz hämmert und pumpt Blut durch meine Adern. So fühlt es sich wohl an, wenn das Leben perfekt läuft.

Ava weint in diesem Moment noch mehr und ihre Gefühlslage geht völlig über Bord. Ihr kommen die Tränen vor Glück, gleichzeitig vor Panik. Aber statt unsere Liebe zu besiegeln, indem sie mich küsst, stößt sie sich von mir, rennt auf die Toilette, die sich zum Glück gleich neben uns befindet, und übergibt sich.

Ich freue mich, den Übeltäter oder die Übeltäterin, die dafür verantwortlich ist, bald persönlich kennenzulernen.

Mit Ava. Zusammen. Und ich weiß, dass ich diese Frau, die gerade über der Kloschüssel hängt, mehr liebe als mein eigenes Leben. Also, warum noch mehr Zeit verschwenden? Bringen wir gleich alles unter Dach und Fach!

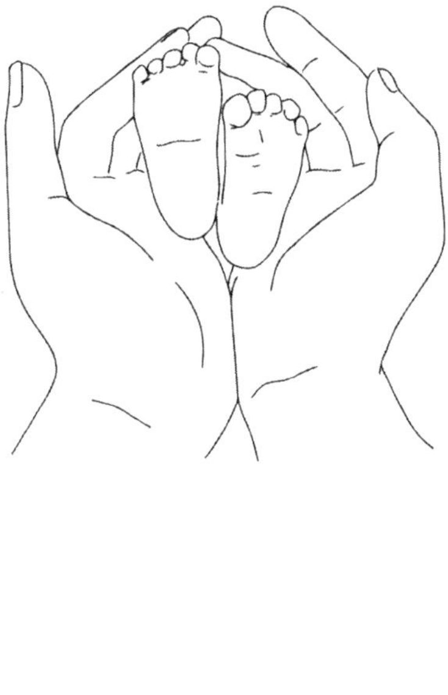

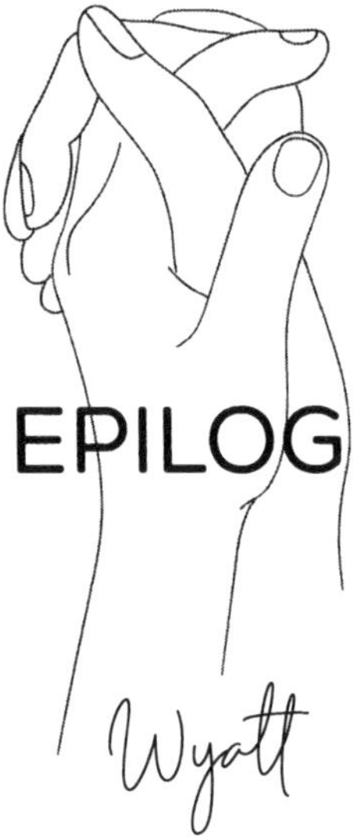

EPILOG

Wyatt

4 JAHRE SPÄTER

Wir sind gerade hier, wo im Grunde alles anfing. Für Ava zumindest.

Im Park.

Wenn ich ihr nach all den Jahren ins Gesicht sehe, weiß ich, dass alles um uns richtig war. Ich sehe eine Frau, die so unerschütterlich erscheint, dass es mir manchmal die Luft nimmt. Eine Frau, die mich aus einem tiefen Loch zog, von dem ich zwar wusste, dass ich darin steckte, jedoch nicht ahnte, wie schlimm ich darin gefangen war. Ava ist der beste Beweis, dass es Menschen gibt, die es wert sind und für die man es wert ist. Auf jede erdenkliche Art und Weise.

Doch eine Trauer bleibt, für immer. Dass Matthew nicht sehen kann, was geschieht, was aus meinem Leben geworden ist. Aber Avas Anwesenheit, die Anwesenheit meiner Familie, macht diese Situation ... okay. Es ist okay für mich, dass mein bester Freund nicht mehr da ist. Wirklich. Vermissen werde ich ihn jedoch immer. Auch nachdem sein Tod über fünf Jahre her ist.

Ich sehe auf unseren Sohn Wade, während Ava ununterbrochen Bilder von ihm schießt. Denn es gibt Dinge, die ändern sich zum Glück nie. Minou fängt eines der beiden Frisbees, die Wade geworfen hat. Sie sind ein unerschütterliches Team geworden, seitdem unser Sohn zu laufen begonnen hat. Für Minou dreht sich alles nur noch um ihn.

Mitten im Spiel rennt Wade auf uns zu. »Mommy?«

»Ja, mein Schatz?«

»Wir sollten heute, äh …«, stammelt er leicht und überlegt sich seine nächsten Worte ganz genau. »Im Kindergarten sagen, warum uns unsere Namen gefallen.«

Ava lächelt und Gott stehe mir bei. Aber ja, ich liebe dieses Lächeln nach all den Jahren noch immer. Das Lächeln, welches mich aus der Hölle geholt hat. Immer und immer wieder. »Und was hast du geantwortet?«

»Das ich nicht weiß, warum ich ihn schön finde.«

»Dann sollte dir dein Papa mal erklären, was hinter dem Namen *Wade* steckt.«

Ich lächle und ziehe Wade in meine Arme. Dann rufe ich wichtige Erinnerungen aus meiner Vergangenheit zurück. »Du bist nach einem wunderbaren Menschen benannt worden, der mein Leben in jeglicher Hinsicht geprägt hat. Über viele Jahre hinweg. Der aber nicht mehr hier sein kann. Er war mutig, hat viel gelacht und war stets freundlich. Er veränderte Leben, Ansichten und machte alles zu einem besseren Ort. So wie deine Mom.« Ich sehe zu ihr und erwidere ihr sanftes Lächeln. »Du wurdest nach meinem besten Freund benannt. Matthew Wade Turner.«

Ich sehe in den Himmel und habe die letzten Jahre damit verbracht, mir einzureden, dass er von oben auf uns hinabblickt. Ich finde es nicht schlimm, mir das eingeredet zu haben. Denn diese Ansicht macht alles noch mal so viel leichter. Ich bilde mir ein, sein Gesicht zwischen all den

Wolken zu erkennen, und kann ihm mit gutem Gewissen versprechen: Ich bin wieder auf die Beine gekommen und stand noch nie fester im Leben als jetzt! Es gibt keinen Grund mehr, sich Sorgen um mich zu machen. Denn ich bin und bleibe standhaft im Leben. Ungebrochen.

Ende …

ICH MÖCHTE DIR NUN DIE FRAGE ERNEUT STELLEN:

DEN WAHREN WERT EINES MENSCHEN UND DAS, WAS IHN TATSÄCHLICH AUSMACHT, KANNST DU ES JETZT ERKENNEN, WENN DU ES VOR *UNBROKEN SOLDIER* VIELLEICHT NICHT KONNTEST?

VERGISS NIE, DASS ES NIEMALS DAS ÄUẞERE IST, WAS EINEN MENSCHEN AUSMACHT. SCHAU IN SEINE AUGEN, SCHAU IN IHN. WAS SIEHST DU?

Danksagung

Ich höre gerade *»Diese Welt braucht Liebe«* von so vielen unfassbar starken und prägenden Künstler*innen. Und mit dem, was sie singen, haben sie doch recht? **Die Welt braucht Liebe!** Kann man genug Liebe verteilen? Ich glaube nicht ... Und mit diesem Song wird mir klar, dass Besonderes niemals allein zu erschaffen ist.

UNBROKEN Soldier hat etwas Besonderes. Allein, weil die Geschichte ohne einige Menschen gar nicht zustande gekommen wäre.

Aber fangen wir von vorne an: Jede Danksagung hat so etwas Endgültiges. Denn das bedeutet raus aus der Story, rein in eine neue. Was im Grunde nicht schlimm ist, aber ich habe Ava und Wyatt so lieben gelernt. Vor allem habe ich es genossen, in Ava so viel von mir selbst reinzupacken! Sie soll EUCH zeigen, dass es wichtig ist, auf die richtigen Dinge Wert zu legen. Denn *ich will* euch zeigen, wie wichtig es ist, auf die richtigen Dinge Wert zu legen. Seht tiefer als auf die Hülle.

Man liebt, wen man liebt. Bitte vergesst das nicht.

Und deswegen: Mein größter Dank gebührt meinem Mann Dirk. Wie würde ich schreiben und VAJONA-Liebe in die Welt tragen können ohne dich? Unmöglich! Denn du bist mein Halt, mein Fels, mein Segen! Für Ava ist es Wyatt. Für mich bist es DU.

Jona und Josh – ihr seid das größte Glück auf dieser großen weiten Welt. Es geht NICHTS über euch. Wyatt hat verstanden, was der größte Segen dieser Welt ist. Daran glaube ich ganz fest.

Jasmin. Es geht tiefer, als ich wohl jemals erwartet hätte. Du repräsentierst VAJONA. Wie ist das bitte möglich? Kannst du mir das erklären? Denn wer hätte gedacht, dass deine Bewerbung als Autorin VAJONA nicht nur wunderbare, emotionsgeladene Werke bringt, sondern mir persönlich so eine wundervolle, ehrliche Freundschaft? Gemeinsam können wir Berge versetzen, ich weiß es!

Désirée. Ich danke dir aus tiefstem Herzen für deine Arbeit als Lektorin bei VAJONA! Deine Arbeit ist in jeglicher Hinsicht einzigartig, einmalig, besonders! Ich finde kaum Worte dafür. Nicht nur mein Werk, auch die der VAJONA-Autor*innen machst du so viel lebendiger und authentischer! DANKE!

Julia. Du und die Cover, die Umsetzung meiner Ideen (die wirklich nicht immer einfach sind) … Du hast auch *UNBROKEN Soldier* das schönste Gewand gegeben!

Leser*innen und VAJONA-Supporter. Ganz viele Umarmungen für eure zarten Herzen! Danke, dass ihr meine Romane und die des VAJONA Verlags immer so tatkräftig in die Welt *werft*.

Fühlt euch alle geliebt und gedrückt!

Eure Vanessa

Weitere Romane von Vanessa Schöche im VAJONA Verlag

Die **BROKEN**-Reihe von Vanessa Schöche

Emotional, tiefgründig und romantisch.

BROKEN Hope – Bis ich dich lieben kann

Vanessa Schöche
536 Seiten
ISBN 978-3-9819888-8-8
VAJONA Verlag

»Das Schicksal weiß, was es tut. Auch wenn es manchmal die grausamsten Wege einschlägt.«

Hope bedeutet Hoffnung.
Doch diese hat die junge Hope Green schon längst aufgegeben. Ihr Leben gleicht einem irreparablen Scherbenhaufen. Das Schicksal, das immer gnädig zu Hope war, schlug unerwartet eine andere Richtung ein und reißt sie damit in eine unergründliche Schlucht der Leere.

Die zerbrochene Hope fällt immer tiefer in die dunklen Schatten ihres Lebens, bis sie auf den einfühlsamen und verständnisvollen Liam trifft. Für ihn scheint die junge Frau, in deren Augen ein heftiger Sturm tobt, jedoch unnahbar. Dennoch versucht Liam alles, um Hope aus dieser Finsternis herauszuholen, die ihr den Weg zu einem wunderschönen Leben versperrt.
Unwissend, dass er ihr in diesem Moment schon so viel verbundener ist als sonst jemand.

BROKEN Will – Bis ich mit dir zu träumen wage

Vanessa Schöche
544 Seiten
ISBN 978-3-948985-02-8
VAJONA Verlag

»Meine Vergangenheit hat mich eins gelehrt: Wenn man einmal den schwarzen Peter im Leben zugeschoben bekommen hat, ist es unmöglich, ihn wieder loszuwerden.«

Willow bedeutet die Zauberhafte.

Doch nichts in Willows Leben gleicht einem wundervollen Zauber. Denn eine unvorhersehbare schlechte Entscheidung verwandelt ihr wohlbehütetes Leben in ein Schlachtfeld voller gebrochener Gefühle. Die junge Will glaubt an keine Liebe und nicht annähernd an einen Hauch von Glück, das für sie bestimmt sein könnte. Zu tief sind die Schrammen ihrer Vergangenheit.

Um keine weiteren Katastrophen heraufzubeschwören, hat Will aufgegeben, für ihre Träume einzustehen. Bis sie auf den entschlossenen Josh trifft, der ihr wohlgehütetes Kartenhaus ins Wanken bringt. Denn Josh ist ein Mann, der bereit ist, für Wills Glück zu kämpfen, wenn sie selbst nicht die Kraft dazu hat. Er ist bereit, gegen Wills hoch errichtete Stahlwände zu prallen, und hartnäckig genug, immer wieder aufzustehen, um Will das Leben zu schenken, das sie verdient hat.

Für beide beginnt eine besondere Freundschaft, die tiefer geht. Tiefer als die Regeln, die sie beide aufgestellt haben.

Weitere Liebesromane im VAJONA Verlag

Die neue Reihe von *Maddie Sage*
Liebe. Schauspiel. Leidenschaft.

EVERYTHING – We Wanted To Be 1

Maddie Sage
472 Seiten
ISBN 978-3-948985-45-5
VAJONA Verlag

»Schauspiel war für mich so viel mehr als meine Leidenschaft. Es war das Ventil, das ich brauchte, um all die Schatten meiner Vergangenheit erträglicher werden zu lassen.«

Die Welt von Blair besteht aus aufregenden Partys und glamourösen Auftritten. Als Tochter eines Hollywoodregisseurs besucht sie eine der renommiertesten Schauspielschulen in LA. Doch so sehr sie sich anstrengt – ihre Bemühungen, endlich ihre eigene Karriere voranzubringen, bleiben erfolglos, obwohl sie seit Monaten von einem Casting zum nächsten hechtet.
Am Morgen nach einer Benefizgala verspätet sie sich für das Vorsprechen einer neuen Netflixserie. Während des Castings begegnet sie dem Schauspieler und Frauenschwarm Henri Marchand, den sie von der Gala am Vorabend wiedererkennt. Ausgerechnet er ist ihr Co-Star und meint, ständig seinen französischen Charme spielen lassen zu müssen.
Die Chemie zwischen den beiden stimmt auf Anhieb, sodass Blair unerwartet eine Zusage für eine der Hauptrollen erhält. Nicht nur die beiden Charaktere kommen sich mit jedem Drehtag näher, auch Blair und Henri fühlen sich immer mehr zueinander hingezogen. Aber kann sie dem Netflixstar wirklich vollkommen vertrauen?

Der packende Auftakt der WENN-Reihe
von *Jasmin Z. Summer*

Erinnerst du mich, wenn ich vergessen will?

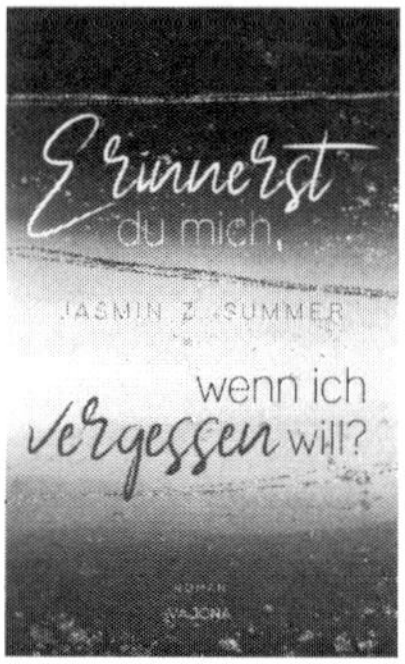

Jasmin Z. Summer
ca. 450 Seiten
ISBN 978-3-948985-72-1
VAJONA Verlag

<u>Veröffentlichung: 14. September 2022</u>

»Sie will die Vergangenheit endlich ruhen lassen.
Doch dann kehrt er zurück und will sie genau daran erinnern.«

Sieben lange Jahre sind vergangen, seit Holly von ihrer ersten großen Liebe verlassen wurde. Ohne jegliche Erklärung, ohne jeden Grund. Doch mit Connors Rückkehr werden nicht nur all die unbeantworteten Fragen, sondern auch die dunklen Geheimnisse wieder ans Licht gebracht. Fragen, auf die sie schon längst keine Antworten mehr will, und Geheimnisse, die alles verändern könnten. Was, wenn die Gefühle noch da sind, aber das Vertrauen bereits zerstört ist? Und was, wenn eigentlich alles ganz anders war, als es damals zu sein schien?

Fantasyromane im VAJONA Verlag

Die griechische Mythologie in einem grandiosen, fantasyvollen Setting von *Ani K. Weise*

ORACULUM – Fall der Götter

Ani K. Weise
520 Seiten
Band 1
ISBN 978-3-948985-41-7
VAJONA Verlag

»Was wäre, wenn es wahr ist und sie kein Mythos sind? Wenn es sie wirklich gibt? Die Götter in Olympia!«

Bei Ausgrabungen in Griechenland stößt die Archäologin Kyra Delany mit ihren Kollegen auf einen unglaublichen Fund einer längst vergessenen Zeit. Einen Tempel zu Ehren Ares, dem Gott des Krieges. Aber was Kyra in den Tiefen Griechenlands entdeckt, ist mehr als nur ein Stück Geschichte. Inmitten der Mythen und Legenden kommt sie einer Wahrheit auf die Spur, ohne zu ahnen, dass sie schon immer ein Teil davon ist.

Episch. Atemberaubend. Emotionsgeladen.
Der Auftakt einer noch nie dagewesenen Fantasyreihe
von *Sandy Brandt*

DAS BRENNEN DER STILLE – Goldenes Schweigen

Sandy Brandt
ca. 450 Seiten
Band 1
ISBN Paperback 978-3-948985-52-3
ISBN Hardcover 978-3-948985-53-0
VAJONA Verlag

»Früher hätte sich die Menschheit durch ihre Lügen fast ausgerottet – die Überlebenden haben geschworen, dass es nie wieder so weit kommt. Heute erscheint jedes gesprochene Wort narbenähnlich auf der Haut. Die Elite herrscht stumm, während die sprechende Bevölkerung als Abschaum gilt.«

Olive und Kyle kommen aus zwei verschiedenen Welten.
Die achtzehnjährige Olive lebt in einer Welt, die von absoluter Stille und Reinheit geprägt ist. Selbst unter der stummen Oberschicht gilt sie als Juwel. Kyle dagegen trägt tausende Wörter auf der Haut und ein gefährliches Geheimnis im Herzen.
Als sie gemeinsam entführt werden, sind sie überzeugt, der andere sei der Feind. Sie ahnen nicht, dass dunklere Intrigen gesponnen werden. Olive will ihr Schweigen wahren, um nicht der geglaubten Sünde zu verfallen. Und Kyle weiß, dass es für ihn tödlich enden wird, wenn das stumme Mädchen hinter sein Geheimnis kommt. Beide müssen entscheiden, welchen Preis sie für ihre Freiheit zahlen wollen – und ob sie einander vertrauen können …

Eine Steampunk-Fantasy-Reihe von *Nika V. Caroll*,
die einzigartig und atemberaubend zugleich ist.
Märchenhafte Elemente treffen hier auf spannendes
und packendes Setting.

SPIEGELKRISTALLE – Über schwarze Schatten und Metallherzen

Nika V. Caroll
ca. 450 Seiten
Band 1
ISBN Paperback 978-3-948985-63-9
ISBN Hardcover 978-3-948985-64-6
VAJONA Verlag

»In dieser Geschichte gibt es keine Prinzessin, die aus einem hohen Turm gerettet werden muss – denn dies ist kein Märchen!«

Vor Tausenden von Jahren wurde die Insel Yumaj durch einen Fluch in zwei Teile gespalten – den gesegneten und den verfluchten. Während sich die einen als Auserwählte betrachten, sehnen sich die anderen nach Rache. Umgeben von magischen Maschinen und unvollkommenen Menschen ist dem Spiegelkönig jedes Mittel recht, um endlich wieder frei zu sein. Dabei sieht er seine einzige Chance darin, Akkrésmos freizulassen: Ein Monster, das die Welt ins Chaos stürzen soll.

Als die Schattentänzerin Eira und ihre Freunde von dem Plan des Spiegelkönigs erfahren, setzen sie alles daran, ihn von seinem Vorhaben abzuhalten. Doch dieser scheint jeden ihrer Schritte bereits zu kennen. Und bevor es Eira verhindern kann, ist sie tief in die Machenschaften der Insel verstrickt und längst Teil eines viel größeren Plans.

Folge uns auf:

Instagram: www.instagram.com/vajona_verlag
Facebook: www.facebook.com/vajona.verlag
Website: www.vajona.de

VAJONA Geflüster

DER PODCAST